塞上文艺名家书系

癸巳冬 郑歌平

哈若蕙作品选

哈若蕙 著

黄河出版传媒集团
阳光出版社

图书在版编目（CIP）数据

哈若蕙作品选 / 哈若蕙著. -- 银川：阳光出版社，2020.9
（塞上文艺名家书系）
ISBN 978-7-5525-5561-5

Ⅰ. ①哈… Ⅱ. ①哈… Ⅲ. ①中国文学 – 当代文学 – 作品综合集 Ⅳ. ①I217.2
中国版本图书馆CIP数据核字(2020)第189843号

塞上文艺名家书系　　杨梓　主编
哈若蕙作品选　　哈若蕙　著

责任编辑　陈建琼　申　佳
封面设计　吴海艳　冯彦青
责任印制　岳建宁

黄河出版传媒集团 阳光出版社 出版发行

出 版 人　薛文斌
地　　址　宁夏银川市北京东路139号出版大厦（750001）
网　　址　http：//www.ygchbs.com
网上书店　http：//shop129132959.taobao.com
电子信箱　yangguangchubanshe@163.com
邮购电话　0951–5014139
经　　销　全国新华书店
印刷装订　宁夏精捷彩色印务有限公司
印刷委托书号　（宁）0018684

开　　本　787 mm × 1092 mm　1/16
印　　张　14.75
字　　数　320千字
版　　次　2020年9月第1版
印　　次　2020年9月第1次印刷
书　　号　ISBN 978-7-5525-5561-5
定　　价　49.80元

总序

崔晓华

塞上江南，文艺沃壤

宁夏地处祖国西北，历史悠久，文化灿烂。南有六盘山，是古丝绸之路的必经之地，是黄土高原上的绿色明珠；北有贺兰山，是蜿蜒五百里的驳马，是父亲一般伟岸的天然屏障，阻挡着来自西伯利亚的寒流和风沙；黄河经秦渠流向宁夏平原，是母亲一样的哺育润泽，将荒地旱原变成美丽的塞上江南。“陇头流水，鸣声呜咽”“蝉鸣桑树间，八月萧关道”“大漠孤烟直，长河落日圆”“贺兰山下果园成，塞北江南旧有名”等，这些中国古代诗人留在塞上大地的名篇佳句，至今仍在流传。

正是春秋短暂、夏冬漫长、半湿润半干旱的气候特征，正是山川河湖、黄土高原、丘陵戈壁、草原沙漠的地理风貌，正是游牧文化和农耕文化的互相交流和融合，尤其是驻军戍边、移民屯垦，守望相助、建设美好家园的艰苦奋斗精神的传承与发扬，塑造和蕴蓄了雄浑与秀丽、阳刚与优雅、豪放与婉约交织的多样性自然景观和丰富的文化矿脉。宁夏文艺家得益于这片土地的孕育、滋养和成就，以其朴实的生活经历和历史记忆，独特的生命感悟和言说方式，形成了纯正、质朴、安静的文学艺术品格，在全国的文艺版图上独具一格，引人瞩目。

“文变染乎世情，兴废系乎时序。”宁夏回族自治区成立六十周年来，宁夏发生了翻天覆地的变化，人民群众生活日新月异、欣欣向荣。宁夏文艺事业伴随着自治区的不断发展繁荣，走进新时代，踏上新征程，广大文艺工作者以更加饱满的热情，积极投身于实现“两个一百年”奋斗目标、实现中华民族伟大复兴中国梦与实干兴宁的火热实践，将文学艺术之根扎进这片沃壤，坚持以人民为中心的导向，创作了大量思想性、艺术性和可读性俱佳的优秀作品。

为肯定宁夏前辈作家的文学成就，2006年10月，由宁夏文学艺术界联合会（以下简称宁夏文联）编辑的《石天剧作选》《李震杰诗文选》，以“霜叶红丛书”的形式由宁夏人民出版社出版发行，得到了文艺界的好评。为弘扬“爱国、为民、崇德、尚艺”的文艺界核心价值观，秉承文联传统，服务文艺名家，汇集优秀作品，树立学习典范，宁夏文联于2014年启动“塞上文艺名家书系”工程，为德高望重、成就突出、在全国有一定影响的宁夏文艺家，以及为宁夏文艺事业做出重要贡献的各个门类的领军人物，精选结集出版他们的代表性作品。第一辑《肖川诗选》《冯剑华文选》，第二辑《路展童话选》《吴淮生诗文选》《张贤亮诗词选》，第三辑《曾杏绯国画选》《高嵩文艺评论选》《马知遥文画选》，第四辑《荆竹文艺论评选》《杨继国·朔方文札》，共10部。这些作品选集的出版，已经产生广泛影响，并进入高校人文学科研究序列，社会效益明显。此次编辑出版《余光慧文学作品选》《哈若蕙作品选》，是这个书系的继承和延续。

女作家余光慧和哈若蕙，都是20世纪50年代生人，她们亲历了不同时代的变化，有着各自丰富的人生经历，对文学的痴心、热情和追求却是一以贯之。多年来，她们既是宁夏作家队伍中的骨干和前辈，更是宁夏文学事业的组织者和助推者，尤其在发现、扶持和培养青年作家方面付出了艰辛的努力，成绩卓然。她们的作品数量虽然不是很多，但都是倾心劳神之作，不伪饰，不跟风，朴素诚恳，感情真挚，健康向上。编辑出版这两位作家的精选作品，是很有意义的，同样会对宁夏文艺的繁荣产生积极影响和作用。

党的十九届四中全会深刻指出，发展社会主义先进文化、广泛凝聚人民精神力量，是国家治理体系和治理能力现代化的深厚支撑；会议进一步强调，必须坚定文化自信，牢牢把握社会主义先进文化前进方向。处在一个新的时间节点，“塞上文艺名家书系”工程进入重要的机遇期。宁夏文联对此给予高度重视，具体由文学艺术院负责实施。期望文学艺术院不忘初心，牢记使命，更加坚定文化自信，更加坚持服务人民，更加坚守艺术理想，共同谱写“建设美丽新宁夏，共圆伟大中国梦”的新篇章；努力发掘抢救文艺精品，做好资料搜集、编辑校对、设计印刷等各项具体而细致的工作，真正树立和强化品牌意识，拿得出，立得住，叫得响，走得远，不负这个伟大的时代，为广大人民群众提供更多更好的精品力作，使这项工程取得更加显著的社会效益，成为宁夏文艺事业兴盛繁荣的新亮点、宣传宁夏文化建设的重要窗口。

是为序。

2019年11月15日

崔晓华 宁夏文联党组书记、副主席。

序

一片冰心在玉壶

——读《哈若蕙作品选》

杨继国

“大雪”这天，我正徜徉在温暖的海南万泉河畔，忽然接到了若蕙同志的电话，数千公里外传来的声音还是那样的甜美，说是她的作品集即将付梓，嘱我为之作序。

我与若蕙是多年的文友，又共同完成过重要的文学项目，对这一嘱托，自然是欣然接受，并备感荣幸了。

若蕙的文章，我以前读过一些，这次集中重读，仍然有如沐春风，如饮佳酿之感。“文如其人”，这话果然不谬。读着这些字字珠玑、玲珑莹润的文字，不能不感叹于作者的灵慧。生活中的若蕙是一位公认的优雅、精致，兰心蕙质的女人。她的这一特质，在她笔下的文字中，也自然而然地体现了出来。这部书稿分为“文坛行步”“文论序跋”“随笔人生”“艺海拾音”四卷，分别载有她做教师时的感悟，当编辑时的心语，参加文学活动的思索，生活中的随想，朗诵艺术的体会。文章的范围很广，类别丰富，但都呈现出精彩，透露出灵慧，没有充足的文学艺术修养，没有一颗聪慧的心灵，不要说做出这些成绩，就是驾驭这些领域，也是力不从心的。而在其中流泄的文字，干净、熨贴，极富生命力和美感，处处洋溢着女性特有的细腻和灵透之气。使人不能不为之折服而悦读。

若蕙崇尚真诚，因而她对真诚的作家、真诚的作品，总是偏爱有加，竭力推介。她不仅编辑了许多以“讲真话”著名的作家作品和纪念文集，还专门撰写了力作《灵魂的告白——卢梭〈忏悔录〉与巴金〈随想录〉比较》，她深切地写道："的确，从某种意义上来说，卢梭的名字连同他的不朽作品《忏悔录》一起，几乎成了真诚的代名词。巴金一直真情地将卢梭尊为自己的启蒙老师。"遵循着先辈的高尚品格，若蕙的文章，不矫揉，不造作，无粉饰，讲真话，"率真"是她作品的鲜明风格之一。无论是对文坛的大家、名家，还是对不知名的作者、文友，她都一视同仁，热忱对待，由衷地流露出对他们的热爱和尊敬。对生活中美的、正义的方面，她毫不掩饰自己的崇尚和喜爱；对世俗中的假的丑的东西，她毫不留情地予以揭露和鞭挞。这种为人为文的态度，在今天，尤其可贵，是值得我们大力倡导和好好学习的。

读这部文集，我们还能强烈地感觉到作者深厚的爱心。字里行间，处处情不自禁地流露出她对国家、对民族的至爱，对工作、对职业的热爱，对家人、同事和朋友的关爱，对文学和艺术的挚爱。正是这种大爱、真爱，使她做一行，爱一行，成功一行，不仅在事业上是成功的，在做人上也是成功的。因而，她的内心总是充满了阳光，充满了友谊，充满了欢乐。

若蕙曾为她编辑的一部书稿写过一篇书评，名为《一片冰心在玉壶》，我觉得，这句话用在她的身上，也是十分恰当的。在此，我愿向所有的读者朋友推荐《哈若蕙作品选》，读着这些晶莹玉润、坦诚率真，有魅力、有意味的文字，与作者这样知性、聪慧的女士谈心、谈文，何尝不是人生的一大乐事呢？！

杨继国　宁夏回族自治区政府参事，宁夏文联原党组书记、主席，宁夏文史研究馆原党组书记、馆长。

2019年12月10日

目录

卷一　文坛行步

卷二　文论序跋

文学管窥

编辑足迹

卷三　随笔人生

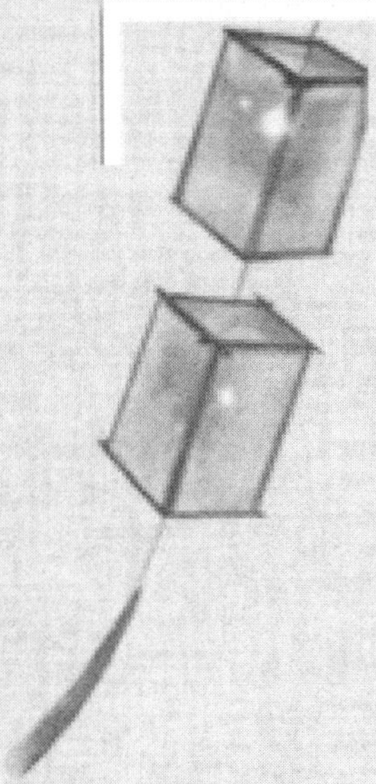

卷一 文坛行步

瘦尽灯花又一宵

——第八届茅盾文学奖评奖日记摘抄

2011年8月1日　星期一　晴

参加中国作协第八届茅盾文学奖评委会评奖工作，今天报到。地点在位于北京市石景山区八大处路甲2号的全国宣传干部学院。

早早订好了上午十点零五分起飞的银川—北京的航班（CA1218）。八点半准时前往机场，行李有些超重，只好手上多提些东西了。飞机正点起飞，十一点四十准时降落，可是在首都国际机场跑道上滑行的时间将近半个小时，让来接机的民族文学杂志社的王录彦同志等急了。

取行李、出站、与王录彦同志会合，出机场已是下午一点。小车一路奔驰，两点左右抵达目的地。全国宣传干部学院看起来管理较严，像军队。没有挂牌，大门关着，有军人站岗。开车过来，觉得这周围军队所属的单位不少，战友文工团也在旁边。门卫见我出示了评委证明，就顺利放行。看来我是来得较早的人了，分配好的房间是2009。没什么星级的设施，但却清静安宁。宿舍里配备了电脑，可以上网，可以工作，洗浴设备也齐全。这就够了。

因为飞机上没有提供午餐，住处也过了饭点。直到两点四十才吃了一碗面条。随后回到房间休息。

四点多，有人敲门。原来是铁凝主席挨房看望评委。铁凝主席很亲切，我说起2005年随同时任宁夏党委常委、宣传部长的李东东同志去河北考察，曾踏访河北作协，可惜那天铁凝主席不在，但我们参观了她的办公室。铁主席笑着点头，说“是”。

要投入工作，但“作业”尚未完成。我很着急，还有不少作品要补充阅读，全力以赴吧。

2011年8月2日　星期二　晴

上午九时，第八届茅盾文学奖评奖委员会第一次全体会议在四楼多功能厅举行，这标志着第八届茅盾文学奖为期二十天的评奖工作正式启动。

八点半一过，评奖办公室的同志就开始打电话通知九点开会。所以，大家都提前来到了会场。会场布置严谨，所有评委的席签都摆放好了，是按小组排列的。我是第二组，坐在南面第二排。会议准时召开，由铁凝主席主持。

铁凝主席的主持风格很有亲和力，她的声音圆润、厚实，挺好听的。只是把六十二位评委口误成二十六位，李冰书记及时纠错。铁凝主席幽默地说："噢，是李冰书记在旁边坐着，一紧张就说错了。"大家也笑了，气氛随之也轻松自然了许多。

随后，李冰书记讲话。对评委提出几点要求：坚持标准；勤奋阅读；勇于担当（实名制投票）；全局观念；遵守纪律。

随后，高洪波副主席对《评奖条例》作讲解说明。其中有一条是，六十二位评委中，评奖委员会主任铁凝不投票，负责监督。

最后，评奖办公室胡平主任作《评奖细则》讲解。在胡平主任的讲解中，我们知道，五轮投票均为实名制，我们的身份证及亲笔签名已经送至公证处

胡平主任的讲解涉及面很广，附带着许多个人感受。铁凝主席说：胡平讲话千般滋味。他将各种预见和难以预见的情况都摊给评委听。评奖办公室的同志一年多来为筹备茅盾文学奖评奖付出了智力与体力的努力。胡平的"愁苦"，倒也让人有了一份"放心"，说明重视，有准备。正如美国企业家所言，职场最怕的是三个字"没问题"。铁凝主席期待各位评委：扎实阅读；坚守文学良心；遵守纪律；不要请假。也祝大家身体安康。

会议在十一点半结束。随后又召开小组会，大家相互认识。我在第二组，召集人为中国现代文学馆常务副馆长吴义勤，成员有施战军、李国平、王炳根、杨红昆、陈晓明、郭宝亮、黄济人、傅恒和我。会务组给各组下发了分工审读作品目录，每组三十部。从今天起到周五上午，两天半均为独立阅读时间，随后有小组和大组讨论。阅读量很大，要加紧。

一下午先在网上对有关作家作品的评论情况做浏览。然后去辅楼取来六部作品，做重点阅读。

下午六点晚餐。饭后许多同志到对面八大处公园散步。我们的住宿证是可以免费进入公园的。八大处公园也是北京西郊的一处美景，位于西山风景区南麓，翠微、平坡、卢师三山环抱，因其保存完好的八座古刹而得名，又以自然天成的"十二景"闻名遐迩。

我惦记着阅读任务，七点不到就回宿舍了。

2011年8月4日　星期四　晴

这两天补充阅读了几本书：《绿松石》（郎顿·班觉著，次多郎顿·罗布次仁译）、《河岸》（苏童著）、《大学潜规则》（史生荣著）、《所有的》（黄蓓佳著）、《你在高原·海客谈瀛洲》（张炜著）等。今天重点读张炜的《你在高原·人的杂志》，在家时，看得较粗，想再细致读读。这是一部四十五万字的长篇，很佩服作者的才华。全书分为四卷十二章，在故事讲述中，每卷都插入有"驳夤夜书"。机敏睿智的杂文笔触，计有"论勤劳""不得入内"（关于开放）、"傻子算账"（论环境）、

“爱情研究”“论娱乐”（谈文化多元）、“论浪货”“论腐败”“论明天”“论嫉恨”“论体育”“爱猫者说”。这是否也是小说中的“复调”？是作者在细密地铺陈情节、勾勒世间万象之余，仍不吐不快，故要用这种直白的笔法，发一己之议论？痛快是痛快，不知评论家们做何评价，不知读者作何感想。我觉得，这不失为一种尝试，在这样卷帙浩繁的著述中，丰富的表现手法也是需要的。又看到有关《你在高原》的评论：《你在高原》包罗万象、精彩纷呈，是一部足踏大地之书，一部行走之书，一部时代的伟大记录。各种人物和传奇、各种隐秘的艺术与生命的密码悉数囊括其中。它的辽阔旷远与缜密精致得到了完美的结合；它的强大的思想的力量和令人尊敬的“疯狂的激情”，给人以巨大的冲击力。

我在想，当人们回眸打量二十世纪转型期的中国，还有什么会比这部煌煌大书更为丰富、逼真和生动呢？我倒很欣赏这样一句评介：《你在高原》——中国版《追忆似水年华》。

2011年8月5日　星期五　多云

上午又重点阅读了《你在高原·荒原纪事》。

张炜的《你在高原》恐怕是此次参评作品中十分独特的现象，这部总字数长达四百五十万字的原创长篇小说，是张炜在二十多年的时间里创作完成的。全书分三十九卷，归为十个单元（《家族》《橡树路》《海客谈瀛洲》《鹿眼》《忆阿雅》《我的田园》《人的杂志》《曙光与暮色》《荒原纪事》《无边的游荡》）。它不是一般意义上的系列作品，而是已知中外小说史上篇幅最长的一部纯文学著作。其中除了《家族》等两个单元做了重要修改和重写之外，其余则是第一次正式面世的作品。从语言到故事，从形式到内容，从韵致到意境，《你在高原》的分卷各不相同，创作风格差异之大令人叹为观止；它们几乎囊括了自十九世纪以来所有的文学试验。这种极为罕见的巨大的创造性和神奇变异，很难想象会发生在同一个作者身上。

这样的书，是考验读者的。没有定力，缺乏阅历，懒于思悟，那是读不进、读不懂的。反之，能够用心跟随作者的文笔去联想、感知、思辨，陶醉于作者叙述的绵密，语言的凝练、精准、饱满、充满磁性，那是一种阅读的历险与享受。张炜在作品中所呈现的丰富与绚丽，所尝试的小说写作中的多种实验，包括复线、借题发挥、思辨、杂文笔触，都是值得我们认真关注的。

下午两点半，召开小组会。

大家集中讨论本组重点阅读的三十部作品，按比例推荐十三部，进入第一轮八十部范围。我们组的推荐作品为《你在高原》（张玮）、《末代紧皮手》（李学辉）、《河岸》（苏童）、《八月狂想曲》（徐坤）、《天·藏》（宁肯）、《秉德女人》（孙惠芬）、《因为女人》（阎真）、《遍地月光》（刘庆邦）、《车头爹车厢娘》（刘华）、《朱雀》（葛亮）、《皇粮钟》（秦岭）、《饥饿百年》（罗伟章）、《所有的》（黄蓓佳）。

2011年8月6日　星期六　阴

今天周六，却是紧张的一天。

上午大组交流。孟繁华老师与施战军老师分别代表一、二组介绍了各组重点推荐的作品。其后，对另外四组的推荐作品做了补充发言。

下午，是第一轮票决。

按多数原则投票排名，共有八十一部作品进入第二轮。

此次入围作品的前十名是：《水在时间之下》（方方）、《推拿》（毕飞宇）、《一句顶一万句》（刘震云）、《遍地月光》（刘庆邦）、《空山》（阿来）、《麦河》（关仁山）、《生命树》（红柯）、《天行者》（刘醒龙）、《蛙》（莫言）、《北方佳人》（凌力）。

宁夏报送了六部参评作品：《月亮是夜晚的一点明白》（查舜）、《农历》（郭文斌）、《超低空滑翔》（张学东）、《边陲胡杨》（刘志海）、《养女》（陈勇），本轮投票只有《农历》和《超低空滑翔》两部作品晋级。《农历》表现不错，排名第十九。

说实在的，这只是第一轮投票，归根结底还是要拼创作实力。如果实力不强，即使勉强过了一关，又能走多远呢?

晚上，读了刘庆邦的《遍地月光》。这是一本读了就让人放不下的书。描写之绵密精细、细节之逼真严酷令人叹服，阅读感受十分沉重。

2011年8月7日　星期日　多云

今天读了三本书：《坼裂》（歌兑）、《凿空》（刘亮程著）、《无土时代》（赵本夫）。

听施战军说，《坼裂》是此次参评中唯一一部反映“5·12”汶川大地震的作品，写得不错，于是借来先看。没想到《坼裂》的阅读感受真的不一般。原来担心这样的题材写不好会报告文学化，英雄主义式的画面解读会淹没小说意义上的情感与内省。结果不然，这个担心多余了。

《坼裂》有史诗般宏阔的背景与场面，却更有长篇小说绵密的笔触、丰富的情节、性格饱满的人物。正是由于特殊的时空背景，整部小说从一开始就具有了一种紧张、急促的节奏。事件、人物从最日常处切入，却在不平常的时空中彰显出神采。应该说，林絮、小乐、卿爽、方爻、俏妹儿、迟龙翔等都是名副其实的抗震救灾的英雄，他们在危难时刻所呈现的大爱与坚守令人感动。那些惊心动魄的生死场面让人又一次置身于非常时刻。然而，小说中的这些人物，并没有被人为的英雄主义的光环笼罩。他们都很平常，当代人的所有的习性他们都有，包括70后、80后的不屑甚或某种程度上的玩世不恭。但他们却是实实在在地救死扶伤，是真正的白衣天使，他们专业，他们敬业，他们敏锐，他们聪慧。因"走穴"意外滞留天府医院的林絮、小乐，成了急救中心的关键人物。面对乱成一团的急救中心，林絮提出在门诊大厅建立"分类场"（分诊：分类—分级—分科），然后又贡献出"伤员运转"，以及建立"野战条件地震伤员集中救治中心"等后来大范围推广的高招。这还不包括他被人称为"快刀"的精湛医术和连续手术的事迹。

但所有这一切原本崇高的行为，却在作者调侃般的叙述中变得日常化了。林絮的这些高招，是他在不经意中冒出来的，有些主意出发点还是为了解决自己"出师无门"的担忧，为了尽快归队。那一个个层出不穷的像自己设的套又自己钻了进去的情节设计与叙述，更使文本生出了一种滑稽，染上了一层喜剧色彩。还有林絮、小乐、卿爽等人物身上的调侃味、时尚味、网络味，包括俏妹儿的川味儿使人物鲜活灵动颇具平民气质。

小说结尾，在各色人等都有了真正的光环，林絮却最终成了一个失踪者（属"非执行公务过程中的失踪或死亡"），得不到任何的褒奖与补偿，但在虚拟世界中林絮却得到了一份真实的纪念与尊敬。

这不失为一种真实。这份日常中的崇高，使今天的英雄主义具有了更多的人性与亲切。那一份平凡中的坚守，平常中的感动，又是多么打动人心。每个人都是我们自己的神，每个人都可以是拯救别人和自己的英雄！或许这就是这个时代的启示！也是新的一代给予我们的感慨与希望。

这部作品极具画面感，改编成电影怕是也很有震撼力吧。

又是晚上十二点半了，眼睛有些发涩了……

2011年8月8日　星期一　晴

今天阅读作品：《泥太阳》（潘灵）、《我是我的神》（邓一光）。

晚饭后，与雷达、陈富民、苑坪玉、李掖平、郭宝亮到八大处公园散步。

头一次爬了山，到了秘魔崖。

2011年8月9日　星期二　阴有雨

今天看了《碧洛雪山》（存文学）、《青木川》（叶广芩）、《大平原》（高建群）、《金山》（张翎）。

晚上写明天的讨论发言提纲。

2011年8月10日　星期三晴　气温三十三摄氏度

今天上午分别开了小组会，大组会，将进入前四十名的篇目讨论筛选出来。我做了小组发言，重点推荐了《坼裂》《农历》《碧洛雪山》。李敬泽书记来听会。

大组讨论，铁凝主席来听会。下午两点半召开大会。还是在四楼多功能厅。各大组介绍完情况后，开始投票。

四点半，结果出来。第二轮第一阶段投票共有四十二部作品晋级。作品越来越集中，难度也会越来越大。对我来说，读作品还是第一位的。

今天读阿来的《空山》。一大早，还看了《彼岸》（於梨华）、《因为女人》（阎真）。

晚饭后，与叶梅、胡平、杨红昆以及作协创研部的肖惊鸿、王颖一块去对面公园散步。

2011年8月11日　星期四　晴

今天的日程如下：白天读《一句顶一万句》（刘震云）、《村子》（冯积岐），晚上读《农民帝国》（蒋子龙）到凌晨两点半。

晚饭后与雷达、李掖平一道往八大处公园散步。沿山路往南一直走至中华石印谷，驻足流淌的溪水旁，在泉石上、小桥木栏上坐下，享受着空山的幽静，在凉爽的晚风中尽兴地谈论着作品，这种感觉真好。

2011年8月12日　星期五　晴

明天要投票决定晋级三十强的作品。阅读不能留死角。

今天精读了《知青变形记》（韩东），又加深印象翻阅了《身体课》（秦巴子）、《紫青稞》（尼玛潘多）、《康巴方式》（江洋才让）、《天·藏》（宁肯）、《苍黄》（王跃文）、《长街行》（王小鹰）、《老风口》（张者）、《白虎关》（雪漠）、《黑白》（储福金）、《生命树》（红柯）、《饥饿百年》（罗伟章）。

我突然想，放眼中国，恐怕再没有什么人像待在这座小楼中的我们这样，如此这般读小说的吧。说来也怪，累是累，但是感觉却异常灵敏，不同作品的语言、结构、主题呈现、美学风格，于精微处品功力，高下已然明了。

噢，看看宿舍里的景致：桌上堆的是小说，床铺上摊的是小说，电脑中浏览的还是小说……

下午，先生来信息问我在做什么，我回他一则短信："看小说看小说坐着看歪着看躺着看脖子酸眼睛直继续看好投票。"

真的是累啊！

2011年8月13日　星期六　晴

今天上午是大组讨论。

今天吴大组（今天大家将召集人吴义勤称为"吴大组"了）说，发言按逆时针走。我今天坐的位置"不对"，变成第二位，没法子，包明德老师讲完，轮我讲，不能推辞。我讲了自己的阅读困惑。四十晋三十，在作品的取舍上如何考量？是否要考虑大众阅读和接受？那些探索性的、实验性的文本如何评价？茅盾文学奖的导向是什么？我坦率地讲了自己对《空山》的感觉，并再次推荐了《坼裂》《农历》等。

发言时，我引用了《白虎关》作者雪漠在这本书“后记”中的话：

一个作家的想象力，不应该体现在故弄玄虚和神神道道上，而应该把虚构的世界写得比真实的世界更真实……当满世界都追求神异和玄虚时，我更向往和崇尚一种质朴、干净、超然和清凉，相较于满世界的神异和夸张，我更喜欢六祖慧能的那种质朴安详的微笑。

当这个世界日渐陷入狭小、贪婪、仇恨、热闹时，希望文学能为我们的灵魂带来清凉。文学应有一份光明，有一种能使我们的灵魂豁然有悟的智慧，它能使我们远离愚痴、仇恨、贪婪和狭隘。定格一种逝去的存在。不仅仅是生活，更是灵魂。

这段话，在某种意义上体现了我的文学审美取向。

下午大会，高洪波主持。照例是各大组先汇报讨论情况，然后是投票决定进入前三十的作品。

《农历》排名第十一。

2011年8月14日（农历七月十五，中元节）星期日　晴转阴

今天是一个值得记录的日子。

下午第三轮投票，三十晋二十。此次投票要求满额投票（前两轮留有不满额的投票空间），最终产生第八届茅盾文学奖提名作品二十部。这次投票后意味着此次“茅奖”评奖将从初评阶段进入终评。接下来还有两轮投票。而此轮投票晋级的二十部作品，从一百七十八部作品中一路走来，经过层层筛选，应该说是能够代表近四年中国当代文坛长篇小说创作的整体水平。能够进入提名，就是很高的荣誉。

这是一个重要的时刻，每一位评委都很紧张，也很期待。宣布结果时，张健同志念得很慢，为的是让大家充分记录。我也在期待。希望宁夏报送的《农历》能有好运。

我觉得有一种默默的激动。在这关键的一轮投票中，宁夏报送的《农历》晋级了，并且名列第八，这是不是奇迹？不管怎么说，就目前的结果而言，这已是宁夏文坛长篇小说最好的成绩了。二十部提名作品的地域分布情况如下：

江苏四部：《推拿》（毕飞宇）、《河岸》（苏童）、《赤脚医生万泉和》（苏小青）、《无土时代》（赵本夫）。

北京四部：《蛙》（莫言）、《天·藏》（宁肯）、《遍地月光》（刘庆邦）、《一句顶一万句》（刘震云）。

河北一部：《麦河》（关仁山）。

山东一部：《你在高原》（张玮）。

宁夏一部：《农历》（郭文斌）。

陕西两部：《生命树》（红柯）、《青木川》（叶广芩）。

天津一部：《农民帝国》（蒋子龙）。

重庆一部：《老风口》（张者）。

湖北两部：《天行者》（刘醒龙）、《水在时间之下》（方方）。

深圳一部：《我是我的神》（邓一光）。

云南一部：《大地雅歌》（范稳）。

解放军总政一部：《坼裂》（歌兑）。

2011年8月16日　星期二　晴

今天《文艺报》第二版登出了我们六十一位评委实名投票的表格，整整一版，谁投了谁的票一目了然啊！“我们在评判着作品，社会也在评判着我们”，这话一点儿不假。每个人都在接受考验。

今天上午，第八届茅盾文学奖举行了第二次新闻发布会。

2011年8月17日　星期三　多云转阴，晚有小雨　气温三十摄氏度

今天投票决定二十晋十。其实，凡是进入二十部提名作品的，均已是优秀的作品，投哪一部都有充分的理由。

今天投票前，又反复强调了纪律。要求每一位评委仍以“战战兢兢”“如履薄冰”之心坚持标准、善始善终，排除一切非文学因素。

计票时间迅捷了许多。没想到《农历》再次晋级成功，目前位于第七位，得票三十九票。

晚饭后，天空又飘起了小雨。

一帮人打着伞在院子里围着小楼一圈圈散步，这可真是一道独特的风景。空气湿润清新，蒙蒙细雨中，我们谈着文学，谈着即将十晋五的作品。

这样的日子，这样的时刻，会长久地留在我们的记忆之中。

2011年8月19日　星期五　晴　气温三十二摄氏度

继续讨论作品。

《文艺报》公示评委二十晋十投票。

2011年8月20日　星期六　晴

今天是我们担任第八届茅盾文学奖评委工作的最后一天。

结果即将揭晓。全体评委在期待，所有参评作者在期待，文坛在期待，全国人民在期待。

上午八点半，评委们参加最后一次全体会议。大会由铁凝主席主持，主要议程有两项，一是请六个小组的召集人介绍讨论情况。六位召集人（包明德、吴义勤、雷达、阎晶明、汪守德、朱向前）各自以充满个性的语言对各组讨论情况做生动的陈述，其中不乏对二十天“茅奖”评奖工作的感慨。

二十天高强度、高密度的阅读评奖，在每一位评委的文学生命中都留下了难忘的体验。第八届茅盾文学奖评奖工作组织严密、条例明晰、程序严谨；全体评委秉承公正之心，细读文本、理解作品，彰显科学理性公平；大评委制的第八届“茅奖”评奖具有历史性、革命性意义，其阳光评奖的过程，使此次评奖有可能成为最公道、最民主的一次。

铁凝主席在六位召集人发言后讲话。

> 二十天，在北京最热的季节三伏天，六十一位评委（包括铁凝在内的评委为六十二位，铁凝是评委会主任，不投票——编者注）将热情、真诚献给“茅奖”。到目前为止的四轮五次投票，无一张废票，无一人缺席……“在三十八度的天气里，这里有八十三度的热情”。此刻，我想起两句话，一句是多年前看过的一部苏联剧本里的台词：“我亲爱的观众，你们到剧场里是来看英雄的吗？那么就请相互看吧！”在座的六十一位评委，每个个体都不可轻视。今天的投票没有观众，我们肩负使命！另一句是一位韩国作家的话：“假如人类生活中没有了文学，人类将更加困难。”文学照亮人心最昏暗的部分，文学照亮思想的表情，文学与理想有关。在今天这个时刻，我诚恳期待各位评委，秉承职业操守，听从理想、艺术魅力的召唤，用自己的行动推动中国文学经典性价值的建构……

铁凝主席的话在静静的会场里回响着，在我们的心中激荡起涟漪。

关键的时刻终于到了。六十一位评委在选票上填写上自己最终的选择。

评委们没有离开会场，稍事等待。会场里再次寂静无声，大家等待着结果揭晓。

中国作协党组副书记、书记处书记、“茅奖”纪监组组长、总监票人张健同志用沉稳庄重的语调，一字一句地宣布：《你在高原》五十八票；《天行者》五十六票；《蛙》五十四票；《推拿》四十八票；《一句顶一万句》四十五票……

全场响起热烈的掌声，评委们的眼里泪花闪烁。

> 第八届茅盾文学奖创新的制度设计，为今后的评奖积累了经验。第八届茅盾文学奖的评奖结果，体现了全体评委高度的专业精神，在广泛阅读、深读、

细读作品的基础上的选择，体现了全体评委对“茅奖”宗旨的准确把握。评奖过程纪律严明，体现了评委们公正廉明的风范。六十二个评委，六十三个人，因为我们之中有一位准妈妈，这个母腹中的胎儿也提前与我们一道聆听了文学这一庄严的时刻！

铁凝主席的现场感言，让每一个人为之动容。

有一种自豪，有一份欣慰，悄悄地在我们心里漫延……

随后，六十二位评委在投票现场留下了一张“全家福”，那一刻的激情、喜悦与温馨至今弥漫在心。

互道珍重。

再约相逢。

别了，二十天的“茅奖”评委生活。

别了，北京……

原载《朔方》2012年第4期

春色满园关不住　百般红紫斗芳菲

——第十届全国少数民族文学创作“骏马奖”新华社专访①

由中国作家协会和国家民委共同主办的第十届全国少数民族文学创作“骏马奖”评选于2012年8月16日结束。二十五部作品和四名译者获此殊荣，宁夏回族青年作家李进祥的短篇小说集《换水》榜上有名。日前，新华社宁夏分社社长杜晓明对本届少数民族文学创作“骏马奖”的两位宁夏评委哈若蕙、郎伟作了专访。

杜晓明：第十届全国少数民族文学创作“骏马奖”评选近日结束，得知二位评委刚刚从北京归来，你们辛苦了！去年，也差不多是这个时候，我曾就第八届茅盾文学奖评奖专访过若蕙老师，能否请您再给我们介绍一下“骏马奖”的情况，这个奖项与茅盾文学奖有什么不同？

哈若蕙：是的，去年8月在北京参加了第八届茅盾文学奖的评奖，时隔一年，同样的季节、同样的北京西山评奖地，再次参与中国作协的重要评奖工作，深感荣幸。尤其是本届“骏马奖”评奖能和郎伟教授一道与来自全国的四十多位少数民族评委共同工作，充分体味少数民族文学创作的无限生机，感悟各民族文学交流互补、共同繁荣的气象，心中充满了别样的感动。

与茅盾文学奖一样，少数民族文学创作“骏马奖”也是由中宣部审定的中国作协主办的四大国家级文学奖项之一，与之并列的还有鲁迅文学奖、全国优秀儿童文学奖。不同的是，茅盾文学奖是单为中国当代优秀长篇小说创作而设立的具有最高荣誉的文学奖项；“骏马奖”则是由中国作协与国家民委主办，面向全国少数民族文学创作而设立的国家级“全科”文学奖。“骏马奖”设长篇小说奖、中短篇小说奖、诗歌奖、散文奖、报告文学奖、翻译奖六个奖项。前五项为作品奖，参评者身份必须是少数民族，其在评选年限内在中国大陆地区首次公开出版、用汉文或少数民族文字创作、符合评选体裁要求的作品均可参评；翻译奖是为贡献突出、成果显著的翻译家设置的个人成就奖，不限民族，凡评选年限内出版的中国当代文学汉文或少数民族文字翻译作品的译者均可参评。“骏马奖”的设立旨在体现党和国家的民族政策，推动中国少数民族文学的繁荣发展和各民族文学的交流融合，促进中华民族的大团结。

①原发于2012年8月31日新华网宁夏频道头条，刊载于2012年8月30日《宁夏文艺家》。

杜晓明：据我们了解，“骏马奖”设立于1981年，之前已经成功举办九届，请问郎伟老师，“骏马奖”进行到第十届，在评奖规则等方面是否有一些新变化？

郎伟：是的，还是有变化的。主要体现在三个方面：一是评奖年限从每隔三年举办一届，从本届起改为每四年举办一届；二是奖项合并，从八项减为六项；三是借鉴第八届茅盾文学奖评奖的成功经验，第十届“骏马奖”也采取了大评委制，本届评委为四十九位，由关注和了解少数民族文学创作状况的作家、评论家、翻译家及文学组织工作者构成。特别注重从各民族自治区、各少数民族聚居省和延边朝鲜族自治州聘请评委，四十九位评委中，少数民族评委三十四人，占69.4%。同时，在初评与终评阶段，也实行了实名制投票，但仅备案不公开。此次“骏马奖”评奖全程共十四天，各民族评委济济一堂，共同检阅四年（2008—2011）来中国少数民族文学创作的成果，公正、公平地研判每一部参评作品，那份其乐融融的兄弟姐妹情谊至今令人难忘。

杜晓明：宁夏的少数民族文学创作在全国还是很引人关注的，在往届与本届“骏马奖”评奖中的表现如何？

哈若蕙：宁夏自古以来就是一个多民族人民聚居的地方，多元共融的文化，尤其是丰富多彩的少数民族文化，是一笔丰厚的精神资源，也是宁夏文学发展的主要底蕴和动力。近十年来，在宁夏回族自治区党委和政府的领导下、在社会各界的支持下，在中国作协的帮助下，宁夏各民族作家辛勤耕耘、潜心创作，使宁夏的少数民族文学创作园地呈现出百花盛开、蜂飞蝶舞的喜人景象。

在前九届全国少数民族文学创作“骏马奖”评选中，宁夏共有十四名作家（高深、王世兴、丁一波、沙新、查舜、马知遥、杨继国、马宇桢、杨少青、那守箴、郎伟、金瓯、石舒清、了一容）的十六部作品获奖，在全国各省区位居前列。本届评奖宁夏作协选送并入围参评的作品八部，其中长篇小说两部（查舜《穆斯林的儿女》、阿舍《乌孙》），中短篇小说三部（李进祥《换水》、古原《白盖头》、马金莲《父亲的雪》），诗集一部（马占祥《半个城》），散文集一部（杨继国《高原行迹》），报告文学集一部（陈晓兰《沙漠魂》）。最终，青年作家李进祥的短篇小说集《换水》，从二百三十一部参评作品中脱颖而出摘获奖项，为宁夏文学赢得了荣誉。

杜晓明：《换水》，一个很特别的书名，李进祥是一个怎样的作者？他的这本小说集主要写什么？看到过郎伟老师的评论，您来谈谈。

郎伟：“换水”，本是一种回族习俗。在小说中“换水”是一种仪式，更是一种意象，它意味着从一种生活到另一种生活的切换与转变，这里包含着时代与社会的变迁。因为是典型的回族习俗，集子中也有一篇小说题目就是《换水》，所以作者就选作小说集的书名。

李进祥的短篇小说集《换水》获奖，我当然是打心眼里高兴的。我对李进祥很熟悉，也相当认可他的创作。2008年，应进祥之邀，我为他即将出版的《换水》撰写了序言。应该说，我“推崇”进祥小说的话都写在《换水》一书的序言里了，有兴趣的朋友们不妨一阅。我希望今后进祥能够写得更开阔一些，更沉着一些。他已经写得相当好了，但可以走得更远。

在十四天的评奖中，我和若蕙老师一直默默关注着宁夏少数民族作家的作品，看到进祥的《换水》、古原的《白盖头》进入初选公示，我们高兴；听到评委们盛赞宁夏少数民族作家的中短篇小说实力雄厚，我们高兴；最后，进祥的《换水》以高票摘得奖项，我们更加高兴，为进祥高兴，为宁夏文学高兴。

哈若蕙：郎伟老师的介绍十分中肯。进祥是一个有定力的作家，质朴宽厚。他的作品不仅内容坚实深刻，语言上也很有特点，有些评委与我聊到《换水》时说，这个作家的语言真是太迷人了，很有魅力。我在2009年10月一段最不受干扰、最安静的日子里曾认真读过进祥的《换水》，我也喜欢他的文字。

郎伟：喜欢进祥小说的评委真的不少，有一段点评值得推荐。

> 流淌在黄土塬地之上一条名字漂亮却苦咸异常的清水河成为李进祥小说永远走不出的背景。他以浓郁的悲悯之心和草根情怀凝视着故园胼手胝足的农人，在民族风俗和人情世相的勾描中，呈示挣扎于苦寒之地的人们与自然、俗世抗争中体现的生命意志与人性力量，以及转型时期面临守护传统伦理与“逃离”乡土两难抉择的内心困惑与生存境遇。小说的叙述冷静、内敛而言近旨远，所建构的乡土世界质地坚实、鲜活真切。

杜晓明：很有意思，让我们祝贺进祥！很想知道评委们这十四天的工作状态，各门类的奖项是如何筛选确定出来的？

哈若蕙：“骏马奖”的评奖时间十四天，比“茅奖”的二十天缩短了一些，但评委们的工作同样十分紧张。因为“骏马奖”涉及各个文学门类，入围作品共二百三十一部，用汉语创作的长篇小说六十部、中短篇小说三十一部、散文四十五部、诗歌三十三部、报告文学十四部，其余是四十八部用各类民族语言创作的作品，翻译奖参评译者十一人。

与“茅奖”一样，评委们所做的最重要的工作仍是扎实阅读。可以说，从入住的第一天傍晚起，评委们就开始与一摞摞的参评作品为伴，左也是书，右也是书，聊也是书……评委会副主任高洪波曾说，从外面看评委楼，凌晨一点前没有黑灯的。随便推开哪一间评委宿舍，大家都在埋着头读作品。因为，接下来的小组、大组讨论，要的是对作品全面客观的了解、切中肯綮的评析。我们十分叹服评奖组织者科学严密的程序设计，连同评委们的阅读讨论也早已有了分合有序的安排。不同的时段，不同的阅读轮次，可能会接触到不同体裁的参评作品。好在评委们个个“长卷善读”，总会以最佳的状态穿行于风姿各异、各具其美的艺术时空。在这次评奖工作中我接触的散文作品相对多些，散文的阅读是另一种意境，它不像长篇小说那样要进入情节起伏、架构丰富的宏阔场景，感受作者纵横捭阖的写作艺术。散文的非虚构性、散文经典化写法的诗性意境、精致布局以及透过文字所触摸到的不同民族作者的生命体温、价值追寻，都会那样真实、温暖地浸润心田，在不知不觉的品读中，作品的品级、思想艺术的表现水准也就了然于胸。

按照“骏马奖”评奖条例，评奖工作仍分初评、终评两个阶段。初评阶段，评奖委员会将在广泛阅读、充分讨论的基础上筛选出初选作品和译者，初选目录和名单要向社会公示。终评阶段，评奖委员会在对初选作品和译者进行深入阅读、认真讨论的基础上实名投票，以不少于评委总数三分之二的票数产生获奖结果。在实际操作中，初评阶段与终评阶段都经过了评委会全体会议的两轮投票，以最大限度地提高共识、彰显评判。还记得两个重要的日子：8月11日和8月16日，那是分别决定初选公示七十五部作品和四位译者，以及决定最后二十五部获奖作品和四位译者的日子，我们的实名投票很庄严。

郎伟：还是接着谈谈作品吧，在这次评奖中，我接触的长篇要多些。按若蕙老师的说法，长篇有长篇的阅读状态，首先是阅读量非同一般，因为一部作品不读完是难以体察其结构艺术与主题呈现的精微之处的。但长篇的阅读又很“过瘾”，参评第十届全国少数民族文学创作“骏马奖”的长篇小说共有七十二部：用汉语写作的长篇小说共六十部，用其他少数民族文字创作的长篇小说有十二部。用汉语写作的六十部长篇小说当中，藏族作家创作的作品有九部；回族作家创作的作品有五部；满族作家创作的作品有十七部（其中有一部是满族作家与汉族作家共同创作的），当然也还有维吾尔族、布依族、白族、朝鲜族、侗族、东乡族、哈尼族、黎族、苗族、蒙古族、土家族、壮族等少数民族作家所创作的长篇小说。从题材上来看，本届参评的长篇小说涵盖了相当广阔的时空和比较复杂的生活内容。我国幅员辽阔，民族众多，自然山川和生活面貌各异。作为一种具有天然的开阔视野和生活包容力的文体，本届参评的长篇小说为我们展现了非常广阔的我国各民族人民的生活与命运。无论是雪域高原的历史风云，还是云南边疆乡村的生活新变；无论是长白山密林深处人与动物的周旋，还是湘楚之地的神秘巫风，我们都可以从长篇小说当中深切地感受到。应该说，少数民族作家所创作的长篇小说，常常会以题材的独特性和新鲜性而为我国当代长篇小说创作领域吹来一股清新之风。值得提及的是，参评本届“骏马奖”的长篇小说，艺术质量也相当高。以进入初评公示的三部藏族作家的作品为例，虽然所描写的皆为藏族同胞的生活和命运，但三位小说家处理生活的方式却有着非常明显的艺术差异性。达真的《康巴》事涉十九世纪末到二十世纪上半叶川藏交界之地的人世沧桑变化，可视为一部全景式带有史诗气质的长篇小说；江洋才让的《康巴方式》，是一部风格轻灵、意绪丰饶的作品；而尼玛潘多的《紫青稞》则是一部描写藏族人民生活新变化的长篇小说，艺术上偏于写实，但又不乏女作家的细腻。概括地说，作为“骏马奖”当中分量最重的一个文学奖项，本届长篇小说的获奖作品有令人信服的“含金量”。

杜晓明：看到第十届“骏马奖”的获奖公告，二百三十一部入围作品仅二十五部作品获奖，可见竞争也很激烈，那么获奖作品作者的民族、地域性分布情况如何？作品的质量如何？

哈若蕙：是评奖，就会有竞争。但少数民族文学创作“骏马奖”的评奖不同于“茅奖”“鲁奖”之处在于，“骏马奖”除了要遵循思想性、艺术性统一的评价标准，还要着眼于五十五个少数民族，考虑到不同民族文学发展不一致的历史现状，做到以全局意识、大局意识统筹兼顾，在评出精品的同时，更要评出团结、和谐。应该说，到了终评阶段，评委会的考虑更加细密，评委们筛选作品的讨论也更加全面、深入。参评作品多，奖项有限，那么，大家的一致看法就是：要“雪中送炭”、推出文学新人，兼顾不同地域和民族。事实证明，这个考虑是符合现阶段少数民族文学发展状况的，起到了鼓励文学新人，增进民族团结的良好作用。

审视第十届全国少数民族文学“骏马奖”的最终获奖名单，二十五部作品和四位译者包括了十九个少数民族、二十九位作家，分属十一个省市区。更让人欣慰的是本届获奖作品的整体风貌丰厚壮观，代表了近四年少数民族文学创作多元共生、蔚为大观的大格局、新成果与高水平。与往届相比，这些少数民族文学作品的主题有所拓展深化，作家们以其独特的文化底蕴、开阔的视野、宽广的胸怀，以其对自己的土地、文化以及人类命运母题的无限关注，引起广大读者的共鸣。

与去年“茅奖”评奖的举国关注不同，此届“骏马奖”的评奖则有伦敦奥运会如火如荼的冲击波伴随始终。目睹奥运健儿的赛场拼搏，体悟奥运精神的深长，我们在想，文学的评奖又何尝缺少高远超拔的意象？为了中华民族文化的薪火相传、弘扬光大，我们要感谢作者，感谢文学！

杜晓明：请二位对参评和获奖的部分作品作些点评如何？

郎伟：那我还是说说长篇小说。最终获奖的五部长篇小说包括用汉语创作的三部长篇小说——藏族作家达真的《康巴》、布依族作家潘灵的《泥太阳》、朝鲜族女作家金仁顺的《春香》，以及两部用少数民族文字创作的长篇小说——蒙古族作家白金声用蒙古文创作的《阿思根将军》和维吾尔族作家亚生江·沙地克用维吾尔文写作的《诸王传》。这五部长篇小说最终脱颖而出，完全是凭高超的思想和艺术水平胜出的，不存在侥幸当选的问题。长篇小说评选组的评委们从一开始就进入非常认真的阅读状态。金仁顺的《春香》首读者是我，细读之后，我发现这部长篇非常有特点——作者叙述生活的方式既饱含东方古典诗情又不无现代艺术风韵。初评讨论时，我郑重向评委们推荐，结果大家传看以后，都非常认可这部艺术上相当精致的长篇小说，最终《春香》成为获奖的五部长篇小说之一。达真的《康巴》，评委们几乎都认真读过，有过非常热烈的讨论，最终一致认为该作视野开阔，行文大气，是颇耐读的好作品。再比如，维吾尔族作家亚生江·沙地克用维吾尔文写作的《诸王传》一书，听新疆的维吾尔族评论家介绍，作者是喀什地区水电局的一个普通干部，《诸王传》是他利用业余时间费时多年创作的，这部历史题材的长篇小说出版后，在新疆的少数民族同胞当中影响巨大，一再重印。可见，此次获奖的长篇小说，确实有着出色的思想艺术征服力。

哈若蕙：散文组参评的汉语作品四十五部，来自十六个少数民族、十八个省市区、七家出版社。整体看水平有参差，格局有高下，大致分三种类型：一是较为成熟的作品，有生活底蕴，有真我之灼见，有生命追问，文字简洁凝练，意蕴如诗，气质清新俊朗。如《西藏的月光》（白玛娜珍）、《我的心在高原》（叶多多）、《乡村里的路》（钟翔）、《红尘往事》（王小忠）、《乡村影像》（温新阶）、《远山的歌谣》（安元奎）、《北方女王》（铁穆尔）和《谁为人类忏悔》（古岳）等。另一类作品聚焦民族、地域文化，如《湘西叙事》《寻找侗族大歌》等，篇幅格局虽大，却略陷文化旅游田野调研之局，没能在散文艺术品质上有新的突破。三是生活小品式散文，收入内容略显庞杂，包括一些旅游纪实见闻等，写作手法则平实有余，深度不足。值得一提的是，在此次评奖中我读到了大量土家族作者的散文作品，这些作者分布在湖北、贵州、湖南，尤其是湖北，一套“土家族文学原创丛书”集中展示了其散文创作队伍的整齐与实力。作家们深情的散文写作，既是对家园故土的眷恋追索，也将散文是音乐、散文是自然、散文是“思想的表情”的审美属性体现得美妙精彩。

阅读好散文的审美体验的确是令人难忘的。走进《西藏的月光》《我的心在高原》《乡村里的路》的审美世界，你会感到那里既有小说般生动的人物描摹，又有散文的氤氲氛围，舒缓深沉、笔触精练、富有意味。还记得我读叶多多的《我的心在高原》的感动，就那样静静地读着她用一次次的走近、一次次的倾听、一回回的停留而沉淀的故事，想象着天荒地远的云南澜沧拉祜山寨，体会那里几近凝固而淡然的日子，以一份敬重注视着这片土地，走近每一颗坚韧而宽厚的灵魂。这样的文字没有华丽的陈辞和肤浅感怀的堆砌，而是实实在在的有根的写作，作者质朴诚实的创作态度及生命书写成就了她的散文格高质美的品质。而甘肃东乡族钟翔的散文集《乡村里的路》，进入终评就逐渐显露出获奖的气象。从第一轮阅读就开始关注这位作者，结果提晓后，由我撰写了对这部获奖作品的点评。

> 《乡村里的路》以精细的笔触，雕刻出一组组古老乡村的意象，呈现出一段段触动心灵的童年往事以及成长岁月中的挣扎与梦想，温润深情的文字擦亮了人们深藏心底的乡村记忆……乡村里的路，连接着高天厚土，凝聚起坚忍不屈的民族品性、精魂气魄，是大地之子对精神家园泪水盈盈的回望，是历史与现实长长短短的牵挂。

由此，我们也真诚地期许宁夏的少数民族散文创作能从中得到启示，展现新的气象。

杜晓明：二位老师谈了不少，我的获益也不小。应该说“骏马奖”的一届届开评无疑是对中国少数民族文学事业的一次次助推助力，宁夏少数民族文学创作的总体态势良好，请问宁夏作协对宁夏少数民族作家和未来文学的发展有何期待？

郎伟：晓明社长总结得很好。中国少数民族文学创作硕果累累，与党和国家历来重视少数民族文学事业分不开。据国家民委文宣司司长、本届评奖委员会副主任武翠英同志介绍，全国少数民族文学创作“骏马奖”、全国少数民族文艺会演和全国少数民族传统体育运动会是经党中央、国务院批准的我国少数民族的三项重大文化活动，在推动民族地区文化事业的繁荣发展、促进各民族文化工作者相互学习和交流方面发挥了十分重要的作用，对提升我国文化软实力、促进各民族“共同团结奋斗，共同繁荣发展”具有重要意义。中国作协党组书记、副主席李冰也说：“中国文学是各族人民共同谱写的文化史诗，是各族人民用聪明才智共同建造的精神家园。少数民族文学传承着中华民族的精神基因，有着浓郁的民族特色，是中国文学的重要组成部分，是中华文学宝库中一道独具特色的风景。”目前，五十五个少数民族都有自己本民族的书面文学作家，都有中国作家协会会员。五十五个少数民族中也都有本民族的作家荣获全国少数民族文学创作“骏马奖”。“骏马奖”的每一次评奖都是对少数民族文学事业和成果的检阅与推动。

哈若蕙：宁夏少数民族文学创作占宁夏文学的半壁江山，它的发展繁荣始终得益于宁夏党委政府的关怀、社会各界以及中国作协的支持。2011年，中国作协中华文学基金会给宁夏少数民族聚居县——西吉县挂牌全国第一个“文学之乡”，于我们这是极大的荣誉和鼓励。宁夏少数民族作家队伍以回族作家为主体，包括蒙古族、满族、东乡族等少数民族作家在内。截至今天已有十五位少数民族作家的十七部作品获得了“骏马奖”。

郎伟：宁夏少数民族作家对文学创作普遍怀有神圣感和敬畏之心，他们始终把文学看作是有关人类心灵的事业，以一种殉道者的情怀来从事这项光荣的事业。宁夏少数民族作家从汉文化和本民族文化中汲取双重营养，创作视野日益开阔，其作品生活气息浓郁，反映出对故乡、本土、本民族历史及未来发展的关注。同时，以80后回族女作家马金莲为代表的新生代作家成长迅速，形成梯队，宁夏的基层文学创作底气充足，有望形成厚积薄发的创作态势。我们对宁夏文学的未来充满信心。

哈若蕙：今年是中国作协确定的“少数民族文学年”，中国作协为此开展了一系列活动，作为其中重要项目的“骏马奖”评选已经结束。2012年9月18日至20日，中国作协将在北京隆重召开全国少数民族文学创作会议，并于9月19日晚上举行第十届全国少数民族文学创作“骏马奖”颁奖典礼。宁夏代表团将有八位同志出席盛会。我们有理由相信：在新的时代语境中，少数民族文学发展的又一个春天必将来临，我们倾情相盼，翘首以待！

杜晓明：很好，谢谢二位接受我的采访。祝宁夏代表团赴京参加会议顺利、圆满！谢谢！

愿《朔方》春色满园　硕果盈枝

——序首届《朔方》文学奖入围作品集（2011—2013）[①]

《朔方》创刊五十五年，是个大生日，编辑部的同志们早早就谋划着，要为此做些什么。但是文学活动总是遭遇囊中羞涩，抹不开面子，美好的设想就只能滞留在想象中生成遗憾。这次我们不再画水镂冰，主动走访中终于花落有声。贺兰山东麓葡萄与葡萄酒国际联合会“紫色梦想杯”的冠名支持，让酝酿多年的“首届《朔方》文学奖”有了一个揭开面纱的时刻。崛起于贺兰山东麓的万亩葡萄产业带及文化长廊，是西部宁夏悄悄演绎的北纬三十八度的浪漫传奇。宁夏葡萄花卉产业发展局曹凯龙副局长向我们描绘了她未来不可限量的产业前景，更用浓浓的情谊，接纳了《朔方》五十五年的文学梦想。所有的创意与筹备由此启航。

回望《朔方》的发展历程，几代编辑人感慨在心。从1959年到2014年，五十五年沐雨经风。创刊之初，《朔方》时名《群众文艺》，1960年更名为《宁夏文艺》，1964年因故停刊。1974年，《宁夏文艺》复刊。“工农兵写，写工农兵”，尽管当时的作者队伍还显得较为薄弱，但也有了一批坚持文学创作、后来活跃在文坛上的本土作家，他们在改革开放的新时期发表了一定数量的优秀作品。1978年，党的十一届三中全会后，文艺的春天终于到来。尤其突出的是，1979年至1980年初，《宁夏文艺》连续刊发了张贤亮的六个短篇小说，反响强烈。1980年4月，《宁夏文艺》改刊名为《朔方》，标志着这份命运多舛的刊物从此确立了它的纯文学地位，并开始走向全国。1980年第9期的《朔方》刊载了张贤亮的《灵与肉》，随即《灵与肉》荣获全国优秀短篇小说奖，并被改编为电影《牧马人》，引起轰动，也使得《朔方》在全国有了较高的荣誉和知名度。正是从《朔方》开始，张贤亮走上腾飞之路，成为享誉中国和世界文坛的作家。进入二十世纪九十年代中后期，在市场经济和商业大潮的冲击下，宁夏的文学也和其他地方一样，一度萎缩。《朔方》积极调整思路，采取行之有效的措施，力求突出地域特色，努力发现文学新人，使刊物在一个个文学新人的不断加盟中，始终保持新鲜活力。进入新世纪以来，《朔方》突出重点，以点带面，采取“集束手榴弹”的方式，不惜版面、不遗余力地推出宁夏青年作家、回族作家、女作家，以及各市（县、区）专号；以“本期一家”的方式推出宁夏作家个人专辑。此举不仅得到了宁夏青年作家们的积极回应，而且

---

①《首届〈朔方〉文学奖入围作品集（2011—2013）》，朔方编辑部编，宁夏人民出版社，2015年版。

发表的作品颇受全国各种选刊和选本的青睐，使得《朔方》的原发作品保持了较高的转载率，影响不断扩大。为了加强宁夏青年作家与全国文坛的沟通，开阔视野，拓展创作思路，《朔方》还多次在北京和宁夏举办西部作家笔会、宁夏青年作家创作座谈会和作品研讨会。这些凝聚着信心与向往的活动，对宁夏文学的繁荣发展意义非凡，围绕《朔方》形成了一支颇为壮观的文学创作队伍，并且持续地呈现出良性发展势头。

可以这样说，宁夏作家的成长，都有在《朔方》习练文学翅膀，发表文学作品，逐渐引起重视，然后走向全国的不平凡经历。正是依托《朔方》，宁夏文学由寂静而芬芳，形成了文学人才辈出的生动局面，走出了以张贤亮、“三棵树”、西海固作家群、宁夏诗人群等为代表的一批又一批卓有影响力的宁夏作家；体现时代精神、民族风格、地域特色、西部气派的优秀作品不断涌现。《朔方》原发作品荣获包括全国优秀短篇小说奖、鲁迅文学奖、少数民族文学创作骏马奖、宁夏文学艺术奖在内的各种重要奖项。《朔方》也先后被评为中国期刊方阵双效期刊、国家期刊奖百种重点期刊、中国北方十佳期刊、新中国六十年有影响力的期刊，被社会各界誉为“宁夏的文化名片、西部文学的沃壤”。

还记得2014年8月8日，秋光灿烂的日子，《朔方》创刊五十五周年座谈会暨首届《朔方》文学奖（2011—2013）揭晓，文化街宁夏文联七楼会议室嘉宾云集。不仅有令人尊敬的《朔方》老一辈编辑路福增、虞期湘老师，文联原主席、《朔方》原主编杨继国先生到会，本已多年不见，调离外地的《朔方》著名编辑李唯、陈继明也仿若天意般恰巧来银，现身会场，更有结缘《朔方》的不同年龄的作家朋友们，始终关心支持《朔方》和宁夏文学的各界人士、领导到会。整整一个上午，《朔方》五十五年的成长起伏，从小禾青青到秀色满园，就这样被一段段故事串起又放下，几回回泪水盈盈，几回回深情难抑……或许，这就是文学的节日，是文学雕刻岁月的感动与力道。

与此同时，在一派欢欣中，意在鼓励优秀文学作品创作，推动宁夏文学事业繁荣与发展；强化品牌意识，进一步扩大《朔方》影响力的“紫色梦想杯”首届《朔方》文学奖，经由初选、初评、终评成功揭晓。本届《朔方》文学奖，共设特别贡献奖、中篇小说奖、短篇小说奖、散文奖、诗歌奖、评论奖、新人奖等七个奖项。张贤亮、马金莲、马悦、李洁冰、季栋梁、东西、刘汉斌、彦妮、古马、杨森君、林一木、牛学智、许艺等十三名作家分获此次奖项，他们中大部分是70后、80后宁夏本土作家。应该说，《朔方》此届获奖作品虽然只是在《朔方》最近三年（2011—2013）的原发作品中遴选出来的，但还是较为集中地反映了近年宁夏文学创作的整体水平，以及《朔方》“出人才出作品”的办刊理念，文学奖的评选，既是宁夏文学实力的一次整体呈现，也是对宁夏近年文学创作的全面检阅。

8月19日晚八时，在张贤亮先生亲手创办的镇北堡西部影城百花堂，首届《朔方》文学奖颁奖典礼隆重举行。时值中国作协“中国梦的多民族影视文学呈现·2014中国少数民族当代文学论坛”在银川举办，来自全国各地的不少知名作家和会议代表悉数光临。

那一晚的祥和气韵，那一晚的文学盛会，至今生动地留存在到场嘉宾的记忆中。当中国文联副主席、中国作协名誉副主席、中国作家协会少数民族文学委员会副主任、中国笔会中心会长丹增向张贤亮颁发首届《朔方》文学奖“特别贡献奖”时，全场掌声雷动。虽然，彼时，贤亮先生已罹患癌症在北京治疗，但《朔方》文学奖“特别贡献奖”的设立和颁发，不仅寄托着我们对曾任《朔方》编辑、主编，时任名誉主编的贤亮先生深深的情谊与敬意，也以此彰显着张贤亮作为“宁夏名片”和“文学大树”的深刻意义，以及他长期以来对《朔方》、对宁夏文学强有力的影响和带动作用。贤亮先生在一个多月后的2014年9月27日不幸辞世，由《朔方》颁发的这个“特别贡献奖”也因此成了贤亮先生在世时领取的最后一个文学奖项。

张贤亮，无疑是当代中国最重要的作家之一，他是“‘反思文学’的杰出代表，他为我国新时期文学的繁荣做出了突出贡献”[①]，三次获得全国优秀小说奖，九部小说被改编成电影或电视剧，被翻译成三十余种文字在世界各国发行，“他的大量小说透彻地把握生活与人性，反映了一代人的痛苦与希望，充满了哲理与诗意，是中国的灵魂与声音”[②]。宁夏新时期文学的成长与繁荣更当永远镌刻着张贤亮先生的卓越贡献。或许，本届《朔方》文学奖的设立和入围作品的集结，正是我们对贤亮先生最好的告慰。

黄河涛声远，朔方文脉长。五十五年跨越时空的寻梦之旅，《朔方》既是扶持和培养作家的平台和阵地，也是宣传宁夏的窗口。在当下追寻“中国梦”、砥砺奋进的历史节点上，我们有理由相信，《朔方》会集结更多的“文质兼美”，“有筋骨、有道德、有温度”，“像蓝天上的阳光、春季里的清风一样”的优秀之作，“书写和记录人民的伟大实践、时代的进步要求，彰显信仰之美、崇高之美”[③]！

愿我们为《朔方》祝福，为宁夏文学祝福！

愿她春色满园，愿她硕果盈枝！

2014年9月

①中国作家协会《唁电》，《朔方》2014年第11期“张贤亮纪念专号”第5页。

②江苏省盱眙县人民政府《唁电》，《朔方》2014年第11期“张贤亮纪念专号”第6页。

③《习近平在文艺工作座谈会上的讲话》（2014年10月15日）。

贺《黄河文学》一百期

明媚的三月，明媚的阳光与春色。

在一片明媚中，我们看到了《黄河文学》一百期的叠影，那里有她从小荷初露到尽展风华一路走来的风风雨雨，以及芳馨，以及硕果。《黄河文学》走过一百期，也就是走过了五千四百个日夜。十五度春秋易逝，今天的《黄河文学》恰似一个文坛美少年，浑身散发着成长的气息，清新、俊朗，纯真、坚韧。

《黄河文学》创刊一百期，是一个值得纪念的日子。

作为《黄河文学》的读者、作者与朋友，与每一期《黄河文学》的相遇相知都充满欣喜与快乐。十五年来，《黄河文学》坚守纯正的办刊方向，不跟风，不媚俗，以品牌经营为办刊理念，以培养本地作者为办刊宗旨，面向全国开放办刊，编发了一系列高品质、有价值的文学作品。天长日久，《黄河文学》的周围已聚集起一大批文坛精英与文学新秀，他们在这方中国当代西部文学的苗圃中抒写时代、彰显性灵，关注人生，共同点染着中国当代文学五彩斑斓的春光春色。

跨入新的历史时期，《黄河文学》进一步提升办刊宗旨与办刊风格，“关注心灵秘密，提升人的品格”、端庄纯正，倡导“办一份安详的杂志”“办一份能够唤醒读者心中温暖、善良、崇高和引人向上的杂志”，《黄河文学》这份办刊情怀，触动了无数人内心的感动。宁夏人民出版社与《黄河文学》同为西部新闻出版之劲旅，书香刊馨，我们拥有良好的互动。共同的目标、共同的追求，共同的作者。无论是老作家巴金、冰心、梅志、辛笛、邵燕祥、绿原、罗飞，还是张贤亮、冯骥才，都有作品由宁夏人民出版社出版，第四届“鲁迅文学奖”的获得者郭文斌的《大年》等作品也由宁夏人民出版社推出。相信我们的合作会天长地久，相信我们的携手会共谱西部文化、文学繁荣发展的新篇。

“黄河养育了文学，文学必将无愧于黄河。”这是著名作家蒋子龙先生对《黄河文学》的寄语，愿借子龙先生的佳句，在《黄河文学》一百期庆典之际，祝《黄河文学》承载起西北高原的深情厚意和黄河子孙的民族精神，一路奔流，向前、向前！

备注：笔者时任宁夏人民出版社副社长，受邀到会致敌。

原载《黄河文学》2008年第4期

文学的坚守与成长①

——《昭通文学发展道路初探》感言

位于祖国西南边陲的云南，与位于祖国西北的宁夏相距遥远，但是2013年10月的昭通行，却让我一下子亲近了昭通，因为一个别样的字眼与群体——“昭通作家群”。那是参加中国作协少数民族文学委员会昭通文学创作基地的挂牌活动。金秋的昭通不仅为我们呈现了她的绚烂之美，更向我们传递了一份文学的美好与感动。散居着二十四个少数民族的昭通地区不乏山高水远之处，比如我们去过的鲁甸，当然，记住鲁甸的一个原因还是因为那里也是回族群众聚居的地方，还有盐津。那天，在盐津的露天午餐上，伴着青山云影我还记住了一位诗人的名字，他叫樊忠慰，甚至还记住了他诗中的句子：“这无法游泳的海／只能以驼铃解渴／每一粒沙／都是渴死的水。”②这个腼腆寂寞略显孤独的诗人，这个以诗为天空的“诗歌赤子”，让我们真正感到了文学给予生命的力量。

当然，真正让我动情的还是当我参观了昭通师专“崛起的昭通作家群”的展览，知晓了这片土地上的这一份文学的坚守与成长。这让我想起了我生存的那片黄土地，想起了宁夏南部山区干旱贫瘠的土地上的那片最好的庄稼——文学，以及支撑着这方文学厚土的“西海固作家群”。“云南昭通作家群”和“宁夏西海固作家群”，二者之间有着太多的相似性，都是以地域命名，都是在相对贫困的地区成长的作家群体，都崛起于上世纪末本世纪初，都以令人仰视的卓尔不凡的创作成就撑起了所在省区文学的半壁江山。昭通有两位获鲁迅文学奖的作家——夏天敏和雷平阳，宁夏西海固也有两位获得鲁迅文学奖的作家——石舒清、郭文斌。第十届少数民族文学创作“骏马奖”，同样有昭通籍和西海固籍的作家（潘灵《泥太阳》，李进祥《换水》）获奖。

而对于这两个不期而遇的作家群，让我们真正肃然起敬的，是一种文学的精神，以及各级组织为扶持本土文学创作所倾注的真诚与努力。

昭通历史文化悠久，秦开“五尺道”、汉筑“南夷道”，中原文化、巴蜀文化、荆楚文化、古滇文化在此交汇融合，孕育了厚重深远的朱提文化。昭通的作家群体中，有不少少数民族作家。他们自觉坚持平等、团结、互助、和谐的民族观，作品中饱含着对

①本文收入《昭通文学发展道路初探》，刘绍清主编，云南人民出版社，2015年12月版。

②《沙海》，樊忠慰著，云南人民出版社，2013年10月版第12页。

文学纯洁性和神圣性的向往和维护，在市场经济大潮中，拒绝诱惑，坚持挖掘本土文化的积淀，坚持为现实、为人民吟唱，许多作品表现出强烈的忧患意识，体现了作家的责任和担当。

宁夏是中国五个少数民族自治区之一，也是中国唯一的省级建制的回族自治区，是祖国西部一方物华天宝的热土。黄河文化，红色文化，西夏文化孕育了绚丽多彩的宁夏文化。宁夏南部的西海固地区更有着丰富的历史遗存，萧关古道、须弥佛光中珍藏着一千五百多年前中西文化交流与传播的密码与辉煌。但在近代以后，宁夏南部山区因缺水少雨造成的干旱成了“苦瘠甲天下”的地方。绿色淡远，生活沉重，但文学却成了这片土地上最好的庄稼。2011年10月10日，中国作协中华文学基金会将“中国文学之乡”的牌匾授予了宁夏西吉县，全国第一个“中国文学之乡”在偏远的“西吉县”诞生。而西吉文学正是“西海固文学”的缩影。在西吉、在宁夏的西海固有着一批耐得住寂寞，静得下心来坚守文学的作家，他们用纯洁、干净的文字感动着读者，净化着人们的心灵；在西吉、在西海固还有着众多热爱文学的普通群众，他们是西海固文学得以生长的沃土，是文学让生活在贫瘠土地上的人们有了一颗富有的心，文学也必定会让这片土地不再贫穷。

无论是“昭通作家群”还是“西海固作家群”，他们的创作均植根于民间，贴近大地，他们热爱生活，感恩天地，敬畏文字，从他们的作品中我们读到的是关于土地、关于日常、关于生命的最为本色、最有泥土味的叙说、省视与呈现，寂静而芬芳……而这些从他们心存大爱的心底流淌出的文字，终是源于他们坚守“文学的纯粹与本真”，用文学之笔去温润人心、引领人心，救赎自我，安妥灵魂的创作追求。也正是这样的一种情怀和坚守，“昭通作家群”“西海固作家群”成为了云南、宁夏文学的中坚力量！回溯这两个作家群的成长道路以及文学现象，带给我们的的确不仅仅是感动。而始终呵护、关注并托举着这支文学生力军，营造文学氛围，为其助力，促其发展的当地党委、政府、文联作协等各级组织也同样值得敬重！

因为他们，因为文学和文学所带来的精彩与感动，使我们对这片土地充满深情，使我们对这个世界充满期待与憧憬。让我们祝福他们，祝福文学！

2015年7月8日

朗润园内访季老

2009年7月11日下午，惊悉季羡老于当日上午九时五十分因心脏病发作抢救无效，驾鹤西行，一时间哀痛充盈内心。2000年11月22日，2002年2月1日，2007年7月20日，因为“跨文化丛书·外国作家与中国文化”（全十卷）图书项目，曾三次与季羡老见面，其情其景，一幕幕浮现。翻看首次见季老写下的文字，那个温暖的时刻又在眼前……

——题记

2000年11月22日，一个暖暖的冬日，为宁夏人民出版社“跨文化丛书·外国作家与中国文化”（十卷本）图书项目，应丛书主编，南京大学比较文学、比较文化研究所所长钱林森教授之约，我们专程赴北京大学拜见季羡林先生。

下午四时左右，我和高伟副社长从北大独具特色的红门入内，燕园内清新、俊朗的气息扑面而来。不时有步履匆匆的学子擦肩而过，也间或路遇清癯儒雅、两鬓斑白的老者。脑海中不由得飘出一缕思绪，“巍巍上庠，百年星辰”——季羡老曾这样抒写他深爱的北大（见《季羡林人生漫笔》）。是啊，“也许是出于一种偶合，北大几乎与二十世纪同寿”，作为中国大学的排头兵，北大对中国文化的传承具有特殊的作用。这不仅仅在于其百年的校史，更在于她“灿如列星、不可胜数”的“得大名，有大影响的”代代学人。“大学者，有大师之谓也。”真的是这样。

在北大芍园，与钱教授会合后，我们沿着未名湖畔的小径，伴着斜阳晚照中的湖光塔影，径直来到位于燕园一隅秀丽幽静的朗润园，季老就住在这里。朗润园朴素的公寓楼前，最引人注目的是一片面积不小的荷塘。正值冬日，那里也自然是一派萧瑟之景。然而，透过残荷败叶，我们想到的却是春和景明、夏木葱茏之日，那迷人的清塘荷韵，尤其是那被称作“季荷”的一池红莲（那是洪湖莲花的子孙，由季老撒下的种子长成）……

按照约定的时间，我们准时叩开了季老的家门。秘书李玉洁女士热情地招呼着我们，季老已笑呵呵地等在书房。李秘书告诉我们，今天，来的人可真不少，你们是第四拨，刚刚会见的是赵朴初的夫人。我们为这样打搅季老有些不安，可九十高龄的季老，却是那样的亲切慈祥，握着老人那双温热的手，我们的心里也漾起暖暖的波澜。

季老的精神真的很好，称得上鹤发童颜。钱教授向季老介绍我们两位来自宁夏人民出版社。季老笑着说，“宁夏，很好的地方，我认识你们原来的黑主席（黑伯理，曾任宁夏回族自治区主席——编者注），我的山东老乡，他是回族人。”“还有宁夏大学的俞灏东先生，我们也很熟悉。”高伟副社长插话说，“俞先生是我的老师。”季老又对我们说：前不久，研究西夏史的李范文先生也来过家里，并带来了他的那本《夏汉词典》。接着季老的话题，高伟副社长向季老介绍了地处西部的宁夏人民出版社在地域文化、西夏学方面的出书特色，以及我们重视文化积累，开拓出书品种，打造图书品牌的发展思路。当听钱教授说，由他召集具有新锐眼光和学术实力的一批学者撰写的，具有填补比较文学、比较文化空白意义的大型学术工程——“跨文化丛书·外国作家与中国文化”由宁夏人民出版社策划出版时，季老高兴地点头称好，并亲切地对高伟副社长说：“出版这套丛书，将会大大扩大宁夏人民出版社的影响，你们应精心组织、实施。”对我们提出的有关请求（请他担任学术顾问并为丛书写序）季老也欣然允诺。

在轻松的气氛中，季老兴致勃勃地向我们询问了各卷执笔人的情况，主编钱林森教授一一作了介绍。季老接着同我们谈论起有关写作话语的话题。季老说：“随着社会的进步必然会产生新术语，但是否纳入我们的语言体系还要看是否必要，那些佶屈聱牙的术语，尽量不要用。现在中文系的学生们说，如今许多老师写的文章越来越看不懂。希望我们的丛书能用大家看得懂的语言写，让更多的人愿意看。”

在谈话中，季老还提到了《李政道文录》（浙江文艺出版社1999年5月版）。并阐发道：“二十世纪的西方是微观分析的世纪，但是分析过头了，比如说美学。谈美的美学却叫人不敢碰，不敢读，原因就是‘术语化’。中国的特点是综合、具体。比方说，‘清新是庾信，俊逸数鲍照’，就是一种综合的评论。”季老接着说，“二十一世纪明天就来了，我们需要微观与宏观相结合，东西方相结合，所以跨文化的交流与研究就更加必要……”

季老的话语重心长，充满了对后学的关怀与期盼。我们心下在想，一定将季老的这些话原原本本地告诉丛书的每一位主笔。

在告辞之前，我们紧紧偎依在季老的身旁，在季老书香袭人的书房，在季老最喜欢的画像下，留下了一张难忘的合影。

告别季老，又站在朗润园前的荷塘边，不约而同，我们又一次回望那个温馨的窗口，心中泛起的竟是一缕浓浓的依恋……

2000年12月9日于唐槐寓所

擎巴金的手推开世纪的门①

——为纪念巴金去世一周年而写

巴金不仅仅是文学家，巴金首先是伟大的道德思想家，社会改革家，他在二十世纪的中国，犹如卢梭在十八世纪的法国，托尔斯泰在十九世纪的俄国。

——王元化

一年前的今天，巴金先生走了，在月明星稀的傍晚。

他为大家活着，走过了一百零一岁生命旅途，终于安详地离去，去与他挚爱的夫人萧珊和许许多多想念的朋友团聚……天堂中因了这颗“巴金星”，将会格外幸福。仰望星空，我们默默祝祷：巴金先生，您一路走好！

巴金，曾经是一个世纪的生命长河，越过崇山，穿过峡谷，为了他心目中的文学，为了他深爱的读者奉献了一生，他的品格、风骨和激情，已融入中国新文学百年历史的骨髓之中。他的一生体现了当代中国作家奋斗和探索的精神，体现了中国作家与国家命运与共、与人民肝胆相照的气节和品格。从“五四”到“文化大革命”，再到改革开放，巴金都是中国作家良心的代表，他的精神影响了一代又一代的作家。我们深信：一个伟大的心停止了跳动，但时代良心、社会责任、火一样的情感、悲天悯人的精神，却一样也没有带走。

怀念巴金，也怀念那些与巴金有关的温暖的时日。

……

1982年大学毕业后，我走上了大学讲坛，专门从事中国现当代文学学科的教学。此后的十七年中，我得以一次又一次地向一批又一批的学生叙说着巴金，他的文，他的人。巴金的《家》是现代文学中必讲的名篇，巴金在这里通过他笔下的人物，向“一个垂死的制度”发出了自己的控诉。巴金的《怀念萧珊》是新时期文学的重要作品，也是巴金晚年《随想录》中最为感人的篇章。他的善良与真情，他的人性的高贵与纯粹，从字里行间对妻子的追忆中柔韧地渗出。著名作家柯灵先生曾将巴金的生平归结于两个字：一个是“真”字：“思风发于胸臆，言泉流于唇齿”，笃实坦荡，表里如一；一个是“爱”字：爱祖国，爱人民，爱自由，爱正义……心里永远恪守着对国家、对人民的

①此文应巴金胞弟李采臣老约稿而撰写，发表刊物不详。

责任。

十六年前，我也曾经以比较文学的视角，完成了一篇有关巴金的长篇论文：《灵魂的告白——卢梭〈忏悔录〉与巴金〈随想录〉比较》。在深入研读巴金的过程中，我无数次地为巴金老人至诚至爱的品格所感动。他的单纯、坦白，他的敏感、多情，他的对生活的热爱，对生命的理解，对友情的看重，以及对读者永远的心怀感激……这是一座高山，在无数读者的心中，巴老之风，山高水长。八十四年的文学生涯，巴老从不把自己看作一个文学家，他是把文学创作视为自己探索人生道路、追求自由、平等、抒发爱憎感情的寄寓。巴老永远与时代、社会、人民紧紧联系在一起。他的创作，努力追求着生活真实与情感真挚的统一，摒弃一切华丽浮艳的文风，反对一切虚假夸张的无病呻吟，不重技巧，不求雕饰，只是用一颗炽热的心去感染读者，动人以情，启人以善，育人以美，他写作的最高境界和理想是高尔基故事中的“勇士丹柯”——“他掏出燃烧的心，给人们带路”。巴老，以他对祖国、对人民至死不渝的热爱，为真理、为社会进步奋斗不止的崇高精神，而给我们树立着一个永久的榜样!

前年的11月25日，是巴金的百岁华诞，宁夏人民出版社召开座谈会祝贺巴老生日。巴老的胞弟李采臣先生是宁夏人民出版社原资深编辑，缘于这脉亲情，宁夏人民出版社得以近距离地感知巴金，并出版了与巴金有关的多部著作。1999年，我初进出版社，李老关注到我在图书选题方面的热情与观点，十分赞赏，得知我写过有关巴金的论文，更是高兴。我曾多次去位于银川兴庆区前进街的出版家园看望李老，每次他总是会对我讲起巴金，说巴金不仅是一位文学家，巴老更看重自己曾是一位编辑家，一位出版家。是啊，二十世纪三四十年代，巴金等主持创办的上海文化生活出版社和平明出版社进步与活跃的出版活动，至今令人怀念。那天，李采臣老及诸多文学界、教育界的朋友们一起参加了出版社的座谈会，畅谈巴老的生平及其对中国二十世纪文学的贡献。两年过去了，那样的氛围仍然令人难望。

在北京东北的芍药居，竖立着一座中西合璧的精巧建筑——中国现代文学馆，在那个旋转大门的每一个门把手上，都有一块方方的铸钢块，上面镌刻着一只苍老的手印，那正是巴金老人的手模。这是一个十分感人而又意味悠长的细节。用现代文学馆原馆长舒乙的话说，这是一只承前启后的手，是引导后人感悟文学本质，步入文学圣殿的手。

今天，在这霜叶似火的秋日，我们送别巴金，缅怀巴金，我们愿在这双大手的牵引下，迈进新世纪的门，永远心怀圣洁，继续努力建构中国文学伟大的丰碑!

2005年10月20日初稿，2006年10月15日修改

永远的冰心

很久没有这么沉静地读书了。昨天，社里已退休的老编辑——巴金胞弟李采臣老来室里取再版的样书——冰心著《关于女人》（初版于1943年，重庆，天地出版社），顺便跟我聊起了关于这本书的故事及组稿经过。这不由得勾起了我的兴趣，一早上班就找书来读。

办公室里，早晨的阳光暖暖地照进来，我就在这冬日清朗的阳光中读这本精致的书。真是久违了，冰心那委婉细腻的文字，至真、至善、至美的意蕴。虽然在本书写作中她调皮地化名为男士，以男性的视角铺陈叙说，但那字里行间的情致仍然是冰心的。

是啊，除了冰心，有谁能用如此流转的文字极尽对女性的温柔与体谅？有谁能以如此包容的情怀倾诉着对一个个冰清秀骨的女性的挚爱？冰心用“男士”的笔一口气写了十四个女人的故事，将十四颗晶莹剔透的灵魂呈现在我们的面前。虽然这十四个女人中有的出身名门，优雅高贵，有的目不识丁，穷困贫弱，但她们都是女人中的女人，有着天使一般的恬静纯美。她们活着是为了给这个世界带来爱，无论是对父母、夫君、亲朋还是子女。试问，世间的种种仁爱中又怎能少了她们爱的光影？

……

读着这一行行纯净的文字，与一个个女人中的女人相逢，如遇幽兰，如聆笙箫。真想也化作冰心笔下的那一行文字：“我这一生只是一片淡薄的云，烘托着这一天的晶莹的月。”

是啊，那十四个女人的故事，正是那一天幽蓝中晶莹的月色，皎洁如水，恬美如云。捧着这一心的感动，扪心自问，是不是也该走进去，做那十四个姐妹的姐妹……

静静地读冰心，品味冰心。从她的生到她的走。用轻柔的目光抚摸冰心，看到的是她一生中许多的出发与到达：她从中国的福建出发，到了中国的许多地方，横渡过太平洋，在美国慰冰湖暂住，然后在北京停驻。她看见过风、雨、雷、电；她经历过战争、和平、动荡、安宁；她在海上恋爱，在教堂的钟声中举行婚礼；她生育孩子；她赶赴母亲的丧礼，也要赶赴父亲的丧礼；她叹惋她的同学、同乡也是才女的林徽因在北京、在离她不远的医院病逝；她目送她的丈夫吴文藻远离人世；偶尔她和她的孙子孙女们在花园里，共享天伦之乐；她最后去医院，在医院的时候，一个世纪到达它的末尾。一个世纪的人，都注意到这个老人的生命力。她的笔尖在白色的纸上落下，如同优美的舞蹈的足尖，一个生命从世界上走过，把她对世界的热爱、希望以及祝愿，全表现在舞蹈的过程和舞韵里。

人们还曾这样评述冰心：冰心是这个世界少数的向自身发问的人之一。一个女性在这个世纪的自我发问，并不需要更多忏悔，正如同战场上的护士，她为自己的无能为力而痛恨自己，她要自己给予伤病者更多的爱，她像母亲一般怀疑自己是否爱得还不够，这爱何以不能与死亡匹敌。冰心的自我发问，就是这种动人的发问，因此她的每行文字，都是爱的闪耀，凝聚着女性的温婉、深沉、宽容，如大海一般对人生苦难的理解与承担。

是啊，我在想，冰心的意义不仅在于文字之中，因为这些文字记录了一个苦难世纪中，人所能拥有的爱心，这些文字如同一片片纯洁的冰，将恒久地润泽人类饥渴的灵魂。同时，冰心坚强、博爱的一生，亦与她的文字一起，共铸了女性文学的丰碑。

宁夏人民出版社的张劲老师说，冰心是这个世界上最精妙、最美的女人，少女时是美的，少妇时是美的，老了也是美的。她在人生的任何时段都以美的光晕笼罩着一切爱慕着她的人。我也想说，冰心把那么多的爱给了这个世界，她就是爱与美的化身。那么，昨天、今天以及明天的人们也一定会以爱的目光、永恒的目光抚爱着她的文字、她的故事、她的人……因了这，这个世界也会在爱的氤氲中变得更加澄净与温润。

我想会的。

1999年12月7日初稿，2002年12月5日修改

珍贵的回忆

——《梵典与华章》[①]与温总理出访印度

《梵典与华章》是我在出版社时责编出版的一本图书。这本书是宁夏人民出版社“十五”国家重点图书“跨文化丛书·外国作家与中国文化”中的“印度卷”，编著为深圳大学的郁龙余教授等，序文《华夏天竺，兼爱尚同》的作者之一是季羡林先生。季羡林先生还为这套丛书写下了题词。

> 我一向有一个看法：文化交流是推动人类社会前进的重要动力之一。如果没有文化交流，我们简直无法想象，人类今天的社会是一个什么样子。在精神方向的交流中，文学的交流实占有重要地位。跨文化丛书致力于这方面的研究，可谓有真知灼见。

而我从没有想过，我主持并责编的图书会与国家总理的一次出访有关。

2005年7月30日有一则新华社消息。

> 7月29日上午，温家宝总理来到解放军总医院康复楼，为九十四周岁的我国学术大师季羡林先生祝贺生日，交谈中说道：“我今年三月访问印度。出访前看到了《梵典与华章》一书，开卷就有您的题词。”

2006年3月14日，温家宝总理在人民大会堂接见中外记者，回答印度报业托拉斯记者提问，用洗练、精当而又充满诗意的语言概括中印文化交流。

> 今年是中印友好年，其中一个重要内容就是“梵典与华章”，即中印文化的交流。
>
> 我有一个信念：当中印两国真正强大起来，能够充分展示自己精神风貌的时候，那就是亚洲世纪的真正到来。到那时，我希望我们两个国家兄弟般的合作关系仍然存在，并将友谊深藏在两个东方民族的心底。

---

①《梵典与华章——印度作家与中国文化》，郁龙余等编著，宁夏人民出版社，2004年第1版。

这样的两条信息传递与我，自然激发出无比的欣慰和感动。

一切缘于2005年3月14日。

那天上午，温家宝总理照例出席“两会”中外记者招待会。印度报业托拉斯记者举手做有关中印关系的提问。温总理的回答儒雅而深情。总理引用了印度三千年前的古籍《奥义书》中的诗句：“愿我们同受庇佑，愿我们同受保护，愿我们共同努力，愿我们文化辉煌。不要仇恨，永远和平、和平、和平。”同时，温家宝还透露了即将出访印度的消息。

当晚，坐在电视机前收看“两会”新闻，听到这里，不由得心中顿起波澜：可不可以把我们刚刚出版的《梵典与华章——印度作家与中国文化》呈送总理，并托总理转赠印度人民，以表达中国人民对印度人民的深情厚谊？

“真的可以这么想吗？”我有些忐忑，有些拿不准。

于是，立即发一份传真给主编郁龙余先生。

今天，听温总理电视讲话，关于中印关系的答复十分精彩。温总理说他今年5月将出访印度。今年是中印建交五十五周年。我突然有个想法，能否将咱们的《梵典与华章——印度作家与中国文化》送给温总理，托他转送给印度人民呢？这也是我们为中印友好做的一番努力啊！

郁先生那边热烈响应。回信说：

完全同意你的意见，请总理访印时将《梵典与华章——印度作家与中国文化》送给印度人民。此书的主题是中印文化交流，表达了我们对中印友谊的美好祝愿：“中印两大民族友好、强盛，乃是尧天舜日、罗摩盛世，两国人民之大福祉，世界人民之大福祉。”

相信，在新世纪里“印地秦尼，帕依帕依”（中印人民是兄弟）的口号，将重新响彻中印两国的天空。

他还建议以宁夏人民出版社的名义给温总理写一封信，同时也附一封写给印度人民的信。

接下来的行动迅捷而流畅。

在宁夏回族自治区党委宣传部的运作下，相关信息很快传递到外交部。

紧接着，四十本回响着中印文化交融旋律的《梵典与华章——印度作家与中国文化》，以及署名“中国宁夏”的《给印度人民的一封信》，伴随着和煦的春风抵达北京。

各方反响强烈

温总理在“两会”答记者问中有关《梵典与华章》的消息不胫而走。

当日，新华社电稿《温总理引用的古语诗文典籍》专门对总理讲话中的典故作了一些解释。——“梵典与华章”出自我国一本学术著作《梵典与华章——印度作家与中国文化》。

2006年3月17日，《宁夏日报》头版刊登杨兆海、连小芳文章《总理答记者问牵出的“宁夏籍”丛书》，报道了宁夏人民出版社“跨文化丛书”以及《梵典与华章》的出版情况，字里行间充满了宁夏文化人的自豪。

2006年3月17日，《深圳特区报》刊登记者梁婷的长篇通讯《总理引言出自深圳著作》，从“深圳学术研究的奇葩”“文学价值与学术价值并进”“填补南方中印研究的空白”三方面，对《梵典与华章》及其作者，进行深入报道。

国内外的专家学者，对《梵典与华章》给予了很高评价，如著名美籍华人印度学家谭中教授说：“它使我这个继承泰戈尔和谭云山共同发起的‘中印学’、并在中印学上工作了半个世纪的耕耘者非常佩服。”

2005年，《梵典与华章》获“中国北方十五省市自治区第二十届哲学社会科学优秀图书奖。”2006年，《梵典与华章》获“第四届中国高校人文社会科学研究优秀成果二等奖。”2007年6月15日，郁龙余教授和两位年轻作者刘朝华、李美敏（时为北大印度语言文学专业博士生）一起，应邀访问印度驻华大使馆。拉奥琦大使见到赠书《梵典与华章》，高兴地说：“非常感谢。这本书在印度很有名，是温家宝总理访问印度时送的，我们称为国礼。许多领导人那里都有这本书。感谢你们，感谢深圳大学为中印友谊做出的贡献。”

时到今日，十三年过去了。《梵典与华章》仍端放在书架上，那一份珍贵的回忆也将在我的记忆深处永存。

2019年11月6日

附：

给印度人民的一封信

我们的总理到贵国访问，我们托他带去给印度人民的一份礼物：《梵典与华章——印度作家与中国文化》。这本书中，回响着的是中国印度两个拥有辉煌文化的大国，三千年来文化交融、友好相邻的动人旋律。

中国和印度，同属世界四大文明古国、世界三大文化中心。文化自成体系，独立发展，然而又交通自古，文缘久远。其间，涌现出了鸠摩罗什、菩提达摩和法显、玄奘、义净等高僧大德，光前裕后，彪炳史册。纵览中印文化关系，在古代中国输入多而输出少，至近代渐趋平衡。印度泰戈尔、辨喜、尼赫鲁、师觉月等，深受中国文化熏陶，中国梁启超、陈寅恪、郭沫若、苏曼殊、冰心等，深受印度文化影响。中印文化交流，呈现出交光互影的新景象。

在世界文化发展史上，各民族之间的文化交流，并非都是那么美好、那么和平和充满友谊，其中不乏暴力和血腥，充满霸气和凌辱。与此相比，中印文化交流，源远流长，硕果累累，不仅造福于中印两国人民，而且泽及世界各国，堪称世界文化交流楷模。印度诗人泰戈尔说："印度感觉到中国是极其亲近的亲戚。中国和印度是极老而又极亲爱的兄弟。"中国文学家鲁迅对中印文化交流作出了简扼而深刻的总结："印度则交通自古，贻我大祥，思想、信仰、道德、艺文无不蒙贶，虽兄弟眷属，何以加之。"中印两国现代最富睿思的两位哲人，用极富感情又极中肯的语言，概括出了中印文化关系史的本质特征。

印度佛教东传，除了给中国带来卷帙浩繁的佛经、内容丰富多彩的各种印度文化之外，还促使中国人培养了一种极其宝贵的精神——西天取经精神。这是一笔至为宝贵的精神财富，其宝贵程度不亚于所有佛经。中国人自立于世界民族之林，需要依靠各种精神，如自强不息、吃苦耐劳、忠勇务实、尊师重道、内圣外王、睦邻怀远等等，当然也包括西天取经精神。这种取经精神，只有在向外族学习的实践中形成和提升。唐玄奘的故事，随着各种形式和版本的《西游记》的传播而家喻户晓。这是取经精神深入人心的最有力的标志。中华民族所以历数千年而不衰，并非我们的物质环境得天独厚，而是靠着包括西天取经在内的各种宝贵精神。

取经精神所包括的基本含义是：博大的胸怀、开放的性情，虚心的态度，精进的品格。这是任何一个民族要想永远立于不败之地的不可缺少的基本精神。时至今日，取经精神已经成为中国人的元精神，中国文化的重要基因。我们相信，印度民族同样具备此种优秀的品质。凭着这种精神，中印人民会勇敢面对国际化浪潮，并必将受此洗礼而愈加英姿焕发、朝气勃勃。

愿《梵典与华章——印度作家与中国文化》送去中国人民对印度人民的美好情谊。

祝中印两国世代友好、国泰民安！

中国　宁夏

2005年3月20日

“人的花朵”之歌

——《梅志文集》出版小记

这一天，是2007年12月30日，再过一天就是2008年新年了。因为《梅志文集》的出版座谈会，我和戎爱军编辑29日就来到了北京，与北京鲁迅博物馆的孙郁馆长、黄乔生馆长助理等一块做会议的相关准备工作，会场布置，音响设备、PPT播放等。应该说，有老朋友孙郁馆长坐镇，一切都顺畅妥帖。

虽是北京寒风凛冽的冬日，但这一天的清晨，冬阳格外明媚，照在位于阜成门内西二条19号鲁迅博物馆古色古香的建筑上，照在鲁迅故居的门楣上，也照在馆侧那高耸的妙应寺白塔的塔身上。我和戎爱军一早就守在馆门口，接应到北京印刷厂送来的会议用书——刚刚出库的精装四卷本《梅志文集》，立马摆放到会议坐席上。接着，就迎来了前来参会的嘉宾。

刚刚修缮一新的鲁迅博物馆一楼陈列厅，质朴、凝重，富有艺术感。三面灰色墙壁上错落有致地排列着鲁迅著作的书名、文章名，主题墙上有青铜的鲁迅手迹、主题雕塑，而最显眼的是前厅正中落地而置的一尊摊开的鲁迅手稿汉白玉雕塑。我们的会场就围绕着这尊雕塑而设。各路嘉宾如约而至，寒暄问候之声此起彼伏。梅志生前师友鲁迅之子周海婴和鲁迅长孙周令飞来了，梅志子女张晓风、张晓山一行来了，在京的梅志胡风先生的生前友好谢韬及夫人卢玉、牛汉、于行前、杜高等，以及彭小莲、刘若琴等梅志老友的亲属也来了，还有著名学者王得后、朱正、孙玉石、张恩和、王世家、姚锡佩、李辉、高远东等也赶到了，加上北京鲁迅博物馆研究室、资料室的同志，高校的研究生等约有五十多人参加会议。

《梅志文集》出版发行座谈会由北京鲁迅博物馆与宁夏人民出版社联合主办。作为这套文集的出版方代表兼策划统筹、责任编辑，我和执行编辑戎爱军格外激动。看着一套套飘溢着墨香，装帧精美的四卷本《梅志文集》在与会代表手中展阅，文集出版过程中的点点滴滴又一次浮现眼前。

因为罗飞先生[①]的缘故，1999年我从宁夏电视大学调入出版社做编辑，就开始接触到中国现代文学史上主编了《七月》杂志，是“七月诗派”的代表人物，也是我国著名的文艺理论家的胡风先生的史料书稿。先是与罗飞先生一道责编重版了八十八万字的《我

---

①罗飞（1925—2017），原名杭行，胡风、梅志先生老友。曾任宁夏人民出版社编辑部主任，《女作家》季刊编审。著有诗集《银杏树》《红石竹花》等。

与胡风》（增补本，宁夏人民出版社2003年12月第2版），此后又陆续责编了一些相关的图书选题，这是后话。

2004年1月19日，趁在北京参加宁夏对外宣传工作会议（也是《今我宁夏》重点图书出版发行会）的机会，我带着刚刚印出来的厚厚实实上下两册的《我与胡风》新书，专程到位于北京木樨地的梅志先生家中探望送书。当我敲开房门，梅志先生的女儿晓风女士就热情地迎了上来，此时梅志先生也扶着助步车来到了客厅。我急步上前问候梅志先生，恭敬地向先生奉上新书。九十岁的梅志先生慈祥温和，美丽的眼睛仍是那么清澈脱俗。她在木靠椅上坐下，接过书微笑着翻看，我和晓风女士紧紧靠在梅志先生的身边。晓风女士的先生见状迅速接过我带着的相机，为我们拍下了一张难忘的合照。的确，岁月光阴对于梅志先生这样经历了太多纷乱动荡的人而言，实在是太过无情。从先生秀美而清瘦的面容上，我仿佛看到了她一生的风霜。梅志先生亲切地与我聊天，请我转告对老朋友罗飞先生的问候，并拿出她新出版的散文集《珍珠梅》题赠予我。这是我与梅志先生第一次也是唯一一次的见面。2004年10月，梅志先生辞世。

2005年夏，中国作协召开郭文斌短篇小说集《大年》研讨会，我作为责任编辑一道前往。因为与张晓风女士一直有联系，这天她专程从老远的住处赶来中国作协与我会合，首次提出并详谈了为母亲梅志编纂全集的出版请求。随后，我带着晓风女士的嘱托，带着她交付的梅志先生的相关资料回到了社里。

此后，《梅志文集》的出版论证颇费周折。2006年2月，《梅志文集》终于申报立项，并成为宁夏人民出版社唯一列入国家新闻出版总署“十一五”规划（2006—2010）的重点图书。

2006年9月，晓风老师将厚厚的一摞书稿寄给了我。这时，我刚刚担任宁夏人民出版社副社长，但《梅志文集》出版项目仍然由我总负责。我们成立了一个由老中青三代编辑组成的编辑项目组，成员分别是：特邀编审罗飞、我、戎爱军编辑，谭立群副编审，史芒副编审和姚发国编辑，热情能干的戎爱军编辑担任总统筹。

《梅志文集》卷帙浩繁，总字数约一百八十万，共四卷本。第一卷为《儿童文学卷》，包括童话长诗、儿歌、童话故事以及作者为各单行本所作的前言及后记等。第二卷为《回忆录》，收录《往事如烟——胡风沉冤录》及《我与胡风》两大部分，主要是对1955年至1979年胡风案的回顾。第三卷为《胡风传》。第四卷为《散文小说卷》，辑录作者全部的散文及小说。项目组根据编辑的专长分小组进行了分工，制定了详细的编辑进度。在编辑工作进行的同时，设计人员及时跟进，对图书的装帧设计提出了设想。根据各卷的情况决定采用异型16开的开本，封面的色调以高贵的紫色为主，配以形状不同的梅花，暗合着梅志的名字，同时隐喻着她傲霜的品格……

《梅志文集》因为涉及历史人物众多，历史事件重大，在编辑过程中，新闻出版总署、宁夏回族自治区新闻出版局等部门给予了高度重视。2007年3月，作为重大选题，上报新闻出版总署进行备案，并请有关部门就有关重大历史政治事件、重要人物的叙述的准确性问题进行审查。

2007年8月，审查通过，得到批复“可以出版”！

2007年9月《梅志文集》的三审三校工作顺利开展……在项目组全体同志近一年的辛勤努力下，典雅厚重的四卷本《梅志文集》终于在2007年年底与广大读者见面，也才有了这次召开于北京深冬的《梅志文集》出版座谈会。

这个难忘的座谈会，由孙郁馆长主持，我代表宁夏人民出版社将《梅志文集》赠送给北京鲁迅博物馆和中国现代文学馆，并介绍了《梅志文集》的出版情况。最精彩的当是随后的发言热烈的出版座谈环节。因为会议安排的时长仅有半天，得到发言机会的嘉宾不多，但所有的发言充满了感情，言之凿凿，意之切切。

周海婴先生第一个正式发言。他说，文集是梅志用“五十一年与胡风的坎坷经历一个字一个字地刻录下来”的，“这部书是梅志先生苦难中迸发出积累的火花。她五十一年里却有二十五年是在监禁、流放、伴囚中度过，她的文字是对一部当代文学史的点评、见证”。同时，他还深情地回忆：“鲁迅与胡风的关系，他们是师生，是朋友，更是同志和战友。父亲晚年对胡风相当信任，交往密切，父亲的丧事，胡风即为主要的操办人之一。”又说，鲁迅去世后，梅志和胡风“怕母亲和我过于孤寂，经常抽时间过来陪我们，一陪就是一天，我一直感念不已”。还说，梅志先生晚年致力于传记和回忆录的写作，创作量浩大，占全部文集的一半还多，可以说她是用生命在写作，这有她良苦的用心，她是在对社会对历史作交代，也是对胡风对自己负责。回忆录作为一种有价值的史料存在，这是不以人的意志为转移的。例如，梅志在文集第四卷的回忆中写了鲁迅逝世后的治丧费是由许广平亲自支付现金的。

谢韬先生对梅志先生的人品和才华做出了很高的评价，指出梅志先生与胡风先生同命运共患难，成为胡风先生坚持真理的巨大的精神支柱。梅志先生的回忆录以及她所撰写的《胡风传》，是在这种苦难中迸发出来的生命火花，……这些文字将是中国当代文学史绕不过去的历史文献和见证。

牛汉先生说：“胡风是一座山，一座不是最高却具有相当分量的大山，而梅志则是环绕这座山，流经这座山的潺潺流淌的清溪，非常清澈透明。”梅志先生的文章具有永恒的魅力，反映了她的品质和内在的坚强、高尚。

杜高先生一往情深地回忆了六十五前在桂林认识梅志时的情景，并谈了当年及二十世纪五十年代初阅读梅志童话《小面人求仙记》和《小红帽脱险记》的美好印象。梅志是二十世纪三十年代左翼文艺阵线培养起来的最早的一位优秀的儿童文学作家和诗人。

北京大学的孙玉石教授指出出版座谈会是对胡风、梅志这一代受难者表示我们很真诚的敬意，梅志先生是一位很伟大的女性，是一枝“人的花朵”。

绿原先生的女儿刘若琴代为宣读了绿原先生的讲话。

贾植芳先生、何满子先生等从上海发来贺信，恭祝《梅志文集》出版。

张晓山在发言中说，其母亲梅志曾经希望自己撰写一部自传，但在完成《胡风传》

后即再无精力实现夙愿。他并代表家属，对宁夏人民出版社、北京鲁迅博物馆和与会者表达了谢意。

那一日，与会代表在对梅志先生的人品和创作成绩做高度评价的同时，也对宁夏人民出版社富有文化品格和历史定位的出版眼光表示了由衷的赞赏。对这次会议，人民日报、光明日报、中国青年报、北京青年报、文艺报、文汇读书周报、新京报等多家报刊刊登了消息及专家评论，数十家网络媒体进行了转发和转载。

转眼，时间已经过去了十二年，此时此刻，当我在电脑上回忆整理这篇小记时，又一次翻看着当日的照片和报道，又一次沐浴着浓郁深情的相聚氛围，感慨时光流逝，但那些人，那些文化，那些精神永存！

吾之有幸，曾为出版；吾之有幸，能够走近一株“人的花朵”。

凌寒绽放的《梅志文集》，是中国现当代文学重要的历史资料，当属瑰宝。她芳馨美丽，文脉绵长，也必将历久弥新！

2019年11月7日于湖畔静云阁

天堂里漾动文学的芬芳[①]

——深切悼念张贤亮

张贤亮先生走了。痛悼之情瞬间袭来。

脑海中闪出的第一幕是与贤亮先生的最后一面。那是2013年12月6日上午，在银川镇北堡西部影城百花堂（第13届中国金鸡百花电影节论坛会址），参加张贤亮先生无偿授权小说《灵与肉》电视剧改编权签约仪式。那日的百花堂依旧典雅芬芳，一百部电视机组成的电视墙依旧散发着无可抵挡的气场，颇具中国古韵的独轮车车轮和拥有百年历史的门板制成的一排排坐椅，静候着参会的嘉宾。时间还早，我和其他几位朋友熟门熟道地先在百花堂古雅的会客厅候场，不一会儿贤亮先生陪同自治区有关领导谈笑风生地步入百花堂，我们快步迎上。贤亮先生依旧爽朗、精神矍铄，见了我则乐呵呵地向周围的人们介绍，“哈哈……这是小哈，现在是文联的领导了，我认识她的时候她还是小姑娘……”寒暄应答间春风拂面暖意融融。当贤亮先生陪同领导们坐下继续交谈时，不经意间听到先生朗声笑言：“我已经得了癌症，今天的签约……”顿时愣住，恰巧贤亮先生的助理马红英女士在旁，扭头忙问，“贤亮主席这是怎么说，拿自己开玩笑啊？！”“是真的，肺癌，已经确诊，而且是晚期，有扩散……”随即举行的张贤亮先生与宁夏电影集团的签约仪式隆重温馨，而我于百感交集中只能用相机留下当日当时的瞬间……

仿佛是冥冥之中的引领，近来宁夏的文学活动中，总是不由得要讲到张贤亮、想到张贤亮。今年是宁夏文联《朔方》文学杂志创刊五十五周年，我们筹办了座谈会并启动了首届《朔方》文学奖评奖。我和编辑部的同仁们筹划，为表达对张贤亮先生的敬意，感谢他对《朔方》、对宁夏文学的引领与彰显，首届《朔方》文学奖将“特别贡献奖”授予张贤亮先生，并委托冯剑华老师（贤亮先生的夫人、《朔方》原主编）向贤亮先生敬禀。8月18日晚，首届《朔方》文学奖颁奖典礼在气韵祥和的镇北堡西部影城百花堂举行。正值中国作协“中国梦的多民族影视文学呈现·2014中国少数民族当代文学论坛”在银川举行，颁奖典礼嘉宾云集。张贤亮获得的“特别贡献奖”由中国文联副主席、中国作协名誉副主席、中国作家协会少数民族文学委员会主任、中国笔会中心会长丹增颁发。遗憾的是，正在北京看病的贤亮先生没能在现场，但是，看着大屏幕上贤亮先生卓

①本文发表于《解放日报》2014年9月30日，收入《朔方》（2014年第11期张贤亮纪念专刊珍藏版）、《21世纪年度散文选：2015散文》（人民文学出版社编辑部编，人民文学出版社，2016年5月出版）等。

然的风采和享誉新时期文坛的一部部力作，所有的心都在为先生的健康祈福。

怀着深深的敬意，带着编辑部同仁的委托，我上台宣读了评奖委员会给予贤亮先生的授奖词。

> “宁夏出了个张贤亮。”①
>
> 从《四封信》到《邢老汉和狗的故事》，再到《灵与肉》，正是从《朔方》出发，张贤亮走上腾飞之路，不仅奠定了自己在当代中国文坛的坚实地位，而且成为享誉世界的作家。在他的影响和带动下，宁夏文学有了跨越式的发展，也使《朔方》有了较高的知名度，成为一份备受关注的文学期刊。多年来，他又以反哺的方式，眷顾《朔方》，眷顾宁夏文学，诠释着自己作为“宁夏名片”和“文学大树”的深刻意义。

的确，作为新时期宁夏文学的第一代作家，张贤亮三次获得全国优秀小说奖，他的九部小说被改编成电影或电视剧，被译成三十余种文字在世界各国发行。尤其是他的《灵与肉》（《朔方》1980年4期）发表后，反响强烈，随即荣获全国优秀短篇小说奖，并被改编为电影《牧马人》，成为一个时代文学的记忆。张贤亮的出现，不仅是《朔方》的骄傲，也使宁夏文学从此具有了中国当代文学的高度。张贤亮作为“宁夏名片”和“文学大树”的深刻意义，以及他长期以来对《朔方》、对宁夏文学强有力的影响和带动作用将会得到人们永远的珍重。

也是在现场，我与搭档刘畅朗诵了张贤亮先生的《灵与肉》片断，一片沉寂中，那个时代的文学的经典，那部作品所传达的凄美苍凉与人生的况味，在每个人的心中激起难以平复的波澜……

一夜难眠。眼前眼后尽是与贤亮先生交往的点点滴滴。二十五年前，我还在宁夏广播电视大学任教，宁夏电大、宁夏文联作协联办的首届“文学创作专业作家班”开学典礼，请来了贤亮先生为学员们上第一课。二十二年前的8月，宁夏电大承办的全国电大中国现代文学师资培训会在银川举办，办会地点就在当时唐徕小区东大门北侧的劳动人事厅招待所。数十位代表均是做现当代文学教学的老师，张贤亮的《绿化树》《河的子孙》等作品已是电视大学课程中必讲的重点，渴盼面见张贤亮无疑是所有代表们的祈愿。那个夏日的晚上，我们的联欢会已在欢快地进行中，不爽约定，手拎着一袋打包剩饭的张贤亮先生，就在此时迈进了会场。顿时，将春风、温暖和快乐化作飞扬的浪花……六年前，时在宁夏人民出版社工作，为编辑策划“鲁迅文学奖·张贤亮自选集”《一切从人的解放开始》（宁夏人民出版社2008年版），那个早春之日，我与宁夏作家郭文斌及出版社的女编辑戎爱军一道去镇北堡西部影城拜会贤亮先生。那天的贤亮先

①著名评论家阎钢语。

生兴致极好，带我们漫步于他一手创办的亮点频出的西部影城，不时停下细加介绍，并戏言“今天由我这个董事长亲自为你们做讲解……”在先生古意幽然的府宅前留步、合影，贤亮先生就那么笑盈盈地与我们站在一起。去年8月，西北塞上斑斓的季节，中国作协鲁迅文学院第六期少数民族文学创作培训班（2013·宁夏）在银川举办。8月20号上午我们请贤亮先生与学员们对话，那日，位于银川近郊植物园附近的森淼培训中心教室气氛异常活跃。尽管，当日的贤亮先生也曾私下说这几日身体略感不适，但课堂上的他仍手衔香烟，神采飞扬，妙语连珠中散发着他独有的精神气质。

> “许多人说二十二年劳动改造是您的财富，因此成就了您的今天。”
>
> “这话荒谬至极。苦难只会磨灭人，毁灭人。没有二十二年，我照样可以创作出大作品，这就是作家的‘天赋’与‘禀赋’！”
>
> “请把文学作为一种终身的精神文化追求。每个作家均应有一份自己的坚守，才会汇成文学的多样性”。
>
> “心里可以有一份荒凉，但必是经历过繁华富贵之后的荒凉，那是一种大境界……”

那日，他还忙里拾闲对我说：“看过上月我在《南方周末》发的《雪夜孤灯读奇书》①吗？去读读吧。”

是的，我读了，怀揣着许多的感怀，想再见先生时与他交流，可是，没有“再见”了。在“贤亮先生病情稳定，治疗见好”的信息中我们始终心存期盼，但还是在9月27日下午听到了贤亮先生猝然仙逝的消息。随即，赶去殡仪馆与贤亮先生做最后的道别。

小而肃穆的灵堂内，祭香缕缕、花圈垂哀，静卧于平棺内的贤亮先生戴着漂亮的裘皮帽，身着缀着白色手绢的黑西装，还是那样的有风度。“您真的就这样走了吗？”凝望着先生那宛如安睡的平静的面容，轻轻地，我对贤亮先生说：“先生，您一路走好！天堂里会因您漾动起更多文学的芬芳……”

2014年9月29日

①《雪夜孤灯读奇书》，张贤亮文，《南方周末》，2013年7月25日第23版以整版篇幅刊载。

清水河波光中的身影

——深切怀念李进祥

从昨天（2019年6月17日）下午见李进祥同志最后一面，到今日清晨闻听噩耗，看着手机上满屏的悲叹，就这么心痛着泪眼潸然……

忘不了进祥那最后的眼神：无限的眷恋，无比的挣扎，无言的诉说……亲爱的进祥好兄弟，我们听见了，听懂了你的肺腑之声！听到了你对这个世界的感谢，听到了你向朋友们的告别。你最后的眼神追随着朋友们的背影，我们的泪水和着清水河的柔波拥你回家……

想起了第一次与进祥的认识和相见。

2009年9月我从出版社奉调宁夏文联。工作转接期倒是有一小阵子空档。时任宁夏作协副主席、秘书长的余光慧老师布置我一项任务：参加10月下旬民族文学、漓江出版社和宁夏作协、宁夏同心市委在银川联合举办的李进祥新书《换水》的座谈会，并指定我作发言嘉宾。就这样我第一次听说了进祥的名字，第一次在沉静的阅读中走进了进祥的文学世界。那天下午在宁夏工会大厦举行的座谈会，由时任《民族文学》主编的叶梅老师主持，进祥也做了致谢发言。我在主席台看着站在侧面发言席讲话的进祥，他朴朴实实的样子，声音中充满了真诚。一年多后，刚从鲁迅文学院第十三届高研班结业的进祥，调入宁夏作协，成为了我的同事。

宁夏作协工作人员不多，进祥与作协秘书长闫宏伟配合默契，我分管作协，工作十分顺手。说不清我们一起组织参加了多少文学活动，无论是宁夏西吉——首个全国文学之乡的命名成立，逐县市进行的基层文学调研、采风，还是赴中国作协参加青创会、少数民族文学创作会……进祥和宏伟，一个沉稳大气，一个热情干练，与其说我们是上下级，更不如说是好朋友。他们工作积极主动，每当他俩到我办公室，我常常开玩笑地说：二位又来给我安排什么工作来了？！

其实，相处时间长了，就会知道表面上言语不多的李进祥，其实是个特别会“说话”的人。商量事时，他会静静地先听别人说，你让他说时，他语调不紧不慢，讲出的道理却十分实在而充分，实是一个“智多星”。当然，进祥与作家们的殷殷互动，深厚情谊，归根结底在于他心底洁净地为文为人。

昨天下午，与我同去探望进祥的女作家曹海英，一迈出进祥的家门就失声哭泣。海英是《朔方》的编辑，办公室与宁夏作协门对门，她说进祥几个月没来上班，她总会情不自禁地往进祥面东的办公桌处望，总像是听到进祥用他特有的醇厚、略带方言的声音幽默地与她打趣……但是“进祥老师对我的作品提出意见时，那可叫一个严厉”，海英抽泣着说。是的，文学上的事，创作上的事，对进祥来说，容不得虚伪，更容不得敷衍，因为它关乎本真，关乎心灵。

我很欣慰，在与进祥相处的日子里，亲眼看到了他在文学道路上的不断成长和骄人的收获。2012年8月，第十届全国少数民族文学创作“骏马奖”评选，我和郎伟老师与来自全国的四十余位专家一道担任评委。在十四天评奖中，我和郎伟老师一直默默关注着，看到进祥的《换水》、古原的《白盖头》进入初选公示，我们高兴；听到评委们盛赞宁夏少数民族作家的中短篇小说实力雄厚，我们高兴；最后，进祥的《换水》以四十六票赞成摘得奖项（中短篇小说），我们更加高兴，为进祥高兴，为宁夏文学高兴。再其后，进祥的创作愈呈上行之势，一篇篇作品在《民族文学》《回族文学》《朔方》《黄河文学》等刊物重磅推出。2018年12月，停评九年后重启的第九次宁夏文学艺术评奖，进祥的《拯救者》名列长篇小说第一。如今，颁奖在即，可我们的进祥走了，“带着最好的作品，最好的人品”（石彦伟）回归那生他养他爱他的清水河了……

又记起第一次读进祥的文字时写下的话：

> 喜欢他的文字，诗意漫洇：“走不出清水河，像走不出一段爱情；走不出清水河，像走不出一种宿命。”作者用情深浓，笔触细密，构思精巧，富有韵致地在读者心中勾勒出一个三维的清水河……清水河是一段爱情，清水河是一种宿命，但爱情还是要伴随着岁月而更新，宿命也会在新时代新生活中重新塑造，相信作者最终是会走出清水河，走向清水河乡亲们在痛苦与留恋中迁徙的广阔时空。

亲爱的进祥好兄弟，此刻，你已经安睡于清水河畔绵软的黄土中，而你的文字活着，就像你活着；清水河波光中的身影，你的身影，永远，永远，在我们的心中珍藏！

进祥兄弟，一路走好，安息！

2019年6月18日晚于湖畔静云阁

卷二

文论序跋

现代文学历史分期之我见①

讨论现代文学的历史分期，首要的问题是要确立分期原则，划分标准，这是解决问题的关键。巡视以往的文学史分期，不外乎是以政治事件划分（即文学史的分期完全为中国新民主主义革命史的分期所代替）及以政治标准为依据兼顾文学标准这两类。显然，如何理解文学史的历史分期，牵涉到文学观念问题。

作为文学史，其发展和演变固然与社会革命的推进有密切的联系，但并不能因此完全等同，应有其自身的规律可循。因此，不能将文学视为图解民族史或社会史的文献。著名的美籍学者雷·韦勒克指出："文学并不是恰当的历史，因为它是关于现存的、无所不在的和永恒存在的事物的知识。当然，人们不能否认政治史和艺术史之间的某些真正的区别。这区别表现在：政治史是历史的和过去的，而艺术史既是历史的，从某种意义上看来也是现在的。"②又说："不应该把文学视为仅仅是人类政治、社会或甚至是理智发展史的消极反映或摹本。"③这里的意思很明确，即文学首先是文学，是不同于人类其他活动和产物的一个独特学科，作为文学的文学史的分期也毫无例外地应该纯粹按照文学标准来制定。这种观点，我以为是较为正确的。可能，以文学标准分期也会与政治、社会、艺术以及理智的历史学家们的划分结果出现一致，但只要我们的出发点是：作为文学的文学发展史，这只能说明文学发展与社会历史发展之间所具有的某种内在联系。按照这一观点，文学史的分期就只是"文学一般发展中的细分的小段而已"（韦勒克）。但是，这里应该明确的是，文学发展的过程本身早已显示出阶段性特点，划分，绝不应是人为的划分，所谓划分，不过是从理论形态上给予反映罢了。由此，我们的论述又回到了确立分期原则的理论问题上来。

价值观念是所有观念中最重要最基本的观念。价值观念也是构成各种文化的物质的内核。每种文化均有自己的价值观念体系。文学是文化的一个组成部分，考察文学发展也离不开价值判断。在此，仍然可以引述韦勒克的一段话："它的历史（文学）只能参照一个不断变化的价值系统而写成，而这一个价值系统必须从历史本身中抽象出来。因

①原载《宁夏教育学院学报》1986年第4期，全文收入中国人民大学报刊资料中心《中国现代、当代文学研究》1986年第11期。

②《文学理论》，韦勒克·沃伦著，三联书店，1984年版第293页。

③《文学理论》，韦勒克·沃伦著，三联书店，1984年版第306页。

此，一个时期就是一个由文学的规范、标准和惯例的体系所支配的时间的横断面，这些规范、标准和惯例的被采用、传播、变化、综合以及消失是能够加以探索的。”[①]我们不能不承认这一论述的正确性。文学的发展大体上正是表现为文学流派的发展、思潮的演变，而其中流派的更迭又是最基本的现象。因此，对不同阶段中占支配地位的价值系统、规范体系（由不同的文学思潮、流派所体现）进行判定，应确立为文学史历史分期的主要原则。

其次，任何一种文学的孕育、产生、发展均不能离开特定文化的母体。一种累积十分深厚的文化，其外部特征的稳定性、文化性质的延续性，也不能不影响、制约着文学的发展。即使是最现代的现代文学也无法抹去许许多多自觉和不自觉的被积淀下来的文化意识。这种文化积累，决定了文学的文化性质的延续性。文学与文化之间的这种血缘关系，使我们在对文学进行考察时，不能不注意用文化的眼光、文化的意识加以判断。并以此提醒我们：任何时期文学的统一性都是相对的，以某种显示最充分的规范体系为标记的各个相邻时期也不是像石块一样排列在一起的。相反，“前一时期规范系统的余脉和下一时期的规范系统的先兆及其延续性是仍然存在的”（韦勒克）。即是说，在文学发展中，一种规范向另一种规范的演进，不是在一个人为划定的时间点上的突变；历史事件、社会发展的时期标定，也不能斩断文学发展所固有的延续性。故，文化判断，也应作为文学历史分期的参照原则引起重视。

在对现代文学史做出时期划分之前，应该明确两个概念：中国现代文化、中国现代文学。中国现代文化：这是区别于中国古代文化的封闭系统，具有一种非同质化的多样化的新的文化系统。所谓非同质化，即传统文化、资本主义文化、西方文化、社会主义文化（多种性质的文化）并存。或者说，中国现代文化是多元文化的汇流，但同时，新旧文化的冲突，始终处于突出的地位。在中国现代文化背景包裹下的现代文学，其特征也是显而易见的。我们所说的中国现代文学是与传统的中国古典文学异质的，拥有充分的现代意识、现代形式和现代读者的现代化文学。所谓现代意识，表现在对一切旧有规范、价值重新估量的气魄；所谓现代形式，表现在融汇中西文学，开拓、创新表现手法的探求上；所谓现代读者，则是拥有现代文化意识，要求国家现代化的民众，其对现代文学的要求是从语言到形式，均能充分体现人民要求现代化的思想情绪和时代精神。

据此，我们将中国现代文学史确定为自1917年至1977年的六十年历史。之所以如此界定，阐述如下。

关于上限，历来沿用两种：1917和1919。对后者我们持异议，原因是，此种划分依据不足。另外，在当前现代文学研究界，对于上限的界定，似有大大向前延伸的趋向。许多研究者认为，现代文学的研究仅框在1917年至1949年这三十二年的圈子中，有太多的不可人意之处，许多问题不能讲清。于是，有研究者干脆抛开“现代文学”这一概

①《文学理论》，韦勒克·沃伦著，三联书店，1984年版第306页。

念，启用“二十世纪中国文学”的概念。这无疑是现代文学研究中的重大突破，这一宏观研究整体框架的设想，的确展示了异常诱人的前景。但是，我们也应清醒地认识到，历史是无法回避的，一个真正的文学史家，应该勇敢地正视所属领域的研究课题。同时，更应正确区别开文学史与文学批评的不同学科性质，明确两者的研究是具有不同的参照系的。文学史研究，作为一门历史的文艺科学，比之文学批评要有更多一点的历史主义，不能忽视其历史发展所呈现的阶段性。对文学史做必要的阶段划分，便于显露发展的大势、流变的关键，对于了解文学发展特点、规律也是不无益处的。

以1917年为上限，这是将现代文学与古典文学作为两大不同的系统进行整体比较得出的。从文化背景看，中国现代民族文化是在古代中国向现代中国逐渐转变的过程中形成的，这种新型的文化以其特有的开放性区别于传统文化。自1840年鸦片战争以来，帝国主义的洋枪洋炮轰开了中华古国禁锢的大门，也吹进了西方文明的气息。国家的危亡，落后的耻辱，激起了人们，尤其是先进知识分子强烈的民族危机感。从单纯的学西方的“船坚炮利”，坚持“中学为体，西学为用”，到开始重视“民主、科学”，至“五四”时期，在中国先进人物身上，已不同程度地实现了经济（军事、科学）、政治（改变政体形式）、思想意识（伦理道德）这三个层次的觉醒。同时，随着世界潮流的涌进，中国固有的自给自足的农业经济的解体以及新的生产关系的建立，中国文化已在不同层次上产生了异质于古代文化的特征，形成了一股多元文化的汇流。

从文学发展看，中国几千年来的古典文学是辉煌灿烂的，但是由其封闭的、小生产的文化背景所决定，这种文学，在文学观念上是充分代表了宗法的封建观念的文学，是奴隶社会、封建社会的直接产物。中国古代文学向现代文学的转变，是与中国社会由古代走向现代取同一趋势的。但是文学的发展与历史进程又往往不具有同步性。以1840年为界开始了中国近代史，然而文学观念真正产生变动却是自甲午战争、戊戌变法后开始。正是值此世纪之交，中国现代文学在中西文化的直接对话与碰撞中怀胎孕育了。一方面是对西方文化的翻译介绍，另一方面是中国传统文学规范在思想启蒙、文化普及、文学创新及发展诸方面愈来愈呈现出的极大的局限性、停滞性和陈腐性，使得文学的变革势在必行。上世纪末的资产阶级文学改良运动，1915年的“五四”新文化运动，均不失时机地响应了这一时代潮流，为现代文学的诞生做了十分重要、必要的准备，垫平了道路。只是由于其最终没能彻底摆脱中国传统文化的封闭体系，对旧有的文学规范表现出妥协性（是改良不是变革）而没能实现中国古典文学向现代文学的真正转变。只有到了1917年，胡适的《文学改良刍议》、陈独秀的《文学革命论》，方以明确的纲领，彻底的反对封建文化、封建文学的姿态，宣布了自己全新的文学观念，在文学领域竖起了“文学革命”的大旗，在中国大地上卷起了一股“五四”文学革命的风暴。紧接着，1918年中国现代文学的第一篇真正作品，鲁迅的《狂人日记》问世，它以独特的形式，以“从来如此就对吗？”的新的价值观向封建传统、封建文学提出了挑战。嗣后，1919年的“五四”运动，又如同一副催化剂，加速了文学革命的进程。

于是，我们欣喜地看到，中国现代文学怀胎二十载，一朝分娩后，犹如一只冲出峡谷驶向大海的小舟，张开风帆，加足马力，迎受着八面来风、浪拍涛涌，不断校正着航向，奋力前行，走上了一条洋溢着自己独特光彩的发展道路。

回首而望，我们看到，在开放的现代文化体系下，欧洲几百年才有的文艺思潮（现实主义、浪漫主义、象征主义、现代主义……），在“五四”后短短的十几年里，全部在中国文坛得以反映。而中国现代文学对于中国古典文学与外国文学这两个系统下的文学所采取的，对前者继承、发扬，对后者借鉴、吸收，通过两者融合而形成具有鲜明时代性与民族性的新文学的态度，则是一种充分体现了新的价值观念、文学观念的选择。

我们又看到，“五四”文学革命在中国文学史上所引起的历史性变革，集中地表现在大大加强了文学与现实生活、与人民群众的结合，密切并且深化了文学与进步的社会思潮、社会活动的联系，中国现代文学正是踩着这一节拍以与旧文学、传统文学完全不同的姿态发展前行的。

前不久，黄子平、陈平原、钱理群三位同志所提出的“廿世纪中国文学”的总体设想中，曾这样描述：二十世纪中国文学的总体特征，是改造民族灵魂的启蒙文学。我以为，用此命题分析、概括中国现代文学也是不失确当的。不可否认，中国现代文学具有十分明显的启蒙性质。这里不仅与文化的积淀有关，更与中国现代文学几乎一直在民主革命的高潮中发展有关。中国现代文学“以反载道始而以载道终”，完成了一个哲学意义上的否定之否定的发展螺旋。从1917年至1977年，中国现代文学的发展与政治斗争、思想革命结下了不解之缘。对此，似可做如下描述：开放的二十年代，红色的三十年代，“讲话”指引的四十年代，继承和发扬“讲话”精神的后三十年（包括：出现挫折的十七年，萧条凋零的七十年代）。也可用体现不同价值系统的规范体系的演进线索来表述：

· 文学革命：出现流派萌芽（1917—1920）
↓
· 文研会：“为人生派”
　　→“为人生派”（1921—1927）
· 创造社：“为艺术派”
↓
二十年代末出现“革命文学”萌芽。
↓
·（后期）创造社
　　→“无产阶级文学”、左翼文艺运动（1928—1937）
· 太阳社
↓
· 国统区：左翼文艺运动
　　→“社会主义文学”（1937—1949）
· 解放区：社会主义文学（毛泽东文艺思想）
↓
· 继续解放区文艺发展道路（社会主义文学、毛泽东文艺思想）（1949—1977）

在结束本文之前，还应对现代文学下限（1977）的划分做以下阐述。

以往的现代文学史较为一致地均以1949年定为下限。

首先，原有的下限标准，多是根据政治史，以新中国成立作为现代文学结束、当代文学开始。其不妥在于：新中国的建立，固然为文学的发展提供了新的基础、新的领域，但是，具有文化上的延续性的文学却远不可能随着某一界定的历史时日戛然而止。我以为，中国现代文学在其发展过程中（尤其是1942年后）所逐渐形成的规范特征，如：文艺从属政治，文艺是生活的反映，以及所派生出的文艺批评标准、世界观决定论、强调文艺工作者改造思想、文艺为工农兵服务等，在1949年后不仅没有中断，而是以愈加强调的态势演化发展。1949年至1966年的十七年文学，相对而言还有可圈可点的作品问世，而到“文化大革命”十年，更是形成了一元化的、僵硬的局面，致使文学的路子愈走愈窄，文学园地百花凋零。这是一个历史的悲剧、文学的悲剧，其中有深刻的教训值得汲取。

新中国的文学发展，经历了出现挫折的五十年代、艰难的六十年代、萧条的七十年代，终于以1977年刘心武的短篇小说《班主任》为开始，进入了苏醒的八十年代。中国共产党十一届三中全会以后，人们对旧有的文学规范产生了越来越多的怀疑，对其能否反映文艺创作规律抱有质疑。由此，进入了文学发展的“危机”阶段（托马斯·库恩的科学发展动态模式：前科学，常规科学→危机，科学革命，新的常规科学……）。此时，一方面理论家们，公开纠正“文艺为政治服务”的口号，另一方面，各种各样的创作观念涌现出来，如：“艺术就是自我表现”“艺术就是表现情感”“艺术就是象征”……创作上提倡意识流、实录文学、寻根文学、“三无”小说、朦胧诗、无场次戏剧……理论上五花八门，自然主义、社会主义批判现实主义、新的美学原则的崛起、心理分析主义……介绍引进外国各种文学理论、批评方法，“三论”的运用等。很自然地，许多人将此阶段与“五四”文学革命时期相比。这也从一个侧面，证明了现代文学发展历程所呈现的这一自然阶段性。

这一“危机”阶段，虽然具有危机感、失望感、破灭感，但却又是“充满生机的危机、充满了希望的失望、孕育着生机的危机、充满了希望的失望、孕育着生命的破灭”（杜书瀛）。我们坚信：一种新的文学、新的规范必将在这场新的文学革命中诞生，我们寄希望于这即将在地平线上出现的焕发生机的新文学！

其次，现代文学本身是一个相对的和发展变化的概念。二十世纪五十年代，当现代文学刚刚作为一门独立的学科建立时，文学史家将1949年作为一个时间界定，来对现代文学这一系统进行研究，是有其历史的合理性的。但是，三十年过去了，我们不能将前辈的权宜之计当作金科玉律来加以固守。同时，历史研究的当代性，也要求我们站在新的历史高度上，以新的眼光来重新审视、判断过去的历史，俯瞰文学的发展，以作出我们自己的结论。

1986年1月26日

灵魂的告白[①]

——卢梭《忏悔录》与巴金《随想录》比较谈

十八世纪的欧洲文坛，曾经用充满震惊的目光接纳了卢梭《忏悔录》的问世，并不可逆转地由它开启了一个文学的新时代；二百多年后，中国新时期文学的文坛，文学老人巴金的《随想录》，叩动了千千万万中国读者感情的心弦。跨越漫漫历史长河，浩浩宇宙间亮起了两颗遥相闪烁的星，星光辉映中我们看到了两颗为真理而燃烧的赤诚的心，茫茫苍穹中回荡着他们忠实于自我，忠实于人生，更忠实于时代的伟大灵魂的告白。

《忏悔录》《随想录》是两部产生于不同时代、内容迥异、文体有别、影响也不尽相同的著作，但是透过语言的表层，探寻作者的精神品格、人生追求，却让人感受到了很大程度上的一致性。一道无形而实在的崇高人格美的光晕，把两位作家紧紧地连在了一起。缘着这一思路，我们在这两部著作中看到了诸多的契合点，含英咀华做进一步比较研思，则会更深刻地领受两颗伟大灵魂给予的启迪。

一

阅读《忏悔录》《随想录》，每每会使人产生一种强烈而持久的审美激动，审视这一艺术魅力的由来，似不可不归之于作品中那灼热可感、鲜活生动的作者自我形象以及他们对于真、善、美的独特而执着的追求。

翻开《忏悔录》，迎面向我们走来的是生活于十八世纪的法国，出身平民，一生坎坷，崇尚自我，感情真挚，充满反封建叛逆精神的一个活生生的卢梭。伴随着作者真情流泻的笔，向我们渐渐贴近、展露的是卢梭真挚敏感，毫无掩饰，蕴藏着丰富感情的内心世界。且让我们看看作者在《忏悔录》篇首挥毫写就的文字：

> 我现在要作一项既无先例，将来也不会有人仿效的艰巨工作。我要把一个人的真实面目赤裸裸地揭露在世人面前。这个人就是我。[②]

---

①首发于《宁夏教育学院、银川师专学报》（社科版，1989年第4期），收入《巴金研究》2000年第2期。为祭悼巴金，再刊于《黄河文学》2006年第4期，全文收入中国人民大学报刊复印中心《外国文学研究》1990年第3期。

②《忏悔录》，[法]卢梭著，黎星、范希衡译，人民文学出版社，1982年2月版，第一部第一章第1-2页。

这是何等惊天动地的文字，何等的坦诚与自豪！“将来不会有人仿效”固不敢言，但“无前例”却是无可置疑的。

卢梭所处的时代正是法国启蒙主义风潮迭起的时代，而在此之前，古典主义统治法国文坛达二百年之久，古典主义迎合宫廷和贵族的趣味，崇尚理性，反对个性。泥古和虚假成为整个十七世纪和十八世纪前半期法国文学的风尚。卢梭敢于蔑视古典主义的权威，勇敢地解剖自己，把自己“可憎的缺点”和“卑鄙龌龊”全都公之于世，确是难能可贵的，也确是当时“世界上绝无仅有的”。卢梭之前文学史上还没有出现过如此坦荡诚实的作家。

> 在古典作家身上，体面较真实更为作家所重。莫里哀和拉罗什富科都把他们的自白美化了，伏尔泰也不作自我告白，所以到了卢梭才看到了一个以把一切都说出为荣的人。①

十六世纪法国文艺复兴后期的人文主义作者蒙田曾在其《随感集》中把他描写得“一点也不像他本人的实际情况”，虽然他“让人看到自己的缺点，但他只暴露一些可爱的缺点”。卢梭对此很不以为然，他批评道：

> 这是在说真话时骗人。……没有可憎之处的人是绝不存在的。蒙田把自己描绘得很像自己，但仅仅是个别侧面。谁知道他挡起来的那一边的脸上会不会有条刀伤或者有只瞎眼，把他的容貌完全改变了呢？②

卢梭以蔑视前人的自豪做到了前人没有做到的事。在《忏悔录》中，卢梭确实把自己的全部生活和思想感情都显露无遗。他既写自己蔑视王权，注重友情，感恩知报的高尚美好的一面，也写了自己不光彩，应该诅咒的一面。如他毫不讳言自己曾说过谎，行过骗，有过小偷小摸的行为，以及与华伦夫人那种半乱伦性质的爱情。他还以沉重的心情忏悔自己在一次偷窃后把罪过转嫁到女仆玛丽永的头上，造成了她的不幸，忏悔自己在关键时刻卑劣地抛弃了最需要他的朋友勒·麦特尔，忏悔自己为了混一口饭吃而背叛了自己的新教信仰，改奉了天主教等等。由于卢梭自信自己有一颗高尚纯洁、诚实自然的灵魂，所以他敢于面对世人大胆宣誓：

> 不管末日审判的号角什么时候吹响，我都会拿着这本书走到至高无上的审

---

①《忏悔录》，［法］卢梭著，黎星、范希衡译，人民文学出版社，1982年2月版，第二部附文：安德烈·莫洛亚为一九四九年法国勃达斯版《忏悔录》写的序言。

②《忏悔录》，［法］卢梭著，黎星、范希衡译，人民文学出版社，1982年2月版，第二部附文：安德烈·莫洛亚为一九四九年法国勃达斯版《忏悔录》写的序言。

判者面前，勇敢地大声说：“请看！这就是我所做过的，这就是我所想过的，我当时就是那样的人。”不论善和恶，我都同样坦率地写了出来。……当时我是卑鄙龌龊的，就写我的卑鄙龌龊；当时我是善良忠厚，道德高尚的，就写我的善良忠厚和道德高尚。……请你把那无数的众生叫到我跟前来！让他们听听我的忏悔，让他们为我的种种堕落而叹息，让他们为我的种种恶行而羞愧。然后，让他们每一个人在您的宝座面前，同样真诚地披露自己的心灵，看看有谁敢于对您说：“我比这个人好！”①

的确，从某种意义上来说，卢梭的名字连同他的不朽作品《忏悔录》一起，几乎成了真诚的代名词。二百多年来，它赢得了多少真诚的人们的敬仰，而巴金，便是其中最真诚的敬仰者之一。五十多年来，巴金一直真情地将卢梭尊为自己的启蒙老师。巴金说：

我尊敬卢梭，称他为“老师”，一、我学习《忏悔录》讲真话，二、我相信他的说法：人生来是平等的。②

五十多年前，年仅二十四岁的青年巴金，抱着寻求革命真理的愿望来到法国求学，然而，现实的残酷，给他带来的只有笼罩全身的失望与悲哀。多少次，在飞着细雨的黄昏，巴金驻足、徘徊在巴黎先贤祠前广场上卢梭的铜像前，抚摸着那冰凉的底座，向这个“梦想消灭压迫和不平等的作家”倾吐一个异国青年的寂寞痛苦。还是从这位二百多年前杰出的启蒙主义思想家让·雅克·卢梭身上，从他真诚坦率的品格和蔑视权贵，追求平等的反封建思想中，青年巴金找到了自己的精神契合点和“鼓舞的源泉”。五十多年后，年已八旬的巴金老人，在经历了十年噩梦之后，又以这些年来少见的坦诚和勇气写下了四十二万字“讲真话”的《随想录》。在这里，他不止一次地回忆起五十多年前在卢梭铜像前的徘徊，不止一次地提及五十多年前在这位“引为知己”的法国老师面前立下的誓言：讲真话，讲自己的心里话！五本《随想录》从一个侧面，真实地记载了几十年，特别是“十年浩劫”的历史。他写自己，写对亲人、朋友的追忆，“噩梦”一般的遭遇，写自己怎样从“迷信”中觉醒走向反抗，也写患难中情暖三春的人间至情……追思往事，他没有为自己的劫后余生欣喜庆贺，却不安地思虑着国家、民族的命运。反思历史，痛定思痛，巴金感到了一种不可推诿的责任，他奋笔疾书，为谎言、假话而慨叹，为祖国、同胞的不幸而悲哀，同时也为自己曾有过的软弱而愧悔不安……

无疑，卢梭是伟大的，不仅作为一个文学家，在世界文学史上留下了不可磨灭的

---

①《忏悔录》，［法］卢梭著，黎星、范希衡译，人民文学出版社，1982年2月版，第一部第一章第1-2页。
②《随想录》，巴金著，生活·读书·新知三联书店，1987年版，七十一、《序跋集》。

影响，而且作为十八世纪法国启蒙运动的伟大思想家、哲学家、法国资产阶级革命的思想先驱者，给人类的思想宝库留下了珍贵的遗产。同样，巴金也是值得崇敬的，他的高尚的人格，他那始终年轻，为读者而燃烧的心，不断耕耘的笔，堪称丰饶的创作成果不仅赢得了文学界的盛誉，而且也奠定了他在中国现当代文学史上的重要地位。同时，我们在《忏悔录》和《随想录》中所接触到的无疑又是最最平凡，最最富有人情味、热情感、平易亲切的普通人的心灵。如同相识多年的好友、知己，他们在真情地倾诉自己的喜怒哀乐、所感所思、所作所为，骄傲与悔恨、追求与失败，希望与决心……他们正是凭着这一腔赤诚走进了广大读者的心，赢得了人们永久的挚爱。因此我们认为，强烈的情感性，以及这种情感性所折射出的人性的闪光，当是这两本大书充满审美魅力的渊源所在。

阿·托尔斯泰说过："文学的一个总的目的是：从感情上去认识伟大的人。"大家知道，卢梭的《忏悔录》基本上是凭借记忆写成的。卢梭几十年起伏跌宕的生活，几十年奋斗追求的路途，道不尽的酸甜苦辣，数不完的坎坷颠簸，有春光也有风霜，一朝拾起，免不了会有许多淡忘了的记忆，可是卢梭却圆满地写成了这部内容丰富、材料翔实的《忏悔录》，其写作的奥秘在哪里？卢梭的回答是：因为他拥有一个"忠实可靠"的向导——"感情之链"。卢梭说：

> ……感情之链，它标志着我一生的发展，因此也就是我一生经历的事件之链，因为事件是那些感情的前因或后果。我很容易忘掉我的不幸，但是我不能忘掉我的过失，更不能忘掉我的善良的感情。这些过失和感情的回忆对我来说是太宝贵的，永远不能从我心里消失掉。我很可能漏掉一些事实，某些事张冠李戴，某些日期错前倒后；但是，凡是我曾感受到的，我都不会记错，我的感情驱使我做出来的，我也不会记错，而我要写出的，主要也就是这些。我的《忏悔录》的本旨，就是要正确地反映我一生的种种境遇，那时的内心状况。我向读者许诺的正是我心灵的历史，为了忠实地写这部历史，我不需要其他记录，我只要像我迄今为止所做的那样，诉诸我的内心就成了。①

卢梭没有失信于读者，跟随着他那支充满智慧与感情的笔，我们的确触摸到了一个丰富多彩的情感世界。

我们真切地看到，活在我们面前的卢梭，是带着一颗从自己那充满真挚温情的平民家庭中获得的"多情的心"步入人世的，环境教养生成了他既十分高傲而又非常温柔的心灵，一种优柔怯懦却又不受约束的性格。他尊崇自我，热爱自由，酷爱大自然，企求平和、安宁；他生性腼腆，拙于言辞，却又敏感多思，具有"非常炽热的气质，热烈而

---

①《忏悔录》，［法］卢梭著，黎星、范希衡译，人民文学出版社，1982年版，第一部第七章第344页。

好冲动的激情”。他的心受天性的支配，始终受着感情的滋养，他甚至认为，自己就是为此而生的。因而，我们看到《忏悔录》中最美丽动人、最细密缠绵的往事回忆和感情抒发莫过于卢梭对于自己爱情生活的描写。纯洁似水的柔情、炽热如火的热望，即使在多少年之后仍然让这颗痴情的心战栗、燃烧，它像一道神奇的光束，照亮了卢梭记忆之窗的各个角落，温馨的爱情、美丽的大自然……甚至星光、甚至月色，都那么清晰地涌现出来化作了他笔下富有诗意的记叙。

在那“大地披上了华丽的衣装，花草遍地，色彩斑斓；夜莺啼春已近尾声，唱得仿佛格外卖劲；百鸟用大合唱送别残春和迎接美丽夏日的降临”[①]的背景上，我们看到的是卢梭与活泼可爱的葛莱芬丽小姐、加蕾小姐之间质朴、纯洁的友情。那奔驰的坐骑，佃户厨房里快乐的午餐、樱桃园中无邪的嬉戏，无不洋溢着欢快、清新的青春气息。卢梭与华伦夫人、乌德托夫人的充满友谊的爱情也同样令人感动：在安讷西，卢梭热烈地眷恋着华伦夫人，从第一次见面时动情的刹那；两人相对时“迷人的宁静”“难以解释的快乐”；短暂分别时感伤的忧思，“强烈而又温柔，怅惘而又动人”的美妙而奇特的幻境；到与华伦夫人一起隐居沙尔麦特的超脱而纯净的田园生活：日出前的散步；闲暇时侍弄鸽子、蜜蜂的乐趣；对于各种学问的研究、试验；以及“蒙塔纽勒草地上的午餐、凉亭下的夜饮、采摘水果，收获葡萄，灯下和仆人们一起剥麻”，这些犹如“节日”般的日子；而那曾给予卢梭不可言喻的激动与幸福的“圣路易节”的散步[②]，更如同一帧永葆青春的照片留存在卢梭的心间……

的确，对于这些属于他一生最平静、最愉快的生活阶段的幸福情景，卢梭是保持了最为丰富敏感的记忆的，“不仅记得时间、地点和人物，而且记得周围的一些事物，气候的温度、空气的气味、天空的色彩，以及只有在那个地方才能得到的某种印象”。[③]

基于同样的因素，在《忏悔录》第二部中又出现了卢梭受埃皮奈尔夫人之邀隐居退隐庐的一些优美的描写。卢梭一生美好的情感永远不能离开大自然的滋润，他的想象力，他的文学创作的灵感也每每是“在乡村、在树荫下”才激发活跃起来的。留居退隐庐，重新回到那欢迎他、爱他的大自然的怀抱，重新看到青翠的颜色、花朵、树木和湖泊，他的心头蓦然掀起了一股无可遏止的爱的波澜，正是在这幸福得使人心醉神迷的环境影响下，在一种近乎狂热的创作冲动中，他的精神产儿——使无数人入迷的朱丽（《新爱洛绮丝》）诞生了。他对这位想象中窈窕姑娘的爱，与对乌德托夫人热烈的爱情交融在一起，弹奏出了一曲美丽动人的爱的颂歌。尽管客观地说，“乌德托夫人快三十岁了，根本谈不上美，脸上还有麻子，皮肤又不细腻，眼睛近视，眼睛有点太圆”，但在卢梭看来，“她却显得年轻，容貌又活泼、又温柔，老是亲亲热热的。一头乌黑的长发，天然鬈曲，一直拖到膝弯。身材娇小玲珑，一举一动都显得又笨拙又有风

①《忏悔录》，［法］卢梭著，黎星、范希衡译，人民文学出版社，1982年版，第一部第164页、第181页。
②《忏悔录》，［法］卢梭著，黎星、范希衡译，人民文学出版社，1982年2月版，第一部第六章第305页。
③《忏悔录》，［法］卢梭著，黎星、范希衡译，人民文学出版社，1982年2月版，第一部第三章第149页。

韵。”她的禀性是那么自然、隽雅：

> 愉快、轻率和天真在她身上结合得非常巧妙。她有的是那种讨人喜欢的妙语，不假思索，有时竟夺口而出。她多才多艺，会弹钢琴，舞跳得很好，还能做几句相当漂亮的小诗。至于她的性格，简直是天使一般：心肠好是它的基础，而除了谨慎与坚强以外，她的一切美德都兼而有之。[①]

为人的可靠，社交方面的忠诚……一颗永远与人为善的心，这一切激起卢梭如痴如醉的爱情，尽管这乃是一个“为着心中已经别有所恋的女人而燃烧起的”“既不幸而又炽热的爱情”，卢梭的回忆仍然充溢着圣洁、愉快的光辉。无论是月色下的散步，最初几次相会时传奇性的色彩，小树林里的夜间会晤，一对多情的知心人交流的甘美的泪水，热切的叹息、缠绵的私语，以及四个月中既“无与伦比的亲密”交往，又双双把自己限制在“始终不曾逾越的那个范围里”的纯情，这一切都散发着迷人的气息。

至于在《忏悔录》的其他部分，我们则同作者一道重温了他充满坎坷，富有传奇性的生平，幼年时对“承揽诉讼人”职业的摈弃；青年时做驻威尼斯使节秘书的出色政绩；第一篇学术论文《论科学与艺术》的成功声誉；第一部音乐歌剧（《乡村卜师》）的神奇魅力；文学创作上令人瞩目的辉煌光耀，以及《爱弥儿》之后开始的黑暗樊篱……总之，卢梭的一生就是这样充满了伟大的成功和诱人的希望，充满了美丽的爱情和动人的友谊，也充满了残酷的不幸和挫折，充满了深深的失望和悲哀，他的心永远处在感情的旋涡中不得安宁。而一部《忏悔录》，正是记载这位伟人感情的坐标图。这感情时而高昂奋发，时而舒缓平和，时而凄切忧伤，但又永远那么真实，那么纤细微妙，沁人心脾。这种感情的波动形成了卢梭创作中的主轴线，也是这部作品具有永久魅力的关键所在。

那么巴金的《随想录》呢？尽管，在那里既不多见到如同《忏悔录》中所表现的那样大起大落的感情变化，也缺乏浪漫的爱情，迷人的恋语，但是它却具有一种东方式的含蓄深沉、平和真切的感情素质。在其中我们感受到的是巴金老人善良、诚实，“爱真理、爱正义、爱祖国、爱人民、爱生活、爱人间美好事物”的至诚至爱的品格。单就感情方面而言，巴金与卢梭一样，也是那么单纯、坦白、敏感、多情。每当提到童年、朋友、人民、友谊、读者，他总是按捺不住内心的冲动。他忘不了充满温馨和爱的童年，忘不了在成都老公馆“阴湿的没有马的马房里”和门房里所度过的那些“夏日的傍晚和秋天的黄昏”，忘不了在那里所接触到的“通过受苦而净化了的心灵”，正如他时常所说的：

---

①《忏悔录》，[法]卢梭著，黎星、范希衡译，人民文学出版社，1982年版，第二部第九章第543页、第498页。

经常提到人民，他们是我所熟悉的数不清的平凡而善良的人。……我从许多被生活亏待了的人那里学到热爱生活、懂得生命的意义。①

他是那样的热爱读者，为读者能将自己看作一个普通人，一个忠实的朋友而骄傲；对于友情，巴金说："友情是照亮我一生的明灯"②。几十年来，他从友谊中寻求温暖、光明；更寻求生活、追求的力量和信心。他热爱鲁迅先生，对先生充满敬意，他说：

勉励自己讲真话，卢梭是我的第一个老师，但是几十年中间用自己的燃烧的心给我照亮的还是鲁迅先生。③

在文学道路上跋涉数十年，巴金仍始终不忘五十多年前把自己送进文坛的叶圣陶老师，尊他为自己的"一生的责任编辑"（无论是写作还是做人）；同样，他也真诚地钦慕自己的前辈作家，如为中国现代文学做出贡献的茅盾先生，和曾与自己在文学道路上患难与共、探索前进的旧友新朋。也与所有温情的丈夫，慈祥的父亲一样，他深爱自己的妻子、儿女。劫难之中的骨肉亲情更如同沙漠中的生命之水给他慰藉，给他安宁，然而家还是破碎了！不见了妻子"那一双泪汪汪的眼睛"，不见了她"那一幅前额皱成'川'字的愁颜"，不见了她关切的"叮咛劝告"……睹物思人，巴金悲切地呼唤：

为什么偏偏她的身影不能在这里重现？为什么不让她看见活泼可爱的小端端？④

他甚至恨那个被破坏了的宁静的夜晚，恨自己不能减少几年的生命去换取家庭生活中一个平静的夜晚。⑤

读着这一行行至情结成的文字，恐怕没有人会否认《随想录》的情真意浓与作者的拳拳之忱。然而，《随想录》中所蓄藏的更浓烈的感情，更深沉的意蕴，还是那些与追思悼念交融一体的对于十年浩劫的回顾反思。对中国知识分子来说，最为珍重的莫过于对人的尊重、信任和理解，卢梭说自己"可以抵抗一切，就是不能抵抗爱抚"，而中国的知识分子可以忍受一切，就是不能忍受鄙视、侮辱和遗弃。然而，在那场空前的劫难中，他们却不得不在屈辱和困惑中求生！巴金以切身体会真实地描写了自己的心理状况，他写道：

---

①《随想录 九十六·愿化泥土》，巴金著，生活·读书·新知三联书店，1987年版。
②《随想录 一二二·幸福》，巴金著，生活·读书·新知三联书店，1987年版。
③《随想录 七十二·怀念鲁迅先生》，巴金著，生活·读书·新知三联书店，1987年版。
④《随想录 一二·再忆萧珊》，巴金著，生活·读书·新知三联书店，1987年版。
⑤《随想录 五·怀念萧珊》，巴金著，生活·读书·新知三联书店，1987年版。

> “文化大革命”十年我就是这样度过的。一个愿意改造自己的“知识分子”整天提心吊胆，没有主见，听从别人指点，一步一步地穿过泥泞的道路，走向一盏远方红灯，走一步，摔一步，滚了一身泥，好不容易爬起来，精疲力尽，继续向前，又觉得自己还是在原地起步。不管我如何虔诚地修行，始终摆脱不了头上的“金箍儿”。十年中间我就这样地爬着、走着、爬着……①

这是一幅“文化大革命”十年中国知识分子的心态图。

的确，噩梦过后的巴金，忘不了那些惨痛的经历，可怕的见闻……而自己特殊时期中屈辱沉默顺从的投影更成为“一笔心灵上的欠债”，使他无法得到心的安宁。

五本《随想录》是为了怀念，为了总结，更为了“还债”。在如此背景下写出的这些文字，又怎能不渗透着强烈而真挚的感情？难怪《随想录》出版后，会被人称为：这是一部“力透纸背，情透纸背，热透纸背”的“讲真话”的大书。

二

综上所述，在《忏悔录》和《随想录》中，作者给我们留下的是同样崇高、魁伟的自我形象，同样强烈、真诚的感情特征，然而同中求异，我们毕竟感到了两本书在审美品格上的一些差异。

读卢梭的《忏悔录》，我们感受到一种内在的愤激、忧郁、孤寂和悲怆，回旋全篇的是一种论辩，对抗的基调；而巴金的《随想录》却是热切、深沉、坦白、充满希望的，支撑全书的乃是一种自我忏悔、反思社会的思想主旨。造成这种不同的原因，既有写作动机上的不同，也与各自的思想体系、所处的社会背景、时代特点有关。

我们说，《忏悔录》是卢梭悲惨的晚年的产物，一部《爱弥儿》（1762），触怒了封建统治阶级，巴黎最高法院下令焚烧《爱弥儿》并通缉作者；天主教会则把卢梭视为“上帝的敌人”。从法国到日内瓦、伯尔尼、荷兰、莫蒂埃、圣皮埃尔岛、英国，卢梭遭到了紧追不舍的迫害。官方的判决，教会的谴责已足以令他心力交瘁，1765年，一本题名为《公民们的感情》（伏尔泰）的小册子的出现，则更像一把匕首直刺卢梭的心底，因为这是来自友军营垒的恶意中伤（这篇文章指责卢梭遗弃了他的孩子们）。面对封建专制政府和教会的残酷迫害，面对昔日友人对他的生活和人品的肆意攻击和诬蔑，眼见得自己有被涂抹得漆黑，成为千古罪人的危险，卢梭迫切地感到有为自己辩护的必要。因此，他就怀着为自己的真实存在进行辩护的勇气，在流亡途中（莫蒂亚）开始写这本自传。试问，这样一部掺和着辛酸，在惨遭迫害、四面受敌的情况下为自己的存在辩护的自传，又怎么会不充满一种逼人的悲怆？而《忏悔录》中那触目可见的赤裸裸的剖白，锋芒毕露、傲视传统的叛逆态度，对自我的尊崇、对感情的讴歌则更是蕴蓄着这

①《随想录 一二五·紧箍咒》，巴金著，生活·读书·新知三联书店，1987年版。

种悲怆所具有的震撼人心的力量，引起一代又一代读者对其悲剧命运的严肃思考。

卢梭作为一个思想家，在他的自传中不仅通过生活事件揭示出了个人与整个贵族社会的矛盾，而且还通过自己的思想体系，社会观念表现出强烈的社会批判趋向。基于其“人性本善，但罪恶的社会环境却使人变坏”的著名哲理，卢梭毫无顾忌地袒露自己的一切过错缺点。作为对照，卢梭描绘了自己欢畅、纯洁和幸福的童年。

> 即使是国王的儿子，也不会像我小时候那样受到无微不至的关怀和周围人们的钟爱”，“我本来可以听从自己的性格，在我的宗教、我的故乡、我的家庭、我的朋友间，在我所喜爱的工作中，在称心如意的交际中，平平静静、安安逸逸地度过自己的一生。我将会成为善良的基督徒、善良的公民、善良的家长、善良的朋友、善良的劳动者，在任何方面都是一个老好人……

可是自从当上学徒以后，“在很短的时间里，就把我童年时代的一切光华全都磨光了”，“最低的趣味、最下流的习惯代替了我当年可爱的娱乐”。社会生活中的不平等现象，“强者”的“暴虐专横”，“摧残了我那温柔多情、天真活泼的性格”，并“使我染上自己痛恨的一些恶习，诸如撒谎、怠惰、偷窃等等”。[①]

正是不平等的社会制度，使少年卢梭“从高尚的英雄主义堕落为卑鄙的市井无赖”。作为与腐朽、反动的贵族社会的抗衡，卢梭在《忏悔录》中还以前所未有的豪迈气度，表现出平民的自豪与自尊。他不仅不以自己贫贱的出身为不幸，还把热烈的讴歌献给那些在封建压迫下保持美好操守的平民，怀着热爱向读者揭示了那些“粗布衣服下面”的优美的“灵魂”。无论是洛桑地区那个无偿地供给他食宿的小店主，还是和他徒步旅行过的那些流浪少年以及和他共过事的男女仆人，他们都以善良诚恳的性格，高尚的道德情操，健康的生活趣味，给卢梭留下了深刻的印象和美好的回忆。同时，这种对平民的讴歌显然又是与对贵族阶层的贬责连在一起的，如同卢梭所发的感慨：

> 为什么我年轻的时候遇到了这样多的好人，到我年纪大了的时候好人就那样少了呢？是好人绝种了吗？不是的，这是由于我今天需要找好人的社会阶层已经不再是我当年遇到好人的那个社会阶层了。[②]

在卢梭的一生中，曾经有过许多飞黄腾达、荣华富贵的机会，但是，卢梭所抱定的严格的生活原则使他决心“永远抛弃任何发财和上进的计划”，“决定在独立和贫穷中度过余生”，要“竭尽灵魂的全力去挣断时论的枷锁，勇敢地做着我所认为善的一切，

①《忏悔录》，［法］卢梭著，黎星、范希衡译，人民文学出版社，1982年2月版，第一部第一章。
②《忏悔录》，［法］卢梭著，黎星、范希衡译，人民文学出版社，1982年版，第一部第四章第164页、第181页。

毫不顾忌别人的毁誉”。[1]因此，卢梭放弃了高官厚禄，拒绝了国王的接见和赐予的年金，终生以替人抄写乐谱为生。也正是由此卢梭得以摈弃任何“阿谀逢迎”或“噤若寒蝉”，在污浊的社会中保持节操，保持争取“真理、自由的勇气”，保持做人的本色。[2]

卢梭这种独立不羁，坦荡真诚的气度同样也表现在他的写作态度上，在《忏悔录》中我们可以看到这样的文字：

> 我很可以完全走上牟利的道路，让我这支笔不去抄乐谱，而完全用来写作。以我当时已有的，并且自觉有力量维持下去的那种一飞冲天之势，只要我稍微愿意把作家的手腕和出好书的努力结合起来，我的作品就可以使我生活得很富裕，甚至生活得很豪华。但是，我感觉到，为面包而写作，不久就会窒息我的天才，毁灭我的才华。我的才华不在我的笔上，而在我的心里……任何刚劲的东西，任何伟大的东西，都不会从一支唯利是图的笔下产生出来。需求和贪欲也许会使我写得快点，却不能使我写得好些。企求成功的欲望纵然没有把我送进纵横捭阖的小集团，也会使我尽量少说真实有用的话，多说些哗众取宠之词，因而我就不能成为原来有可能成为的卓越作家，而只能是一个东涂西抹的文字匠了。……我始终觉得，作家的地位只有在它不是一个行业的时候才能保持，才能是光彩的和可敬的。每一个人只为维持生计而运思的时候，他的思想就难以高尚。为了能够和敢于说出伟大的真理，就绝不能屈从于对成功的追求。[3]

卢梭又说，“我知道，我的全部才华来自于对我要处理的题材的热爱，只有对伟大、对真、对美的爱，才能激发我的天才”，对那些自己毫无兴趣的东西，文笔自然就会是“冷冰冰的”，神思也变得迟钝，“人家以为我也和所有别的文人一样，为谋生而写作，而实际上我是永远只晓得凭热情而写作的”。[4]厌恶虚伪，崇尚真理，追求本色，充分肯定人的尊严，感情的价值，鼓吹自由、平等，这的确是《忏悔录》的精髓所在。

所以，与其说《忏悔录》是卢梭一生的自我忏悔，毋宁说是一部反对封建道德法规和宗教神学对人的个性自由的束缚、压抑和奴役，崇尚个性解放，追求个人感情放任的宣言书，卢梭那真纯剔透、美丽光辉的品格，犹如一枝俏立于河塘之上的亭亭风荷，以它高洁的风姿托现出一颗伟大而真诚的灵魂。卢梭，无论是作为一个文学巨人、思想巨人，反封建战士，他的名字都将是不朽的。

---

①《忏悔录》，［法］卢梭著，黎星、范希衡译，人民文学出版社，1982年版，第二部第九章第543页、第498页。
②《忏悔录》，［法］卢梭著，黎星、范希衡译，人民文学出版社，1982年2月版，第二部第八章第446页、469页。
③《忏悔录》，［法］卢梭著，黎星、范希衡译，人民文学出版社，1982年2月版，第二部第八章第446页、469页。
③《忏悔录》，［法］卢梭著，黎星、范希衡译，人民文学出版社，1982年2月版，第二部第八章第446页、469页。

与《忏悔录》不同的是，巴金的《随想录》并非一部完整的作家人生史，而是一部随感式的杂录。促使巴金动笔的，既非外在环境的逼迫，也非为自己的过去和今天辩护的需要，而是如同前面所言，《随想录》的真意在于“还债”。如果说，几十年的文学生涯使巴金最为感动，不能忘怀的是读者的热爱和信任，那么，回首往事，使巴金最为痛心不能原谅自己的则是在特殊时期不够坚强，有过软弱，辜负了这最为宝贵的热爱与信任。在《随想录》中，这种沉重的忏悔随处可见。

> 今天对人谈起“十年”的经历，我仍然无法掩盖自己的污点，花言巧语给谁也增添不了光彩。过去的事是改变不了的。良心的责备比什么都痛苦。想忘记却永远忘不了。只有把心上的伤疤露出来，我才有可能得到一点安慰。①

巴金正是怀着赎罪般的心情裸露疤痕，解剖自己的。他诚恳地向由于自己的软弱而伤害了的同志道歉②；为自己在那风云险恶的日子里没能为无罪的朋友说一句公道话而深深自责；更为自己曾经丧失了自我，没能坚持操守，“只是小心保护自己，一点也未尽到作为一个作家、作为一个普通人所应尽的职责”而痛苦不安。他以发自内心的声音呼唤：“过去的十年太可怕了，我们每个人都有责任不允许再发生那样的浩劫。”③正是出于这种崇高的政治责任感，伴随着忏悔和自责，《随想录》中又记下了这位正直的文学家对于历史、现实的反思，对于当前国家政治、社会、文学前途诸多问题的思考。

如果说，卢梭的坦诚表现了十八世纪资产阶级人道主义者自我解放的精神风貌，那么，巴金的坦诚则表现了二十世纪中国杰出文学家对祖国、对人民、对社会主义赤诚的爱和对真理的不懈追求；如果说，卢梭在《忏悔录》中更多地是着眼于个人与社会的矛盾，较少表现出时代的风云变幻，那么巴金的《随想录》则更多地印下了时代的投影，表现出作者与时代、与民族、与国家共忏悔的思想倾向，从而也就具有了更加普遍的时代意义。

观察《随想录》一书明显的社会性主题，会使我们探寻到作者一贯的艺术追求。从1927年创作第一篇小说至今，巴金在文学的旅途上已经走过了整整六十年（本文写作时间为1987年，作者注），但他却从不把自己看作一个文学家，他是把文学创作视为自己探索人生道路，追求自由、平等，抒发爱憎感情的寄寓。无论是二十世纪三四十年代洋溢着对美好青春的热爱和对封建专制统治的仇恨的小说，还是中华人民共和国成立后对社会主义祖国，对世界人民友谊热情赞美的散文，乃至二十世纪七八十年代的《随想录》，巴金的创作从来都是与时代、社会、人民紧紧联系在一起。他的创作，努力追求着生活真实与情感真挚的统一，摈弃一切华丽浮艳的文风，反对一切虚假夸张的无病呻

①《随想录 一四·“保持自己本来面目”》，巴金著，生活·读书·新知三联书店，1987年版。
②《随想录 一五·怀念胡风（第177卷）》，巴金著，生活·读书·新知三联书店，1987年版。
③《随想录·探索集》后记，巴金著，生活·读书·新知三联书店，1987年版。

吟。不重技巧，不求雕饰，只是用一颗炽热的心去感染读者，动人以情，启人以善，育人以美。他写作的最高境界和理想是高尔基草原故事中的“勇士丹柯”——“他掏出燃烧的心，给人们带路”。[①]

在《随想录》中，巴金曾这样动情地说：

> 我的《随想录》好比一只飞鸟。鸟生双翼，就是为了展翅高飞。我还记得高尔基早期小说中的“鹰”，它“胸口受伤，羽毛带血”，不能再上天空，就走到悬崖边缘，“展开翅膀”，滚下海去，高尔基称赞这种飞鸟说：“在勇敢、坚强的人的歌声中你永远是一个活的榜样。”我常常听见“鹰的歌”。……我想，到了不能高飞的时候，我也会“滚下海去”吧。[②]

我们以为，巴金老人的形象恰像这只坚强的飞鸟，以他对祖国、对人民至死不渝的热爱，为真理、为社会进步奋斗不止的崇高精神，而给我们这些活着的人们树立一个永久的榜样！

1989年

①《随想录 七十二·怀念鲁迅先生》，巴金著，生活·读书·新知三联书店，1987年版。
②《随想录 七十三·鹰的歌》，巴金著，生活·读书·新知三联书店，1987年版。

忧郁的诗神，深沉的爱[①]

——艾青早期诗作《北方》《我爱这土地》赏析

《北方》《我爱这土地》，是诗人艾青在抗战初期献给苦难深重的祖国和人民的深情诗篇。两首诗均写于1938年。抗战爆发后，艾青这位吹着“从欧罗巴采来的芦笛”（胡风）走上诗坛的诗人，这位以《大堰河——我的保姆》而震动诗坛的歌者，在历经了抗日之初的激情鼓荡和短暂兴奋之后，伴随着在北国辗转流徙的足迹，他的诗稿上又落下了一行行沉郁悲怆的诗句，诗行中迭映出满目疮痍的国土、苦难的现实……在长诗《北方》中，随着一声“北方是悲哀的”的吟哦，一幅旷远、悲凉的图景展现眼前：那里，狂暴的“沙漠风”卷去了“北方的生命的绿色”，“荒漠的原野，冻结在十二月的寒风里”，村庄、山坡、河岸，“颓垣与荒冢”，“都披上了土色的忧郁……”。紧接着这组长镜头之后，又是两个近景：那“风沙里／困苦地呼吸／一步一步地挣扎着前进……”的“孤单的行人”和几只疲乏的驴子，“它们厌倦的脚步／徐缓地踏过／北国的／修长而又寂寞的道路……”；再其后，镜头摇过，我们眼前又依次闪现出那“早已枯干了”的小河，“画满了车辙”的河底，“灰暗的天幕下”那“枯死的林木”“低矮的住房”，阴霾、寒冷的天空中的“惶乱的雁群”“黑色的翅膀”……这一连串沉郁的意象，饱和着诗人情感的激流和对于祖国忧患的感知，构成了一种悲怆、凄凉的意境，沉重地敲击着每一位读者的心。沉浸在诗篇深沉的抒写中，人们听到了在日本帝国主义侵华战争硝烟下艰难挣扎的北国人民的呻吟，看到了载负着痛苦重压的北国土地的悲哀。诗歌在这里实现了一种对于环境与时代气氛的双重写实。

正是如此，《北方》诗的前半部分，蒙浮着一层沉郁的忧伤气氛。这种忧郁是诗人的自我体验的情态，更是民族的危难在诗人心理上的折射和投影。正是现实的际遇，引发了诗人从少年时代就感染了的“农民的忧郁”，并使这种忧郁从潜意识中得到升华，在民族的苦难中得以扩展，获得了深远的意蕴。我们从诗人忧郁的诗神中，体会到一种深沉、灼热的忧国忧民的爱国情愫，一种感时愤世的思情与诗绪。在诗的后半部分，可以看到诗人的感情开始由忧郁、凄切而变得亢奋、悲壮。他以一种抑制不住的冲动，倾诉着对祖国、对这片“悲哀的国土”的深情爱恋。面对北国的风沙、入骨的寒气和“无垠的荒漠”，诗人，这位“来自南方”的旅客，并没有发出无望的诅咒，却从心底涌起

①原载《中国文学作品赏析》，天津人民出版社，1993年版。

一种肃然的崇敬。诗人的眼前升腾起一部我们民族的悲壮的历史：那浸透在这片“古老的松软的黄土层里”，浸透、记录着中华民族坚韧不拔、生生不息的奋斗，炎黄子孙为捍卫这块土地所进行的“不曾屈辱过一次”的斗争……诗人默然领悟到，这片“悲哀的国土“，“广大而瘦瘠”的黄土地，含蕴着的是一个古老种族的不屈的血性和生命的伟力，而这又将是“永远不会灭亡”的！因此，在诗的结尾，诗人真率痴情地抒写道：“我爱这悲哀的国土，／古老的国土／——这国土／养育了为我所爱的／世界上最艰苦／与最古老的种族。”

诗人这种对祖国母亲的深沉的爱在短诗《我爱这土地》中表现得更为淋漓尽致：

> 假如我是一只鸟／我也应该用嘶哑的喉咙歌唱／这被暴风雨所打击着的土地／这永远汹涌着我们的悲愤的河流／这无止息地吹刮着的激怒的风／和那来自林间的无比温柔的黎明……／——然后我死了／连羽毛也腐烂在土地里面。

是啊，我们的祖国，贫穷落后，多灾多难。生活在这块土地上，痛苦多于欢乐，我们心中郁结着过多的“悲愤”，“无止息地吹刮着激怒的风”；然而，这毕竟是生我养我的祖国！即使为她痛苦到死，也不愿意离开这土地——“死了”以后连“羽毛”也要“腐烂在土地里面”。这里所表达的是怎样一种刻骨铭心、至死不渝的最伟大、最深沉的爱国主义感情啊！这也是一种在近代中国人民中最具有典型性与普遍性的感情。诗的最后两句：

> 为什么我的眼里常含泪水／因为我对这土地爱得浑沉……

设问自答，如此真实而朴素，却来自诗人内心深处，来自亿万人民内心深处，具有着震撼人心的感情力量，也因而成为人们永久传诵的名句。

从艾青诗歌中所呈露的感情色彩，我们亦不难体会到诗人在其诗歌表现上的一种美学倾向——崇尚“苦难的美”。他在《诗论》中曾说：“苦难比幸福更美。苦难的美是由于在这阶级的社会里，人类为摆脱苦难而斗争。”事实也正是如此，我们在诗人那些浸透着民族苦难和血泪的沉重诗句中，在弥漫诗笺的深沉忧郁中，感到的不是冷淡的哀愁，而是热切的思虑和一种蕴藏其中的强大的内在力量。这正如他自己所言：“把忧郁与悲哀，看成一种力！把弥漫在广大土地上的渴望、不平和愤懑……集合拢来，浓密如乌云，沉重地移行在地面上……伫望暴风雨来卷带了这一切，扫荡这整个古老的世界吧！”（《诗论》）因此，我们说，艾青的忧郁是一种心尖上滴着鲜血的悲痛，却又渗透着一种坚强的意志和热切的期盼，跟随艾青忧郁的诗神，人们看到的将是那属于未来的“无比温柔”和亮丽的“黎明”。

在中国新诗发展史上，艾青是一位有着自己独特的感受世界和艺术地表现世界的方式的诗人。在诗歌创作中，他十分重视“感觉”和“感受”的作用，这也许与他早年学画的经历有关。艾青在总结自己艺术经验时，也曾十分明确地提出：“诗人应该有和镜子一样迅速而确定的感觉能力。”（《诗论》）但艾青同时又不满足于捕捉感觉，反对“摄像师”式的仅仅将感觉还原于感觉，他强调主观情感对感觉的渗入，追求“对于外界的感受与自己的感情思想”的“融合”（《诗论》），并在二者的融合中产生出多层次的联想，创造出既是明晰的，又具有广阔象征意义的视觉形象。这种艺术方式借用西方象征派诗歌理论的说法，即是一种“意象”的运用。“意象”作为一种“具体化了的感觉”和情感的提纯，在艾青的诗中构置了一个又一个情景交融的艺术世界。在《北方》一诗中，诗人摄取了大自然景色的形态、光线、色彩（呼啸而至的沙漠风、颓垣、荒冢、枯河、死木……灰暗的天空、土色的忧郁……），抒写北方冬日原野的阴冷、荒凉、凄切和动荡不安。用“惶乱的雁群，击着黑色的翅膀……逃亡到绿荫蔽天的南方去了”这个渗透着主观情绪的意象来抒写人们对战争惶恐而迷乱的情绪。而在《我爱这土地》中，“土地”也早已充满了诗人主观的情绪色彩。伴随诗人奔泻而出的一连串诗句，人们看到了祖国大地此时此刻残酷、激烈的斗争情状，也看到了诗人主观上对祖国现状和命运的关切。完全可以说，这两首诗中所共同拥有的一个中心意象即土地。在诗人的笔下，“土地”已不再是某种完全相对于主体的客观存在，而是我们这个伟大而古老的祖国的象征。诗人正是通过这一意象倾吐着他对祖国大地一往情深的爱，表述着一位人民诗人真挚坦荡的心胸和诗魂。艾青，正如人们所评述的：艾青就是爱情，是对祖国、对人民、对光明、自由、理想的爱情——这就是他的人，他的诗！

当然，作为艾青早期诗歌的优秀之作，这两首诗在形式上也明显表现出艾青诗歌所具有的自由体诗和散文美的特征。这种自由体和散文美，体现在诗歌的内在结构上，便是推重情态的舒展自如，不受固定模式的限制。在这两首诗中，可见诗人视野开阔、感应流变，随着抒情主人公思绪的波澜而展开多彩多姿的景观。从北国悲哀的原野，到风沙中挣扎前行的旅人，从枯干的小河到掠过天际的雁群的黑色的翅膀；从汹涌着混浊的波涛的万里黄河又到埋有我们祖先骸骨的黄土层；以及一只用“嘶哑的喉咙歌唱”的痴情的小鸟……诗人的一支诗笔在历史和现实中伸缩曲折、回荡起伏，心随物而延展，物随情而演化。在诗歌语言上，则是不受章法、格律的胁迫，不偏重“节的匀称”，“句的均齐”，一切以情感的抒发，内蕴的倾泻为准则，在平淡质朴中表述其强烈深沉的感情。诗人在《诗论》中曾说过：

> 高尚的意志与纯洁的灵魂，常常比美的形式与雕琢的词句，更深刻而长久地令人感动。

也许，正是这样的一颗诗魂，才使艾青的诗独具一格！

一枝红杏出墙来[①]

——宁夏新时期十年女性文学浅议

在新时期文学中，女性文学作为一个创作群体，像一股温馨可人的清风吹拂着当代文坛，它以自己轻柔、纯美的光照使文艺百花园增添绚丽动人的色彩与情致。就是在这千里塞外，当春归大地，文坛花盛，女性作家也犹如那关不住的春光、春色，透露出盎然的生机与意趣……

作为宁夏文坛上一支不可小视的创作力量，宁夏女作家大致是在二十世纪八十年代以后逐渐形成了自己的队伍，从人数上讲，这支队伍称不上壮观，但她们各具风韵的身姿却同样令人驻足顾盼。她们从乡风浓郁的南部山区走来，从神圣、庄重的三尺讲台走来，从紫红色的舞台帷幕后走来，也从文山高摞的审稿桌前走来……她们中长者庄重、典雅、慈爱，年轻者温柔、文静、大方，却又毫无例外地对自己所钟情的事业执着追求。作为女性，她们以异乎男性的敏感和审美直觉感受着祖国大地改革开放的伟大气象和民众、文坛的心理氛围。男性作家所展露的叱咤风云、慷慨悲凉、沉郁凝重、气魄宏大、宽广厚重的文学世界，是黄钟大吕，惊涛拍岸，而在文学世界的另一角，在散文、儿童文学、报告文学（也有少量的小说、诗歌）的园地，女性作家们则以异常活跃的姿态，抒写着男作家所无法窥探的隐秘和无法写出的柔情，充分展示着自己特有的纤细柔美的艺术个性。

的确，宁夏女性作家正是与全国女性作家一样，她们以自己独有的眼光和艺术观照，为自己亦为社会、为人类开辟了一个独特的思维领域、情感领域及审美领域，并以此标志着自身的崛起并得到社会的承认。读者、评论界对女性作家的这种创作心态与创作实绩，究竟应做怎样的理解和评价，是一个值得重视的课题。

一

假如对宁夏女性文学的探讨需要纳入一个整体格局中加以观照，显然，它是属于整个妇女文学。为了有助于我们评论的准确、中肯，似乎有必要对妇女文学发生、发展的历史现状作一个大概的了解。

文学的发生和发展，无疑与政治、教育、伦理道德、思想文化、经济发展等带来

①载《宁夏文学十年》宁夏人民出版社，1990年版，《宁夏文学精品选·评论卷》宁夏人民出版社，1999年版。

的观念变革有极大的关系，归根结底，源于社会历史的进步、妇女解放和人性复归的程度。从世界妇女文学的总体格局来看，相当多的国家是与上升状态的资本主义因素联系在一起的。尤其是充分发展的女权运动，作为其后盾力量，对妇女所处地位的历史演变、对加速妇女心理成长的历程，使妇女获得关于自由、独立人格、自身价值的设想起了无可替代的作用。根据西方“女性论”发展的历史描述，他们的“女性论”的发展已大致经历了从强调“男女平等”（要求平等的工作权利、经济权利和法律权利）的第一阶段到强调“男女的差别、不同和不一致”（西方女权主义者认为：这种以男性为中心论为理论基础的平等运动只会使妇女男性化，从而使妇女更深地被禁锢于一个她们竭力想改造或者推翻的权力架构）的第二阶段，并开始进入“其反实质论的论述实践”的第三阶段（或称为三种并存的态度）。正是这种文化、历史的因素，促进了西方发达国家关于妇女研究的科学化，并有可能从创作方面、批评方面和史的研究方面建立起一套理论标准，形成以“妇女意识”为中心的文艺观（如美国、英国），从而在它们的土地上孕育、催发了自己本土特色奇魔峻利的妇女文学之花。

但是，当我们将目光转向中国，则会发现，与西方妇女相比，中国妇女的解放是社会主义革命而不是女权运动的结果。中国妇女的社会解放是通过立法形式在政治上“超前”实现的。面对妇女境况的这种意外而突然的转变，相当多的妇女还存在一个心理上的认识和适应的过程。长期以来被压抑和受歧视的地位，使不少妇女自然形成了一种对性角色的茫然和抗拒，儒家伦理道德又使得妇女的受压抑合法化和条文化。“男尊女卑”这一中国历史上重要的文化现象，至今仍像幽灵一样隐现在妇女运动的上空。所以与西方妇女相比，不能不承认，中国妇女在建设和塑造自身形象的同时，尚没能彻底克服妇女的自卑感、依附心理和弱者意识，没能征服与生俱来的性别屈辱感，甚至也没能真正清楚地认识自己的处境。许多妇女还在为自己的性别存在胆怯，一些女作家们也不例外，她们忌讳别人注意到她们的性别，这使她们感到激怒和不坦然。的确，自觉的女性自我意识的真正建立，在中国妇女运动中还是一个极为艰巨的课题。但我们也不可因此而断言在中国“女性意识”的完全失落。随着东西方大门的相互打开，也随着人类文明史的发展轨道，中国女界自有先觉者担负起唤醒、开发“女性意识”的重任。从“五四”新文学运动涌现出的引人瞩目的女性作家群体，一直到今天新时期文学中文坛巾帼蔚为壮观，一种自觉抑或不自觉的“女性意识”毕竟已经萌生，并必将获得愈来愈清晰明确的凸现。或许，它也已经或正将迅速地跨越“女性论”认识的第一阶段，而在第二、第三阶段中得到深化。这不能不说是一个值得欣慰的发展景观。

以此观察宁夏女性作家的创作心态，“女性意识”是天然而美好的。她们大多在意识到自己作为一个作家的同时更是一个女人，她们几乎不约而同地把自己笔下的最大篇幅给予了自己所熟悉和理解的同性（如于秀兰、马青、冯琦的散文、小说；周玲的妇女报告文学集；王湛、吴音的儿童文学天地……）她们以一种非常坦诚的态度向社会、向读者展露了一个温馨丰富的女性世界，同时，也通过她们笔下真实感人的女性形象，启发社会对妇女问题做现实的乃至历史文化的深沉思索。对此，我们理应给予充分的认识和肯定。

二

谛听着女作家们真挚而热情的呼唤，怀着新奇和热望，轻轻步入她们别有天地的文学世界。

“我是一条不起眼的山涧细流，不求喧哗，不事炫耀。只愿以自己默默的流淌，给人间送上几许清凉……”“只要生存着，我将不会放下手中这支笔，我要借它倾吐包括自己在内的广大妇女的所感所思……”望着一双明亮、纯情的眸子，我听到了一个执着于自己信念的女作家的心声。迎着扑面而来的令人迷醉的浓郁、芬芳的女性气息，情不自禁我走向了她的文学世界。是的，两本精心装帧的作品剪辑向我真诚地袒露了她——于秀兰，一个在西吉山区长大的年轻的回族女作家情感与文学的天地，我不由得诧异：民族文化的熏陶和充满现代城市工业文明的陶冶竟会如此和谐地在她纤细、秀丽的身上得到巧妙的组合！对世间一切美好的情、物，她总是充满了近乎虔诚、童稚的渴求与向往，赞美之、咏颂之。然而，从那些异乎寻常的缥渺神思中，却又分明使我们感到了作为一个女作家所拥有的极好的审美直觉感受力：那对世间人事情物的敏捷细腻的捕捉、体察，那明晰、流畅而又缜密的思路、那多情善感而又超然脱俗的悟性……

一串系在钥匙上的铜铃，串起了作者对家乡山民不同阶段生活面貌的深切感慨（获奖散文《系在钥匙上的铜铃》）；杏黄枝头，牵动了对那摇曳在绿色的梦中，淳厚、质朴、坚毅、芳香，为山民带来几多慰藉，给自己几多人生启迪的故乡山间山杏树的绵绵思乡情（散文《杏黄枝头》）；漠漠沙海中，一片片金色的黄花，使她领略到无私奉献、根深叶茂的品格，赞美这黄花，也赞美具有与黄花相同美质的煤城开拓者（散文《夕阳下，有一片金色的黄花》）；而一盆纤柔清雅、洒脱挺拔的台湾竹，竟让她发现了隐伏于枝叶、花蕾之中的一个个奇妙空灵的圆的组合，禁不住发出对民族魂的咏赞，更向往着海峡两岸“圆”的喜讯（这可能与她从事《政协报》编辑工作特有的敏感有关吧）（散文《台湾竹的遐思》）；《心中的小路》《思念》《喜悦来自心底》几篇精致的抒情散文，则又向我们和盘托出了作者灵气回环、深思精悟的心绪的颤动。其中，我们不仅看到了作者执着于走自己选定的文学路的心声，看到了作者在钟情的文学世界的情感飞扬，同时也豁然明了，她周身散发的平和、宁静的气息，正源于一种对自身精神主体的自信把握，淡泊、超脱、似无所求的淡淡思绪中所透露的是对社会、人生不倦的探求。“时人不识余心乐、将谓偷闲学少年。”作者敏感的才思，高雅的修养和较高的心智得到了很好的体现。

作为一个勤奋的女性，于秀兰还以同样清新流畅的笔触写出了篇幅可观的小说，其中有的着意刻画了知情达理、温柔贤淑、不事享乐、默默奉献的善良可敬的回族妇女形象（《芹姐》《赛买姐》《心愿》）；有的是在感人的情节中溢洋着对不同民族间以诚相待、心灵相通的美好感情的赞颂（《泉水清清》《疙瘩沟的喜事》《丢失了的儿子》）；有的似在一支颇具韵味的民俗曲中，展示改革开放之风在乡民们心底所激起的愈来愈大的波纹，展示乡民摒弃旧有生活的重负，走向新生活的生动景观（《桃花湾》《在这条山沟里》）；还有的则在一种严肃、深沉的摹写中，塑造了充满民族文化色彩、体现回族宽容善良美德及自尊、自爱、自强精神的主人公形象（《白雪覆盖的山庄》《走向大山的孩子》《心曲》）；而一篇《适应》，一篇《奖金风波》，前者细腻而富有流动感地展示了一个初涉生活的少女的心态，后者则是对现实官场上鄙俗作风的无情嘲讽。虽然笔触的拘谨、人物的漫画感，带出了作者试写此类题材的稚嫩，但毕竟显示了一种对现实的积极关注……看到此，不由得蓦然心动：这种渗透于作者周身的血肉相连的民族意识、民族感情，这种“剪不断、理还乱”的山乡“情结”，以及面对生活积极进取的人生态度，不正是于秀兰这个年轻的回族女作家身上不容忽略的艺术品格吗？……沉浸在深深的感动中，我的眼前浮现出一幅生动的画面：山野中一株悄然怒放的小花，俊逸、清新，带着乡间的土气，更带着纯净的馨香，满身花粉，一路芬芳，为人们送上心底的慰藉……这是否算得上于秀兰的写照呢?

放眼望去，在散文园地里播撒真情的还有周玲、吴音、马青、冯琦……我们看到，在她们笔下流淌着对亲人的眷恋、追思和对世事沧桑的深切感触。如吴音的《春天永远与你同在》《忆亡夫哈宽贵》《哦，女儿》等。其中《哦，女儿》写女儿对已故父亲的切切亲情，催人泪下；另有《妈妈》《家庭晚会现在开始》，抒写母爱的博大；马青的《外婆》，记写外婆深明事理、热爱生活、富有个性、集勤劳、善良、贤惠、刚毅于一身的中国普通妇女的美德；《妈妈的红裙子》以独特的视角，动人的细节，以极富韵味、曲折多致的细腻笔触写尽了一条饱经忧患的红裙子在一个初谙人事的少女、一个年华正茂的姑娘和一个不减爱美之心的青年妇女心中所激起的丝丝缕缕的思绪与波澜，唤起人事变迁之感……此处，也有对记忆深处的故乡风情、童年情趣的动情抒写（马青的《金华卵石街》、冯琦的《童年的面茶》）；对触动心弦的美好事物、美好心灵的热烈讴歌（吴音《哦，同志》、周玲《长海情深》、冯琦《花香袭人》、马青《常青的院落》）。

这些散文，在写作笔法上，不重华丽的词藻、浓艳的修辞，却多以白描的笔法、淡雅的色彩、朴素的语言、和谐流畅的结构、舒缓自如的节奏抒写出了隐匿于人们心底的一段段真情。这笔触这情致，如清风温暖人心，像丝丝细雨，滋润心田，引发人们做长久的回味……

而在相对冷寂的儿童文学园地，我们不由得将敬慕的目光投向王湛、吴音两位有资历的女作家。

王湛，这个二十世纪五十年代就以较高起点跻身文坛的女作家，其五十年代发表的小说《东方来的亲人》曾收入《少数民族短篇小说选》。在经历了令人心酸的动乱、磨难之后，她又以饱满充沛的活力和不减当年的才情专注于专业编剧工作。在出色完成自己所承担的各类题材的剧本创作之外（九场民族歌剧《牧羊曲》，获宁夏回族自治区1982年文学戏剧奖一等奖；电影文学剧本《风云桃山堡》……），还不能忘情于散文、诗歌的写作（散文《腮边，一串泪珠滚落》，诗歌《沙丘下的细泉》《大漠中的生命》《忏悔》，均系言志抒情之作）。也许是在她爽直、豁达、敏感、热情的性格后面所更多地隐藏着的易于动情、丰富细腻的情感因素，以及做母亲的经历、体验和对新一代的殷殷深情，诱发了她为儿童写作的强烈冲动。在写出了儿童小说《八岁八》（写幼儿强烈的模仿和求知欲）、《远征军》后，一种尚不满足、急欲以更明彻、形象的形式向社会表达一种新的儿童观的欲望推动着她，终于，经过精心构思、锤炼，以她自己的小说《远征军》为蓝本改编的无场次儿童剧《宝贝蛋儿和男子汉》在她笔下诞生了！独特的艺术世界、纯真的儿童天地、生动可爱的小主人公形象，妙趣横生、自然流畅又发人深省的剧情（如“飞机场遭遇战”“穿越森林”“雪地篝火”……）以及娴熟高超的舞台调度与艺术语汇使这出儿童剧恰如一朵卓然出群的清丽之花，绽放在宁夏儿童剧的舞台上，并且享誉京城，得到了中国文化部有关领导的高度评价，也得到了广大观众（包括小观众）的热情肯定。“儿童的自主意识，是该剧的基本主题倾向，它反映了当代崭新的儿童观和教育观。剧作家在这个戏里竭尽全力地倡导和赞美儿童的自主精神，以此为主旋律，变奏出团结友爱、战胜困难等副主题。”（华方佐《宁夏少儿文化》1988年第1期）的确，这出儿童剧，可以说架起了儿童与家长心灵的桥梁。今天的儿童不仅仅只是任性、娇横，同时更拥有属于他们自己的自尊、自信、自强以及善于幻想、勇于实践、活泼聪慧的开放型品格。王湛以一颗敏锐、细腻的心捕捉到了这些负载着时代因素的信息，并将之转化成具体可感的舞台艺术形象，这其中的缕缕深情、殷殷期望是令人感动的。

而吴音，这位长期从事出版、编辑工作的老文化工作者，同样把挚爱的情怀投向了儿童文学的写作与编辑。她曾情不自禁地表白：“我热爱编辑工作，尤其热爱儿童文学！”是的，经她编辑的儿童文学作品集屡屡获奖（其中科学童话集《一个故事一个谜》，被评为天津市第二届优秀科普作品；诗歌《我想》、中篇童话《雁翅下的星光》为中国作家协会首届全国优秀儿童文学奖获奖篇目；《鹅鹅鹅》《红苹果》及另三本儿童诗集作为“六一诗丛”被国家教委列入向全国少年儿童推荐书目。如果说，在编辑工作中渗透着她对儿童文学选题的钟爱，而在她创作的作品中则进一步袒露了一颗期望与孩子们沟通的母性的心。她细细观察着儿童的乐趣、儿童的需求以及个性（《圆圆和一个男孩的故事》），也将关切焦虑的目光投向幼龄儿童的教育问题，急切地发出把小学生们从繁重的家庭作业中解脱出来，恢复其自由、活泼之天性的呼吁（《爸爸的苦恼》）；对于那些以自己的心血浇灌祖国的花朵，以诚挚的情怀换得儿童信赖的园丁，她则献上了深情颂歌和由衷的敬意（《兵兵的心事》，《朝花》1983年第4期）；同时，她又那么真诚地忏悔着包括自己在内的家长们对于孩子的疏忽和粗心，提醒每一位父母，理解孩子们的感情和孩子们的天地（《兵兵的心事》）。

除了儿童文学、散文创作外，吴音同志还常写些短小的随笔、杂文，针砭社会积弊，强调文明新风。所有这些，在体现了一个老文化工作者热忱的同时，是否也体现了她作为女性作家进行思考、创作的特定视角和侧重点呢？

追寻着女作家们勤勉耕耘的足迹，小说园地中也自有她们红硕的果实。在一些熟悉的名字中，张冀雪的创作似乎更加引人注意。无可讳言，近几年来，张翼雪几乎是以一种咄咄逼人之势引起文坛的注目。尤其是当她在区内外文学刊物（《现代人》《人民文学》《当代》《上海文学》等）上连续发表了小说《生的路程》《回家的路》《活水》《夜雾，还未散尽》之后，更加引起评论界的注意。

如果将女性文学定义为是女性作家共同创造的语言艺术世界，它则包括作者以女性的眼光观照社会生活，以表现妇女意识、妇女世界为主要艺术追求的“内在世界”，及作家以辩证的眼光观照社会生活，在艺术表现上超越妇女世界的“外在世界”。或可将此称为女性文学的第一世界和第二世界。女性文学的第一世界，是女作家对妇女自我世界的开拓，是女性在文学上的自我表现；女性文学的第二世界，是女作家对外在世界的艺术把握，是女作家和男作家站在同一地平线上，不仅作为女性，而是作为一个作家创造出的一种不分性别的新文化。

假如说，张冀雪在她的前期创作中（1978—1985年），还是在女性文学的“第一世界”中试步，那么，这几篇创作则体现了一种开放的态势。她避开了对自身世界的袒露，而将目光投向积淀着深层文化因素的黄土地上的农民。她一改过去的纯情、委婉、染着淡淡忧愁的笔调，用一种浓重的黄土般的色调，勾勒出黄土地的贫瘠和呻吟，描画出现代文明在黄土地人们心中所激起的强烈震荡，表现他们终于苏醒的人生意识，和追求新的美好生活的热望与勇气（《活水》《回家的路》），并且在鞭挞这片土地上的愚昧、男尊女卑等封建陋习的同时，也诚挚地写出了这里人民的朴实宽厚、善良的天性（《夜雾，还未散尽》《回家的路》）。

而《生的路程》，在叙写一位女医生细腻复杂的内心感觉、心理变化的同时，更表现出对现实人生不平现象的一种隐隐的激愤和谴责。在艺术审美表现上，这几篇令人耳目一新的作品，融会了作者不断更新的小说创作观。作者在用充满现代意识的眼光去看待和表现西部生活时，吸收、借鉴了外国现代派的表现技巧，弱化情节，浓笔重墨抒写环境中的氛围、人物心态的情绪；在语言运用上，纯熟自然的宁夏方言与朦胧抽象的审美意象相互叠印，让人看到了小说的“从单纯的讲叙艺术向感觉艺术的转移”（高嵩）。透过一幅幅饱含生活和命运感的艺术图面，我们感受到了作者创作中异常活跃的主体意识，领悟到含蕴其中的关于现实人生的哲理性思考，也体味到作家在艺术道路上艰难求索、刻苦登攀的甘苦、艰辛……

读张翼雪的小说，还会使我们不由自主地将她与前面论及的回族女作家于秀兰等的创作进行对照。

于秀兰犹如山野中的小花，周身发散着俊逸、清新的馨香，其作品侧重于体现特殊文化氛围中的回族山乡妇女的独特精神世界，讴歌一种默默奉献、无所索取的纯净心境。它使人们不无感动地承认，妇女这个聚合着多种复杂因素的集合体，其母性与挚爱的圣洁光照是超地域、超时空而永恒存在的。在偏僻的山乡，在城市文明之风尚未充分吹拂的地方，是她们用纤弱的臂膀，难以想象的韧性，支撑起一个母爱的世界，又以豁达的态度、博大的胸怀、无所不在的爱心给这平凡、沉重的生活注入了温馨与希望……虽然，在于秀兰的笔下，没有显见的文化批判的色彩，但作者的审美观照，真实地再现了山区人民及妇女的生活景观，表达了一种真诚的理解，这其中又何尝不包含着作者渴望在这些地方，在山区妇女精神生活的深处，尽快滋生出与时代、社会同步的新因素的迫切心愿呢！

而张冀雪在我区文坛的脱颖而出，引人注目，在于她对小说题材的多方位把握与开拓，以及对小说审美表现的大胆探索。与于秀兰相比，她的小说直接而敏感地反映了现代社会中较为普遍的社会矛盾。诸如，同是对妇女命运的思索，她所表达的是城市职业妇女、知识妇女关于一种不能协调多种“角色”的困惑（《她和她的孩子》）；体现知识女性自身价值，自尊自强意识（《生的路程》）；同时也关切地注视并反映贫困山区妇女的不幸命运（《我在甘草铺的时候》《夜雾，还未散去》《回家的路》），表现出强烈的同情心和文化批判意识。

的确，不同于于秀兰的平和、柔美、冲淡，不同于马青、冯琦的清丽、委婉、深情，也不同于周玲、吴音、王湛的典雅、沉稳、真率，张冀雪的创作，深沉、凝重、冷峻，具有一种锐意进取、刻意求新的艺术追求。而这一切，或许与她孤寂的童年，以及成年后个人婚姻的生活经历和由此形成的倔强、孤高的禀性有关。

另外，在小说创作方面，还应提到吴善珍。尽管，她并没有向我提供较多的作品，但是一篇《女神斯特拉》（《女作家》1986年第3期），却显示出作者圆熟的小说技巧、高超的语言表现力。这篇以三个小提琴手为主角展开的故事，通篇回旋着一种音乐的魔力，恰似一首表现力极强的交响诗。作者把对音乐的较高的知解力溶于小说的语言及叙述结构中。在作者笔下，那从琴弦上流泻的精美旋律化作了一幅幅富有生命力的、具体可感的形象画面，化作了一个个蓝色的小精灵，引导着人们在美的意境中徜徉。而起伏跌宕、悬念迭起的情节，也与那回荡的旋律一样，紧紧抓住读者的注意。乐曲的末章，那个经作者精心铺垫渲染后的主角——“女神”斯特拉终于露面了！随后急转直下的情节，向我们展示了一个不修边幅、偏执得带有神经质的琴艺高超的小提琴手的形象。尽管，其对自己近乎刻薄的要求，近乎严酷的自责自弃是那样令常人不可理解，但在这里，却使我们看到了一种对艺术的信徒般的虔诚。小说中尽管没有塑造女性形象，但是那融入了作者熟悉生活的旋律，那曾与作者朝夕与共的跳荡音符和颤动的琴弦，又的确是这篇作品取得成功的真实背景。

……

在今日之文坛，以紧贴社会、映现时代风格、全方位表现现代生活为特点的报告文学、纪实小说热方兴未艾，而环顾宁夏女作家创作，几乎她们中的所有人都曾涉足于报告文学的领地。

或许是女作家们渴求以此扩大自己生活的触及面，磨砺自己纤细的笔力；抑或是报告文学自然、真实的文体魅力，吸引着她们在此尽情地舒展自己对生活中真善美的讴歌，表露自己对生活真诚的企盼和理解。所以我们很自然地看到，这些女作家笔下的报告文学，都以自然、流畅、委婉、深情的特点呈现于读者面前。她们怀着极大的真诚，描绘、介绍着一位位深深感动自己的平凡而真实的人物：在各条战线上奉献光热的女同胞（《周玲报告文学集》），献身武术事业的女运动员（冯琦《无边际的绿毯》）、纺织女工（冯琦《齐翠萍》），“用两条腿去丈量万里长城”的有志之士（余光慧《长城的子孙》），拳拳深情耕耘文坛、甘当铺路人的老作家、老编辑、老文艺工作者（余光慧的一系列作家专访），以及痴情地投身于所从事之事业的科技工作者（余光慧《炉中，一团鲜红的烈焰——记大武口电厂总工程师黄正道》、于秀兰《路是这样走出来的——记献身山区畜牧事业的贺皓明》），精心培育幼苗的园丁（余光慧《爱，是主旋律——记银川第二毛纺厂幼儿园园长蔚霞凌》）……

女作家们在报告文学写作中，首先把深深的挚爱献给了笔下的人物，她们用一颗女性的心，温情、细腻地体察主人公的喜怒哀乐，理解他们的生活抉择、行为举止。她们不仅写人物强烈的事业心、超人的毅力、无私的奉献……也写了他们母子情、父女爱、写了他（她）们对家人的依恋，和身为妻子、丈夫却没能尽责的内疚……从而写出了一个个真实可信、有血有肉的他和她。同时，我们也看到，几乎毫无例外，女作家们在塑造主人公的同时，也写出了一个真诚的“自我”，正是在她们娓娓的叙谈中，人们得以进入主人公崇高而纯净的精神世界，得以目睹一幕幕平凡而又令人感慨的业绩，也正是在她们激情的颂赞和褒扬中，人们默默体味着其中的人生真谛，为每一个大写的“人”而肃然起敬、而心向往之……

我们还看到，女作家们的报告文学，多以女性人物为主角，这种选择，既源于一种对同性的理解、更在于女作家们对认识、发掘女性自身世界的强烈意识。在中国社会发展的现阶段，尽管“男女平等”作为一个法律条文已家喻户晓，但是，显而易见的是，“男女平等”的法律权益并没有从根本上消除男女两性的社会差异。这种差异，基于生理，源于历史，伴随着妇女向社会领域的扩展和渗透，成为当代触目的社会问题之一。事实上，妇女们，尤其是职业妇女、知识妇女，她们不仅没有解除生育的痛苦，又加上了社会的重负，不得不承受着远较男子多得多的生活压力，道德责任。所以，张洁喊出了：“你将格外得不幸，因为你是女人……”（《方舟》题词），刘晓庆喊出了：“做女人难，做名女人更难！”然而，正是在如此境遇下，女性之自尊自强、女性之聪慧精悟，女性之赫然硕果方显得更加灿然夺目，更加令人感佩、敬慕。

在这些报告文学中，尤其令人不能忘怀的是周玲于1986年完成的报告文学集——《女人的第三交响曲——银川市妇女报告文学集》。这本汇集了二十篇作品的集子，浸透着作者的心血。以周玲同志的年龄、体力，在短短一年时间中，采写这许多人物是难以想象的。但周玲不仅圆满完成了采访，而且用她那支真挚委婉、诗情洋溢的笔唱出了一曲曲动人的女性之歌。周玲是凭着对同性的理解和敏感，凭着对世事人生的感悟力，也凭着她广博的知识面，与被采访者达到心灵的沟通与相互的理解，生动传神、从容自如地摹写了不同职业、不同类型的女性形象；同时，周玲更是凭着一颗女性坚韧的心，凭着一种张扬女性世界圣洁光照的热望，写就了这一篇篇自豪、骄傲的诗意之篇章！

三

像潺潺畅流的溪水，像习习醉人的暖风，在当代文坛上，女作家以独特的风韵、独有的冲击波、独有的情致和驾驭力构筑着一个充满魅力的女性文学的世界。但是，伴随她们的，却并不都是赞同和褒扬、理解与支持，接踵而来的，还有诸多的不解与指责。诸如，认为女作者们的作品平凡琐碎和耽于日常生活的描写、自传与虚构相结合、缺乏完美的形式、不讲究修辞……之所以出现这些非议，则是与妇女文学的历史命运大有关系。

在妇女写作与女性文学的发展历程上，从男子中心社会的文化背景及父权社会的权力结构上产生的男性批评标准，一直是造成女性文学创作困境的紧箍咒。它们或者干扰和剥夺妇女自由写作与发表的权利（如中国古代所提倡的“女子无才便是德”，西方传统观念也认为妇女从事创作潜在着危及父权制社会的因素。二十世纪前，公开发表作品一般只是男作家的事，妇女大多只能在私下写作她们的日记、书信和专记，她们的读者至多也超不出她们周围的女友和熟人。男性批评的标准给妇女的写作规定了种种限制，不能涉足诗歌、悲剧之类的高雅文体，不允许女人为男人写作。为了把女作家的影响尽量限制在女人的圈子里，社会千方百计地阻挠女作家公开发表自己的作品）；或者无视妇女文学的独立地位，动辄指责女作家创作，要求她们摹仿男性大师的作品（如中国新时期文坛上，张洁、张辛欣等可望建立一个颇具现代女性意识的小说世界的女性作家，在其创作道路上，却被不断鞭打着、驱赶着从她们的世界走出来，走向蒋子龙，走向刘心武……）欲使妇女文学具有一个广阔的、自由的创作空间，行使她们为自己、为社会乃至为人类写作的权力，摆脱男性批评的支配、改变社会上无视性别的中性批评标准（究其实质，仍然是男性批评标准），建立妇女的批评标准，使广大女作家得以无所顾忌地勇敢探索自己独有的世界，该是一个多么重要的课题啊！

在女性文学发展史上，应该记住英国现代女作家维吉亚·伍尔芙的名字，是她首先提出了以“女性意识”为中心的文艺观。伍尔芙在《自己的一间屋》中揭示：女性必须有自己的文学空间。她认为，女性有自己独特的处境和观察事物的角度。从而也应该有自己的、完全不同于男性的文风和语言。倘若女作家不能摆脱男性批评的支配，放弃种种成见，勇敢探索自己独有的世界，那么她不仅无法克服相对于男作家显露出的局限，而且还会缚住自己的手脚，使她的自我不能得到真实的表现。

伍尔芙的话道出了确立和发展女性文学的真谛。从表面看，女性作家在题材的选择、反映生活的涵盖面、作品风格的恢宏阔大、文笔的洒脱、豪爽等诸多方面似乎颇有不及男性作家之处。但是，正如在人类生存的世界里，既需要潇洒、刚健、风度翩翩的健壮男子，也需要温柔、妩媚、楚楚动人的年轻女子一样，女作家们完全可以充分地展示自己的艺术个性。正如伍尔芙所说："女小说家只有在勇敢承认了女性局限之后，才能去追求至善至美。"

以此通览宁夏女性作家的创作，似可大略揣摸到她们在文学观念、创作心态、题材选择、文体风格诸方面的一些特点。

纵观以"五四"新文学运动为发端的我国女性文学的发展轨迹，可以看到，从"五四"时期风采各异的女作家们在恋爱婚姻主题下包蕴着女性之对于社会进步理想、人生问题的积极的思考，到三十年代"女性意识"、女性文学的失落（由于战乱的冲击，审美的需要让位于生存的需要，艺术的价值让位于政治的价值，文学的忽视个别性而注重共有性的表达成为一个可以理解的趋向），而二十世纪五十年代以后直至"文化大革命"期间，中国女性文学一直追求二十年代后期以来一贯的目标，即社会理想的实现（在这个特殊的过渡时期，女作家的兴起还只是作为作家的兴起，而不具有明确的女性意识、文学觉醒的性质），如今由于时代的走向开放而直接唤醒了人的独立观念和作家的主体意识，女性文学也由社会理想向着情感理想迈进。

宁夏女作家的创作正是与这一潮流同步，女作家们以一种文学的自觉，在创作中大胆而集中地倾注了自己的情感理想。对于文学和自我，她们开始认识到：文学家不是讨伐者也不是头戴光环的圣徒，而是生活与理想的体验者、编织者。于是才有了今天女作家笔下这些不故作姿态而实实在在的文学。

确实，这些女作家们之从事文学写作，绝无任何急功近利的妄想，更多的乃是出于一种内心的愿望、一种自然的需求。她们以文会友，热切地盼望倾吐内心的情感，唤得众多的理解与心的共鸣。于秀兰描写山区回族妇女克勤克俭、质朴无华的善良天性是为她们呼吁理解，张冀雪叙写知识女性追求的痛苦，也是在呼吁社会的理解，周玲、马青、冯琦的散文，乃至王湛、吴音的儿童文学又何尝不是在向人们袒露真实的自我，渴望社会、家庭、人际关系的美好与和谐！"我不想通过我的小说告诉人们一个故事，一段传说，或者通过我的小说解决个什么具体的社会问题。我的小说没那么厉害……我只是想，如果我感受到的那种情绪，那种氛围，那种颜色得到读者的感应，那么，我的小说的任务就大致完成了……"我想，张冀雪的这段自白，该是对女作家文学观念、创作心态的最好说明。

在题材上，女作家们的创作的确具有趋向于叙写融入个人生活经历与个性情感的社会生活的写实性特点，而在体裁上则较多地选择了能够自由随意地抒写真性情的散文、报告文学以及带有较浓厚的自传色彩的小说。在艺术表现上，较少注重哲理性，而更多地注重情感性。很显然，女作家们认为，重要的并不在于作品的外在形式，而在于情感的真实和质地，在于自我的真实和坦诚。有人说，战乱的环境易于造就男人的功业，而和平建设的环境易于使妇女充分发挥她们敏感、细腻、周密、温情的特点。这些特点正是首先借助情感的领域——文学艺术的领域以显示它的天才。女性是情感的，文学也是情感的，二者在一个相当宁静的时代社会氛围中得到契合。正是这种注重情感性的特点，造就了女作家们写作风格的抒情性，使其作品更具可读性、情味性。

作家们往往通过自己的创作表现着他们的人生观，女作家们也不例外。如果说，周玲、于秀兰、马青、吴音、冯琦等多数女作家的文学创作透露出她们平和沉静的人生态度，而作为一个例外的张冀雪却在作品中表现出一种与命运搏斗，艰难地求生，近乎苛刻的自我要求，刻意追求、矢志成功的顽强、执拗、不向命运屈服的人生态度，但她们同样是真诚的。因为这一切都渗透着她们作为一个人、一个女人的具体生活经历、生活环境与人生感受。

与这种“真诚”的人生观相一致，女作家在塑造人物方面的特点，则是着意描写平凡生活中的普通人。于秀兰笔下的山区妇女，马青笔下的外婆、母亲，吴音笔下的慈母、丈夫、儿女以及曾给予自己无私资助的人们，张冀雪笔下木讷质朴的黄土地上的男人、女人……从中透露出的这种对普通人的亲切理解，是来自实际生活的直接体验，女作家们与他们达到情绪上的沟通与默契。即使是对于那些来自底层的道德文化，也不是报以贵族式的冷笑，对于平民的愚昧与陋习，也往往流露出耐心与宽容（于秀兰反映山区妇女生活的小说，张冀雪反映黄土地人民生活的小说）。作家们正是在那些平凡朴实的人物中间把握着真正的人生，品评生活的真谛。

当然，我们所感受到的女性作家的这些创作特点，与她们的文学实践有关，但同样不容忽视的还有女性特殊的心理机制。不同于男性对理论、政治、经济有较重的关注与兴趣，女性却相对偏重于对审美、社会的兴趣，她们更注重人际关系、重视父母亲子的情感，兄弟姐妹的情感，夫妻、朋友的情感，人与人的情感，特别注意与自身世界相关联的社会问题；在人格特质上，女性的神经质倾向高洁、敏感、感情丰富、喜欢幻想；在视野的开阔度、结构及知觉历程上，女性亦比男性注意细节、注重事物的过程，视野的开阔度比男性窄。但对于微观的透视力又比较强。正是这种不同的心理结构，形成了以美为主要标志的女性心理特征。著名作家冰心曾说过：“世界上若没有女人，这世界至少失去十分之五的‘真’，十分之六的‘美’”，所以，我们才看到了作家们那样珍重地挖掘生活中美的因素，讴歌美的心灵，美的感情……才看到了一个美如彩绘的女性的文学世界！

四

世界女性文学的发展，早已越过模仿男性文学阶段和男女平等阶段，正进行在女性意识觉醒的道路上。中国女作家的创作，作为群体意识而言，或许更多地驻足精神上的男女平等阶段。诚然，女作家的作品可以是个人经历的变奏，但仅仅如此，毕竟还缺少反映生活的广度、深度和力度。虽然一些作品也反映到妇女内心的寂寞，她们在生活中的不安全感和无着落感，她们被动和屈从的地位，但一般而言，这类作品中仍缺乏一个明晰的自我。妇女的形象仍旧流于类型化和程式化，尤其没有反映出中国女性复杂的文化地位。而这一切，与我国尚未形成一个自成体系的文学批评有很大的关系。在此大背景下，宁夏女性文学发展也不免带有同样的缺陷。同时，女作家的队伍也急需壮大。

社会、时代的发展，文学审美的多层次需求，均期待着女性文学的成熟，也许，这尚需女作家们付出极大的努力，甚至痛苦的转变。正像那种充满了女性魅力和洒脱的“独立、温柔、宽容和谦逊”的现代女性，更适应于今天的社会一样，或许，女性文学优美、典雅的格调也更需变奏出几分焦躁、几分沉重……我们殷切地寄希望于宁夏女作家们，以更加自觉的女性意识和文学的觉醒，进一步开拓文学的表现领域；也寄希望于广大评论界，以真诚理解的姿态热忱地扶植、促进宁夏女性文学的发展！

1988年夏

霜叶春花一样红①

——吴淮生新诗漫评

吴淮生是宁夏著名的诗人和散文作家。三十多年来，塞北的风霜雨雪在他的额前刻下了岁月的年轮，一株江南的绿柳业已变成塞北苍劲的榆槐，然而他胸间的激情依然那样如潮奔涌，他笔底的诗情依然那样撩拨人心，他真像是一蓬跳动的篝火，一只不倦的春鸟，为他眷恋的土地、挚爱的人间吟唱着一曲曲深情的歌。

吴淮生的散文格高质美，一本《梦里青山》，峰峦耸翠、秀雅迷人，抒不尽、道不完的是情长长、意切切一片赤子情怀，而吟咏诵读吴淮生的诗稿，款款移行于这峰回路转的诗间小径，在一派芳馨馥郁的诗情中，我仿佛听到了一支如泉水般潺潺流动的心灵之歌。循着这脉动的泉流，我真的走进了一个明净而畅朗的天地，一方圣洁而诚挚的诗的世界。

我所看到的吴淮生的新诗，从写作时间上看，多是1980年以来的作品，从题材上看又大致可分为纪游、抒怀、表现个人心态等三类作品。当我们揽读诗稿，一篇篇诗兴盎然的诗作涌入眼帘：纪游怀古、忆旧思乡、纯情的抒怀，对塞上深情的吟赞，以及如星夜般精美的随感小诗……确可谓诗作缤纷，诗心广阔，但掩饰不住的仍是诗人对纪游咏怀题材的偏好。

不可否认，在淮生同志一百多首新诗汇聚中，这一类诗作占了相当的比例。相反，那些曾在新时期诗界领风气之先的政治抒情诗、内倾型的“朦胧诗”、史诗般的巨型诗作却很少在他的诗稿上留下踪迹。是诗人的一支彩笔过多地浸润了江南的柔波碧水（美丽的淮乡是诗人梦魂牵绕的故乡），还是诗人活跃、开放的天性使他不宜做笔力遒劲的政治抒怀，也不愿在沉寂中做冥想式的沉思独语？或许，这也算是一种解答，但默然品评，从其明快畅达的诗情表现上，从其体物言情、遣兴抒怀、彰明心志的内在诗质上，还是让人揣摸到了其新诗创作所凭依的社会的、心理的契机以及在文化继承上的一定背景。

诗歌作为诗人智慧和感情的结晶，是最富个性的文学样式。但即便是心灵的荧光屏，也还会不自觉地呈现出时代的投影。诗人心中飞出的笛音，其心灵独特的旋律，也回荡着社会的乐音。缘此思路，我们不妨关注一下吴淮生新诗写作的年代——二十世纪

---

①载于《宁夏教育学院学报》1991年第1期。

八十年代。这是一个历史转折的年代，一个春意暖人的年代。作为与祖国一道曾经磨难、同获新生的诗人，其诗情也伴随着轻松、自由与欢欣悄然复苏。他一面风尘仆仆地工作，一面将心中的情愫酿成精美的诗篇。他更携一颗诗心，做南归北往的宾客，萍踪湖海、浪迹天涯……于是，缤纷的诗绪，化作沁人的语丝，落满这洁白的诗笺。

江南秀美，乡音柔媚。在这里，他拾起童年难忘的梦幻，倾诉游子思乡的情愫，录下家乡诱人的新貌，编织未来金色的憧憬。重踏故乡的土地，他曾寻访李白、汪伦的诗踪，登攀“光明顶”，领略黄山的无限风光（“江南拾忆”数首）；中原广阔、黄海浩瀚，他盛赞“郑州的绿”，歌吟“相州的情”，在海的衾抱里让串串流动的诗韵与浩渺的星空交融（“中原与大海”数首）；南国的梦，同样瑰丽神奇，伊岭岩巧夺天工的惊叹，台湾相思树下的绵绵思情，天府国撷起的鸿泥……而一组“深圳剪影”、一串“采自金沙江畔的诗”，映现出的则是一幅火热现实的壮景（“南国踪迹”数首）。

虽然同样是祖国怀抱的土地，可是朔方的歌，诗人却唱得格外动情。三十年阳光风雨，三十年冰霜春色，三十年跋涉奋进，三十年憧憬期盼，从英姿勃发的人生之晨走进两鬓飞白的花甲之年，诗人的心身早已与这塞上古城休戚相关。塞上，作为孩子们的“籍贯”，诗人的第二故乡，又怎不值得他为之吟唱动情的诗篇呢？诚然，关于塞上、关于银川，诗人已在他的多篇散文中有过很多描述，但与他的其他诗作一样，作为同题纪游散文的一种互补，在诗里他酿就了更加醇郁的诗情。有别于纤细、淡雅的江南美景，塞北浩瀚的戈壁、辽阔的草原、滚滚黄河、莽莽贺兰山脉，给诗人的诗笔增添了一种壮阔、恢宏的气度。他在清真寺前畅想、为腾格里沙漠赋诗、在煤城采撷创造光热的精魂、在沙坡头惊叹人类治水的奇迹。他也曾为南部山区的小县题写新志、描绘在“晨光中行进”的灵武之帆，夜宿“六盘山顶”，天高云涌，神思畅漾，他向雄武的群峰致意，撒下胸间激情的狂想。还有“五月的沙枣花”，珍贵的“贺兰石”，巍立的承天寺塔，也都装进了他写不尽的情思（“朔方撷片”数首）。

沉浸在诗篇沁人的芬芳中，不禁思绪纷涌，我想，正是时代的花信风，引发了他绽蕊怒放的诗情，是新时期璀璨的光照，在他寂寞的心泉又贮满了一池青春的活水。从“文化大革命”十年抑郁沉闷的氛围中跃起，他比以往任何时候都更渴求心灵的舒展，渴求歌吟的自由。他没有让自己的诗笔去复写那些“激越的诗文”，他只愿自己的歌喉能为这大千世界“增添一个琴音”（《我的四季歌》），为温暖的人间把缕缕色香奉献（《无名花》）。所以，他将自己的诗心融入这美丽多情的土地，寄语名山大川、故土人情、访游随记来抒写自己的一腔诗绪，倾泻自己对祖国和人民的挚爱、深情。或许，这既是诗人新时期诗歌创作的契机，亦是其偏好纪游、咏怀题材之社会及心理的动因。

当然，诗人对纪游感怀诗歌题材的偏好，绝不仅仅是对“文化大革命”十年僵化文学的反拨，这其中更积淀着其自身文化结构及人格追求方面的深层因素。

诗人如痴如醉地在新诗的领域中驰骋才华，他所振起的缪斯的翅膀，却是深深扎根于中国古典文学的沃土中。无论是在为诗词爱好者举办的专题讲座上，还是在由他专开的“中国古代文体概论”课程的大学讲坛上，都会听到他如数家珍地细叙诗词发展的线索、醉心地吟咏品评妙境迭出的诗词佳作，间或，也还会听到他私心自许地向大家吟诵自己填写的装进新意的旧体词章诗作。这足以说明，吴淮生与中国古典文学特别是古典诗词的某种深厚的感情与精神上的联系。因此，在他的新诗创作上，我们也就不难发现其所受到的中国传统诗学及中国人文精神传统的熏染与影响。

观中国传统诗学创作论，“感发”二字乃其中心根源。无论是“诗缘情”或“赋体物”，均强调创作源于一种生命感发，认为“感物有所得”是诗歌诞生的一条规律。与此创作论相统一的则是中国诗学之极看重诗的真性情、真面目，极看重“移其所以为人者发见于语言文字”，如清人叶燮云：“诗是心声，不可违心而出，亦不能违心而出。”又如刘熙载云：“诗以悦人为心与以夸人为心，品格何在？”（《艺概·诗概》）透过这一诗学观念，即可看到中国人文精神传统中，士人对自身精神价值的一种深切关注与高度珍视。

观古往今来多少诗家名士，均出于一种自信、自珍、自爱之心，在一种自娱、自适式的文字抒写挥洒中自彰其性情、自明其怀抱、自恋其生命操守，将其思想境界与人格形象传诸不朽。我认为，淮生同志的诗歌精神亦在很大程度上与这一文化传统潜潜相贯。他的诗心、他的诗情从来都是朴质、真诚的，因而也是真实而美丽的；他的诗，无论是叙事抒情，忆旧思亲，纪游咏怀，礼赞生活，均有情可缘、有事可依、“有感而发”，具有十分明确的“针对性”，一如歌德所言的一种“即兴诗”，即来自从现实生活中所提供所呈现出来的多种场合或者机缘的诗，首先有赖于客观世界事物的感召。而在淮生同志则正是客观现实的刺激和诗人主观情愫的艺术聚合孕育了他笔下的诗行。同时，他的新诗创作，亦追求一份人格的真实，在他的内心深处，可以说是将诗作为其人格存在具有内在同一性的东西，并以此作灵魂的安顿与人性的敞亮。在某种意义上说，他的诗就是他的人，就是他的传记，就是他那一份充盈的生命所在。

在他的新诗创作中，我们看到，重提诗笔已是“知天命之年”，诗人没有让自己的诗笔去选择艰涩的“冥思”“空洞”的抒情，而是放情于祖国秀丽的山川，寄情于江南、塞北两个他心目中同样珍爱的故乡。的确，在这片感情的天地里，诗人的触觉灵敏活跃，诗意的想象如花雨纷呈，诗情的勃发一迸而不可收，一篇篇诗情饱涨的诗作，如天设彩锦般铺泻而成。

奇美的黄山不知孕育了多少艺术的奇葩，也同样施厚爱于每一位真诚的来客。一组《黄山纪游》，记载了诗人遐思奔涌、别具特色的观感。《由半山寺看“金鸡叫天门”》，诗人赞叹着大自然的奇迹，赞叹着“地壳变动孵出的”这只“美丽的金鸡”，他憧憬天门内的巍峨壮丽，他亦怜悯悲叹神仙、玉帝的寂寞孤单，面对金鸡他突发奇想：“金鸡，金鸡，何必把天门叫启／你该面向人间唤醒朝霞晨曦／为奇峰怪石染制云衫雾裳／给千山万壑溶进诗情画意。”诗的结句则更加翻出新意：“金鸡，金鸡，你与其把天门叫启／倒不如化作五老步上天都石级／虽然叫唱天门已使你青春虚度／白发长髯也可以登峰造极！”这里不仅是赋诗，更是言志抒怀；《青鸾峰——冰川擦痕》，他联想起宙斯缚锁普罗米修斯的铁链磨出的勒印，臆想是“恶魔举起”的“虎骨钢鞭”，“给大山的胸脯留下”了“道道伤痕”。沉思中，史前的酷冷使他寒彻肌骨，只道是威严的冰川如今杳无踪影，可“道道擦痕”却仍是它“存在过的见证”。掂量这沉重的诗句，它凝结着的是诗人超越时空的沉重的思索；《登光明顶看日出遇雪》写得轻柔优雅，畅达明快。诗的开头，诗人叩问黄山光明顶，“何时何人给你起的美名？”接着诙谐地抒写“光明顶笑而无言／招手邀我身临其境”，但当“汗滴和足迹将这两万石级叠印”，顶上却是“又一个霜晨”，“依旧云帆片片／雾海沉沉”。尽管如此，登山者却绝没有嗟叹抱怨，而是“抖落衣上的云朵／赠给山头轻柔的纱巾”，雾遮艳阳，他自有自己中意的收获，“我失落了刹那间的奇观／却携走一个金色的憧憬”，并且在诗的结句由衷地咏叹：“光明，是一个长驻的希望，她引导爬山者奋然攀登。”其味隽永。同样，这组诗中的《赞“万丈天梯”》《“梦笔生花”的回答》，也融注着诗人充盈活跃的主观情愫，他没有用诗笔直接摹写眼前的奇绝景致，更多的还是抒写自己触景生情的感受，所以，他才会如此朴素而真情地道出：“人都说松、石、云泉是黄山四绝／我道它的石梯才是伟大的奇迹／如画江山只是大自然的杰作／登山石级才显出人类的伟力”，“一道阶梯——一块千斤石／砝码是石工辛勤的汗滴／要不是整个大山来做天平／谁能称得起四万个石级！”……奇巧的比喻伴和着诗人真挚的情愫，唤起人们由衷的赞叹。又因是多年的笔墨生涯，与笔结下了恋恋深情，所以幸遇“梦笔生花”的奇景，欣悦兴奋之情便跃然纸上：我从事多年的笔墨生涯／常常盼望自己笔底生花／虽然这也许永远是个梦幻，而今却有缘访问“梦笔生花”，“一支巨笔在云笺上挥洒／笔端的青松多像盛开的鲜花／写哟，写出黄山的奇峰秀色／画哟，画就云海上天女散花”／“为供人观赏它从不肯休息／哪有闲暇倚在对面的笔架／这一切多么分明、多么真切／为什么偏要说梦里开花？”诗人放笔抒写着石峰奇绝的秀色，更将这一份人间温情赋予这无语的奇峰。继而，诗人愈发痴情地遐想，“我真想借走这支生花妙笔／使我的‘锦绣文章’传遍天下”，然而“一阵料峭的山风吹断我的遐想／满山林涛声声”是石笔的回答：“要是不用我蘸那生活的泉水／你永远只好梦笔生花／如果不勇于打开你心灵的门扉／就是在梦里，笔也不会开花。”多么朴素的诗境，多么真切的诗情！“问渠哪得清如许，为有源头活水来。”融一颗爱心于火热的生活，奉一片真诚于多彩的人生——这是多么珍贵的创作箴言。这哪里是石笔的回答，分明是诗人数十年笔墨生涯的珍贵启迪。

在美丽的南国，深圳海滨星光点点的贝壳，激起他对于生命价值的思考，湛江的“天涯海角”，引发出他对海内胜境的向往，而一首《飞过桂林上空》的小诗，竟把突发的诗情渲染得那样出神入化。

一位朋友曾把心遗失在桂林／我答应他到那里去将它找回／而今我有幸访

问红豆的故乡／却没有来得及叩仙境的门扉／机舱中我正惭愧对朋友爽约／自己的心也蹦出口不翼而飞／我捂着胸膛急忙从云端下望——两颗心正在漓江欢畅地击水。

多么美丽的想象，多么神妙的构思！质朴而情真，欢快而畅达，不着一字却热烈而诚挚地咏赞了美甲天下的桂林山水。这首诗真乃神来之笔，是诗人艺术创造力的体现！

《黄海组曲》、《庐州怀古》、鸡冠山沉吟（《登旅顺鸡冠山》）、《关·河·岛》组诗，也同样是诗人缘情而发、遣兴怡神的诗的花瓣。曹子建曾云："乘兴而发，含欣而秉笔，大笑而吐辞，亦欢之极也。"（《与丁敬礼书》）我认为，吴淮生之赋诗虽比不上子建之气质豪放，却也颇得古文人名士之纵笔挥洒、怡然自娱自足之气。的确，吴淮生正是在这里，对千姿百态、意趣盎然的世事万物的咏赞中，找到了他人格之自由伸展的天地，找到了他诗情纷涌的不竭源泉。

读吴淮生的新诗，真情怡人，轻快欢畅，一种美好的感情滋润人心。但是，畅达明快之余乃有一份深邃不足的遗憾，轻松怡人之外亦有一种余味不足、启人心智不足的慨叹。他的新诗语言优美却似显直白，他的诗歌意象平易却不够丰厚，他的抒情单纯质朴，给读者审美心理以刺激，使其产生一种强烈的审美期待，参与审美再创造的欲望有些许不足。但尽管如此，作为客观、公允的艺术评价，我们在剖析其文化心理构成的同时，亦不该忽视作为他这个年龄的诗人与公民的特殊的文化心理演变的轨迹以及他们在对客观世界的认知方式上、诗情酿造及诗歌写作的特色方面所形成的固有特点（这其中包含着所属这一代诗人在思想、艺术上的优长与不足）。认识了这一点，无疑将有助于我们更真切地理解诗人的创作与其他。

当然，在对淮生同志的诗作做整体品评与观赏时，我们也充满敬意地注视到了他在突破旧模式、冲越旧格局、努力超越自我方面所做出的可喜尝试。常与淮生同志接近的人都会发现，淮生同志有一颗不老的心。的确，对于生活，对于亲人、朋友、晚辈，对他所酷爱的文学事业，他都那样充满热爱，具有一颗温热、宽厚的心。别的不说，单看他六游沙坡头而可以兴致不减，足可见其"少年情怀"。他与青年们交往，是师长，更是朋友。相互切磋时，免不了也会争执不下，固执己见，但那份执拗和认真却更使人感受到其性格、人品的可爱与可敬。

或许正是服从于一种不甘沉寂、渴求发展的内心召唤，他的诗笺上也映现出了新的诗行：一首《心愿》（载于香港《文学报》1990年第十期第4版），四首以《写在去年的挂历上》为总标题的小诗（《郁金香》《水之城》《湖畔》《风景画》），即一反过去那种依事抒情、感物而发的诗歌写作的特点，而十分侧重于做细密委婉的心态摹写，或刻画一段隐秘而炽烈的恋情，或表现内心灵性飞动的意念与神思，诗境雅隽，秀美可人。确实，无论是从《心愿》中缠绵动情的思恋；《郁金香》馥郁香浓、芬芳溢漾的五彩斑斓的想望；还是驶一叶灵性之舟，漫步《湖畔》，放飞飘忽的思绪，做花雨缤纷的遐想；或者是抖落“岁月的尘埃”，让《风景画》闪烁逝去的魅力，凝神思语：寻得回“游艇、桥墩、树影”，却寻不回小河潺潺的足迹，唯愿珍存的画页化为“记忆中的缪斯”做一份永久的怀念；又见《水之城》幽静的湖面，漂起“青春的葱绿、悄然的希冀、悠悠的遐思”，并真诚地送上“黄土坡河岸上”一份遥遥的致意……在这些或热烈、或恬淡、或潇洒、或睿智的多侧面的心态摹写中，我们确实看到了一个新的富有活力的广阔而活跃的诗的空间，感受到了诗人新诗创作的实力，以及谋求新的突破的创作趋势。

在前面的评述中，我们曾不止一次地提到了“诗情”。作为一种诗学意义上的诗情，真正的诗情应该是以真挚、强烈、深沉作为三原色，它既是一种高层次的美学感情，同时又随每位诗人感情素质的不同而具有各不相同的形态。而我以为，淮生同志诗情呈现的特色则是“清纯”，他的这种“清纯”，真挚而不虚假，纯粹而不掺杂质，清可照人，纯可正心，充满人生的温暖，焕发人生的光辉，就像一汪清澈的碧潭，可以养心悦目；如同一道净美的溪流，可以悦性怡情。这里，融合着诗人如一的胸怀和心志，体现着诗人艺术人生的境界、襟怀。如果一个诗人将作诗作为其生活艺术的一个不可缺少的部分，那么其诗也就会自然、通脱；如果一个诗人，将作诗作为其“做人”，完成生命人格的一部分，那么其诗也就必然真率、洒落、真如心出。淮生同志亦然也。

如果说，诗人的大量纪游吟咏诗作反射着诗人活跃开放的天性及中国传统人文精神的折光，那么诗稿中以天象及其他为题材的那些晶莹的小诗，则更是诗人才华和灵气的体观。这里的许多小诗都有精美的构思、清雅可人的意象以及富有哲理的蕴含。

黄昏，总是带给人沉闷、带给人凄清、可是在诗人笔下却散发出一种沁人的馨香。为了“让人们享受卸下重担的轻松／让白天和黑夜有过渡的从容”，“于是，天女把光的花束投向大地／绯红、鹅黄、桔金、淡紫……”“于是，缪斯用诗的氛围笼罩人间／柔和、醇美、宁静、悠远……”继而，笔锋略转“谁说这不是地球独有的奇景？／月亮上就找不到黄昏的倩影。”最后，诗人以地球人特有的自豪，深情地咏赞：“黄昏啊，岁月漫漫，每天一临／只因有了人类，才变得美丽无伦。”（《黄昏》）夜，是一个永远猜不透的谜，带着神秘、带着静穆，也带着几分沉闷，可是诗人所吟唱的却是一首柔情的夜曲：“给疲倦者以安恬的酣眠／给攻关者以成倍的时间”，“送给孩子一串飞上星星的甜梦／赠予情人月光和树影的诗篇”，“向黎明招手，又悄悄随星光隐退／甘愿让位给另一个灿烂的白天。”“夜啊，你是母亲的怀抱，温暖的旅店……你把桥梁架在光明与光明之间。”“因此，当诗人们唱起光的颂歌／我才来谱一曲夜的礼赞。”（《夜》）

关于月亮、金星、水星……诗人都以柔美的笔调咏赞其冰清玉洁般的纯净之美。而另外一部分小诗如：《我不是哈雷彗星——一颗小行星的话》《沙原上的紫丁香》，《燃烧》《无名花》《街灯》等，倾向于对个人心态的表现，诗体玲珑，清音流啭，真诚地表达了诗人内心深处所鸣响的追求、奉献的心声。

概述以上题材诗歌的内在品质，诗人之对于夜、月、黄昏、星海烛光如同古代文人之对于梅兰竹菊、松石云泉，自有一份爱其高洁、颂其气节的珍爱，借此也曲折地传达出诗人之于生活、人生的充满诗意的认识、把握与思考。而作为一种补充，亦作为其创作的一种注脚，《我的四季歌》及《我是……》《我吟唱我的歌谱》则无异于诗人最为明澈的灵魂告白。

> 我是春日细碎的小花，悄悄开放在寂寞的山原，在大红大紫中找不到我，我却把心儿许给了春天。／我是夏夜纤弱的流萤，无声地在道旁闪烁光明，我的亮度不够为行人引路，但愿能献给他爱之温馨。／我是秋天枝头的红叶，并不悲叹自己行将飘零，我憧憬明年的满树新绿，用火样的颜色催它诞生。／我是隆冬飞扬的雪片，十分珍爱自己洁白的身影，有一天我将化为流水，流水啊，也赠给人们明净。／也许有人笑我只是一棵小草，我却庆幸获得珍贵的生命，于是，我用自己的心灵之歌，为大千世界增添一个琴音。
>
> ——《我的四季歌》

记得吴淮生曾有一首印在《朔方》扉页上的自谦诗——《风笛》，其中有这么几句："我是一支风笛，吹着梦幻，吹着心曲／……我的长长的笛管里只装着两支笨拙的曲子／飘散了，笛音没有回声，寂寞将我的心扉咬噬／寂寞也镀黄了笛管，于是，我唱给山原，唱给天地。"但是，读了诗人这可观可叹的诗作，我想说的却是，笛声不是没有回音，更不必让寂寞将心扉咬噬，今天，他完全可以无愧地面对自己，因为，他已用真诚和挚情赢得了生活，赢得了丰实，赢得了理解、尊敬他的读者的钟情与喜爱。

"日落桑榆飞蓊笼，童心长在未为翁。诗人何必嗔台镜，霜叶春花一样红。"（《次韵呈克家同志》）——这是诗人记于1979年的一首七言诗，我们不妨将它反赠于诗人，衷心祈盼淮生老师亦将霜叶做春花，诗情葱茏，桑榆不老，诗心常存。

1990年秋

醉人的“信天游”

——石舒清小说《赶山》[①]漫议

没见过石舒清，只听说他是个年轻同志，年轻就很让人羡慕，而读过了他的小说《赶山》，更因年轻的他拥有如此清新、朗润的文笔，有如此沉静多思的心境而生出几许赞叹。

《赶山》从取材看无疑反映了宁南山区回族人民的生活，小说中的氛围、人物、事件也均浓重地涂抹着独属这一民族的文化和生活的色彩。如果说要我描述读这篇小说的感受，我觉得它颇似一曲信天游，黄土高坡上气韵悠扬，意境高远的信天游，那醉人的韵味，那醇厚的思情，洒落在人们湿润的心房，给人以美的感受。这种美仿佛是全方位的：场景、意境的宏阔、壮美，文字的明净而富有神采，还有小说中对人与自然、人与宗教自然契合，浑然一体、颇富诗意又不失其真的表现与把握……的确，读《赶山》我总在不由自主地寻找国画的感觉：空空的山，稀稀的人，润润的情……小说中的主人公伴随着舒缓、轻柔的叙述调子，从远山薄雾中，从黄土高坡秋日的阳光下渐次走来，组成了一幅幅生气沛然的画面。人物的影像和活动是鲜活生动的，互为对比、互为映衬。尤奴斯的聪俊、活泛，燕燕的娇媚、纯情，七十儿老人的庄重沉稳，迪迪儿的天真、童稚，碎姐的温顺、忧郁，尔斯玛乃的粗犷、冲动，尔里媳妇的真率、健美，马力克夫妇的和顺、持稳……与此融在一起的是一股静静流淌的生活流，是一种扯不断、理不清的无语情愫……于是，这山、这雾，这一切，竟也随着这人、这情而获得了一种灵性，一种不可言说的情韵……

《赶山》的情节线索很简单，写七十儿老人一行九人为了生计而不得已进狼窝山采拾发菜。然而，作者叙述的重心显然在于拾发菜这一情节明线所折射着的人生境况，和被特定文化所浸透的人的内在精神。小说的成功在于，作者对原生态的生活进行了审美的把握与再现，较为圆满地实现了自己的艺术指向。

假如我们真的把《赶山》看作一首情韵悠长的信天游，那么不妨将小说分为引子、发展与尾声三个部分。其中引子恬远、静谧，荒凉寂寞的山谷中有手扶拖拉机打破沉寂的声响，薄薄暮色中有七十儿老人高亢清亮的喊“邦克”声……而那星光下的夜话，犹如一双轻软的小手悄悄掀开了每个人物微掩的心房……无疑，引子为小说中的每个人物

①载于《朔方》1995年第2期。

着上了各有所属的底色。

主段落是在引子基础上的发展与充实。主人公的性格乃至人物的生活、命运均在此节得到了较为充分的展示。作者在这里，找到了一种开合有度、舒展自如的叙述，类似电影中的蒙太奇。首先映入人们眼帘的是马力克夫妇妇唱夫随的温馨。悄听他们零落絮叨的话题，犹如看到了他们已经走过和正在走着的那串短短、长长、朴素而深情的日子。而尤奴斯妈对丈夫“蹩踢子”（八字步）步态爱屋及乌的心态，更堪称细腻传神之笔，它透露出这对夫妻在相濡以沫的温情中的舒心与满足……这里有一份醇厚甘甜的生活的原味，这对纯朴夫妇之间的那种无言的默契和感情的相融，像徐来的微风在读者的心田轻拂起令人心动的漪涟。

与马力克夫妇形成对比的是碎姐和尔斯玛乃之间精神与感情的游离。我们看到，尔斯玛乃有的是在妻子前的潇洒和桀骜，“言贵而深沉”，甚至连此时的走姿也非同平常。与此不同的则是碎姐的柔弱和忧郁、碎姐的无奈和难心……尔斯玛乃几乎突然消失了，碎姐“一边儿拾菜，一边儿不时地抬头张望，一望一个空落，一望一个寂寞”。零零星星的发菜，带给碎姐零零星星的喜悦，碎姐的“歌声那么微细，如薄薄蝉翼上那点儿光泽，被小风吹得梦一般颤着”，这具有通感意味的描写又何尝不是象征和暗示着碎姐脆弱、多蹇的希冀与命运……

接下去出现的是燕燕和尔里媳妇，她们终于使这趋于沉郁的气氛生动起来。燕燕甜蜜的内心，尔里媳妇热辣辣的渴望与钦慕，尤奴斯寻来后与燕燕于爱恋中的沉醉均使文字间升腾起欢快的热度。但很快随着画面的迭换，抑郁低沉的声部又出现了。那是尔里媳妇触景生情的感叹、恍惚、落寞与不甘。突然，小说叙写的节奏在此起了变化，如同一连串不和谐的音符，在飘移的雾气中，小说突兀地表现出尔斯玛乃与尔里媳妇那充满野性的一幕……或许是作为对尔斯玛乃行为的一种抗衡，小说紧接着又闪回碎姐漠然的心境，而有关田明谓的一笔，可视为从本质上对尔斯玛乃夫妇感情悲剧痛切的昭示：“日头像一只眼睛，不动声色地照着下界……”是啊，大千世界，芸芸众生们在历史和生活的沉浮中又该演出多少离散分合、纷乱繁杂、甘苦自知的悲喜剧啊！

同样作为主段落部分，小说的第三（“十月初六）、第四（“十月初七、初八、初九”）和第五（“十月初十”）几节可看作是第二节情节与人物的补充与发展。依然是笔触细密，依然是情景交融。夜色深浓，笼罩着碎姐的忧郁，小说写道：“夜继续浓下去，天上就光明起来，那一弯上弦的月，很瘦地贴在天上，像谁遗失的一段忧伤的心思。”燕燕心中充满温馨与憧憬，说夜空中的星星，“一颗一颗，谁擦得这么净？”说，静凉的秋夜“清冽的水一样潺潺地流着”。写尔里媳妇的惶惧不安，写尔斯玛乃与尔里媳妇的偷情，说“秋风如咽”，又讲“秋风吹来一抹儿淡白的云片，悄悄儿遮了那弯儿净月”。……碎姐突然殁了，则“雪大了起来，纷飞的雪花像世事一样狂乱地舞着”……乃至暴风雪之夜，漆黑山洞里那难言的幽静和神秘，和那由碎姐的死而形成的“无形而有力的震慑”，终于引发了七十儿老人凄切压抑的哭号，引发了尔里媳妇因负疚的咬啮而暴发的瘆人的、裂人肝胆的窃笑，“狼窝山因这女人鬼似的笑而束紧着身子……”此时此境，人们的心也随之战栗了……小说的主段落就此完成了其峰回路转、层次井然、色调丰富的咏唱。

尾声中，“狼窝山狂风乱雪，一派凄迷景象”，苍茫萧瑟的长镜头缓缓摇过。画面上的一切无言而静穆地昭示着：这植根于人们灵魂深处的古老恒训是不可逾越的。它作为一种道德和精神的准则体现着这个民族真、善、美的追求。对于每个忠实于信仰的人而言，它无异于无所不在的威严而神圣的法官。沉寂、肃然中，凝望着含蓄蕴藉的空镜头，我们陷入了关于这人生、这人性、这民族的久远而深厚的思索……

带着默默的激动和走向辽远的联想，读完了《赶山》，我还想轻轻地说，中国回族是一片大海，那里不仅有浮于海面的波光帆影，更有藏于深海之处的无数宝藏。沉下去，再沉下去，然后走出来，是有可能采撷到属于民族，属于世界，更属于人类的精神文化的瑰宝。我们期待着作者这样的奉献，我们寄希望于此。

走在“这一个位置”上①

——青年作家陈继明创作述评

在宁夏文坛，陈继明是一个越来越多地被人提起的名字。尤其是他的短篇小说《月光下的几十个白瓶子》的发表和随后的被转载、获奖、收入各种选本，他的小说集《寂静与芬芳》被纳入“21世纪文学之星丛书”等，均使得陈继明成为国内有实力有生机、引起广泛关注的“新锐”小说家之一，陈继明自然也成为宁夏文坛继“两张一戈”（张贤亮、张武、戈悟觉）及李唯等人之后产生重要影响的青年小说家之一。面对陈继明总是微笑，总是散淡，总是潇洒的身影，面对陈继明热情、开放而又执着、坚定的创作态势，从头梳理一下陈继明的创作过程和轨迹，就成了一件有意思的事。

1982年，就读于宁夏大学中文系的陈继明，在当时的《新月》杂志上发表了诗歌处女作《大学，我的保姆》，以此为标志，开始了他的文学创作历程。之后的若干年间，陈继明写出了大量诗作，陆续发表了其中一部分，成为二十世纪八十年代初期宁夏一大批校园诗人中的一位。时至今日，陈继明作为一名引人瞩目的青年小说家，依然偶有诗作发表。应该说，诗歌创作是陈继明文学创作的起点，也是其整个文学创作的一个组成部分。

1984年，陈继明大学毕业，分配到南部山区泾源县某中学任教，此后的四五年间，陈继明意外地沉默了。直到1988年，陈继明才在《朔方》杂志上发表了他的小说处女作《那边》，再度引起了宁夏文坛的注目。正因为陈继明曾经是一个不错的诗人，又在泾源县耐人寻味地沉默过几年，所以陈继明的小说一开始便具有较高的水准，而且在取材、语体诸方面都具有突出的个人色彩。小说《那边》，写了一个并不曲折的爱情故事，绝非人们所期待的那种“厚重之作”，却写得很智性，很优雅，预示了诗人陈继明“改行”写小说后的不同凡响和充分的可能性。

但是，发表了小说处女作之后，陈继明再度沉默了。直到1990年，陈继明发表了他的第二篇小说《一个少女和一束桃花》。这个短篇写的是这样一件小事：一个残疾少女用假手举着一束艳丽的桃花，执意要独自送往刚刚因车祸死去的朋友的墓地，在穿越小

①原载《宁夏大学学报》（哲学社会科学版）1999年第3期。

城的街道时，手上的鲜花不慎跌落，被一轰而过的汽车撵碎了，她回家请父亲重新从桃林里折来一束桃花，再次庄重地用假手举着，穿过小城，前往城外的墓地……一个残疾少女的内心活动被陈继明细致精微地表达出来，令人感动。该作的风格与《那边》一脉相承，取材和语体均属于非主流、个人化那一类，具有一种纯粹意义上的美学特征，而且初步显示了陈继明长于心理分析的笔力。该作发表后，很快便被《小说月报》转载了。

1991年，陈继明发表了他的第三个短篇小说《村子》。这篇小说与前两篇小说比起来，显得更加成熟和厚重了，发表之后，立即引起了宁夏文学界的关注，之后被公认为陈继明早期小说创作的代表作。小说以“村子”里的一位普通死者的葬礼为线索，写全村的男女老少怎样全部出动，像“过节”那样参与或观望一个死者被埋葬的全过程……既写作为群体的男男女女，又写其中的“这一个”——一个死者的生前好友，一个同样面临死亡的老者的隐秘内心……笔调很有点举重若轻、处变不惊的味道。作者站在纯客观的立场上，不动声色地讲述着这样一个没有多少故事的故事，所显示出的那种冷静的老到，对当时尚不足三十岁的陈继明来说，是难能可贵的。另外，这篇小说再次显示了陈继明的一贯特点：善于捕捉艺术灵光，善于将笔锋插入生活的精微处以及人物内心世界的精微处。很多论者认为，这篇小说没有被转载、没有引起更大反响是一件憾事。

之后的几年，陈继明的小说创作仍然断断续续，先后发表了《列车》《游泳》《椅子》《木的香味》等若干个短篇。这些小说仍然保留着陈继明旧有的那些特点，却未能比《村子》《一个少女和一束桃花》更漂亮。可以说，陈继明的小说创作在还称不上取得了丰收的情况下，便陷入了徘徊。值得庆幸的是，这个阶段的陈继明发表了一些诗，如《对一个地方的怀念》《西行诗纪》《在丛林中守望》等，这几首诗的水平远远超过了“校园诗人”时期的陈继明的诗歌水平，甚至堪称宁夏诗坛不可多得的佳作。尤其重要的是，这些诗作表明了陈继明并没有停止思考，陈继明的潜力仍是可观的。

1994年是陈继明创作的一个转折点。

如果说，陈继明此前的小说创作以农村题材为主的话，那么，1994年以后，陈继明则把目光更多地投向了城市。如果说，陈继明此前的小说更沉静、更个人化、似乎独立于宁夏甚至全国的小说创作之外的话，那么，1994年以后，陈继明的小说突然变得“激烈”一些、“复杂”一些了，变得贴近现实甚至直面现实了；如果说，此前的陈继明已经有意无意地显示出了长于心理分析的特点的话，那么，此后的陈继明似乎开始在其大多数小说中专意张扬自己的这个优势了。或者可以这样说，陈继明小说的心理分析特点变得更加鲜明了。总之，1994年，是写小说的陈继明的一个重要转折点，这以后的陈继明，渐渐成为宁夏文坛一个也许并不特别显眼，却难以被忽视的举足轻重的青年小说家了。

先是《朔方》杂志推出了他的个人专辑，由中篇《邪恶一次》和短篇《东西》组成。《邪恶一次》是陈继明的中篇处女作，这个中篇并不是以直接讴歌真、善、美为己任，而是以直面惨淡人生、淋漓鲜血为旨归，可以称为“冷峻地写实”那一类作品。主人公王勇是一个普通的乡村教师，生活在庸庸碌碌之中，也生活在这个时代“每个普通人”所面临的大致相同的转型期的社会夹缝中，突然有一天他想挣扎一下，而且是以“极端”的亦即“邪恶”的方式来一次挣扎，想来想去，决定绑架大学时代曾苦恋过的如今却是一个富翁的妻子的孩子，并终于实施了……透过这些表面的“热闹”的叙事，我们可以发现，主人公的心理冲动其实有着非常深刻的心理学意义，是值得政治家、社会学家，包括广大的文学家重视的。这种心理能量一旦形成一种强大的“集体无意识”，就有可能是一种灾难。从这个意义上说，陈继明的这个中篇处女作的创作意图是极为严肃的，作者本人这种关注人类生存境况、探求人类心理现实的勇气是值得赞许的。作品发表后，《中国文学》（选刊）杂志立即作了介绍，称“作品对主人公看似偶然和怪异的心理状态的描述，是对特殊历史条件下社会底层某些人心境的一种大胆冷峻的概括，这种创作探索值得注意”（《中国文学》1994年第四期）。这篇小说没有引起更大的反响，原因可能是，陈继明当时写这类“较大的”“较复杂的”题材尚不圆熟，缺少一种必要的“叙事策略”，有些文字难免显得欠火候、欠老练。短篇小说《东西》则圆熟得多，精致而别有意趣。

之外，陈继明在广东的《作品》杂志上发表了一个风格别异、意蕴丰赡的短篇小说《骨头》。这篇小说在叙述方式上带有一些实验性，却并未因此造成任何阅读障碍，绝不生涩。其实，“独特的叙述方式”正是这篇小说的一个本质特点，和这篇小说深刻的思想内涵具有同等的位置。小说内容大致是：从“我”记事起，在一次家难中幸存的父亲，便三番五次地追述“那次家难”，以激励我们“朝人前头走”。后来，“二哥”成长起来了，继任了追述家史的角色，而“我”呢，始终并不是一个忠实的听众——虽然“我”终究免不了生活在“一个与血有关的故事中”，“我”肩负恢复我家“名誉”的重任，然而，“我”惧怕“生活在历史的边上”，我对“名誉”这个词愈来愈有点“后怕”了……作者显然是有意识地省去了“那次家难”的真实原因。因为，多少年以后，任何原因都显得不重要了，而且是可以猜想到的。作者呼吁什么是显而易见的，正如作品中所说的，“我突然如此崇拜一样东西，那就是我们每个人都不缺少的生命中最活跃的那部分，那是具有无限可能性的一部分。而且正因为那部分最活跃，才最需要悉心看守和培育……”当然，作品的寓意远不是这几句话能够简单概括的。将这篇作品的寓意扩大到国共两党的关系史，甚至扩大到全世界范围内，也未尝不可。

1996年，短篇小说《月光下的几十个白瓶子》，终于使陈继明成为全国青年作家中的一员。这篇小说在《朔方》发表后，立即被《小说月报》《中华文学选刊》等多家选刊转载了，随即，著名评论家雷达先后两次著文盛赞这篇小说，称其为近年来“罕见的好短篇”，“它堪称是研究当前社会心理，或者说是研究最近期的‘集体无意识’的佳作”（雷达《近期小说述评》，《中华文学选刊》1996年第4期）。1997年，这篇小说又荣获“首届中华文学选刊奖”，成为《中华文学选刊》1993年创刊以来的“十佳”短篇小说之一。之后相继被收入《1996年中国小说精粹》等选本。《北京文学》副主编评论家兴安称这篇小说“是一篇极具欣赏价值的佳作，无论是小说的寓意，还是对人物心理变化的把握与表现都有较好的水准”。事实上，这篇小说的主题与《邪恶一次》是相同的，只不过这篇小说克服了后者的一些弱点，思考更加成熟了，叙述也更加“策略”了，正如雷达先生所说：“这篇小说除了对个人与社会的关系处理得好，对人物的理性与非理性的关系处理得也很微妙，杨树林投毒的那个夜晚的氛围，其人的心态，醉酒后的那种无畏与惊惧交织的复杂心理，都写得很有分寸感，显示了作者长于心理分析的笔力。再次，在对动机与效果的关系上，处理得也不错。”（同上）总之，这篇小说是继张贤亮的《灵与肉》《邢老汉与狗》《肖尔布拉克》之后，宁夏短篇小说取得的最高成就，是近几年宁夏小说界的重要收获之一。

这之后，陈继明又发表了《寂静与芬芳》等一批小说，这些小说未能引起更大的反响，但它们表明陈继明目前具备了高涨的创作热情和良好的创作状态，预示着陈继明将取得更大的成就。总之，作为青年作家的陈继明，其作品呈现出一种开放的有望发展的状态，在已成大器、光彩照人的大作家和艰难起步踯躅不前的小作家之间，陈继明走在“一个位置”上，这个位置是有利于前进的。我们有理由相信，今后的若干年内，陈继明将以已有的成绩为基石，攀登至更高的艺术境界。

我们期待着。

这一方水土这一方情

——读李进祥小说集《换水》[1]

头一次读李进祥的小说，头一次与清水河畔故事中的人物相遇相逢。几天来断断续续的阅读，却也拉长了我关于清水河丝丝缕缕的想象，以及牵挂。

走不出清水河，像走不出一段爱情；
走不出清水河，像走不出一种宿命。

这是作者（抑或是责任编辑）精心挑选出来放在小说集封面书腰上的一段文字，它的确十分传神地诠释着作者的写作情状。小说集收入的27篇作品，很少有与清水河无关的故事。作者用情深浓，笔触细密，构思精巧，富有韵致地在读者心中勾勒出一个三维的清水河，即以《口弦子奶奶》《花样子》《捋脸》《剃头匠》《鹞子客》为底色的淳朴沉静的清水河；以《遍地毒蝎》《女人的河》《狗村长》等为组合的躁动迷离的清水河；以及让人心酸，令人沉思的清水河的城市故事，如《屠户》《换水》《害口》《关于狗的二三事》和《前面的女人》《监控器》等。

很喜欢《口弦子奶奶》。作为小说集的开篇之作，它充分施展出作者出色的写作才华。在幽咽、凄婉的口弦子声中，我们听到了一个古老而传奇的故事，但叙述是极为简约的。几个人物，有名有姓，却形似白描；故事有情有意，却是在虚虚实实中布下了想象的空间。口弦子奶奶和货郎，口弦子奶奶的十八个夭折的孩子与唯一存活的牛娃子的痴傻和溺死，都充满了寓意（无爱婚姻结出的死果）。如泣如诉的口弦子声，恰如隐伏于第三人称视角下的第二讲述人，道尽了口弦子奶奶这些渴望着悲哀着的女人的心事。只是，这一切似乎更多的是勾起人们关于清水河渺远的追想。

《狗村长》是小说集的压轴之作，叙述的则是另一种传奇。它借一条眷恋故土的黄狗，叙写着在城市化背景下衰败空落的村子的寂寥与迷惘。正如德成老汉的心声与疑惑：男人们到城里去了，年轻人到城里去了，也把村庄的魂儿给带走了……“人都是为娃娃活着，可娃娃为啥活着呢？为了长大，为从这山村里走出去？”许多年前，德成老汉用家狗猎来的带血的兔子，救了濒临饿死的黄狗的主人，那是淳朴而难忘的山村的情

---

①《换水》，李进祥著，漓江出版社，2009年9月版。这部短篇小说集获得中国作协第十届全国少数民族文学创作“骏马奖”。

感；许多年后，独自从城里回到村子的黄狗，与村中妇孺相守，为觅食而日益恢复猎物的天性，病中孤独无助的德成老汉，最终看到的是黄狗衔上的血淋淋的野兔，这莫非是一种宿命？《狗村长》与《口弦子奶奶》遥遥相望，一首一尾，将一份清水河的苦涩长长地缠在了人们的心上。

许多年前的清水河民风淳厚，十里八乡的故事演绎着这方水土养育下的淳朴山民们的生活与向往。“山乡的农民心里容易满足，有一茬好庄稼，马下个骡子鸡生个蛋，甚至有个好天气都是一份满足，也就笑了，也就唱了。有了这种满足感，便有了很强的生存能力，繁衍着，生息着，创造了生命的奇迹……”（《一路风雪》）从胸腔中漫出的山歌儿，高亢而缠绵；捋脸、发绣、剃头、鹞子客……一幅幅风俗画敷演出黄土地上的一幕幕爱恨人生。许多年后的清水河，打开了山门，多了一份迁徙，也就生出了许多与城市有关的故事。“换水”，本是一种回族群众的习俗，而李进祥的《换水》巧妙地衔接起山村与城市不同的时空。一对年轻的夫妻马清与杨洁，带着憧憬来到城市，开始了打工生涯，相濡以沫的生活清贫却也温馨，但马清的意外工伤却打破了他们平静的生活。杨洁在种种尝试失败后，竟然以卖身换取医药费，但事与愿违，救治丈夫不成反害了自己。小说的结尾，夫妻俩含泪再一次“换水”，为了回家，回到那个能够接纳他们、净化他们的清水河。在小说中“换水”是一种仪式，更是一种意象，它意味着从一种生活到另一种生活的切换与转变，这里包含着时代与社会的变迁。很显然，迁徙与变化给清水河的人们带来了矛盾与痛苦。在李进祥的小说中不可避免地带着一种情愫（或情绪），一种既向往城市，又拒绝城市的情愫（或情绪）。城市的嘈杂与低俗，城市对打工者的轻视与不公是他们拒绝城市的理由。城市把人毁了。这是作者压抑不住的情绪。在《害口》《遍地毒蝎》《屠户》《宰牛》等篇章中这种情绪都得以渲染与抒发。尤其是《屠户》，竟然以牛吃人这一血腥的场面凸显由人性的异化所导致的“牛性”的异化，的确令人愕然。应当说，从我个人的审美接受而言，我是不喜欢《屠户》的，因为其过于极端的情节设置。即使是《前面的女人》《监控器》这样写纯粹的城市人的小说，也因作者对城市的“偏见”蒙上了一层忧郁的色彩。

清水河是一段爱情，清水河是一种宿命，但爱情还是要伴随着岁月而更新，宿命也会在新时代新生活中重新塑造，相信作者最终是会走出清水河，走向清水河乡亲们在痛苦与留恋中迁徙的广阔时空。

2009年10月25日于沁心苑

走过书博会①

做出版近十年，从全国书市到书博会，一年一度也眼见九载。九载书市，见证了书业的繁华与发展，也见证了西部出版业一步一个脚印奋力攀爬的俊朗身姿。

都说出版难做，图书策划更难。但最初体悟到此话当真，还要从1999年第十届全国书市说起。那一年我始作出版人。之前，1982年大学中文系毕业，分配到高校任教，一干就是十七年。教书人爱书看书离不开书，但真正迈进出版业，编书卖书，那又是另一番天地。1999年的书市在九月的长沙举办。头一次参加书市，头一次以编辑的身份到会，并带去了自己参与策划和担任执行编辑、作为宁夏人民出版社重点推荐图书的《金汤瓶·回族民间传说故事丛书》（九种）。可以毫不夸张地说，这是我有生以来头一次见到如此豪华博大的书会！适逢世纪之交，又逢中华人民共和国五十华诞，万千新书浩瀚，四海佳宾云集。来自全国的四十二个代表团、五百余家图书和电子音像出版社、四百多家期刊社和三千多家新华书店携十三万种图书共襄书会，构成了新世纪前夕中国图书出版界群雄崛起、挑战市场的壮丽风景。而一家家实力雄厚的出版社，书展风光动人心魄。先见“湘书书香”，“湖南人能吃辣椒会出书”，又“观云南山水，读滇版图书”，继看江苏人民社“大众精品，通俗名牌”，再见母校华东师大出版社“给你一个智慧的人生”……走过一个个展区，翻动一部部大书，兴奋之余却着实感受到了巨大的压力。心里盘算着要策划的图书，打眼一瞧儿，人家早就做出来了，而且比你想得还好！还有你没有想到的，人家也先做好了！回到自己的展区，我沉默了。只是拼命记下自己的感触，捕捉那稍纵即逝的创意的火花。这样做的，还有我的同仁。我知道，那一刻，在我们的心底都许下了一个诺言：宁夏出版也一定要绽放异彩！

年复一年，全国书市走过南疆北国，宁版图书也汇入了天南海北的书海、书城。2005年5月，全国书市走进天津。开幕式后，时任宁夏党委常委、宣传部长的李东东同志陪同时任国家新闻出版总署署长的石宗源同志以及书市主席团成员，径直来到宁夏出版社的展区。琳琅满目的展品中，陈列有《今我宁夏》《宁夏羊皮书》《西夏艺术》等图书，以及分别荣获第十二届、十三届、十四届中国图书奖的《撑起生命的蓝天》《我的岁月我的歌》等。除此之外，《灵魂不能下跪》《李庄文集》、“全彩艺术史系

①本文是作者时任宁夏人民出版社副社长时为“新闻出版报·改革开放与新闻出版有奖征文”所写。

列”“跨文化丛书”“人文日本新书”等一大批积累厚重、视野开阔、创意新颖、原创突出的精品图书凸显亮色，受到了主席团领导们的热情评价。2007年第十七届重庆书博会期间，我们召开了特色图书新闻发布会，各路记者、出版界同仁蜂拥而至，给予我们诚挚的鼓励与关注。我们的展台，清新俊逸，书花垛垛，图文精美，吸引了众多读者驻足品评。2008年，是宁夏回族自治区成立五十周年，书博会落脚郑州，我们推出了包括“鲁迅文学奖·宁夏作家自选集”（三种）、《宁夏岩画》、“我们的节日丛书”、《梅志文集》《大学梦圆：我们的1977，1988》在内的一批特色精品图书。现任国家新闻出版总署副署长的李东东同志专门来到我们的展区，深情抚摸宁版图书精品，衷心期待宁夏出版更上层楼。

2009年，祖国将迎来六十华诞，泉城济南又将唱响万众瞩目的书业盛会。十年出版人、十届书博会，我有幸在祖国的盛世涉足图书出版这一无比神圣的事业，我们工作、努力着，深情祈盼宁夏出版的明天更美好！

2008年12年10日

论现代编辑的文化坚守①

2007年5月14日，儒雅、感性的温家宝总理在对同济大学建筑城市规划学院师生们发表演讲时，曾引用德国哲人黑格尔的话说："一个民族有一些关注天空的人，他们才有希望；一个民族只是关心脚下的事情，那是没有未来的。"不知举座的大学生们从中悟到了什么，但相信那些志存高远、胸怀四海的年轻人们，一定会在以后的为事业、为理想、为民族大业努力拼搏的人生旅途上，一遍遍地记起这段格言，自勉自强、奋斗不已。我们无缘亲历演讲现场，但总理的话声声在耳，作为图书出版业界的出版人、编辑，我们的心也在这一刻被深深触动。面对潮起潮落、不断变化的出版业态，面对虽无枪炮响却狼烟四起、竞争惨烈的图书市场，我们是否还能保持住自己的职业尊严，用浸润着文化追求的胸怀，勇敢地包容、吸纳值得珍重的选题，为民族精神的重塑、世界文明的传承掬一份心力，这在当下，的确是一个十分现实而紧要的话题。

一

从古至今，编辑都是一个神圣而高尚的职业，大凡编辑也无不受到上至统治阶层下至黎明百姓的莫大礼遇。中华文明五千年薪火相传，编辑之"收集与诠释、整合与开拓、创意与造新"②的累世之功不可埋没。上有春秋孔子之遍览古时文献，编修"六经"——《诗》《书》《礼》《乐》《易》《春秋》，东汉刘向父子数十年不辍收集校理《战国策》等古史典籍，唐人欧阳询主编《艺文类聚》，南朝梁昭明太子萧统亲编《文选》，以及晋郭璞注《山海经》、宋郑樵写《通志》、元代马端临撰《文献通考》、明人解缙等编《永乐大典》、纪昀纂修《四库全书》，以及司马迁修《史记》、司马光精研历史编就《资治通鉴》等。作为集学者、作者、传者、编者于一身的古代文化智者，他们卓有成效的收集、编校、诠释，客观上促进了中华文化的传承和流播；中有张元济、陆费逵、王云伍、鲁迅、茅盾、邹韬奋、张静庐、郑振铎，融古代以来知识分子之文化抱负，整合中外古今之优秀文化，立足现实，开拓编辑出版新领域，以开启民智，改造中国，求强国富民，并有商务印书馆、中华书局、开明书店、北新书局、光华书局、泰东书局、读书生活出版社、良友等开中国近代出版业先河，包括巴金、郑振铎、吴朗西等在内的编辑家们，立潮头、领风骚，推出了鲁迅、胡适、陈独秀、郭沫若

---

①刊载于《中国编辑》2010年第1期。

②《关于编辑职能演变的思考》，贺圣遂文，《中国编辑》2007年第1期。

等新文化新思想之黄钟大吕之作……富于理想和社会良知的编辑家与才华横溢、同样充满理想主义色彩的人文知识分子携手合作，开创了近代中国新的出版格局；新中国成立以降，尤其是二十世纪八十年代改革开放迄今，出版物市场百花齐放，大批兼具思想文化价值和市场潜质的图书享誉书坛。如此等，充分彰显了编辑出版卓尔不群的文化品性。

承接历史，思现代编辑之所为，其最起码的专业潜质无非是人文情怀。我们常说，一个称职的现代编辑绝不会安心做“文字匠”，他一定应拥有“深厚的学养，进取的精神，鼓荡的激情，诚挚的情怀，勤奋的态度”，“勇于挑战创新，并对自己所从事的事业充满敬畏”。①用柳斌杰署长的话说，在当今大文化、大媒体时代，编辑应具备“开阔视野、崇尚科学、追求真理、坚持创新、包容多样”②的新素养。我们以为，在一个按常态发展运行的出版社，以图书品牌化、精品化目标为基准，要求编辑提升职业素养，坚持文化理念既无可非议更是增强出版核心竞争力、固本强体的必然之道，由此制定的关于编辑的一系列考核评价体系，以及所营造的企业出版文化氛围，也一定是有助于引凤筑巢，有效实现作者资源与精品图书、市场反响的良性互动。然而不幸的是，残酷的出版经营现状以及出版业操盘手与文化无关的选项圈点，却很可能在瞬间动摇出版的文化传统。其好大喜功、唯利润马首是瞻，以发展多元产业为名，抽空资金，玩空手道，在图书选题运作上，完全依靠自费出版及与文化公司、工作室进行书号合作，出版社品牌战略名存实亡，出版文化也随之沦陷。面对如此现状，编辑们又该做怎样的选择呢？

二

其实，就编辑群体而言，无论时代、环境如何，其文化作为均可视编辑自身的素养、视野、胸怀而分出不同。即使在最宽松的经济社会文化氛围中，照样有平庸者得过且过，被动接受选题、平平淡淡校稿，终其一生，也难见双效双赢引以自豪的编辑图书代表作。反之，在当下市场经济的潮汐中，尤其是置身出版条件局促、文化空气稀薄的出版企业，编辑的文化认知与作为，更可以见出品格之高下、境界之大小。

首先是信念。选择了编辑这个职业，就是选择了一份神圣的文化职守。一位出版社的社长这样对他的编辑说：

> 出版的文化责任很重，编辑手中的权力很大。你的眼光、判断，决定一本书的命运，体现出编辑伦理和编辑道德，体现出编辑的胸襟和境界。一本好书的出版、一种文化理想的树立，可能会影响一个时代，因此出版人无法忽略自己的文化责任。③

①《编辑的人文精神与理性品格》，高伟、哈若蕙文，《编辑之友》2005年第6期。
②《做无愧于时代的新型编辑》，柳斌杰文，《中国编辑》2008年第3期。柳斌杰为原国家新闻出版总署署长。
③《时代呼唤大编辑 乐为读书鼓与呼》，刘伟见文，《中国新闻出版报》2009年6月15日08版。

此言善哉。作为现代编辑，的确应该责无旁贷地坚持编辑的职业操守，在任何情况下，都应充分认知选题的文化价值取向，那种有百害而无一利，低俗平庸，枉费良木为纸介的选题，即使利润再大，码洋再高，也是不能动心的。既做一天的编辑，就有责任对手中的每一个选题做出有良知的文化判断。好的编辑，正是在一次次的文化选择中开阔了眼界、净化了心灵、提升了能力，从而也会因此与一个个富有才华、思想敏锐、涵养深厚的才俊精英相遇合，做知音，甚至做伯乐。信任在过程中形成，资源在信任中累积。一步步坚实地迈进，这样的编辑将成为出版社的中坚。所谓“时代呼唤大编辑，编辑承载大责任”也。诚然，编辑可以有不同层级：普通编辑、高级编辑、大编辑。层级之间有可能隔洋跨海，从此岸至彼岸的舟楫就是文化的理想、眼光与胸襟。大编辑的不同凡响，是因其能“站在时代的至高点上”，以强烈的文化责任感，参与时代的文化建设，成为“开宗风、导风潮、引领时代的前进者”。诚然，大编辑不是一蹴而就的，作为现代编辑，可以不是大编辑，但不可以缺失文化理想、文化主体。要能从每一个选题做起，不随波逐流、急功近利、一味地跟风市场，要走正路，行好船，心存敬畏，坚守职业信念，做真正的文明薪火的传递手。

其次是担当。编辑的文化坚守，在方向不清、主旨不明、主业不强的出版企业，会显得有些悲壮。你要策划立项相关选题嘛，他会问你是否当年能收回成本；你要推出有文化蕴含，积累厚重的精品嘛，他问你能赚几个钱？你要立项，可以，资金以贷款形式支付，风险自担。还有来自发行方面的压力，主业不强，发行必然短腿。体制、机制陈旧，工作状态涣散，宣传推广无人问津，图书在途自生自灭。同样的书品，放在其他社能走八千的量，在这里至多三四千，只要图书压库，就是编辑咎由自取。两难的处境，让编辑举步维艰。审时度势，是进是退，实在是一种考验。如果选择了坚持，那就要敢于担当，积聚起为之一搏的勇气。当然，担当的勇气来自于实力，立下军令状，意味着你要付出数倍于一般图书的气力，也意味着你要以将帅之气把握运筹。选题策划—作者创作—文稿审理—编辑制作—市场推广的整个过程，你必须思路清晰、考虑周密，环环相扣，既能与作者有效沟通，又有驾驭文稿审理、设计制作、印刷出版、成本控制以及从市场预热、宣传推广、多渠道营销的复合能力，激情而理性地做图书的精品打造。凡事预则立。想到了，努力了，成功了，你就会为自己的理想争得一片蓝天。

再其次是创新与合作。今日之出版，风云际会。值此中华民族伟大复兴进程中文化大发展、大繁荣的时代，值此多媒体市场竞争格局形成，现代出版面临“去物质化、去中介化”的多重挑战之时，现代编辑要充当这个时代思想文化高地的坚守者，充当一代又一代中国人的“文化脊梁”，必定离不开创新与合作。“创新是编辑出版人的职业之魂”[①]，而“合作是金”。作为“内容产业”的出版，创意就是生产力；作为“内容提供者”的编辑，有义务为这个时代提供视角独特、蕴含丰厚、前瞻性强、市场美誉度高的

①《编辑的时代使命和出版创新》，陈昕文，《中国编辑》2008年第3期。

图书选题。群贤毕集、视界高蹈的创意团队是编辑出版可持续发展的基础。无论是上海世纪出版集团“展世纪中国彩虹，现人文以化天下”的“世纪人文系列丛书”，还是江苏凤凰传媒出版集团，“荟萃现当代文化学术成果”的“凤凰文库”，以及早早赢得读者学人为之喝彩的广西师大社的社科人文精品，支撑其的无不是一队队眼光如炬的学富总龟、才俊精英。作为现代编辑，要成就文化理想，一定要在合作中寻找、培育自己的创意团队，以此提升品牌，赢得市场。同时，好的创意选题的实施也需要运行方式的创新，要努力摸索新的出版模式及盈利空间。譬如，选题无论大小，形成项目团队，合谋策划、审稿、制作、营销，团队的智慧与力量会在任何时候给你温暖，使你不会轻言放弃，使你于千难万险后会看到柳暗花明的转机。另外，别忽视项目外围人气与资金的聚合。好的项目是有可能以其鲜明的文化特质引人关注的，有的项目已属重大课题，本身会带来一定资金，有的项目可以通过努力吸纳一定的资金或资助，目的是降低风险，扩大影响。同时，提前预热市场，多渠道发行，加快资金回笼。总之，为了项目完成，整合各方实力而实施的所有环节，都必须严谨、周密，来不得任何的花拳绣腿，最终的成果必须是令人信服的精品，是可能产生持久影响和流传价值的文化产品。编辑们在这般的选题推进过程中，也自会有不同于一般性选题操作的收获与感悟。当然，在精品图书出版缺乏导向，资金、政策、激励机制不配套的环境中，编辑也要学会合理布局自己的选题架构及盈利模式。在锁定厚重文化精品选题的同时，抓好“短、平、快”的大文化选题，不排斥自费类、补贴类选题的合理操作，只有完成了出版单位规定的利润指标，才可能避免遭人诟病，换得操作重大项目的空间。

综上所述，现代编辑的文化坚守不是一句空话，它呼唤着理想、信念与合作，也呼唤着出版企业的操盘手有大胸襟、大视野，善待编辑、善待文化。书业出版的海洋波涛汹涌，书业出版的星空璀璨辉煌，在日复一日、年复一年的编辑出版生涯中，做一个能常常仰望天空的人，相信出版定会伴随文化而远行。

2009年7月8日

遥远的记忆

——《李庄朝鲜战地日记》[1]编后记

《李庄朝鲜战地日记》的编辑工作断断续续进行了数月，其间，有许多细微而深切的触动撞击心扉，使我对这位当年赴朝鲜战地采访的第一位中国记者、新闻界老前辈更加心怀景仰。相信，随着岁月的沉淀，它会散发出醇香，长久地滋润心怀。

还记得，最后一次通读《李庄朝鲜战地日记》（简称《日记》），是在北京的秋日——参加新闻出版总署举办的第38届出版社社长总编辑学习班期间。那天，大多数同志去承德考察了，国家行政管理学院的专家公寓安静地沐浴在绚丽的秋阳中，在写字台前坐下，拿起带在身边多日的《日记》清样，凝神做定稿排版前的再一次审读。

李庄同志的这本《日记》算不上鸿篇巨著，时间跨度仅三个月，从1950年12月2日至1951年3月10日，九十九天；日记总量七十二篇，不过三万余字。但是，这本用钢笔写在活页纸上，内容有详有略的《日记》却真正浓缩了历史，将一份记者与战士的真情袒露在读者面前。跟随着《日记》带有鲜明历史印记和强烈现场感的文字，不知不觉中我们走进了五十五年前的岁月和那场国门之外惨烈而英勇的战争。而作者在《日记》中自然流淌的情感，对亲人、对祖国、对保家卫国的志愿军战士的理解和热爱，以及作为战地新闻记者的敏锐、执着与坚韧深深地感染着我们。

应该说，感动在读《日记》的第一篇就开始了。在这里，李庄同志记下了他作别祖国、亲人的一幕：

> 下午一时，车离北京东站，培蓝（系李庄夫人赵培蓝同志——整理者注）及安岗、友唐等同志送行。离别本来是不好受的，但是，为了抗美援朝，说不得许多了。我怀着一种悲壮、惜别的复杂的心情，向我们的首都告别。我在汽笛声作、车已徐行的时候，看见培蓝眼睛上一层明晰的泪光。我在《美丽的河山 勇敢的人民》一文中，曾经写过朝鲜母亲及妻子的泪光，这种泪光，在北京又看到了。在我“凯旋”的时候，培蓝也会“破涕为笑”吧。
>
> （1950年12月2日）

这是何等的真切，依依别情跃然纸上。应该说，李庄此次赴朝采访并非首次。四个

[1]《李庄朝鲜战地日记》，李庄著，宁夏人民出版社，2006年12月第1版。

多月前的1950年7月中旬，他就与法国《人道报》的马尼安、英国《工人日报》的魏宁顿组成国际记者团奔赴朝鲜，于9月上旬回国，前后在朝鲜停留五十天，连续发回的十二篇访朝通讯，均在1950年7月至9月的《人民日报》刊载。其中包括《美丽的河山，勇敢的人民》《走在民主朝鲜的土地上》《三八线上》《罪证》《全朝鲜都和美国侵略者作战》《访问金日成将军的故乡》（此篇系作者回国后补记）等。由此，李庄同志成为赴朝鲜战地采访的第一位中国记者。时隔数月，此次李庄又任领队率人民日报记者赴朝鲜采访，而且这一去就是三个月，何况此时妻子正怀着身孕。但是，党的新闻工作者的责任，敦促着他义无反顾地再赴战火纷飞的邻国。

根据采访日记所记，李庄同志此次采访的大致路线是：12月，先是在鸭绿江北岸做先期采访，他们深入伤兵医院，采访从战斗一线回来的同志，在空袭警报中、在频起的爆炸声中感受着战时紧张的氛围，也思考着“生活、思想、材料、技巧”这些新闻写作的基本点；12月30日，他们跨过了鸭绿江，在朝鲜荒僻的小村宿营，在新兴里与里人民委员会的朝鲜同志一起迎接1951年元旦，随后历尽艰辛过清川江、大同江桥，奔赴平壤、汉城；2月，他们在京安里以北，距火线20里、10里的志愿军部队采访，“在猪油灯下，吸着战士的黄烟，和英雄谈话”，“坐在一个积雪的山沟中”写《被人们欢呼“万岁”的部队》，再至木旺里，在敌机终日不断的轰炸扫射中，在无防空洞可钻的石岩下边，踏着盈尺积雪，用膝盖顶着稿纸写《不让敌人过汉江》（发表时分为两篇，名为《光辉的阻击战——汉江南岸战斗纪实》《我们打出去——汉江南岸战斗纪实》——编者注）；3月，过北汉江，过德实里，绕行铁原，回平壤，再过大同江，在战火中感知战局的变化，思考敌我双方的较量抗衡。

> 看样子，朝鲜战争不可能轻易结束。轻敌是要不得的，速胜也是不对的。
>
> （1951年2月18）
>
> 现在北京特别是上海等地，充满一种乐观空气，不了解具体情况，不了解实际困难，这是要不得的。
>
> ……
>
> 我们的问题是准备不够。第一战役是仓促迎战的遭遇战，我本拟预先进至清川江之线，和敌人对峙起来，以争取准备时间，开春大战。谁知敌先我而至，一股到楚山，因此不得不打，打多少算多少。第二战役敌来得太猛，也不得不打，打了敌人就跑，我未追，也无力追。第三战役是我主动整它。第四战役又是它主动整我。
>
> （1951年3月10日）

日记在1951年3月10日戛然而止。

因为是日记，本无示人的目的，所以一切的叙述均真切质朴、鲜活清新，很好地还原了作者的写作环境、采访情境以及彼时彼刻的心理感受。在《日记》中，我们看到了一个情感深浓的李庄，一个思想敏锐的李庄，一个心中装着祖国、一切以党的新闻事业为重的李庄，一个克己严、责己切的李庄，一个文思缜密、才华过人的李庄。

从北京出发后数日，李庄等抵达鸭绿江北岸的辽宁临江车站，李庄的笔下传递出战时紧张的气氛以及静穆肃然的意境。

> 车停了，车头喘息着，车身上罩着一层厚厚的白霜。站台上挤满了人，穿军服的，穿制服的，穿农民服装的。大家都与战争有些关系。一片喧嚣，到处喊人，紧张地走来走去，谁也不知道对方到底要干些什么，但又都明了对方的目的。一切都在流动、变化，为自己的任务而着急。一切都是纷乱与不规则的，似乎随时都可能发生一些偶然的事件，使你高兴，或使你焦急。
>
> （1950年12月5日）

> 五点钟，天已全黑。五时半，我站在鸭绿江北岸，这里的鸭绿江宽不及千米，河床积满白雪，水流宽不及二三十丈，尚未完全结冰。江岸静静的，雪粒落在帽子上，沙沙作响，天空灰白，一层雾状的空气缓缓地浮动，不远的山峦被空气遮住了，淹没在灰色的海中。在远处空中，浮来几朵红黄色的火光，像蜗牛一样地移动，寒冷的气流颤动着，我们木然地注视着远方，那是我们的汽车回来了，英勇辛勤的勇士们。
>
> （1950年12月8日）

与和平时代的新闻采访不同，李庄的战地采访充满了艰辛，出生入死，饱经考验。1950年冬季的朝鲜，异常寒冷，风雪袭人，常常是零下30多摄氏度的低温。在李庄的日记中，我们一次次地触摸“严寒”，领略着种种难以想象的艰苦卓绝。

> 我们拥挤在车上不能转动。雪片飞在脸上，冰凉凉的，有时透到眼里，阴涩刺痛。身上堆了一层厚雪，体温把它融化，接着便结成冰。我们都穿上一层僵硬的衣服。我这时想起我们抢渡清川江的战士们。穿着棉衣过江，下半身被没有冻结的江水湿透，立刻结成冰板，继续行军，裤子折断。但是还要冒着刺骨的严寒打仗……
>
> 过大同江桥，汽车回去了，我们只得再背负东西走过。江桥已被炸毁，几孔中间只铺着一条两三把粗的木头。人要从这上面走过去。我们钉着铁钉的皮鞋沾满了雪，走在木头上，滑溜之极。桥下几米是结着薄冰被车压碎的泥水，掉下去就不堪想象。人们慢慢地爬，飞机的闪光弹给大家增加了急燥的情绪。前进啊，后退是不可能的。十几分钟以后，我们深深地呼出一口长气。
>
> （1951年1月8日）

过北汉江一支流，脱掉鞋袜，涉水而过。原来出了一身大汗，已被料峭的江风吹冷，湿衣披身上，难过已极。看着水不太深，只把棉裤卷起一尺多高。才下水，觉着冰寒入骨，两脚不敢踩石头。过了一两分钟，不冷了，痛得要命，有些像火烧。又过了一会儿，完全失掉了知觉，说不出的难受。快到彼岸，陷入一潭，半截棉裤完全湿了。到彼岸后，用毛巾擦脚，数分钟后，始感刺痛。

（1951年2月28日）

行路的艰辛如此，更难的是还要在这样的酷寒和困顿中写稿，“一字一冻，用口中热气把笔化开”。因为没有墨水，“写东西已经考虑尽可能去掉不必要的字”，作者却又苦中作乐地感慨“简练由于墨水，实在有意思”。

作为中央党报派出的战地记者，李庄深知自己肩负的重任，报纸在等着他们独有视角的战地通讯，祖国人民也期盼着从中感知战况，得到鼓舞与震撼。他不能懈怠，却又下笔慎重，苦苦地寻求着采访、报道、写作的突破口，为的是给人民一份真实！

当年的志愿军战士，被称为“最可爱的人”，为将战火阻于国门之外，为帮助曾经并肩战斗的友好邻邦抗击侵略，无数中国青年参军赴朝，与朝鲜人民军浴血奋战，名垂青史。然而，英雄不会是苍白的，侠骨柔肠，自有丰富的内心世界。他们的英雄行为，应该有更为深厚的支撑。李庄曾经苦于发掘不到战士们的真实心理，为被采访者千篇一律的回答而责备自己，他坚持认为“口号是响亮的，但如不能和每个人的具体情况联系起来，从其具体的要求、思想出发，就显得十分平庸、一般化”。李庄在《日记》中检讨着自己。

战士们究竟想些什么？体会太不深刻，每次采访，深以此为苦。一个人的思想，随时随地不能停止活动。战士们大量的想些什么，具体的想些什么？都搞不清楚。我试问几个战士，想家不想家，所答均不想家。这是完全可能的。但是，为什么不想家，什么东西使其不想家，是否有些时候也想家，这就弄不清楚了。不说出这些具体条件，而轻轻地写一结论，使人不能理解，至少是不能动人。

我又想，是否因为我们采访的方法过于简单，用上级的口吻，把战士吓住了呢？使他不敢尽兴地说话呢？或者给他画了圈子呢？或者耐心不够，问得不深入呢？有一点可以肯定，我们因为不熟悉战士生活，所发问题搔不着痒处，因此不能诱导战士尽情说出具体的思想，像与朋友谈心，和老婆话家常一样。

生活，第一是熟悉生活，否则得不到好材料，甚至看见了也等于看不见。第二，改善我们的采访方法，多和战士漫谈，话家常。提问题要注意，提这种问题：我们点出一句，他就要说一大篇，才能解释清楚。这就要搔着痒处。

（1951年1月25日）

执着的李庄要求自己“每次战后要写出其特点……能再孕以战士的思想感情，始为力作。……不能亲自在火线上，爬在战士身边，体验体验生活，亦为大憾事”。

在远离祖国的地方，李庄和志愿军战士们一样，想念着亲人。不同的是，战士们是用想念祖国含蓄着这份情感，而李庄却可以在《日记》中直白而深情地表达对妻儿的思念。

夜间天气晴明，高旷苍蓝的天空中，挂满数不清的星斗。银河微白，状似跳动。我看着三颗星星的牛郎，以及河彼岸的织女。仄仄的一条河隔住这一对情人，不宽的鸭绿江也把我与蓝分在两国。

（1951年1月3日）

昨天是旧历除夕，简直忘记了。今日蓦然想起是元旦（春节，编者注）……想培蓝、想母亲、想孩子，一句话，想我们伟大祖国。有肴无酒，用糖水代之，无人聚谈心曲，打了一场扑克，尔后就蒙头睡了。

（1951年2月6日）

上午，我在敌机活动间隙之中，大唱《延水谣》。想起培蓝，心中有说不出的滋味。

（1951年2月17日）

李庄同志是人民日报创始人之一，早在1949年前，就已是华北根据地军民熟悉并喜爱的记者，写了不少脍炙人口的文章。1950年发表的《任弼时同志二三事》，更是几十年里一直入选语文教科书。李庄同志诸多散文、论文“思想深邃，为文谦和，下笔从容，辞章凝练”（李东东《李庄文集·写在前面的话》），至今仍为人称道。而《朝鲜战地日记》记于极其艰苦的战时，均用钢笔直接写在活页纸上，不加雕饰却神思饱满，是美文，是檄文，更是令人难忘的历史记录。

我想，用山河破碎这句话形容今天的朝鲜是不够的，不是破碎，而是毁灭了。现在是冰天雪地的严寒时节，被毁灭了一切的母亲和孩子们去哪里住呢？吃什么东西呢？我看到在敌机轰炸下，摆个烟摊，背着孩子，企图赚几个果腹钱的可怜的妇女，我看到在林木萧疏、白雪皑皑的牡丹岭下，一个穿着白色单衣、背着一个婴儿、带着三个都不满五六岁的孩子的母亲，拾几块已烧未尽的木片，在雪地上升起一小团火，冒着微弱的黑烟，这可怜的一群围着她取暖。这位妇女的丈夫被杀了，家中什么都没有了，她还有什么希望呢？有什么指望呢？她看见我穿着中国人民志愿军的制服，她说“我们有苏联和中国”。真的，有这个伟大无敌的力量，再加上朝鲜人民英勇的斗争，朝鲜是会复兴的。

（1950年1月10日）

至汉江附近，月亮已经很高了，清冷的天空，衬以半圆残月，本甚幽美，但在这敌机经常临空的战地，人们反倒讨厌它。汉江一片灰白，远山近树，都笼罩在乳白色的空气中。坚冰在月光下发出一片微光。我们站在汉江岸上，清清楚楚地看到汽车、火车和人影子在移动，马达、铁轮轧冰和人的呼喊声，蔚成一片紧张的战云。

（1951年1月26日）

过外水隅里，经一高山，汽车盘旋而上，阳坡雪已融尽，阴坡积雪盈尺，车不能行，只得下车走路。满坡白雪刺目，间杂黑伟的苍松，色彩分明，益以远山近谷，地形十分复杂，景物十分壮丽。三个人在山沟中静静走着，前线不断传来炮声，而在炮声间隙中间，猫头鹰不断叫笑，有时什么鸟儿从树林中拍翅惊起，咯咯飞着，大地越发静谧了……

（1951年2月20日）

路上有不少朝鲜农民补路，大部为妇女，穿着单衣，在大雪中，一步步把公路加宽，实在的这样的人民，会胜利，应该胜利。

（1951年3月5日）

《李庄朝鲜战地日记》即将付梓，我们愿以一颗虔诚之心，将这份遥远的记忆奉献给读者，也奉献给中国人民解放军建军八十周年。

2006年12月17日于沁心苑

阅读生命

——王嘉鹏《撑起生命的蓝天》①编后记

编辑每本书，都有冥冥之中的一份情缘。

听说嘉鹏的事，是在1998年初春，一位女友向我叙说了他们母子的故事，在满心的感动中萌发了结识他们的冲动。拨通嘉鹏家的电话，与沈利萍女士互致问候、短暂交谈，我们感到了同为女人、同为母亲的深挚与默契。但面对我的采访建议，她婉拒了。她说，“7·23”的阴影像一张黑色的网，不堪回首，每一次触及，都像是在揭开重创的伤疤，因为它再也还不出一个健康、完好的鹏儿……

那一刻，我的心被深深地震颤，我没有理由不尊重一个母亲的感情。于是，与朋友悄悄商议，在嘉鹏赴挪威学习前，也是在嘉鹏十六岁生日时，为他举办一个双重意义的聚会，以此送行……然而，约定总是被不断的意外所打乱。当嘉鹏母子再也躲不开媒体铺天盖地的追访，成为真正意义上的公众人物时，我们策划的送行聚会也不得不变成了电视台为嘉鹏制作的电视散文——《妈妈的图画》中的一个陪衬。

……

以后的日子，我默默关注着嘉鹏生命的起飞。

又是一个春天，一本描写嘉鹏事迹的报告文学——《生命之光》由宁夏少儿出版社出版，那是我失之交臂的选题。今天，当我拿到嘉鹏用心血亲笔写就的自传——《撑起生命的蓝天——空难与我》时，情不自禁又拾起了所有以往的感念与心绪……

空难，在嘉鹏十二岁的记忆中，是一个黑色的海。空难，在一瞬间塞给了十二岁的嘉鹏一个装满苦难与考验的人生。短短的五年，长长的五年，经受了死亡的威胁、炼狱的痛苦，领略了种种的凄清、恐惧、绝望与无奈，嘉鹏终于在与厄运、与自我的搏斗中一点一点地找回了勇气、信念与希望。在满天的风雨中，是母爱、亲情与友情，是所有善良而珍贵的关怀与鼓励，催生出嘉鹏生命中美丽的彩虹。

生命如歌。十九岁的嘉鹏英俊、挺拔，凝视嘉鹏，我又看到了两年前那片夏日的阳光，看到了在小伙伴们的簇拥中他明朗的笑脸。嘉鹏长大了。

在嘉鹏的书中，我们可以听到一个中国少年搏击命运、跋涉苦难的心声与足音。一

① 《撑起生命的蓝天——空难与我》，王嘉鹏著，宁夏人民出版社，2000年9月第1版，2007年第6次印刷，总发行4万册。本书荣获第十三届中国图书奖等多种奖项。

段段文字，是一段段血与险重铸的人生。

在梳理文稿的过程中，我一遍遍地感受着心灵的震撼，眼前的文字早已化作一片波澜壮阔的海洋，我阅读着一个不屈不挠、无怨无悔、激情跳荡的生命，阅读着一颗追求博大、追求丰富、追求爱与高尚的中国少年的灵魂！我深深地懂得，嘉鹏之所以选择这种方式做自己十八岁人生的总结，是要告诉所有的人们，特别是他的同龄朋友们：生命属于人只有一次，活着真好！努力、奋进着真好！

当我终于完成本书的最后发排，又一次拿起一个月来一直端放于案头的封面彩样久久凝视，那幅充满力度、充满象征的不锈钢雕塑，正向着蓝天尽情地伸展着生命的向往与想象，我的双眼竟一下子贮满了泪水。我知道，我将永远难忘编辑、策划出版过程中的所有激奋与感动，珍爱生命，走过明天。

最后，作为责任编辑，我还是想代表所有看到和即将看到这本书的朋友，说一声：谢谢嘉鹏！

2000年8月28日

一片冰心在玉壶

——《我的岁月我的歌》[1]编后记

终于编校完成这部四十余万字的书稿，已是一个星光点点的秋夜。随着心头泛起的一份欣悦，我的眼前又浮现出清晰的一幕。

那是1999年12月，一个清冷的冬日，我打电话给银川九中，寻觅到若冰老人的电话，然后爬上她居住的那幢灰暗的小楼，抱回了满满一手提袋的手稿。

此后的日子，每每于孩子们睡去之后，在幽幽的台灯下我开始细阅那章章页页真情流泻的文稿。记不清是第几天了，身旁堆起的文稿已是厚厚的一摞。第十五本了，又是新的一章，我看到几个布满沧桑的大字——“风雪夜归人”。时间已经到了1978年，这部自传体长篇的主人公已是白发盈首的花甲妇人。在饱受了二十二年屈辱苦难，历经家败人亡、九死一生的悲剧之后，她登上了从北大荒驶往北京、驶往银川的火车。随着传者的叙述，我看到：坐在车厢里的老妇人，一动不动地凝目窗外，沉默不语。终于有人打破了沉闷，当人们得知这是位即将平反落实、即将归队的教师之时，一车人肃然起敬，不约而同地为她的重获新生鼓掌祝福。老妇人缓缓地站起，她向周围的旅客行了一圈礼，弯下腰来泪如雨下。这是她二十二年来，第一次得到来自人民的认可与鼓励，这是她生命的严冬过后的第一缕和风与阳光，久已凝冻的心开始融化……列车上的仪式朴素而动人，有一种深刻的力量在一声声敲打着历史。我的泪水止不住涌出，一滴滴洒落在清冷的冬夜。

合上这部四十万字的手稿，我的内心一时难以平静。我的眼前总也抹不去的是一双明亮而真诚的眼睛，我的视线内总有一个身影在漫漫长夜、漠漠旅途上执着不屈地前行。风来了，不倒；雨打着，不伏；跌倒了，爬起……始终不向命运低头，始终向往着真理、正义与光明。这就是一位八十二岁老妇的人生。

洋洋四十万字，没有刻意的结构，没有雕琢的修饰，却是从心底流淌出来的心灵之歌。时而舒缓如潺潺的小溪，时而急促似骤雨滂沱，或凄切悲怆，或感奋激扬……融入一条生命的长河，我的心也在这起起伏伏中感悟着一个民族与国家的历史，一种平凡而可叹的人生。若冰老人的一生，称得上是一部活剧：从她十四岁花季体会亡国滋味，到

---

①《我的岁月我的歌》，张若冰著，宁夏人民出版社，2001年10月第1版，2002年10月第2次印刷。本书荣获第十四届中国图书奖。

沦入封建家庭的魔窟；从投身进步学运到参加抗日救亡；从创办妇女学校到战火中的颠沛；从中华人民共和国成立后的欢欣到反右扩大化开始的二十二年苦难，直到重现春光和耄耋之年的夕阳晚照……一个美丽女性的浪漫情怀与一个生命跋涉者的坚韧努力，不懈追求及坦荡心胸糅和于一体，给予我们今天的人们以深切的启示。

是啊，当一个生命降临人世，就意味着一部人生活剧的开始，这其中的喜喜悲悲，热烈或冷寂，明丽或沉郁，成或败，都离不开你对自己生命的理解与把握。从某种意义而言，生命的美丽、人生的无憾，不在于是否拥有辉煌的瞬间，而在于能否守住信念，真实无畏地把握每一个平凡而实在的过程。正如若冰老人所言：人生的意义，在于过程中的细节，善良、真诚、坚贞……那点点滴滴做人的真实才是最最珍贵的。

我想，正是被这种平凡而大气的内涵而折服，我迷上了这部书稿。尽管，它还不甚成熟，显得庞杂，多有枝蔓；汪洋恣肆的感情，难以节制；情之所至的文字缺乏规范，但是它丰富而深厚的人生内涵，平平实实的人生故事，自然流淌的真情叙说，却是颇具潜力的出版运作的资质。八十四岁耄耋老人的倾情之作，比之那些精致却造作的文人写作或许更能打动千千万万读者的心。作为一名编辑，能够推出一部以真为本的书，是我的责任，也是我的幸运。

在之后的日子里，又是两度春来秋往，一次次地促膝交谈，一次次地梳理思路，重整文稿，我和克平老师（张老之子），和若冰老人，又一次走进了久远的历史，走进了一个中国女性真诚无悔的一生。当新世纪第一个金秋降临，我们的书稿也终于如一株孕育多年的花树结出了成熟的果实。在朗朗的秋光下，老人慈爱的脸上铺满了灿烂。我们的心潮润了……

亲爱的读者，愿你们伴着这份潮润，翻开它吧，去聆听一个世纪老人的心声，去走进一段如歌的岁月与人生！

谢谢你们！

2001年9月19日于唐槐寓所

惯于长夜度清寂　只缘诗书尽春光

——序陈浪诗集《十年踪迹十年心》[①]

陈浪是出版人，说起来应是我前后脚的同事。他在诗中说，“今晚，迟归的我／站在出版大厦十三楼／望着窗外的万家灯火／听隆隆车啸，不禁／一阵怅然，一阵沉默／／不远处的那个小区／有我的居所，冬暖夏凉／但此刻它一定黑着／是喧闹中的一隅安静／等着与我团聚”（《天黑了》）。读着这诗句，心头突然一酸，蓦地记起那些做出版的日子，就像陈浪这样，守着空落落的十三楼[②]，眺望满城灯火，怅然、沉默，最终却又安静地坐下，将一部部厚重的书稿披阅校编。曾几何时，因为做了出版人，我放弃了自己的学术写作，只能于无数的选题阐述、出版图书的札记后记中偶尔舒张一下灵感的羽翼——我以为，这或许是出版人的常态。

但是陈浪的诗让我眼前一亮。在电脑前，打开陈浪发给我的书稿文件夹，按照习惯，先看一眼已经做好排版的PDF。不错！版面十分典雅、唯美，淡淡的咖色，书眉、正文、标题，疏落有致，字体字号舒展有度，更别致的是书页左下角与右上角那蛾眉淡扫的几抹山水，氤氲出无限的诗意。随着鼠标的下拉，我恍然悟得，噢，陈浪这是要出一本纯粹的诗集啊！好才气！

都说读好书要净手焚香。于我，读陈浪的诗集是可以有“弦语相思”“落花流光”的雅乐（这是我喜欢的亚洲唱片公司著名音乐人王俊雄的纯音乐）相伴的。但没想到的是，无意的伴奏音乐竟愈来愈与手边的阅读相契合。那幽幽的意境，那绵绵的相思，那淡远的心怀，那啼血的寻觅……不知不觉我被牵携进了陈浪纯美真情意象丰饶的诗歌世界。

陈浪的诗带给我的的确是一份惊喜。我没有想到，在今日这般浮躁的世界，竟还有这样一位儒生，有这样一颗诗心，那样纯，那样真，诗句之清丽深婉，诗情之丰郁澄幽让人动容。翻动着页页篇篇，眉头心上沾满的是诗人的寂寥、惆怅，走进的是他的断肠、幽思。我不知道这清泪般的诗行后面藏有怎样的一段故事，但我愿意静静地分享它深浓的诗境。这部名为《十年踪迹十年心》的诗集，分五辑：雎鸠关关，其鸣不忘（第一辑）；乡愁只在，眉间心上（第二辑）；清景无限，水阔天长（第三辑）；独抒性灵，浅斟低唱（第四辑）；古意幽思，蒹葭苍苍（第五辑）。共收入新诗413首，古体诗

---

①《十年踪迹十年心》，陈浪著，宁夏人民出版社，2016年06月第1版。

②笔者时任宁夏人民出版社综合编辑室主任，办公室即位于出版大厦十三楼（1308室，面南朝向北京路）。

词315首。应该说，诗集的整体品质都很好，各辑内容上虽有所区别，但贯穿其中的主体情思是一致的，“情以物迁，辞以情发”（刘勰《文心雕龙·物色》），“情”，是灵魂是文心，是“更行更远还生的春草”（《人生若胜如初见》），“夫缀文者情动而辞发，观文者披文以入情”（刘勰《文心雕龙·知音》）。

我以为，诗人用情至深的当为第一辑：雎鸠关关，其鸣不忘。这些诗堪称是十分纯美的爱情诗。单看一个个诗名：《露一样的女子》《镂空的红颜》《心字已成灰》《系兰若》《水样的春愁》《断念》《只想寻一场相怜》《解人》《找寻如我这般的灵魂》《想要在你心种一朵莲花》《写你的名字在水上》……就已是烟雨凄迷，再读那诗中语句，不由你心泪洇卷。

我如何能忘记那过往／那过往的流水／那流水的歌唱／那歌唱诉说着忧伤／忧伤总那样长／日日夜夜地流淌

——《如何能忘记那过往》

朝朝暮暮的情思黯了／像潮水退去了波涌／我期待的杜鹃不来／月儿也隐去了形容／／……寒夜里唯字书相伴／但不见玉手推送／／那一半儿为她留着／虽知留着也是虚空／拥孤衾独自眠去／眠梦里可曾相逢？

——《半掩的心门》

忧伤的残迹依稀可辨／承诺折断了翅膀／风儿疼痛得打转

——《断念》

你风一样地／远了，远了／我雨一样地／叹息，叹息／／就让旧历／永远地翻去／也许偶尔想起／曾经的你／就让默默的祝福／升腾成雨后的虹霓

——《惦念彼此》

在你明净的眸里／能否投入我的影子／折叠成一幅画／藏在你的心底

——《心画》

像一只夜蝶栖息在蕊中／歆享那无上的惬意与娇羞／舐一滴叶尖的清露／那甘甜盈盈一口／揽一抹花间的冰肌／似清风吹拂弱柳

——《水样的温柔》

这些爱情诗诗境婉曲，不时出现的“幽篁”“断弦”“梦心”“落红”“夜蝶”“刺鸟”的构词，使得意象凄美。而诗歌形式所追求着的“音乐美”“绘画

美”“建筑美”，亦使诗充满蕴藉之美。

从陈浪的简介中得知，陈浪是历史学硕士，但从他绵密的诗情中，我们却看到了古典诗文、现代新诗对他的浸染：“念陌上芳草／年年知为谁绿……雁过处／一心烟雨凄迷”（《旧时相识》）；“晚来风急／吹冷着我的步履／守着窗儿／望着莫须有的缘遇”（《感谢你，赐我一场春雨》）；“眼看着林花谢了春红／感叹便如落英缤纷／寻觅是一场漫旅／谁是那痴情的儿女”（《梦轻缘浅》）；“那人不在／我在灯火阑珊处徘徊／这清凉／弥漫在我四围”（《那人不在》）。而在诗的韵味上，我们甚至更多地读到了中国二十世纪新诗二三十年代诗人的诗品，那里或许有徐志摩、朱湘、汪静之、卞之琳（如《你不知我的哀怨》《不能说思念》《系兰若》《悬挂在梦中的彩虹》），或许还有刘半农（如《没有一天不想她》），当然也不排除有聂鲁达（如《我喜欢我是寂静的》）。如果说，第一辑是爱的慢板柔情，第二辑则在乡愁的主题笼罩中，《故乡的小路》《乡思》《童年很慢》《老院》《致西海固的父亲》《阿娘》《天黑了》，让故乡住在了心上；而第三辑的咏物言情，第四辑独抒性灵的浅唱低吟，却有了二十世纪七八十年代朦胧诗人的率真、热烈与坦诚：“黑色如果解语，我定会向它倾诉／只把一腔密意，消融在它的耳际／若是它有心思，一定会感动莫名／启唇悄然一吻，就吻醒黑色的眼睛（《黑色狂想曲》）；及至第五辑，诗人更是干脆亮出了他在习练古体诗词方面的缤纷成果。

陈浪的诗是他的十年心史。他一边勤勉地做着出版，敬业而称职，一边却拥着诗这个情人，“诉说悠悠岁月倾听漫漫长夜”（《诉说》），倾诉着他的感怀，他的追问，他的向往。如他所说，诗歌“就是我宿命里的婵娟——／只要我活着，它永远就是我的知己红颜”（《借文字慰心》）。

出版人的陈浪，写诗的陈浪，冲淡，纤秾，心中有“高贵的荒凉”“丰富的寂寞”（《城堡》），怀“别材”有“真趣”，意随笔生，情与景会，思与境偕，十年箫心踪迹织就了笔下气象。

陈浪毕竟还是陈浪，一如我们见到的那般真淳、温厚、乐进而清润。即九死不悔也要去“追寻那相契的魂灵”（《十年心》），却也相信“若心田开娇艳花一朵／它的绚烂能穿越黑暗”（《愁怨》）。

那么，就让我们记住他的云水禅心：“一恍一惚一叶秋，一人一生一蜉蝣。一梦一幻一杳然，一水一石一心头。”（《生有涯》）“惯于长夜度清寂，欢喜，只缘诗书尽春光。”（《十年踪迹十年心·定风波》）

最后，愿借王维诗与陈浪共勉：“行到水穷处，坐看云起时。”

2016年4月22日 于湖畔静云阁

卷三

随笔人生

洒向笔端总关情

——散文创作自述

至今，我还清晰地记得，十五年前，那个阳光灿烂的日子。我像一只稚弱的归雁，从南国美丽的校园飞回了养育我的故园。家乡的热土，如一双厚实的大手抚慰着我不安的灵魂，对新生活的憧憬，如一缕温煦的风鼓涨着我渴盼飞翔的羽翼。

……

此后的日子，真的是一段踏实而奋进的光阴。天各一方的学友们互相致意，相约要勤勉努力，永不丢失、永远保持与这前进的时代、发展的文学对话的能力与素养。或许，是为了这一份纯真的承诺，才有了一份与家乡文坛不知不觉的遇合，才有了那些年或大或小、或长或短的关于现当代文学以及宁夏作家作品的评论文章。我庆幸，我在感受这最初的文学收获的同时，也收获了一份家乡文坛的关爱与师长、朋友们鞭策与期望。我真的是不敢懈怠了。1989年，我荣幸地获得宁夏首届少数民族文学创作三等奖。当然，这是个意外。

时光静静地流逝，一直专注于文学评论写作的我，不知怎么的，忽然也写上了散文。今天，当我梳理着自己文学写作的过程时，我发现，其实在我的思维中，那一份对散文文体天然的亲近是始终存在的。就我的评论而言，尽管，也不无理性的、美学的思考，但我觉得，写作中真正能带动我文笔的灵动的，却是一种由作品而引发的思情。每当此时，除了有一种痛快淋漓的感觉外，还有一种强烈的自我表述的冲动撞击着心扉。

好像，是在1991年的初春，为了到西安参加在陕西师范大学举办的为期三个月的高校管理干部培训班，头一次有机会乘坐飞机在万里蓝天翱翔。望着脚下茫茫的云海，望着云海下起伏多变的沙丘，星星点点的村落、山庄，我的内心竟贮满了感动。一篇以《蓝天下这一方热土》为题的散文就这样不知不觉涌到了笔端。接着，在西安的日子里，我又一鼓作气写下了《春日延安行》系列散文。再后来，我真的是有些放不下散文了。散文创作自由灵活的样式，散文写作中既思接千里，激情跳荡又贴近心灵的感觉真是舒畅极了。巧的是《宁夏电大》校报复刊，每期向我要散文，里里外外的压力倒也逼出了那段日子散文写作的韧性。我的“校园系列”“游记系列”“配音系列”以及写亲情、友情的散文就这样带着匆匆的行色上路了。尽管，我的笔触远不够纯熟，我的文思还缺少大气与深沉，但是，却有了喜爱它的读者——我的学生和同事。他们的鼓励给了我信心，亦是我敢于也乐于写下去的原因之一。无论如何，呈现在散文写作中的毕竟是我的一份源于心底的对生活、对事业、对亲情和友爱的真情。

我想，在明天的日子里，除了我的教师生涯，除了我喜爱的配音艺术，除了我的文学评论，散文写作也将是我生命和生活中的一个充满灵动的音符，但愿，能有潺潺的乐音不断流淌。

1997年12月31日于唐徕新村

母校，心中美丽的影子[①]

刚从暑热高温的上海飞回，整个人还沉浸在由宁夏人民出版社、上海作协联袂举行的“纪念恢复高考三十周年《大学梦圆：我们的1977，1978》出版座谈会”的感人氛围中。作为本书的策划者、责任编辑，也作为恢复高考后首届经全国统考入学的1978级大学生，我由衷地感谢时代的赠予，感谢那个改变了我的命运，更改变了整个国家和民族命运的历史瞬间。

或许，真是到了要怀念很多事情的时候，这就得知，母校吴忠一中六十周年校庆将于9月30日举行。筹备校庆活动的王文钧老师嘱我写篇文章。王老师是我们高中时期喜爱并敬重的语文老师，我无法拂逆先生的美意，只能以虔诚之心完成老师指定的“作文”。

记忆的潮水漫涌而来，倏忽间，就将三十七年前的岁月推移至眼前。

也是在1969年，我所在的初中——吴忠向阳中学合并进了当时已改名为东方红中学的吴忠一中。一班几十位同学，大多是66届小学毕业的，但也有67、68届的同学合了进来。这时吴忠东方红中学三排平房几溜大教室，塞得满满当当的，全是初中生，高中部的同学都已毕业离校，或上山下乡，也有些人进了工厂。

轮到我们初中毕业了，同学们都在做着各自的打算。在全国初高中毕业生上山下乡的背景下，吴忠的情况要好得多，几个重工业大厂不时会招收工人，可以有效地缓解学生们上山下乡的压力。而在当时，能够成为“领导一切”的工人阶级的一分子，那可是无上的光荣。但忽然，就传来了吴忠东方红中学要恢复高中的消息（后来知道，母校的这个举措当时在宁夏也是走在了前面），而且，即刻起就从我们这届学生中摸底、报名。原则上是自愿，老师也开始根据学生的情况做相应动员。

很感谢我的父母，他们给了我自由选择志愿的权力。当时的我，已被吴忠县广播站借用做播音员。我婉言谢绝了广播站领导挽留的好意，几乎没有任何犹豫地报名上了高中。尽管，当时的我并不知道以后的人生将是哪般模样，但在我的心里，继续升学本身就闪烁着一种理想的光芒，希望就在其中。及至许多年后，我都无比庆幸自己十四五岁时的这一番选择，因为，无论如何，1970年春至1972年春，吴忠东方红中学的高中生涯，是我人生旅途上十分重要的阶段。

---

①此文为宁夏吴忠一中六十周年校庆而作。作者为宁夏吴忠一中1970级高中班学生，时任宁夏人民出版社副社长，编审。

1970年，中国西部小城吴忠，已逐渐从动乱中平息下来。计划经济下的“抓革命、促生产”也有表面上的红红火火。位于小城东部与县政府遥遥相望的吴忠东方红中学，是人们心中的绿洲。从这一年起新开办的高中部（六个班），加上原有的初中部，一下子让校园充满了活力。

记得当时的班是按军队的建制来编排的。高中年级被分成了六个排（即六个班），一个排可以再设四个班（小组）。我所在的是六排。班主任是江涌老师（他从初中起就任我们的班主任兼语文老师）。我们的排长（班长）是阎向明同学（现任宁夏天豹二公司支部干事），团支书是彭惠兰同学（现任西安建筑科技大学建筑研究院副总设计师，国家一级建筑师），同学中有齐星泽、李伟、孙银忠、李雷、史新云、韩保生、马绍民、王喜、贾国良、宗燕凌、武晓兰、林惠珍、闫淑萍、王铨、常晓梅等许多好伙伴。

在我的记忆中，两年的高中生活平静安宁、丰富多彩。这一切得益于吴忠东方红中学富有传统的严谨而务实的管理。几年来被挤压变形的教学秩序伴着师生们渴盼正常的向心力很快得以复位。高中年级学习氛围浓郁，老师们年富力强、精力充沛，教学态度认真严肃。记得给我们任过课的，除了江涌老师外，还有曹今淮、朱炳勋（数学老师）、甄陶（物理老师）、张守介（物理老师）、薛天裕（化学老师）、韩江（电学老师）、陈日红（政治老师）、杨富春（政治老师）、牟宣东（音乐老师）、丁呈祥（体育老师）等。老师们的讲课各有特色：江涌老师的语文课逻辑严谨、归纳细密，认真而投入，我们深深叹服他知识的丰富，尤其是语词运用方面的得心应手，每堂课下来，总是能让人记下一连串的美丽词汇。我的文章写作，后来非常注重语言的华丽，并时不时犯点生造词的小毛病（这一点，当年给我们班级批改过一次作文的王文钧老师曾一针见血地指出），或许是有高中语文课潜移默化的影响。数学课，是我十分喜爱的课程之一。如果说，小学数学，我尚不开窍，但从高一起，代数、平面几何、解析几何却如同一个又一个神秘而充满诱惑的迷宫吸引着我深入其中，乐不知返。朱炳勋老师的数学课幽默风趣，出其不意的提问总是让人不能不整堂课绷紧了神经。如遇哪次预习不好、领会偏移，答非所问，定会遭遇他一顿不留情面的“冷嘲热讽”，数落得你无地自容。为了免遭“不测”，同学们唯有高度重视。于是，班里开始有了数学的竞争，于是，我的数学成绩中也开始有了“满分”的记录。数年后恢复高考，我的数学、语文强项，成为我坚定信心，自我激励的内因之一。为此，我不能不深深地感谢母校，在那样一个特定的年代，却为我们这一批学子营造了一个如此不一般的学习进取的环境！除了语文、数学，当时高中课程中的化学、物理等所授内容也十分浅显，无非是压缩饼干似的初高中学科内容的紧缩。但当时学校里设有校办工厂，化学课与物理课的实践环节在此得以开展。如化学课做的试管培养基实验、紫外线消毒，甄陶老师主持的小工厂里生产不同规格金属垫片的冲压机床，电镀电解，同学们都曾轮班上岗、操作实践。至今回忆起来，仍感乐趣无穷……当然，每年夏初历时半月的下乡学农，也使同学们之间的友谊日渐深厚。可以说，插秧、薅稻子、捆麦子等农活，我们从十五六岁起就不陌生了。烈日下的劳作、蚊虫叮咬的乡间、简单简陋的生产队农家食宿，让我们这些城里孩子深深体会到“谁知盘中餐，粒粒皆辛苦”的个中意蕴。今日想来，我们这一代人，能够有较为坚忍的意志、毅力，吃苦奋斗精神，尊重劳动，热爱自然，也是与这段生活有着千丝万缕的联系啊！

1970年代的中国，电视媒体尚未普及，无线、有线广播电台的娱乐功能也不发达。但是，人们还是从仅有的社会认可的媒介及宣传形式中释放着心中艺术、审美的热情。作为学校广播室的播音主持，我和林国梁同学一道，在团总支书记李春生老师的指导下，十分认真地坚守着一日三次的广播作息，王喜、杜建宁是广播室的小电工。我们编播学校的各种消息、文稿，也用唱片、录音带选播当时流行的音乐歌曲，承担学校运动会的广播事务。我想，在以后至今的岁月中，我能始终保持着对有声语言艺术的深情挚爱，参与各种朗诵活动、译制片配音、甚至就在不久前还参加了宁夏区直机关“迎七一，唱响和谐”大型组台演出，担任宁夏人民出版社大型配乐诗表演《七月畅想》的主诵，这其中的艺术之旅可谓一脉相承。

高中时期，韩江老师是我们的良师益友。由于他牵头组建的学校文艺宣传队，我们这些对艺术懵懵懂懂的少男少女们，有了一方自由而广阔的天地。回想那时，课业负担不是很重，校宣传队在短短两年中，曾参与县宣传队革命现代京剧样板戏《红灯记》的排演，我们学校初中部的马平同学出演铁梅，我扮演惠莲。随后不久，学校派人到宁夏文工团学了整场的革命现代芭蕾舞剧《白毛女》。最令人叫绝的是，不仅是学舞蹈，连服装、芭蕾舞鞋的制作也一并学来，后来我们的《白毛女》演出，从演员到服装道具布景是全方位的“吴忠东方红制造”。我们的演出，在吴忠小有名气。所有演员们认真遵循着宣传队一切的排演规定：从每天早晨的基本功训练到每日下午至晚间的节目排练，位于学校南部的小礼堂成了我们日日亲近的活动场所。“倒踢紫金冠”“迎风展翅”“擦地小跳”“平转”“吸腿转”“挥鞭转”“劈叉大跳”等舞蹈术语、动作组合，就这样集中而富有力度地植入了我们年青的身心。当时的我从《红灯记》剧组回到学校便一头扎进了《白毛女》的排练，从京剧表演中规中矩的一招一式，立马要转换成舒展奔放的现代芭蕾，恐怕也只有我们那个时代的学校文艺队队员可以做到。我们的《白毛女》曾经多次在吴忠县剧院及学校学农的公社巡演，后来，还排演了《红色娘子军》序、第一、第二场。我曾担任过《白毛女》中的白毛女及《娘子军》中连长的角色。宣传队的队友，演大春的马永斌、扮喜儿的白莉、演八路军小战士的李泽林（可惜，泽林兄已于1992年不幸早逝）、跳窗花舞的郝建秀、崔昆、刘素娟、刘丫，以及演反面角色的朱文卫、贾国良等都是日后友谊深长的好朋友。回想那一段文艺宣传队的生活，总是能忆起三十七年前那台前幕后点点滴滴的温馨，想起韩江老师潇洒干练、指挥若定的导演风采，想起排练场上伙伴们的相互鼓励、刻苦坚持，想起聚光灯下的激情舞姿、无限憧憬……我知道，我们知道，正是在这样的时刻，这些个时刻，艺术的籽种、真善美的籽种深深地撒播在了我们的心中，灵魂的深处，成为血脉，成为精神的滋养，最终成为一种品质与涵养，伴随我们成人、成才、成林……

岁月荏苒，数十年光阴就这么流淌而去了。也许，今天的吴忠一中已难觅昨日的影像，但是，在我们的心底，却永远浮现着一排排简朴而充满生气的大教室，操场四周笔直茂密、沙沙作响的白杨树，老师们办公室旁飘香的果树，以及那课前课后时起时落的铃声……

青春美丽的影子，那个令人叹惋而又令人难忘的时代，那个沉淀着许多纯真、许多畅想的日子，就这样深深、深深地铭刻在了我们的心底，永远清新、永远芬芳……

祝福您，我的母校，愿您永远美丽如新！

2007年8月26日于沁心苑

生命中的这一片红霞

再过两年，就是大学毕业四十周年纪念日了。四十年来，母校的身影无时不在梦中。在上海中山北路那抹深浓的绿色里，有着我们的精神依恋之乡[①]。

都说华东师大有全上海最美的校园，这话一点儿不假。

打小随父母从北京支援大西北，落脚宁夏，见惯了黄土风沙，贺兰晴雪。1978年10月的金秋，一脚踏进南国的校园，几乎要被眼前的绿色所迷醉。大学校门直对着的是一条梧桐如盖的林荫大道，绿意葱茏。稍往前行，会看到假山石块错落而环的荷花池，会看到不乏珍贵树种的银杏林和树影斑驳中石桌石凳旁读书的背影。更让人想不到的是，水灵灵的校园中竟有小河穿流而过，名曰丽娃河。丽娃河以历史上曾经存在过的丽娃栗妲村游乐场而命名，但丽娃河的故事却浪漫多情。据说，当年有个流落到中国的俄罗斯后裔，他有个女儿名叫丽娃，喜欢上了中国的一个穷学生，因父母反对，于是跳河自尽。不管传说是真是假，但这条爱情河的确给人带来遐想。丽娃河靠近“师大红楼”（校办公楼），晨雾烟霞，波光潋滟，一河碧水与校园背后的长风公园银锄湖水道相通，她是华师大学子们心中最为钟爱和骄傲的“洛神”。很多离开学校的游子们常常思念这条河，讲着那些发生在河边的一串串青春的故事。

丽娃河南段修有水榭亭台，名曰“夏雨岛”，1982年5月29日，以中文系学生为主成立的“夏雨诗社”即得名于此（我也是“夏雨诗社”的首批会员，并参加了“夏雨诗社”成立晚会的朗诵演出）。

迷恋于丽娃河的妩媚宁馨，记得一年级（1979年3月）写作课诗歌单元的作文练习，我曾写了一首小诗，名曰《小河》。

校园中静卧着一条小河，
微风里涌动起层层碧波，
每当晨曦揭开夜幕，
小河总显得格外快活。
小河伸展着柔美的身躯，

①笔者为华东师范大学1982届毕业生，当时校区为上海市普陀区中山北路3663号。如今华东师大新校区在上海闵行区东川路500号。

微波把朋友的身影捕捉，
冬去春来结下了友谊情长，
伴读总有这热心的小河。
……

1982年3月，参加上海市青联少数民族青年征文，我也是以《丽娃河的歌》（校园抒怀）为题投稿并获奖的。

如果说，对丽娃河的沉醉迷恋折射出我们青春的情怀，那么，文史楼在我们心中则绝对是一座真正的丰碑！

校园东部梧桐林荫大道北面草坪里侧，坐落着这座青灰色欧式风格的三层教学楼，它是华东师大校园中历史悠久的标志性建筑。沐雨经风八十载，它见证了这所大学从上世纪二三十年代至今的发展与成长（华东师大中文系的前身，是成立于1924年的大夏大学和嗣后建校的圣约翰大学），它亦是师大园数十代学人梦牵魂绕之所在。文史楼最具视觉冲击力的是前厅两根拔地而起、浑圆厚重的罗马门柱，它与造型雄浑、结构独特、石砌砖雕的建筑主体相勾连，寒来暑往迎送着来来去去的师长学子。顺三楼天窗攀出，是宽展的楼顶平台。夏夜风清，我们常登高临风，遥望星空，畅叙未来。

当时在文史楼上课的有77、78级中文系、历史系、教育系的学生，后来79、80级也进来了。315、215两个大教室分别是我们两个年级的固定教室。77、78级入学相差半年，每个年级均一百多名学生，除了英语、现代汉语语音课及一些选修课外，凡必修课均在此上大课。一个年级四个班（其中四班为走读班），从北至南依次排列，四年中没换过座位。教室里四个班级的学生坐得满满当当，但课堂秩序和气氛极好，老师讲课无固定教材，学生全凭记笔记，如果老师话语节奏适当，我们几乎能一字不落地记录下来。当然，女同学们这方面更有特长，我的同桌徐子亮，字迹娟秀，笔记做得又快又好，四年中，她帮我弥补了许多遗漏。课间更是场面热烈，老师被学生们团团围住，问题多多，争论多多。逢一时不能解答之题，老师一定会认真记下，查实后下次课间定会作答。学生们如饥似渴，老师拳拳之心，无论春夏秋冬，两个大教室总是涌动着求知与探索的热潮。

在这里，我们与一个个师长相逢，随他们走进风光旖旎、景致各异的文学的森林、海洋……徐中玉、钱谷融、万云骏、叶百丰、史存直、王智量、倪蕊琴、颜逸明、齐森华、翁德森、王建定、陈挺、汤逸中、楼昔勇、陈晓芬……老师们的博学多识，激情而富有理趣，给我们留下了永远难忘的印象。记得王智量老师的俄罗斯文学课，分析细腻，表达极富激情，很是让人着迷。他讲不同的作家面对同一件事会有不同风格的表述："教师"把讲桌一下子推倒了。果戈理会写道：只听得"轰隆"一声巨响……造成一个轰动夸张的效果；冈察洛夫，则会不厌其详地具体细致地复述一切细节（冷漠）；陀思妥耶夫斯基，善于写心理，写思想斗争，会突出营造"紧张"的气氛；托尔斯泰，将从每个人的思想状况、经历来写，深刻中有沉闷，用生活有意识地表达一个规律；屠格涅夫，在描写了一番充满诗意的风景之后，桌子倒下了，而为达到反映某一思想意识矛盾，则编织一个完整的故事（如两代人的矛盾），有人物，有典型。他讲《叶甫盖尼·奥涅金》“抒情的插笔”和“奥涅金诗节”，更让人听得如醉如痴。满腹经纶、为我们讲“诗词曲欣赏”的万云骏老先生年事已高，记得他总是微闭双目坐在讲桌后，自说自话，边吟边讲，还不时转过身去，在黑板下沿写下一串恐怕连他自己也看不清是什么的粉笔字，但是，顺着老先生的思路，我们同样悟出了“诗庄词媚”“诗之境阔，词之言长”的个中三昧。给我们上古代诗歌宋诗部分的是翁德森老师，正值炎夏，他上课嗓门高，浑身用劲，自带一条湿毛巾往讲桌边一搁，大声朗诵苏轼的《有美堂暴雨》：

游人脚底一声雷，十分潋滟金樽凸。
满座顽云拨不开，千杖敲铿羯鼓催。
天外黑风吹海立，唤起谪仙泉洒面。
浙东飞雨过江来，倒倾鲛室泻琼瑰。

只觉得眼前耳畔真的如雷轰鸣，再看先生抓起湿毛巾满头一抹，教室里早已是笑声一片……

钱谷融、徐中玉先生亲自给我们上文艺学选修课，他们博识谦和的君子之风让我们深感敬慕。

大学四年，对于我们每一位华东师大毕业生而言，都是一段难忘的生命历程。2005年编辑《大学梦圆》一书，当我在作者和编者两个角色中变换着视角，回顾并倾听那个时代的气息和学子们的心声，又一次感受着震撼，同时也感到愧疚。在这本书中，有我的不少同窗的忆写：情同姊妹的圣思、刘菲、丽芳、黎明、子亮姐，四年中风风火火与我一同组织了无数场班级年级文艺活动的刘新华学兄……曾以为，早已相互懂得，却不知有多少当年的酸苦并不为人知。

我庆幸自己曾属于这样一个群体，在大起大落的生活中体会沧桑，体会历史，也体会真情。我以23岁的年龄走进大学，却成了同窗室友八姊妹中被尽心呵护的七妹（最小的八妹吴建一是应届生，入学时不满17岁）。作为全班女生中唯一的外地同学，作为全年级唯一的少数民族学员，我时时感受着集体的温暖。曾在大姐们的安慰下，走出情感的低谷，曾在国庆之夜参加上海大学生浦江之夜的活动与游览，担任年级文艺委员、中文系分团委委员，丰富多彩的学生工作开阔了我的心胸和视野，给予我精神上的激励。大学四年，留下的是太多的回忆，太多的牵挂。

1982年毕业前夕，我们78级2班在学校礼堂演出了自编的独幕剧《毕业留影》，当年演出的激动与幕落后的兴奋至今记忆犹新。还记得我有这样一段台词。

那时候，我们还会想起今天，谈起校园的。我真高兴，我的生活中有过这样一片红霞。坐在公共汽车里，我常常看着一家一家的窗口，猜想，这些人家是在怎样生活呢？现在轮到我了。也许，我会走很远很远，分手的时候请不要说“劝君更尽一杯酒，西出阳关无故人”，我的生活中有过这样一片红霞，她会安慰我的。只是，请大家以后顺路能来看看我，我不会哭的。

我真的走得很远很远。整整三十八年。收藏着所有的记忆，携带着1977、1978级大学生对人生的感悟，向前，向前……

感谢我的大学，感谢我生命中的这一片红霞。

2005年春节初稿，2020年6月修改

岁月就这样静静地流淌[①]

2010年岁末，收到来自上海的约稿手机短信，随后读到《华东师大出版人》的征文函。母校的呼唤就这样穿越二十八年（本文作者系华东师大1978级学生，1982届毕业生）的悠悠岁月，打湿了我的思念，我的对于母校的百转千回的牵挂与感怀……二十八个年头，一万零二百二十个日夜，我们从华东师大出发，给母校留下了背影。岁月静静流淌，带走了生命中一个个晶莹的片断，但愿这说给母校的故事，能融入一片绿荫，为亲爱的母校祝福，为即将到来的母校甲子校庆[②]送上挚诚的问候……

1982年金秋，告别母校，回到大西北宁夏，曾潜心做了十七年广播电视大学的教师，十七载教坛耕耘，桃李芬芳，甘苦难忘。二十世纪末的1999年，一个偶然的机遇，使我移步出版，从而开始了整整十年心系出版、编织书香的里程。

在我有限的编辑生涯中，曾与三位特别的作者相遇，做他们书的责任编辑，为书的编辑出版倾尽心力。很巧，他们中一位是少年王嘉鹏，宁夏1993年“7·23”特大空难的幸存者，当嘉鹏历经劫难，从病榻上顽强地站起，成为挪威红十字挪迪克世界联合学院录取的第一位中国大陆留学生后，他写下了一部十来万字的自传，我帮他定名为《撑起生命的蓝天——空难与我》（宁夏人民出版社，2000年9月第1版）；一位是八十四岁的耄耋老人张若冰，老人一生坎坷，曾是二十世纪三十年代“东北女作家群”进步文学青年，后历经婚变，投身革命，随夫辗转战场，迎接新中国曙光。在“反右扩大化”“文化大革命”风暴中横遭摧残、九死一生，平反退休已是暮年。老人历经沧桑，仍真情博爱，历经十载，三易其稿，写成四十万字的自传，我与其子姚克平共同帮助老人整理完善了书稿，名为《我的岁月我的歌》（宁夏人民出版社，2001年10月第1版）；另一位是上海华东师大退休编审孔祥骅，他是孔子后裔，其父为国民党军官，由于众所周知的原因，他和他的家庭漏船载酒遍历风霜，四十岁之前（1964年—1983年），他竟有二十年是在铁窗中、在白茅幽谷中苦度囚徒生涯。但生命没有沉沦，却因顽强而变得无畏，变得高贵！在女儿即将迈进大学之际，这个历尽沧桑、年过六旬的老爸，用朴实的文字，给十八岁的女儿讲述自己半个世纪的黑白人生，以及一路坎坷青春无歌的足迹。初稿庞杂，作者授权润色

①本文收入孙颙主编《华东师大出版人》，华东师大出版社，2011年10月版。

②2011年10月16日，中华人民共和国第一所师范大学——华东师范大学迎来六十华诞。

修改，电脑上起承转合，编辑成书——《老爸青春无歌》（“鹅毛信文库”之一，宁夏人民出版社，2006年2月第1版）。后来，这三部图书分别获得了出版界的图书大奖：第十三届、第十四届中国图书奖以及国家新闻出版总署首届“三个一百”原创图书出版工程优秀奖。

我常想，图书奖的评委们怎会有如此蕙心，偏爱了我所偏爱，转念间即已释然，评委们其实是把这金灿灿的奖杯奖给了这老中青作者一段段如诉如歌的人生。人生几何？不辜负、不放弃，无论平凡还是精彩，都是值得珍重的。这一份编辑的心得，或许也是对我的人生最生动的指导与启迪。

金色童年

我们这个年纪的人，常习惯用“金色童年”来描绘自己的儿时。我也不例外。可不是嘛，再套用一句老话：生在新社会，长在红旗下。父母双亲，一个生在江南（父亲南京人），一个长在北国（母亲哈尔滨人），却于中华人民共和国成立初期在沈阳相遇。父亲1946年毕业于重庆立信会计专科学校，1949年5月在上海参加革命工作，同年7月应聘到沈阳任职东北保险公司。在沈阳4年，为开创东北区运输保险事业做出了贡献，我的姐姐就在沈阳出生。1953年大区撤销，父亲调任北京中国人民保险总公司工作，由此又有了我这个在北京出生的二女儿。1958年上半年，宁夏筹建回族自治区，向中央组织部要一批回族干部，爸爸因回族而被选中，于同年7月调任宁夏，这一年我刚三岁。父母从首都大机关支宁，却立志到艰苦的基层锻炼，建设宁夏。他们以及我和姐姐及至后来出生的弟弟、妹妹与宁夏的不解情缘也就由此拉开。

从1958年至1979年，我们一家是在宁夏吴忠度过的。父母参与了当时宁夏重工业重要企业之一，宁夏吴忠材料试验机厂从筹建到发展的全过程，父亲是工厂的总会计师，母亲先是党委秘书，后任工厂子第学校的校长。记得最初的工厂像个农庄，家属区内有大片的果园和荒地，一排排拔地而起的土坯房成为了我们多年的家。童年的日子随着大工厂的建设过得有滋有味。父母忙于热火朝天的生产建设，我们一帮小伙伴们自由而健康地长大，我们会在不停地进行着基础建设的厂区内嬉戏打闹，会从老远的地方一担担地挑水浇灌简陋的校园中亲手栽下的一棵棵树苗，会在篝火的映照下扬起通红的小脸唱响红领巾的歌……我们看着一片片楼群奇迹般地从荒地上长起，昔日偏僻的工厂一天天具备了雄阔的气派，我们坐进单人单桌全新的教室，琅琅书声在塞上原野上激扬回荡……

那是一段真正无忧无虑的时光，它因此后的风雨行程而愈显童真的美丽。

花季岁月

花季的岁月却偏偏遭遇了凄风苦雨。

1966年小学毕业正是文化大革命开始之时。其后，亲睹红卫兵大串连、学校停课、社会动荡，也领受了波及亲人的政治风云。

好在世事终有变化。随着“文化大革命”后期社会气氛的逐渐宽松，中学校园的生活也一天天变得温情快乐。我参加了学校的毛泽东思想文艺宣传队，吊嗓、练功，深入厂矿大演革命样板戏，《红灯记》里扮惠莲，芭蕾舞剧中跳白毛女（《白毛女》）、娘子军连连长（《红色娘子军》）。在教学秩序尚未完全恢复的年月，这一段在舞鞋上旋转的日子，成为花季岁月里难忘的旋律。

与所有同龄人一样，我们无法绕开生命中与时代相伴的坎坷与艰辛。高中毕业留校任教一年后，我放弃了转正的机会，选择了上山下乡，来到宁夏吴忠县红旗公社李闸渠大队第二生产队插队落户。这是为了圆梦，那是一个大学梦。想以下乡知识青年的经历和身份争取被推荐入学，当工农兵大学生。为了这个梦想，我吞得下所有的苦累艰辛，在广阔天地里接受贫下中农再教育，和农民们一起拉粪送肥、春种秋收，割麦、打场、插秧……学做各种农活，哪怕双腿因长时间泡在秧田，全部过敏溃疡，也要坚持。当然，在冬闲时，少不了作为公社文艺演出队的骨干参加全县文艺会演，走村串队为农民们跳舞唱歌。

可大学梦终是难圆。没能实现“曲线升学”，又回头去读师范，毕业后做县广播站播音员。眼看着梦想一天天暗淡，那五彩的光环即使在梦境也那般缥缈……直到1978那个金色的秋天。

大学梦圆

为纪念恢复高考三十周年，改革开放三十周年，我曾策划出版了《大学梦圆：我们的1977，1978》（宁夏人民出版社，2006年3月首版，2008年4月第2次印刷）。这本书从最初的创意策划、组稿编辑到出版问世将近五年，其间有诸多的不易，但我从未想过放弃，因为它与一个时代有关，是一个特定的群体生命情结的体现。为了众多人的期待，为了铭记历史，为了感恩这个历史的瞬间，我理应付出努力，因为我也是其中的一朵浪花。

中国历史上的1977，1978是我们这一代人难以忘怀的年代。作为二十世纪五十年代中期生人，我们经历了中国当代史上的大跃进、自然灾害，小学刚刚毕业就赶上了“文化大革命”，高中毕业后上山下乡……十年光阴在动荡中流逝。是1977，1978的恢复高考给我们带来了生命的转机，那一年我们迈进大学，虽然许多人已经不再年轻，但我们的人生、国家的命运却在那一刻开始改变。

与《大学梦圆》中的其他五十六位作者一样，我目睹了我们的国家在1978年掀开新的一页。我亲身感受到1977年10月，中国大地因恢复高考而掀起的激情感天动地。无数因“文化大革命”中断学业、上山下乡的知识青年燃起了希望。奔走相告中，已属稀缺的课本重新回到已不很年轻的人们的手中，在那个书本匮乏的年代，我们为能寻找到一套用钢板蜡笔刻印的复习材料而欣喜不已。为了失而复得的大学梦，大家互帮互学，

“万众一心”，学习的热情和潜力被前所未有地激发。由于政策的限制，我没能在一个多月后，与五百九十万考生一道步入1977年冬季的考场，但是，仅仅七个多月后，我作为五百七十万考生中的一员参加了1978年7月的高考。半年之中，沉淀了十二年之久的一千一百六十万考生同期赴考，这在当年是何等壮观的风景，而27：1、100：1的录取率对于无数视高考为唯一转机的考生而言又是何等惨烈的拼搏！

等待结果的日子是如此漫长，直到1978年9月27日，当我真的将一份上海师范大学（入学后即恢复为华东师范大学）的录取通知书捧在手中，仍不时疑在梦中。但朗朗的蓝天传递着喜讯，我真的实现了大学梦，并且是以县城文科第一的成绩，以第一志愿被录取！

南国的校园，美丽如梦。

四年的大学生活，滋养了生命与情怀。

在这里，我们与一个个师长相逢，随他们走进风光旖旎、景致各异的文学的森林、海洋；在这里，我们与年龄参差但志趣相投、情同手足的同学朝夕相伴，问学勤进。我们的未来不再是梦，而是实实在在的目标，一步一个脚印的努力。

四年的学海泛舟勤勉苦读，1977、1978级大学生以他们独特的气质在他们各自的母校镌刻下了特别的一页。三十年后，他们则以自己的坚韧与卓越在中国改革开放的历程中留下了浓墨重彩的篇章。

2007年7月30日，《大学梦圆：我们的1977，1978》出版发行座谈会在上海巨鹿路675号绿荫环绕、富有浪漫气息的上海作协小楼召开。当年的77，78级大学生许多已是各行各业知名的专家学者或是统领一方的“将帅”，他们从四面八方汇聚一堂，缅怀大学梦圆的日子，触摸恢复高考三十周年。重温历史的悲喜感动，他们感恩时代的馈赠，感谢生命的洗礼……而身为出版策划者的我，亲历历史的我，则会收藏着所有的记忆，携带着77、78级大学生对人生的感悟，一直向前，向前……

感谢我的大学，感谢我生命中的这一片红霞。

电大时光

第一次听到“宁夏广播电视大学”，是在1982年7月南国的校园。负责毕业分配的年级辅导员告诉我，那儿，将是我新生活的起点。于是，丽娃河畔系着两个蝴蝶结、满脸羞涩的女大学生，就这样走上了电视大学的讲台，并且一站就是十七年。

作为中国开放教育、成人教育的奠基者，中央广播电视大学（各省市自治区分级设地方电大）自1979年成立至今，为祖国各条战线输送了数以千万计的人才。无数没能进入正规高等院校学习的人们，得以在电大圆其大学之梦。中央电大于1982年秋开始招收第一届语文类学员，我们这批77、78级大学文科毕业生恰恰派上了用场。创建之初的宁夏电大，没有固定的校舍，第一批语文类学员四个直属班是在银川八小开课的，租用教室的粉刷装饰、授课音箱的安装均由我们几位从北京、上海、陕西重点大学分配来的大学生亲自动手。除了日常直属班的辅导授课和教学管理外，我们还承担着全区所有教学点的总辅导。年复一年，无论寒暑，我们顶风冒雨，踩着冰雪、忍着酷暑走遍了宁夏的地市县区，无论机关学校厂矿山乡，哪里有电大的学生哪里就有我们的身影。

应该说，我的事业的奠基是从宁夏广播电视大学开始的。27岁大学毕业，紧跟着结婚生子，一种时不我待的紧张感始终伴随。没有忘记大学毕业时与同学们的约定：要永远保持与时代对话的能力，不当落伍者。在电视大学任教，我选择了中国现当代文学为专业方向，此外还担任过基础写作、文艺概论、公共关系、电视概论、比较文学等专业课、选修课的教学。其间，1985年7月至1986年7月，赴北京中国社会科学院研究生院脱产进修研究生课程一年。这里，大师云集，同学们也均是来自各地高校从事现当代文学专业教学的年轻教师。正值改革开放初期思想解放、学术活跃之时，丰富的课程设置和优秀的授课研讨环境，给予我们富有活力的学术文化的滋养，也为我们其后的教学、学术活动起到了极好的铺路架桥和提升的作用。而中国现当代文学专业，的确有层出不穷的新的文学现象、文学热点值得去跟踪去研究。几乎每一年，我均会有多篇论文在专业刊物上发表（有的文章被收入国家权威核心资料），其中包括多篇对宁夏当代作家作品的评论。我加入了宁夏作协，在教学的同时亦不断关注、感知着宁夏这块热土所勃发着的文学生机，我结识了许许多多富有才华、真诚友善的作家朋友。这段经历为我后来从事出版奠定了很好的基础。

有意思的是，1988年至1997年期间，出于偶然的机遇，我还做了宁夏电视台译制片特邀配音演员，参与了《心慌慌剧场》《飞行员与模特》《黑色航班》《人与海豚》《谁的责任》等多国电视连续剧、故事片的译制配音，并担任主角，这段影视艺术的实践衔接起了中学时代的艺术之梦。人的一生，其实真的是需要梦想的，有梦的世界才丰富精彩，追梦寻梦的过程也是磨砺自我、成就自我的过程。

正是多彩的生活开拓了我工作的视野，也给予我前行的力量。1989年至1995年，在我担任宁夏电大中文系副主任其间，除了办好与中央电大同步的专业外，亦与宁夏作协联合创办了宁夏电大文学创作专业（招收了三届作家班，作家班的班主任是后来成为宁夏文坛“三棵树”之一的陈继明，学员中有后来同为宁夏“三棵树”的金瓯，及现为银川市作协专业作家的韩银梅等），继之，又与宁夏文化厅联办了电视大学群众文化专业（艺术类），与宁夏广播电视厅联办了电视节目与广告制作专业（艺术类），为宁夏的文学艺术及广播电视事业培养了一批人才。

十七年电大的事业红红火火，十七年电大的岁月激情鼓荡，十七年电大校园工作与学术的真诚求索融入了我的血脉人生。在这里我从助教、讲师晋升为副教授，又先后担任文科教研室主任、文法系系主任、党支部书记等。在中央电大十五年校庆之际还被评为中央电大优秀教育工作者，1997年入选宁夏“313工程”跨世纪学术技术带头人，1993年至1997年任宁夏政协第六届委员会委员。在这里，我目睹着宁夏电大从小变大，繁荣发展，不仅是气派的教学楼，现代化的演播室，更有各种专业不同类别的开放教育，凸显着这所“没有围墙的大学”的蓬勃生机与活力。

无论如何，电大已成为我生命中一段抹不去的记忆。正如我在留给电大的最后一篇散文《生命的足音》[①]中所写：“大西北的天空很高很蓝，大西北的旷野开朗而辽阔，大西北的苍鹰划过高而蓝的天空，留下清健的足音。仰望蓝天，仰望矫健的苍鹰，一个声音在胸中久久地盘旋，它在问：‘我在哪里学会飞翔？又在哪里留下生命的足音？’噢，听到了，我听到了，昨天在告诉今天，今天在告诉白云：电大，将永远有我钟情的园圃，生命的坐标！”

这，的确是我的关于宁夏电大时光的追念与心声。

出版人的使命

1999年初，就在电视大学二十年校庆的前夕，我却突然辞去了所有职务和优厚的待遇离开了宁夏电大，带着许多的不舍，却也有深深的无奈。或许，是听从内心新的呼唤，总之，那一年我迈进了宁夏人民出版社。四十岁，从头开始。

来到出版社最初的日子，我总是暗暗地问自己，“编辑到底是怎样的一种职业？”“从未接触过出版的我能把工作干好吗？”很快我为自己做了定位，要求自己必须在最短的时间内熟悉业务，成为行家里手，要么不做，要做就做最优秀的出版人！

一切从头开始，整整三年卧薪尝胆。没有一官半职，从一个普通编辑的岗位做起，处处留心，虚心请教，埋头工作。也是在1999年的金秋，带着我策划责编的第一套书：“金汤瓶·回族民间传说故事丛书”，随宁夏展团参加了第十三届长沙全国书市。这次书市，给了我极大的震动：原来，图书市场是这般五彩缤纷，编辑出版的平台精彩无比！面对其他省区琳琅满目的图书展台，我意识到一个称职的编辑最重要的是拿得出创意新颖、内涵丰厚的选题。从书市回到银川，我立即开始锁定目标，在中国比较文化、比较文学界资深专家与学者的帮助下，很快拿出了一整套关于“跨文化丛书·外国作家与中国文化”的策划方案。我的目标是用具有厚重文学积累的图书为出版社打造品牌，通过出版合作联系团结一批学术造诣深厚，思想敏锐、富有才情的作者。其后，又策划了《撑起生命的蓝天：空难与我》《参赛普通话：朗诵诗文精选与指导》《诗海扬帆：中外朗诵诗精选》等市场类图书选题。令我万万没有想到的是，开头的路竟会如此艰难！每一个创意的提出，每一个选题的立项，都像一场艰难的战役。“跨文化丛书”出版方案在出版社引起了轩然大波，无数的质询和反复，似无形而沉重的压力，使我第一次感到了追求与坚持的严峻，也使我第一次掂量出理想、信念的分量。其时，丈夫1998年9月赴固原师专（后更名为宁夏师范学院）履职，两个孩子，一个上初二，一个小学四年级，家庭与事业的双重压力使我身心疲惫，初来乍到的孤独感更加深了内心的忧

①《生命的足音》，载《中国教育报》1999年10月4日，此文获《中国电大教育》《中国教育报》广播电视学二十周年校庆“我与电大”征文一等奖。

郁。那些日子里，夜深人静常常对月流泪，我对自己说：世上没有救世主，风雨过后才有彩虹；只有坚持才有希望，出版的责任与风险要有勇气担当。项目的推进不断出现状况、出现反复，进退之争困扰无比。无助，痛苦，神思恍惚中差一点从漆黑的楼梯上踩空……经过一年的磨难，选题最终正式立项，并成为国家新闻出版总署“十五”规划的重点图书项目。此后，我曾两次进京，专门拜会了季羡林先生和乐黛云先生，听取专家学者的教诲。对这来之不易的机会，我十分珍惜。在担当这套丛书策划编辑的过程中，我始终坚守着“一流的学术水准，开放的文化品格，诱人的艺术灵韵”的图书定位，与丛书的作者密切配合，潜心合作，历经五年，这套丛书终于圆满结题。

事实证明，这套丛书是宁夏人民出版社图书出版结构转型的重要标志。2003年8月，在第七届全国比较文学学会暨国际学术研讨会上，中外学者热情称誉这套丛书为：中外文化交流史上的里程碑，具有战略眼光的西部出版。其中尤为突出的是印度卷：《梵典与华章——印度作家与中国文化》。2005年4月，温家宝总理出访印度前调阅了《梵典与华章》，并将此书作为礼物送给印度朋友。而这套丛书中的其他卷：《光自东方来》（法国卷）、《异域的召唤》（德国卷）、《跨越太平洋的雨虹》（美国卷）、《悠远的回响》（俄罗斯卷）、《梅红樱粉》（日本卷）、《半岛唐风》（朝韩卷）、《丝路驿花》（阿拉伯波斯卷）、《雾外的远音》（英国卷）、《神奇的想象》（南北欧卷）也均以独到的跨文化学术视界和扎实的学术研究功力得到了中外学界的好评。此后数年，宁夏人民出版社此类图书一直在业界享有品牌效应，成为各类图书馆看好的馆藏图书。

如果说，电视大学的十七年，是我作为读书人、教书人的十七年，那么，出版社的十年，则是我从一介书生到出版人（出版商）的转型。甭管自己曾经多么清高，多么不屑于谈钱，但迈进出版社，就必须学会经营。图书是一种特殊的商品，它既是意识形态的精神产品，又是实实在在的要求在流通中产生利润的商品。出版社从本质上讲是依存出版利润运转发展的，在体现社会效益的前提下，肯定要追求经济效益的最大化。它不可能轻易地允许你提交的选题做亏本的运作，这也正是选择策划出版市场图书的编辑，之所以要承受很大精神压力的原因。记得1999年，首次担任责编，策划出版“金汤瓶·回族民间传说故事丛书”，曾提出借回族的节庆活动作图书营销的设想，当时的李树江社长和布鲁南主任认真地问我：“你愿意去卖书吗？”我肯定地回答：“当然！”是的，当我以编辑的感情看待自己呕心沥血责编的图书之时，那不仅是作者的也是自己心爱的孩子，怎么宣传推销都不为过！出版社十年，我已记不清自己策划并参加了多少图书发布会，多少次陪伴作者在不同的场所为热情、踊跃的读者签名售书。每本经手责编的图书我都会有详细的宣传推广文案，都会为它写编有心得的书评，都会与发行的同志们研讨营销渠道，提高发行量。《撑起生命的蓝天》《我的岁月我的歌》等书初版时，我提前联系电视台、报社做专题热身宣传，我也会为此客串做电视专题片的脚本撰稿甚至解说。当我在固原一中，陪伴第四届鲁迅文学奖获得者郭文斌做读书演讲，并为现场近千名学生争购《大年》《点灯时分》《吉祥如意》手忙脚乱做签销时，我内心的喜悦是无以描述的。其中，《撑起生命的蓝天》一书，虽是我进出版社策划的第一本励志类的市场书，却得到了非常不错的社会反响与经济效益。图书连续多次重印重版，总印数达四万，先后获得多项国家级大奖，并被改编为十八集的同名电视连续剧在中央电视台播出，而作者王嘉鹏和其母沈利萍女士分别作为自强楷模、五四青年以及全国首届十大杰出母亲而被媒体广为传扬。《我的岁月我的歌》的出版也使八十四岁的若冰老人成为2002年重阳节的明星，老人因政治运动造成的子女安置、甚至党籍认定等遗留问题也因此得到了圆满的解决。在老人的眼中，我是她的忘年交，若冰老人于2007年元月因病辞世，我为老人焚香悼别，送她远行，有这本书相伴，老人的在天之灵当不会那么寂寞！

当然，在我的编辑生涯中，还有无数的难忘。每本书都是一段生命的记忆，每本书都有因书缘起的大大小小的故事。但我真是有幸，因为书，因为编辑，我结识了那么多优秀的大师、作家、学人，从季羡林、王元化、汤一介、乐黛云，到梅志、罗飞（杭行）阿垅、辛笛、绿原、邵燕祥、赵丽宏、王小鹰、孙郁，以及钱林森、夏中义、王晓平、郁龙余、王向远、林少华、谭中……也因此，能够作为责编或策划出版《梅志文集》（四卷）、《记忆辛笛》《南京血祭》《李庄文集》（四卷）、《李庄朝鲜战地日记》《王向远著作集》（十卷）“鹅毛信文库”（三辑）“人文日本新书系列”（20卷）、《新编成语大词典》以及《宁夏，迎战“非典”行动手册》《今我宁夏》《宁夏羊皮书》《宁夏历史名人》《腾飞宁夏》《五颂宁夏》《宁夏之书》……这些书，林林总总、墨香飘溢，它们是作家的书，也是“我的书”更是“宁版书”，每一次深情的注视，都会有感动温暖心怀。

1999至2009，从事出版整整十年。我编辑策划的图书获得过多个国家级、省部级奖项；2003年10月，我被中国出版工作者协会与中国编辑学会授予优秀中青年（图书）编辑称号。2005年获得宁夏回族自治区政府特殊津贴，入选自治区新闻出版“四个一批”人才，2006年被自治区总工会授予宁夏回族自治区“五一”劳动奖章；并先后担任编辑室主任、总编辑助理，2006年8月，我被任命为宁夏人民出版社副社长。

或许，人生就是这样变化莫测，正当我踌躇满怀传承文明薪火，决心让自己所从事的出版担负更多的文化使命之时，一纸调令让我的岗位再次履新。调任宁夏文联副主席，我的人生又将揭开新的一页。一枝一叶绿，总关母校情。无论我们走到哪里，走得多远，母校永远有我们生命的根。在母校建校六十周年之际，再次祝福母校，祝福师长学友吉祥如意！

2010年12月28日

飞越喜马拉雅①

——出访尼泊尔、印度纪行

2013年1月28日至2月5日，癸巳春节的前夕，意外地有了一次随中国作家代表团出访尼泊尔、印度的机会。八天，短短的八天，飞越喜马拉雅，落脚在两个神交已久却依旧陌生的国度，我们的每一瞥目光都充满了惊异，每一次顾盼都有着不尽的迷离，出访中点点滴滴的回望也自有说不出的温馨与感动……

一

因为国际航班的原因，此次出访，代表团要在昆明集合，然后乘坐直达航班前往尼泊尔。按照通知日程，我于1月27日上午11点40分，乘坐东航MU5832航班从银川直飞昆明。航班出奇得准时，下午2点，飞机提前十分钟稳稳地降落在昆明长水机场。长水机场刚刚建成投入使用半年，很漂亮很气派，记起2009年来昆明参加第三届中国女性文学奖颁奖会时见到的旧机场，真是今非昔比。云南作协副秘书长胡性能同志在出口接到了我，我们都是去年第十届少数民族文学创作“骏马奖”的评委，老朋友了。那天他的任务不轻，要接五批人员，包括中国作协副书记、副主席，也是我们此次出访团的团长张健同志。我先行入住昆明震庄迎宾馆5309房间。其他同志的航班都很不幸地晚点了，但总算在6点之前安抵。

6点15分，云南作协杨红昆副主席开车接我去参加丹增书记的接风晚餐。红昆主席也是老相识，我们同为第八届茅盾文学奖评委，还在一个组，而丹增书记曾担任过中国文联副主席，中国作协副主席、副书记、书记处书记，后任云南省委副书记，退休后现任中国作协名誉主席。总是戴一顶藏族礼帽的丹增书记，神采奕奕，魅力依旧，大家在这位“文学书记”“文化书记”面前也格外放松。在与云南作协的同志聊天时得知，云南的文学组织活动丰富多彩，得力于省委政府的全力支持，同为文联下属的作家协会，云南作协每年二百多万的工作经费着实让人艳羡。在丹增书记接风晚餐处，我们出访团团员们才第一次相聚。才知道，这是一个十分袖珍的访问团，张健书记的麾下一共四位成员：西藏文联副主席、作家吉米平阶，黑龙江作协副主席、儿童文学作家常新港，随团翻译胡伟，还有我。张健书记打趣地对我说：“你可是我们这个团唯一的公主，得小心别丢了！”

①原载《朔方》2013年第4期。

晚餐是节俭的，菜品均为自助，气氛却是十分的热烈，大家围坐一桌，话题多多，笑语连连。我们此次的尼泊尔——印度之行在此悄悄拉开了帷幕。

二

因为是28日下午2点多的航班，按照惯例，上午9点半，我们在5313房间召开行前会，中国作协外联部刘宪平主任主持。宪平主任很认真地交代了出访的注意事项，多次去过尼泊尔、印度的随团翻译胡伟介绍了两个出访国的风俗，及大致的访问行程，而张健书记则对我们此次出访的相关话题作了提示。这是我首次参加中国作协组织的出访，不由得有些紧张，但更多的还是期待，一颗心仿佛已经在蓝天徜徉，不知那雪山佛国、众神之地的尼泊尔；那漾动着飘逸的纱丽、炫目的歌舞，并诞生了伟大的文豪泰戈尔，耸立着举世无双的泰姬陵的印度，又到底有着怎样的姿容？

挥别送行的朋友，北京时间14点25分，我们乘坐的中国东方航空MU7641航班终于腾飞而起，翱翔在春城昆明的上空。天好蓝好蓝，云好白好白，阳光如此明媚，全不似前些天的北京雾霾沉沉。飞机划破云层在不断攀升，舷窗外的景象很快变得无比壮观，白云朵朵演化为浩渺的云海，下面隐约呈现着的是起伏的群山峻岭、绿色的山谷、蜿蜒的河流……只可惜，我是个缺乏地理概念的人，事先又没有做过功课，不知道这一路飞过的又是哪山哪水。当我结束旅程从国外归来，想对这一路的行走做番纪录，查阅资料，方知此航线竟是著名的“驼峰航线”。昆明到加德满都的直线距离约两千公里，但是飞机却并不走直线，而是参考六十多年前抗日战争中陈纳德将军帮助创立的中美空军驼峰航线，以避开喜马拉雅东段的雪山和横断山脉。所以当飞机从昆明起飞后，先往南飞，经普洱市和西双版纳，然后往西依次进入缅甸曼德勒、孟加拉国达卡、印度加尔各答，再往北经过印度大吉岭、尼泊尔加德满都等几个航空识别区。资料说，从昆明起飞，如果坐在飞机右侧的话，过了大吉岭航空识别区，就可以看到喜马拉雅雪山。飞机贴着喜马拉雅山飞半小时后，北面还可以看到珠穆朗玛峰，因为跑道走向的关系，从珠峰脚下飞过之后，飞机会在空中转弯，然后降落。噢，真真的事后诸葛亮，怎么之前就没人告诉我呢！况且当时我也没有坐在右侧，而是在左侧舷窗边，只是傻傻地凝望着变幻的云海雪峰，做着漫无边际的畅想。胡伟递过来一张行程表，看看觉得疑惑，问身旁的常新港老师：“不是说飞行三个多小时吗，怎么抵达时间会是15点15分呢？”两个人分析了半天，嘀咕着说一定是校对不过关。但耳际听闻有人提时差，不禁恍然悟之，人家胡伟一点儿没错，尼泊尔时间比北京时间晚2小时15分钟，可不是15点15分嘛。说话间，舷窗下已隐约可见从稀疏到逐渐稠密的建筑群，星星点点、有些斑驳却朴实而安静地撒落在一片开阔的山谷之中，噢，加德满都到了！看看表，是北京时间18点，往后推2小时15分，是尼泊尔时间15点45分，晚点三十分钟，飞机缓缓降落在尼泊尔特里布胡凡机场。

走下飞机，出关口处，中国驻尼泊尔使馆的一秘张冰和实习女生李明明已在此迎候。出关了，机场之简陋令人诧异，经长长的红砖走廊，乘步梯下一楼取行李，所过之处均很局促。出得机场，更是感到时光倒流，仿佛回到了三四十年前中国县城的长途汽车站。映入眼帘的是不够光鲜的面的、小型的出租车，也有几辆接旅游团的巴士。来接我们的尼泊尔世界文化网的朋友已在机场外等候，一见面就热情地为我们每人戴上了一串黄色小菊花编织的花环，然后我们分乘两辆小车前往酒店。一个多小时的路程，我们在车上初览加德满都的市容。尼泊尔机动车交规为英式右舵左行，路上行驶着许多黄色的甲壳虫似的贴得花花绿绿的印度塔塔车、小皮卡和小面包，骑摩托的人也多，还有三轮摩的什么的，也分不出几车道，反正所有的车子都混在一起，在狭窄拥挤、凹凸不平的街道上兴冲冲地穿行。两旁商铺林立，各色商品貌似有些低廉。马路牙子多有破损，电线纵横交织悬于半空。看不到什么气派的建筑，四层以上的楼房都少有，垃圾旁会跑着鸡、睡着狗，路上走着牛。这等街区估计在全宁夏也找不出。不时经过一些路边的菜市场，一堆堆、一簇簇的，红的西红柿、绿的小油菜、白的卷心菜，还有土豆、洋葱……倒是都认得，据说尼泊尔的菜绝对绿色环保，因为农民们缺少化肥。此时正值尼泊尔的冬季，却没有感到寒冷，一月份的平均气温在2.7～17.5摄氏度，也就是早晚较凉，路上行人多着冬装，围着羊毛披肩，戴着毛线帽，很多人还戴着口罩。一路走着，一路观望，脑海中却翻来覆去地像电影倒片似的闪过中国不同年代的画面……

终于到了入住的珠峰酒店，一看表是7点40分，胡伟通知说6点大厅集合，乘车去中国龙餐厅晚宴。嗨，又错了，表还是忘记调过来，现在是尼泊尔时间5点25分。

这家中国龙餐厅，环境很一般，看样子却是尼泊尔朋友常去的地方，老板娘是四川人，菜系也以川味为主。接待方尼泊尔世界文化网的迪帕克先生做东，尼泊尔大学文学院的三位朋友（教授、诗人，其中一位朗博先生，还曾翻译过鲁迅的作品）陪同。晚宴气氛热烈，可忙坏了我们张健团长和胡伟，他们一个要代表出访团主讲，一个要为主宾双方翻译。张健团长颇有外交才华，妙语连珠，介绍中国作家、中国文化，感谢尼泊尔朋友的热情款待，席间宾主双方还互赠了礼物。交谈中，许多话题还是比较深入的，诸如双方谈到了各自国度悠久的文化，也谈到了在发展中、在外来文化影响中如何保存传统文化……因为语言障碍，我们几位说话不多，这让我有了静心聆听的机会。我在想，一日之间，我们从春城昆明跨越群峰来到了这个陌生而神秘的南亚之国，我们在轻轻转动一道门，而钥匙就是文学。

三

在尼泊尔的行程只有三天，第二天（1月29日）的日程上，一是公务活动：参加由尼方组织的欢迎仪式，中方除了我们，驻尼使馆的杨厚兰大使也会参加；二是启程赴博卡拉考察。

欢迎仪式设在尼泊尔世界文化网办公所在地的四楼平台，露天搭起了用透明采光顶棚和白色帷幔围起的会场。会场内正面黄紫相间的帷幔上已经悬挂了标有尼中两国国旗图案的欢迎条幅。主席台处仅摆放着一个灰布三人沙发，前面是一个铺着蓝布的长方形小茶几，两侧各有一排椅子。会场内其他座位也已摆好。

会议还没开始，三三两两的来宾都在平台上交流走动，我们也先到世界文化网参观。世界文化网说是网站，更像是一个中国文化活动中心，过道里挂有“云淡天高”的中国书法作品，壁橱上摆着中国佛像等物件，办公室里更挂有《孔子行教图》《穆桂英挂帅》、福娃、西藏文联赠送的唐卡等。隔壁房间则是中文阅览室，摆放有各类中国图书，还有中国老故事片影碟。迪帕克先生告诉我们，他们常在这里组织读者学习中国文化。

11时，中国驻尼大使杨厚兰先生来了，张冰一秘和李明明也陪同到达。欢迎仪式正式开始，包括尼泊尔学院院长提尔·比克拉姆·纽旺先生、尼泊尔政府首席秘书里拉·马尼·鲍德尔先生在内的尼泊尔作家、诗人、小说家、教授、媒体朋友约一百五十人与会。张健团长、杨厚兰大使、尼泊尔学院院长提尔·比克拉姆·纽旺先生在沙发落座，我们三人坐在右侧，胡伟和尼方翻译坐在沙发后。在主持人的介绍中，尼方的诸位嘉宾一一走上来落座于左侧位置。在为中国客人献戴花环和各色哈达后，主宾一一发言，除杨大使外，其余人均即兴演讲，个个神采飞扬。张健团长的致辞也不例外。

> 中国作家代表团第二次来到了尼泊尔，这是我和我的朋友们非常高兴的一次文学交流活动。感谢尼泊尔世界文化网组织了今天的欢迎仪式，感谢各位朋友光临今天的大会。
>
> 尼泊尔和中国一样，都有着悠久的历史文化、灿烂的古代文明以及现代化建设的成就。中国的朋友们、中国的作家们，对尼泊尔悠久的历史文化，对尼泊尔人民的勤劳善良，对于这样一个美丽漂亮的国家以及全体人民在为自己生活奋斗当中而表现出的热情而感动，所以我们第二次来到了尼泊尔。中尼两国人民在争取国家独立、民族解放的过程中，在为了国家自强、人民富裕的过程中，有着许多共同的经历、共同的感受，因此我们的心灵是相通的。
>
> ……

翻译胡伟漂亮的英文口译也添彩不少。欢迎仪式不长，我们的目光不断环会场游移。尼泊尔朋友们个个盛装出席、颔首微笑，我还特别打量着几位身着漂亮纱丽的女作家们，眼神交接中，一种无形却温暖的情愫在会场中悄然流动。欢迎仪式最终在我们与尼泊尔朋友亲密的合影中定格。

下午1点，开始了博卡拉之旅。一辆丰田中巴载着我们一行九人欢快地上路了。其实，博卡拉到底是什么，我一点儿也不清楚，只是在头天晚上的晚宴上，迪帕克先生曾指着那间中国龙餐厅墙壁上挂着的一幅雪山风景画说，去那里，看鱼尾峰。只听说比较远，要五六个小时，然而还是没有对旅途的漫长做好准备。尼泊尔没有高速公路，能有几段平坦的柏油路就很不错了，那还是中国援建的，更多的是石子路。阳光正强，空气中弥漫着灰尘，因为是盘山路，不断地急转弯。开车的尼泊尔小伙子才十八岁，车技了得，山路弯窄却车速不减，不断地与迎面开来的彩绘缤纷、披挂得花枝招展的大货车（有些货车车顶竟然还坐着人）、顶着行李的公交车、小塔塔车鸣唱着相错而过。丰田车内始终回荡着节奏强烈的尼泊尔音乐，这一颗心啊，不知因惊险的颠簸还是因音乐的躁动而跳动异常。

5点左右，车子暂时停靠在当地一个大型的文化节现场。尼泊尔朋友执意要带我们进去走一圈儿，看样子，这是他们十分看重的文化活动。步入其内，感到这儿更像一个盛大的庙会。草场便道，往来人群摩肩接踵，空气中弥漫着草香与微尘，路旁有各类商品展销，中心游乐场摩天轮、海盗船旋转翻飞，人们脸上满是祥和与欢乐。想起在国内时，也曾参观不同规格的展会，包括参与了不止一次的全国书市（图书博览会）。这类展会无不极尽包装之奢华，个个展台设计精美、装潢华丽，只可惜，仅三两日后便如秋叶凋零，撤展时的一地狼藉，常常让人觉得像是在玩一场真人秀的搭积木游戏，巨大的浪费令人心痛。可是，眼前这朴实而又本色的尼泊尔文化节，却是真正地回归了天然。我们随尼泊尔朋友来到了草场音乐会鼓乐喧嚣的现场。临时搭建的舞台上，民间歌手们在倾情演唱，台下是席地而坐的观众，那呼应的热情一点儿不亚于咱们内地的歌星演唱会。我们本不想打搅，但一番推辞后还是被引上舞台，接受了哈达和祝福，尼泊尔朋友的真诚、热情与朴实着实令人感动。

再次启程，另外两位尼泊尔朋友（文学院教授）换车另行，我们则继续往前。暮色降临，天色转暗，最后完全黑了，路旁偶尔有昏黄的灯光闪烁，但更多的是靠车灯照亮。向外望去，天地沉寂，只有一轮冷月在山间林梢时隐时现地伴我们孤车单行。路况愈加艰难，时而爬上陡坡，时而急转下行，幸亏有个神勇的司机，幸亏有辆丰田车。“车到山前必有路，有路就有丰田车！”——脑海中竟然冒出了多少年前中国人耳熟能详的这句广告。时间已经过去了七个多小时，最糟糕的是竟然找不到山顶宾馆的路了，临时找了个向导，在前面骑着摩托带路，终于在晚上8点30分抵达。因为是海拔较高的山顶，夜间很冷，而不明此行的我，竟然把羽绒服留在了宾馆，是张健团长的呢大衣为我提供了温暖。

晚餐浪漫，每人一份尼餐，还有威士忌。同行的朗博教授摇头举杯为我们吟唱着他的诗：“绍兴是伟大的，因为它诞生了鲁迅／北京是伟大的，因为它养育了鲁迅／中国是伟大的，因为它拥有鲁迅……”

凌晨要看雪山日出，抓紧回房休息，可还是不知几点起床。一夜不敢安睡。5点起来，隔窗望去，一片漆黑没有动静，睁着眼睛再躺一会儿，6点多又起来，还是没有动静，索性坐在床边记笔记。这时，张健团长来叫，裹着羊毛毯，哈哈，没有呢大衣了嘛！得，外面冷，我也如法炮制，裹上羊毛毯随团长上了山顶平台。一轮圆月还静静地挂在天边，清辉笼罩山野。眺望北方，喜马拉雅雪峰林立的山脉已逐渐清晰，无比的晶莹剔透、气势磅礴，鱼尾峰也慢慢显露轮廓，霁云环绕，雾气浮动，脚下山峦起伏，丘陵苍翠。但也是回来才知道，此时此刻我所面对着的竟是世界闻名的安纳普尔纳山脉，它拥有着七座海拔7000米以上的雪峰，其主峰海拔8091米，靠近主峰的玛察普察峰，以锐利挺拔的角峰著称，景色瑰丽。南缘的鱼尾峰，峰顶分裂为二，状似鱼尾，其峰山势峭拔，海拔6607米，被尼泊尔敬为圣山，禁止攀登。因鱼尾峰离得最近，又标志明显，我们的目光和镜头总是不时地聚焦于此。虽然，彼时的我尚浑然不知安纳普尔纳山脉的大名，却也丝毫没有影响我面对它时的敬畏与激动。东方渐次红光泛动，雪峰山脉开始涂上了一抹嫣红，这嫣红飘移弥漫像少女俏丽的面纱，雪山不再威严。清晨7点，这轮喜马拉雅山南麓年轻的太阳终于不紧不慢地在薄雾飞云中露头，安纳普尔纳雪峰瞬间通体透亮、一片金红。东方，红日冉冉，朝霞满天，云海瑰丽，我们满心激动，与山顶平台上不多的游客共同收揽着雪山日出的深情。此时此刻，那八个小时的艰辛颠簸早已化做一朵祥云消融于雪山之巅。如果说在尼泊尔，神是永恒的，它无处不在，无时不有，那就让今天的我们沐浴在雪山银色的纯净中，接受神圣的洗礼！我们会记住的，壬辰岁末，在尼泊尔，在博卡拉山风吹拂的这样一个清晨，有一份美丽永存！

早餐过后，又要启程了，这回是下山。朝阳下万物欣欣然舒展腰身，山村、梯田、绿树、雪山、阳光……一切充满活力和生机。我们与那只始终伴随左右、温和健朗的大黑狗告别，与正在露天炊火旁为客人们烹制早餐的年轻人告别，嗅着一路的绿色、黄色，隔窗与山道上劳作的农人，与背着柴火的小兄妹，与身着漂亮的灰色校服的小学生们挥手问好：纳摩斯德（Namaste，尼泊尔语，你好）！

10点左右，抵达搏卡拉城美丽如画的费瓦湖。昨天傍晚告别的教授偕夫人，还有女歌唱家等人已在此等候。我们荡舟湖面，听歌唱家轻展歌喉为我们演唱，她在唱费瓦湖非凡的美丽。原来，费瓦湖是一个知名度很高的雪山湖泊，它是尼泊尔的第二大湖，与雪峰日出一道构成了搏卡拉魅力的核心。是啊，湖光山色并不罕见，罕见的是蓝天蓝，雪山白，平静如镜的湖面倒映着安纳普尔纳雪山雄伟的身姿，牵它的手就在它的身边。费瓦湖湖心岛上建有搏卡拉最重要的文物古迹巴拉西神庙，供奉有女神湿婆。两层宝塔式建筑，檐壁围幔上垂挂着红黑黄三色长长的幡缎。我们登岛一游，合掌祝福，愿奉吉祥而归。

回程的路格外顺畅，4点30分已抵达加德满都。我们在泰美尔商业街漫步，抚摸蓝莹莹的珠串、轻揽飘逸的纱丽，与店主、小贩乐呵呵地比画讲价……暮色渐浓，情意渐浓，而我们的尼泊尔之行也将就此画上句号。可是，对于尼泊尔，我还要说些什么、向往些什么呢？不妨摘用这样几行字，寄放我们的想象：

她，是佛祖释迦牟尼的诞生之地。

她，有着世界上独一无二的双三角形国旗。

她，供奉了三亿三千多万多位神祇，建有数不清的寺庙。

她，是尼泊尔，一个贫穷却拥有无限信仰的国度。

诗里称颂她：你是克什米尔的金色的香气，你是喜马拉雅脚下美艳的花。

四

2013年1月的最后一天，我们飞往印度德里。

印度，应该是与我有缘的国度。十多年前，我在出版界策划编辑的第一套大型“跨文化丛书：外国作家与中国文化（十卷本）”就有印度卷：《梵典与华章——印度作家与中国文化》（郁龙余等著，宁夏人民出版社2004年版），卷首即是季羡老与本书作者的对话——《华夏天竺兼爱尚同》。如季老所言：“中印文化交流源远流长，成果累累，堪称跨文化交流的楷模。”中国和印度，同属世界四大文明古国、世界三大文化中心。文化自成体系，独立发展，然而又交通自古，文缘久远。其间，涌现出了鸠摩罗什、菩提达摩和法显、玄奘、义净等高僧大德，光前裕后，彪炳史册。纵览中印文化关系，最重要的成果是印度佛教传到中国，并变成了中国佛教，正如玄奘所说：“佛兴西方，法流东国。”此外，印度泰戈尔、辨喜、尼赫鲁、师觉月等，深受中国文化熏陶，中国梁启超、陈寅恪、郭沫若、苏曼殊、冰心等，深受印度文化影响。中印文化交流，呈现出交光互影的新景象。

印度诗人泰戈尔说：“印度感觉到中国是极其亲近的亲戚。中国和印度是极老而又极亲爱的兄弟。”中国文学家鲁迅对中印文化交流作出了简扼而深刻的总结：“印度则交通自古，贻我大祥，思想、信仰、道德、艺文无不蒙贶，虽兄弟眷属，何以加之。”中印两国现代最富睿思的两位哲人，用极富感情又极中肯的语言，概括出了中印文化关系史的本质特征。

印度佛教东传，除了给中国带来卷帙浩繁的佛经、内容多彩的印度文化之外，还促使中国人培养了一种极其宝贵的精神——西天取经的精神。季老说：唐僧取经的故事在中国家喻户晓。我们的时代，竞争更加激烈，国与国之间相互交流、学习、借鉴，变得比什么时候都迫切。取经精神，是一个民族保持文化之树常青，永远立于不败之地的法宝。中华民族之所以历尽艰难而不衰，原因正在于此。要相信中华民族的识别能力，要相信中国文化的自净能力……

2005年5月，这本《梵典与华章》，曾加入温家宝总理访印之旅。其后，2006年，在与深圳大学郁龙余教授的合作策划下，时任印度商务部部长、印度著名经济学家杰伦·兰密施所著《理解CHINDIA：关于中国与印度的思考》一书的中译本，由我当时所在的出版社推出；2007年，由谭中先生（谭中先生的父亲是被称为现代玄奘的，一生致力于中印友好的著名中国学者——印度国际大学中国学院的首位院长谭云山）主编的《中印大同：理想与现实》仍由我们编辑出版，两本书均归入由季老题名的“中印研究丛书”。就是在2011年，我已调任文联，还是应邀做了《泰戈尔与中国》（纪念泰戈尔诞辰一百五十周年，谭中、德武主编，中央编译出版社2011年出版）的责编。

如今，真的要到印度了，我依缘前行。为了表达对此次印度之行的诚意，我特邀配音界的朋友刘畅先生一道专门录制了一盘《泰戈尔爱情诗配乐朗诵》CD，准备送给印度朋友，送给泰戈尔故居纪念馆。

加德满都飞往德里的AI214航班推迟半小时，于上午10点30分起飞，安检很是麻烦，登舱口还要查一次。近两个小时的航程，看得到飞机很长时间是贴着喜马拉雅山飞行，雪山壮观，白云缭绕，山谷绵延。12点5分抵达德里，中国驻印度使馆的张志宏参赞及其夫人任晓宇女士在出关口迎候我们。本应很快去宾馆的，可偏偏出了状况。取行李处的13号转盘，真是不靠谱，常新港老师和胡伟的行李怎么也转不出来。半个小时后，新港老师的行李终于不情愿似的跳了出来，新港老师乐颠颠地跑了去取来，总算踏实了。可胡伟的行李终究不见，只好作罢，请航空公司处理，我们先回酒店了。

酒店条件不错，说是政府办的，很气派，但入门前也要将车子、人员安检一番，全因几年前的孟买大爆炸，印度各处均加强了安保。十五分钟后要集合市内观光，因为晚上中国驻印度使馆魏苇大使要宴请中国作家代表团。接待方印度文学院派了辆小车载我们外出，那车子真叫小，本是四人座，硬是改装成了七人座，还是两开门的。常老师一米八的高个，钻进车里要转身坐到三人后座都很不易。本想趁下午有点时间多转转，车行不远却又被交警叫住查车，交警认为司机执照有问题。可惜我们有限的观光时间生生被一分一秒地克扣掉了，半个多小时过去了，一筹莫展。张健团长有感而发：一进德里我们算是遇上了最不负责任的航空公司和太负责任的交警！也好，这段滞留德里街头的间隙，也让我们有机会体会车轮上的印度是怎样的不同凡响。看德里的市容、交通，真的不敢恭维，除了马路宽些，那混乱的程度比尼泊尔也好不到哪儿去。德里街头有高楼也有斑驳的烂楼；有豪车但更多的还是塔塔、旧公交、摩的以及不少的人力三轮，且许多三轮摩的左右车门和后厢门都是开着的，好多都多载人。吉米平阶突然问我：“有什么发现？”我愕然，吉平说：“车子摘了耳朵啊！”“什么耳朵？”“反光镜啊！”真的是，身边急驰而过的车子，要么将反光镜扣回车内（如三轮摩的），要么最大角度地与车身贴合，吉平告诉我，这是为了错车的方便。可不是，车道上车流滚滚混搭抢道的场景，多像是马拉松比赛令枪响时选手们簇拥挤动争先一搏的样子啊。用张健团长的话说，德里的司机一点儿不比加德满都差，不光神勇，而且强悍！为此团长补充了一个细节，从机场往酒店的路上，那小个子司机竟然打着盹开车。是吗？真让人惊出一身冷汗。

终于，交警同意司机先送我们观光，但要在约定时间回来接受审查。车终于开动了，但走马观花成了名副其实的乘车望景，陪同不时指着外面说，这是神庙，这是总理府，这是……脑袋随着陪同的手势转来转去，景没看清头却觉得晕眩了。破例处只有甘地陵（Raj Ghat），我们终于可以进去一看真容。甘地是印度的英雄，他是印度民族主义运动和国大党领袖，他带领国家迈向独立，脱离英国的殖民统治。他的“非暴力”的哲学思想，也就是他说的“satyagraha”（非暴力的消极抵抗和不合作主义），影响了全世界的民族主义者和那些争取和平变革的国际运动，印度文学巨匠泰戈尔尊称甘地为

“圣雄”（“圣雄”来源于梵语的敬语，意思是伟大的灵魂）。甘地陵静静地坐落在新德里市区的朱木拿河畔，这里正是甘地1948年遇刺后火化的地点。甘地陵园占地面积很大，初入仿佛一个静谧的绿地公园，开阔的缓坡草坪覆盖，三三两两的游人或席地围坐，或从容移步。沿着正中的通道，可以进入真正的墓园。墓园呈凹形，四周用古朴的黄色花岗石墙围成肃穆庄严的瞭望台，可以沿坡道上去，我们就是站在这里肃立俯瞰。墓园内素雅宁馨、简朴圣洁，在大块的绿地和几株高大的树木中间，静卧着一座高约一米的黑色大理石墓冢，墓尾是盏长明灯，昼夜不熄。后来知道陵墓正面还刻有印地文铭文：“嗨！罗摩！”这是甘地遇刺倒地时喊出的最后两个字（罗摩是印度教的大神，喊一声“嗨，罗摩”，相当于我们说“哦，天啊！”）。用余秋雨先生的话说，这样一个墓碑铭文无论在昨日今日都是无比的意味深长（余秋雨文，《甘地遗言》）……因为要赶赴当晚大使的宴请，无法多一些时间驻足祭奠，将眷恋的目光再一次投向那不熄的圣火，将崇敬深深珍藏。

6点多，我们抵达中国驻印度大使馆，张参赞迎进我们。噢，走进使馆，心旷神怡，真是换了一个天地。使馆面积可观，林荫道宽阔洁净，除了德里雾霾的天气外，这里林木参天，草坪葱翠，楼所漂亮。我问参赞：“能拍照吗？”“当然可以，到自己家了嘛！”参赞说。6点半，我们准时步入大使官邸，魏苇大使已在等候。官邸内充满了中国气息，正面墙上是一幅大型山水画，南面是一幅书法，录苏东坡的一首词，过厅壁上更有四条画屏，梅兰竹菊。寒暄片刻，大使即请我们入席。雅致的餐桌上，端端正正摆放着为我们每个人制作的印有中华人民共和国国徽的席签，旁边还放有一份简单的菜单。中国情，中国味，入心入口。魏苇大使儒雅健谈，他谈到了自己曾经的文学梦和他喜爱的作家：舒婷、顾城、北岛，以及刘白羽。他说正是刘白羽《红玛瑙集》中的亚非出访随笔，使他立下了当外交官或驻外记者的志向，而如今的他仍爱读书，爱读刘心武，爱读王蒙，也关注安妮宝贝……总之，文学的话题一说就贮满温馨。

我们与大使话别，已是夜幕降临。不想再放过多余的时间，返回酒店的途中，又顺道看了新德里的印度门（India Gate）。夜色中的德里，隐去了嘈杂与灰霾，显露出几分俊秀。乍一见印度门，第一个直觉“这不就是法国的凯旋门嘛”。广场上随处是熙熙攘攘的游客、嬉戏的市民和叫卖的摊贩，很是热闹。高高耸立的印度门灯火通明、璀璨辉煌，从四侧观望都很壮观。但四周围着隔离带，有士兵守护站岗，游人不得入内。回来查百度得知，印度门建于1921年，实际上是印度最大的战争纪念碑，拱门高42米，它作为一个地标坐落在新德里的市中心，是为纪念第一次世界大战、西北边境行动和1919年阿富汗战争中失去生命的英籍印度陆军，墙壁上就刻有九万名左右阵亡士兵的名字。随着印度的独立，印度门成为印度的无名战士纪念碑。如此看来，巴黎凯旋门、新德里印度门，两个相似的建筑，却有着截然不同的内涵，一个是给凯旋的士兵庆功，另一个是为战死的士兵默哀。回来看照片，发现警戒区内还有一尊倒插的步枪和钢盔的雕塑，原来那就是著名的“英吉拉·甘地之枪”。英吉拉·甘地是印度第一位女总理，1984年大选前被自己的警卫在总统府花园刺杀。为了纪念这位杰出的领袖，印度人民把英雄纪念碑下面最重要的位置留给了她，这为印度门增添了另一重深意。印度门与首相府、国会大厦等国家政府建筑遥遥相望，中间是一条长达几公里的宽路，四周都是广阔的绿化带。当然，这也是第二天上午重过此地时才看到的。同样，作为后知者，闻印度孟买也有一个印度门，但那是一座融合印度和波斯文化建筑特色的拱门，高26米，建于1911年，是为纪念来访的英王乔治五世和玛丽皇后而兴建的。当然，这不在我们此行的视界里。

五

2月1日，一天的公务活动。上午访问国家视觉艺术院，参观国家音乐、舞蹈与戏剧学院；下午访问印度文学院，会见印度作家。

印度人的作息我们真的搞不懂，酒店内的小店永远不知道什么时候营业，附近也找不到一处可心的购物处。上午的公务活动则安排在11点，入乡随俗吧。来到活动地点，这里是一个综合办公楼，半新不旧的，门厅正中是一尊黑色的泰戈尔雕塑，庄重大气。参观下来，感觉所谓国家视觉艺术院，有点像我们文联的美协，而音乐、舞蹈与戏剧学院也就类似于音协与舞协了。包括下午要访问的印度文学院也在同一座楼里。我们参观了视觉艺术院举办的画展，感受了印度画家不同风格的创作，其中很多画反映的是宗教文化的内容。在音乐、舞蹈与戏剧学院，我们参观了艺术博物馆，里面陈列有各种印度民间乐器，有点像非物质文化遗产的味道。上午的活动持续了两个小时。胡伟的行李也送到了，是搭另一个航班从加德满都来的，我看见胡伟灿然一笑。

下午在印度文学院的活动应该是我们此行的重点之一，时间同样很奇怪地定在了下午4点30分。先与文学院主持工作的新任副秘书长会谈，近5点30分，与印度作家的会面方正式开始。这是一间不小的会议室，椭圆形的会议桌前坐满了与会的作家，差不多有二十五六位吧，我特别注意到还有几位女作家。秘书长主持，仪式感还是很强的。他首先致辞，对张健团长及中国作家访问团的到来表示欢迎。他说，印度文学院与中国作协保持文学交往已经三十年，根据双方文化合作协议框架，已有九十一名印度作家到过中国，相当多的中国作家来过印度。印度文学院至今出版过三位中国作家的出版物，他们是：鲁迅、老舍、巴金。然后，秘书长代表文学院向致力于中印文化交流的中方机构颁发纪念牌，向中国作家献花。接着是与会的到过中国的印度作家自我介绍，这些作家分别用印地语、泰米尔语、英语等写作。应该说印度是世界上拥有语种最多的国家，由于民族众多，一共拥有1652种语言和方言。其中，印地语为第一官方语言，英语为第二官方语言，其他各邦也有自己的官方语言。人们说，印度人是语言天才，一个人会好几种语言不在话下，或许正是这样的语言环境玉成。张健团长向在座的印度作家介绍了中国作家访问团成员，并热情致辞，其中特别提及：很高兴看到各位作家能用多种语言写作，目前，在中国使用民族语言创作的作家也不少，中国作协的文学刊物《民族文学》用六种不同的文字（汉、藏、蒙古、维吾尔、哈萨克、朝鲜文）出版。

活动很快进入到了相互提问阶段。印度作家的提问包括：近日电视新闻说，中印两国图书交流展销，译著比是50：5，印度落差大，为什么；中国少数民族文学及使用民族语言创作情况；中国青年作家的写作状态；祝贺莫言获得诺贝尔文学奖，因为他是亚洲人，希望了解莫言的情况，莫言的创作如何批评现实，能否自由地写作；少数民族的文学创作，抒发情感过于强烈，是否会被限制；印度作家对中国文学的了解均是从西方媒体得到的，中国作协对于中国文学的推广有无计划；今日中国影视普及度高，对于中国读者阅读的影响怎样，中国电视节目有无读书频道；当今中国儿童文学的主要创作主题；中国女性的地位以及女性作家的创作情况，1978年以后丁玲的情况，等等。所有的问题都得到了中国作家们热情而认真的回答。应该说张健团长的阐述尤为精彩，可谓对答如流，既准确地把握尺度，又充满着文学的灵动。莫言获得2012年度诺贝尔文学奖，世界瞩目，印度拥有1913年即获得过诺贝尔文学奖的伟大的诗人泰戈尔。印度作家们是以一种文学的自信关注着莫言，关注着中国文学的发展。对此，张健团长说："莫言是中国作协副主席，但中国艺术研究院文学院院长是他的本职工作。莫言说自己是农民的儿子。他的作品歌颂养育他的母亲、大地，但也敏感地关注当下、批评历史现实生活中存在的某些弊病。评论家、翻译家说莫言的创作是受马尔克斯影响的魔幻现实主义，但也不能否认，中国的传统文化、民间文学、神话对其创作的深刻影响。莫言作品2011年获得了中国文学最高奖茅盾文学奖。我们认为，莫言获奖，不仅是对他个人文学成就的肯定，而且对中国文学引起更多关注有积极作用。""莫言的创作是自由的，写什么怎么写是莫言自己的事，莫言就是莫言，而不是其他什么人。文学不是哲学也不是别的什么，文学是思想的表情，对现实的关注以文学的形式进行，我们认为，文学引领人们向善、向上、向美，是人们心灵的滋养……"关于中国女性文学的问题显然是提给我的，提问的也是印度女作家，并且说，能够在访问团中见到中国的女作家很高兴。我当然称不上什么有造诣的作家，但我很乐意向印度的朋友介绍中国、介绍少数民族聚居区的宁夏的文学创作，包括我们的女性文学创作，我的那些相熟或初识的优秀的女性作家朋友们。我还用自己的经历告诉他们，在中国，女性有充分的自由追求自己的理想，在自己热爱的事业中尽享工作的快乐与幸福……其间，张健团长还风趣地插话说："我们中国作家协会的主席铁凝就是一位女性，我们都在她的领导下工作。"当然，随后在中国作家提问环节中，印度朋友也真诚地告诉我们，印度女作家也不逊色，尤其是1985年后，泰卢固写作涌现出一大批女作家，这对印度近代女性文学发展是标志性的，这批女作家用女性特有的眼光关注现实，推动社会进步。在座的一位身着蓝色纱丽的美丽温和的印度女作家也告诉我们，她出身于印度旁遮普家族，读书、结婚、勇敢地选择工作，没有感到压力与恐惧……如今也在主持着一本文学刊物的出版。多好啊，我们有相通的心灵！

会见活动在7点30分结束，相机中有中印作家亲密的合影。我的《泰戈尔爱情诗配乐朗诵》CD也在互赠礼物时留给了印度文学院。

接下来的日子，我们将进入此行的最后日程：赴阿格拉参观泰姬陵，去加尔各答访问泰戈尔故居。

六

泰姬陵位于印度阿格拉，距离德里两百多公里，单程需五个小时左右，当日往返时间还是很紧张的。参观泰姬陵的时段已是下午1点至2点30分。眼前的泰姬陵超凡脱俗，端庄肃穆，在阳光的照耀下璀璨晶莹，无数的朝拜者为它而来。进入泰姬陵得首先通过其高大宏伟的镶有《古兰经》经文和彩色宝石花蔓的红褐色拱门，大门到陵墓之间是开阔的花园，两侧有红砂石筑成的笔直的甬道，中间是一条一百多米笔直的水道，站在拱门口可见泰姬陵白玉般的倒影浮在水中。中午时分，泰姬陵头顶蓝天白云，脚踏碧水绿树，在南亚耀眼阳光的映衬下，出落得如此光彩夺目。

登临泰姬陵，游人们需赤足或穿上鞋套。整座陵墓建在一座7米高、95米长的正方形大理石基座上，寝宫居中，全部用整块白色大理石修砌而成。陵高74米，分上下两层，上部为高耸重叠的穹顶，下部为八角形的陵壁，四面各有一扇高达33米的巨大拱门。泰姬陵的装饰华丽细致、精美绝伦，拱门门框上用黑色大理石镶嵌着半部《古兰经》经文，内墙墙裙是美丽灵动的玉石浮雕花卉，饰有用彩色矿石、宝石、黑色大理石、彩色贝壳镶嵌的藤蔓花边，工艺之精细，令人赞叹。墓室窗棂，也是用整块大理石镂空雕刻而成。从基座内侧阶梯走下，就可进入墓室。寝宫内部，以八角形大厅为中心，共有五间宫室，中间的大宫室由辐射状通路连接着其余四间宫室。中央宫室里有一道八角形的白色大理石透雕围栏，上面嵌着繁星般闪烁的彩色宝石，围栏里面就并排摆放着泰姬·玛哈尔和沙·贾汗的象征性石棺（他们的真正遗骨盛放在地下墓穴的石棺中），石棺上也布满了奇光异彩的宝石以及浮雕。我们轻轻绕行，生怕惊醒这对沉睡的生死伴侣。这座印度莫卧尔王朝第五代皇帝沙·贾汗为爱妃泰姬·玛哈尔建造的举世无双的陵墓始建于1631年，动用了数十万名工匠，耗费巨资，历时二十二年完成。我听见年轻的印度导游用富有韵律的音调说：泰姬陵的建造，只有一个理由，那就是爱情！

走出墓室，站立在陵寝背面的白玉围栏前眺望，一条蜿蜒的长河缓缓流过。导游说，这是恒河支流朱木拿河，痴情的沙·贾汗曾梦想在朱木拿河的另一侧为自己建造一座与泰姬陵一样的黑色大理石陵墓，好与白色的泰姬陵遥遥相对；他还想用黑白大理石建造一座跨河大桥，把两座陵墓连接起来，以体现他对爱妃的绵绵情思。可惜他很快逊位，无法完成梦想……

告别时我们再一次回望：晶莹的泰姬陵犹如一支庄严和谐而又充满幽情的乐曲。泰姬陵，这"挂在时间脸颊上的一滴泪珠"（泰戈尔语），也已深深浸湿了我们的情怀。

2月3日赴加尔各答走访泰戈尔故居是我们出访行程的最后一站，需乘飞机前往。5点起床，6点出发，赶7点20分的6E223航班，飞行时间不到两个小时，10点左右我们已抵达加尔各答酒店。不知为什么，一见加尔各答竟有一种亲切的似曾相识的感觉，城内有许多维多利亚风格的建筑，虽显陈旧却从内里透出英伦风范。而与哥特式、巴洛克式、罗马式、印度—伊斯兰式建筑相混搭的是简朴灰暗的现代建筑，窄窄的小街怎么看都有点像三十年前在上海读书时走过的市井弄堂，只是街面上的人们换了姿容，换了装束，也换了风情……毕竟这儿曾是英属印度的首都，从1772年直到1911年的一百四十年间，一直是印度近代教育、科学、文化和政治的中心。那时，加尔各答人文荟萃，曾有将近十万中国侨民在此生活过。但在1947年印度独立以后，由于各种不利因素的影响，该市经历了长期的经济停滞。尽管从2000年起，经济复苏取代了病态的衰落，该市开始重新迸发出增长的活力，但如同其他大城市一样，加尔各答仍在与贫困、污染和交通拥堵等城市化问题做斗争。

无论如何，加尔各答之旅都是愉快的。当天下午，我们早早来到泰戈尔故居参观。这是一座宁馨而贵气的庄园，数百年来不减风华。泰戈尔家族是当地的名门望族，几代人在此繁衍生长，这里也是泰戈尔（1861—1941）的出生地以及结婚、生子和辞世的地方，是当年孟加拉文艺复兴时期中心人物聚集的沙龙所在地，直到今日它依然作为罗宾德拉·巴拉蒂大学，聚集着学习历史和艺术的学生们。

掩映在一片葱绿之中的泰戈尔故居，褚红色回字形三层楼宇，房间无数，相互勾连，宽大敞亮的天井空场，还有演戏的戏台，泰戈尔就曾经亲自扮演角色与朋友们在此演戏，行走其中可以想见这里曾经的豪华富贵、高朋满座。依据故居的要求我们赤足进入，循着从左向右的方向绕屋而行，先后参观了泰戈尔出生的小屋、书房、卧室、饭厅。泰戈尔家族名人辈出，许多人都具有文学艺术方面的天赋与才能，这里也留有他（她）们的绘品画作，而泰戈尔显然是这个家族最大的骄傲。他是父母的第十四个孩子，也是最小的儿子，被大家昵称为“拉比”，备受宠爱。泰戈尔天资聪颖，十三岁时就能写作长诗和颂歌体诗集。十五岁发表了第一首散文诗《野花》，十七岁出版了处女作《诗人的故事》，此后又创作了《吉檀迦利》等五十多部诗集，被称为“诗圣”。1913年，“由于他那至为敏锐、清新与优美的诗篇；这些诗不但具有高超的技巧，并且由他自己用英文表达出来，便使他那充满诗意的思想成为西方文学的一部分”（颁奖词），泰戈尔被瑞典文学院授予该年度诺贝尔文学奖这一最高荣誉，成为第一个获得这项殊荣的亚洲作家。不同于一般印度人的肤黑体瘦，泰戈尔长髯美须、高大英俊、温雅尊贵。故居中泰戈尔家族的油画肖像英式贵族气息浓郁，而泰戈尔伫立凝望，一手叉腰，一手下指的画像，尽显诗人潇洒优雅的高贵气质。故居里一件件器物亲切朴实：泰戈尔外孙送他的一套银器静静地放在卧室床头，泰戈尔获得诺贝尔文学奖的印有颁奖词的证书，与其长子制作的手工艺品展在同一橱柜里。泰戈尔亲自设计书写的结婚请柬、用英语和孟加拉语写作的作品、给妻子的书信也以真迹展出。作为诗人，泰戈尔一生中写下了无数浪漫诗文，那些清丽晶莹，蕴含深刻智慧和哲理的诗句，如短笛轻箫，纯美深情。就在此次出访前，为编辑《泰戈尔爱情诗配乐朗诵》的录制文本，再一次翻阅《吉檀迦利》，沐浴“诗圣”爱的诗章。爱情在泰戈尔的笔下，时而凄美如泣，时而明丽如歌，那里有轰轰烈烈的追求，有柔肠百转的缠绵，有扼腕叹息的追悔，有心神不安的痛楚……被爱的气息所浸润，二十四个段落四十分钟的CD时长，我们几乎是在一气呵成中录制完成。然而，听解说员讲述现实中诗人的婚姻生活却是如此的平静温馨。小他十一岁的妻子穆里纳莉妮没有如花的容颜，初嫁时几近文盲。但在泰戈尔的帮助下，掌握了孟加拉语，还学会了梵语和英语。她用温存、贤淑的高尚品质和精通烹调、操持家务的非凡才干弥补了自己的不足，赢得了丈夫的爱和家人的尊重。她自豪地把丈夫的纯洁理想看成自己的理想，默默无闻、安安静静与丈夫同舟共济二十载，养育了三女二男五个孩子，三十岁时因病早逝。此后，泰戈尔再无婚娶。我在想，这样的一份情愫该是诗人用一生写就的真爱。

泰戈尔一生走过许多国家，其文学活动遍及世界。他与日本作家、中国作家的交往最为密切，其间两次来过中国（1924年，1929年），梁启超曾为他起中国名“竺震旦”。他的诗歌创作对中国新文学影响深远，熏陶了一批中国最有才华的诗人和作家。没有泰戈尔就没有冰心的《繁星》《春水》，徐志摩、林徽因更是他钟爱的朋友……但遗憾的是，故居中仅辟有泰戈尔与日本作家的展室，却无中国作家的痕迹，实在令人惋惜。

我们在泰戈尔最后辞世的摆满鲜花的大床前屏息静立，感受这位伟大诗人灵魂的呼吸，向他献上中国作家的深深的敬意！

参观结束，解说员让我们在留言簿上留言，我们一一写道：

> 深切缅怀印度人民的伟大诗人泰戈尔。
>
> 泰戈尔不仅属于印度，也属于世界。
>
> 如果说泰姬陵是印度的一滴眼泪，泰戈尔就是印度的一粒珍珠。
>
> ……

庄园入口处的草坪绿意盈盈，午后和煦的阳光笼罩着泰戈尔亲切庄重的塑像，笼罩着我们簇拥的身影，温暖在心。

随后，在加尔各答余下的时间里，在恒河边，在白鲁尔神庙、伽利女神庙，也留下了我们流连的身影。

2月4日傍晚，我们飞回了新德里。当晚11点30分则再次前往机场，这次的目的地是中国，回家！

告别德里的路上，天空竟然飘起了丝丝细雨，继而淋漓地挥洒开来。我说，是德里的惜别之情吧。张健团长说：“对，我出差各地，来去总遇雨。”我说：“您属龙嘛，呼风唤雨。”“‘呼风’，那是鬼啊！”朗朗笑声中，却似有一份怅然……

夜行中，新的一天来临了，而我们——

今夜无眠。

亮丽的红飘带[①]

——中国作家重走长征路（红二十五军）主题采访笔记

红二十五军[②]

红二十五军，一个番号，从陌生到熟识到亲切。

一面红旗，从鄂豫皖到陕甘到宁夏，一程程走进长征[③]。

八十年前的风云雨雪，军号枪弹，血与火的征战一遍遍在耳际、眼前翻飞回转。

大别山千岭叠翠，杜鹃花依然红艳；商山洛水八百里秦川，信天游依然高亢；秋意六盘红旗漫卷，依然天高云淡。

时空穿越，一路的山水光影，土窑山崖，叠映着一个个忠魂，丹心向阳。

在箭厂河乡唤你，在何家冲唤你，在庾家河、照金唤你，在永坪，在四坡山唤你……

一条红色的飘带，从鄂豫皖到鄂豫陕到陕甘宁，将一段金红的岁月深情地托起。[④]

---

①载于《黄河文学》2016年第12期“中国工农红军长征胜利80周年特稿”。收入《红色记忆——中国作家2016年重走长征路作品集》（上），中国作家协会编，作家出版社，2017年10月版。

②中国工农红军第二十五军于1931年10月25日成立于安徽金寨麻埠，1931年11月7日编入红四方面军，1932年10月11日离开金寨，去川陕。1932年11月30日，中共鄂豫皖省委在湖北红安檀树岗召开会议，宣布重新组建新的红二十五军。1934年11月16日，按照中央指示，重建的红二十五军主力和鄂豫皖省委从河南省罗山县向西转移，开始长征、进入陕南，创建了鄂豫陕革命根据地。1935年7月，为策应中央红军，西进甘肃东部，9月到达陕甘苏区，是最早到达陕北的一支红军队伍。随之与刘志丹的陕北红军红二十六军、二十七军会师于延安附近，并联合组成了红十五军团，约7000人。在红一、红三军团到达陕甘苏区后，与之合编为红一方面军。

③中国作家重走长征路（红二十五军）主题采访团一行34人，2016年8月30日至9月8日，从河南信阳出发，经陕西、甘肃，到达宁夏红军长征三军会师地西吉将台堡。

④举世闻名的二万五千里长征，除了红军“三大主力”，即红一、红二、红四方面军的长征，还有徐海东、程子华、吴焕先等人率领的红二十五军的长征。红二十五军长征从1934年11月16日至1935年9月16日，历时十个月，途经安徽、湖北、河南、陕西、甘肃、宁夏六个省，转战近五千公里。它是在与中共中央长期失去联系的情况下，单独转移并先期到达陕北的一支红军队伍，是长征先锋；是长征队伍中唯一一支增员的红军队伍，长征途中，红二十五军抗击了敌人三十多个团的围追堵截，不仅没有减员，到达陕北时，部队还增加了八百多人；是长征队伍中唯一一支创建了根据地（豫陕、鄂陕边区十余县）的红军队伍，在全国各革命根据地大部分受损的情况下，红二十五军却在鄂豫陕边区播下了红军种子、创建了鄂豫陕革命根据地；是长征队伍中唯一一支发展了地方游击师、红七十四师的红军队伍，为中国工农红军增加了新鲜的血液。毛泽东对此有过恰当的评价，“徐海东部队之由陕南经陇东入陕北，乃偶然作成中央红军之向导”，称红二十五军“为革命立了大功”。

何家冲的千年白果树

那一年，秋风正紧，秋雨绵绵。

那一个傍晚，罗山何家冲云低雾罩，电闪雷鸣。倾盆的暴雨中，千年白果树摇动着如盖的枝条，心状的叶片在雨中闪着金黄色的光。

红二十五军2980名将士聚集在白果树前，站在那面“中国工农红军北上抗日第二先遣队”[①]的大旗下。大雨打湿了红军战士单薄的衣服，雨水顺着他们的脸颊、身体流到地上，但所有人都一动不动。

> 同志们，父老乡亲们：
>
> 本军在中国共产党领导下，奉中央苏维埃中央军事委员会的命令，出发抗日！……同志们，同胞们！中华民族到了最危险的时刻，日寇正在侵占我们的家园，我们愿意做亡国奴吗？国民党正在出卖我们的领土，我们答不答应？……好！勇士们、战友们，为了我们的祖国，为了我们的人民，为了我们兄弟姐妹，把小日本赶出中国去！……带上我们的热血和子弹，勇敢地出发吧！

鸡笼山夜幕低垂，军首长的《出发宣言》（红二十五军出发前发布了《中国工农红军北上抗日第二先遣队出发宣言》，刻印者为时任军政治部组织科长，不满十八岁的刘华清——作者注）与战士们的吼声回荡在崇山峻岭，伴随着“出发！”的号令，一支浩浩荡荡的队伍冒雨西行、西行……

暴雨如注，电闪雷鸣中千年白果树树干劈裂，泪眼送军出师北上。[②]

八十载岁月流转，八十年时代变迁。村前的小路宁静清爽，白色的野蔷薇散发淡淡馨香。何氏祠（红二十五军军部旧址）古朴沉默，近旁的白果树依然参天蔽日，枝繁叶茂，一颗颗挂果金黄晶莹，像一双双明眸，回望昨天，回望那个战旗飘飞的雨夜。

丹凤庾家河[③]

9月的商洛大地，油彩浸染过的颜色。这儿金黄耀眼，那儿嫣红明艳……锦绣的花海，成片成片的绽放，织就着一个铺天盖地的秋。望秋深处，行商于古道，高山纵横，谷底幽深，盘山路蜿蜒……迷蒙的山色中，遮不住的仍是那一抹瓦蓝，红星闪闪。

---

①由于此前中央苏区的红七军团已经组成了北上抗日先遣队，中共鄂豫皖省委决定：为宣传党的抗日主张，红二十五军主力在战略转移行动中，对外称“中国工农红军北上抗日第二先遣队”，留下红军一个团及地方武装重建红二十八军，继续坚持鄂豫皖革命根据地的斗争。

②见证了红二十五军长征的何家冲千年白果树，高三十米，胸径三米。朝里的树干上，有一道深深的裂痕清晰可见。据当地村民说是红军出发的当晚，这棵树遭受雷击，树干中间裂开一条大缝。当时，大家都认为它肯定死了，没想到第二年，树干裂缝中间竟长出一条新枝，这棵白果树竟然奇迹般地复活了。

③商洛市丹凤县庾家河镇，位于丹凤县最北部距县城37.5公里。庾家河战斗是红二十五军长征途中与国民党追剿部队最险恶的战斗之一。此战获胜，结束了红二十五军历时二十多天、长驱一千八百余里挺进陕南的战斗历程，使红军暂时摆脱了困境，为创建鄂豫陕革命根据地打下了坚实的基础。

这一幢老屋，灰瓦泥墙、木门殷红，“春茂永”的老匾历尽沧桑悬于门楣。推开咯吱作响的门，一脚踏入八十年前“雪拥蓝关马不前”的萧瑟寒夜。

这是1934年12月，这是中共鄂豫皖省委在庾家河街“春永茂”药铺召开的十八次常委会议。是月，根据中央指示精神，中共鄂豫皖省委率领的红二十五军2980余人进入了丹凤庾家河。大军甫定，庾家河街杨家中药铺立即召开会议，决定中共鄂豫皖省委为鄂豫陕省委（苏区），建立鄂豫陕革命根据地。这殷红的一笔惊天动地，为长征的最终胜利、为中央红军落脚陕北、为红色的延安照耀东方写下了一页华章。

华章浴血而生。庾家河生死之战，悲壮惨烈。会议声中敌情突起，七里荫山梁，顿成沙场。重兵当前，临危不惧，殊死奋战，勇挫围剿。血色的华章中，沉寂着200个烈士的英魂，还有军首长危重的伤情……①

英雄不死。革命的火种撒向秦川。

八十年后的“春茂永”杨家中药铺（现为“中共鄂豫皖省委第十八次常委会议旧址”红色文化教育基地），军魂犹在。军首长当年负伤躺过的条凳仍在，那张醒目的《什么是红军》的传单气场仍在。

红军是工人农人的军队，红军是苏维埃政府指挥的军队，红军是共产党领导的军队。红军的基本主张是没收地主阶级的土地分配给农民。工人增加工资，实行八小时工作制。驱逐帝国主义，推翻国民党的统治，建立工人农民管理政权的苏维埃政府。

红军里面的人，都是工人农人贫民士兵的出身。因为他们能代表穷人的利益。红军里面不要豪绅地主资本家当兵。因为他们是剥削压迫穷人的。红军里面的待遇是平等的，指挥员（军长、师长等）与士兵的关系绝对没有像国民党军队的官长那样辱打士兵，克扣军饷的事情。总而言之，红军是代表穷人利益的，国民党军队是代表地主、资本家利益的。不过，国民党军队中的士兵也是穷人的出身，所以红军欢迎国民党军队的士兵到红军中来。

红军与穷人关系特别亲爱，红军所到之地，欢迎群众谈话，欢迎群众开联席会。红军一到那地就没收土豪的粮食东西分配给穷人，帮助穷人免除一切捐税，不交租，不还高利贷。

中国有红军已经八年了，现在中国的红军总有八九十万，行动在十几省的地方，大部的红军是在江西和四川。全国红军的总司令是朱德同志。

中国工农红军北上抗日先遣队政治部

一九三四年十二月十日

---

①激战中，副军长徐海东身负重伤，一颗子弹从他的左眼下方钻进去，由后颈穿出来，血流如注，军长程子华也身负重伤，子弹穿过手心，两只手四个窟窿，造成终身残疾。2013年，庾家河战斗佚名烈士墓碑位于庾家河街东的七里荫战场遗址，二百余名浴血捐躯的烈士残骸合葬在这里。七里荫战场遗址可见徐海东、程子华负伤处的纪念标志。

时光流转，老屋里有了琴声。一位身穿蓝色军装，头戴五星帽的歌者，手指在手风琴漆黑的琴箱和乳白色的琴键上来回变换……

琴声悠悠，讲述着1934年12月的故事，那一抹瓦蓝，那些闪闪的红星。①

瓦窑堡·红军大学②

山梁上跑马风头头高
谁人不晓得瓦窑堡
天下堡　瓦窑堡
三川交汇二水绕
……

是啊，谁人不晓得瓦窑堡！在一部红色的史书中，瓦窑堡注定属于浓墨重彩的一笔。一支铁军万里跋涉，爬雪山、过草地，历经九死一生，破重围，战险境，辟新天，转折就在瓦窑堡。

谁不记得瓦窑堡！甘南哈达铺决策向陕北，会师吴起镇、鸣金直罗镇，瓦窑堡红天红地迎红军。红都安家瓦窑堡，土窑洞里有乾坤。

秀延河畔的旧窑灯光照亮了瓦窑堡1935年的雪夜。传承着遵义会议的精髓，瓦窑堡1935年的雪夜灯光，点燃了民族抗战的烽火。山丹丹开花红艳艳，瓦窑堡的山丹花在这个冬天开放，映红了陕北的山峁，映红了华夏的天空。

> 大学也有石窑情。一个外国人，一本《西行漫记》描述着这样一所红军大学。
>
> 以石洞为教室、石头砖块为桌椅板凳，以石壁为黑板，完全不怕飞机轰炸的这种“高等学府”，全世界恐怕就只有这么一家。
>
> 什么学校由于纸荒不得不把敌人的宣传单翻过来当笔记本使用，每个学员

---

①现“春永茂”中药铺的主人杨青山，是当年抢救医治过徐海东、程子华等红军伤员的杨春永中医的孙子，今年已经六十多岁了。在“春永茂”中药铺里，展出有珍贵图片一百五十四幅、史料九十五篇；由杨青山自己作词谱曲，歌唱反映红二十五军在庾家河的革命歌曲一百余首。来此参观的人们，无不被杨青山生动的讲述与激越的歌声所感染。

②1935年12月至1936年6月毛泽东和中共中央机关曾驻扎在瓦窑堡。1935年12月23至25日在瓦窑堡召开了中共中央政治局扩大会议，通过了《关于目前政治形势与党的任务决议》等重要文件，选举毛泽东为中央革命军事委员会主席，史称“瓦窑堡会议”。现为子长县人民政府驻地。当地有瓦窑堡会议旧址、抗日红军大学旧址、子长烈士纪念馆、毛泽东同志旧居等革命纪念地。

抗日红军大学旧址位于志丹县城南端前桥半山腰，占地面积2108.2平方米，包括林彪旧居、罗荣桓、莫文骅办公室、红大校部及一科教室，现存石窑洞六孔，皆依山崖而凿，呈红褐色，瓦房五间。该校前身为1931年11月在江西瑞金创办的中央军事政治学校，1932年改称中国工农红军学校，后来随红军长征到瓦窑堡后改为中国抗日红军大学，简称“红大”。1936年6月1日，抗日红军大学在瓦窑堡创办，任命林彪为校长，毛泽东兼政治委员，罗瑞卿任教育长，莫文骅任党总支书记，全校学员编为三科。学校领导大多由学员兼职，如罗瑞卿、莫文骅、陈光、罗荣桓等既是领导干部又是学员，他们一边工作一边学习，做到了工作学习两不误。

教育费用包括伙食衣着，一切在学校费用不超过十五元银洋。可他们在蒋介石那里却都是鼎鼎大名，他们首级赏格加起来超过了200多万元。[①]

开课典礼上毛泽东有言：

你们过着石器时代的生活，却学着当代最先进的科学——马克思列宁主义。你们好像是元始天尊的弟子，在洞中修炼，什么时候下山呢？天下大乱你们就下山。

第一次大革命时有一个黄埔军校，学生成为当时革命的主导力量，领导了北伐成功，我们的红大就要继承着黄埔的精神，要完成黄埔未完成的任务，要在第二次大革命中也成为主导力量，即是要在争取中华民族的独立解放。

非信口直言，是远见卓识，“红埔”最终胜“黄埔”。从瓦窑堡到延安到敌后，一面“团结、紧张、活泼、严肃”的校旗，集合着十万胸怀理想、为民族独立解放而战的身影，他们在抗日的烽火中成长为栋梁之才。

八十载日月更替。一首歌却从未在耳际消散。它唱啊唱啊，在我们的心海扬起红色的波澜。

黄河之滨集合着一群中华民族优秀的子孙，
人类解放救国的责任全靠我们自己来担承。
同学们，努力学习，团结、紧张、活泼、严肃，我们的作风，
同学们，积极工作，艰苦奋斗，英勇牺牲，我们的传统，
像黄河之水汹涌澎湃，把日寇驱逐于国土之东，
向着新社会前进，前进！
我们是劳动者的先锋！

延安爱情

有谁在诗中说：延安的一孔孔窑洞，是酿蜜的蜂巢，无数的蜜蜂从黑暗的天空飞越

①全校三个科：第一科主要是训练师、团以上干部，科长陈光、政治委员罗荣桓，全科共四十人，其中红军师、团以上干部三十八人，平均年龄二十七岁，平均每人身上有三处伤疤。他们是：罗荣桓、罗瑞卿、谭政、彭雪枫、罗保连、周建屏、陈光、杨成武、刘亚楼、张爱萍、王平、苏振华、陈士榘、赵尔陆、杨立三、谭冠三、莫文骅、郭述申、耿飚、张纯清、贺晋年、符竹庭、刘惠农、宋裕和、彭加伦、边章五、张树才、张经武、杜理卿、吴富善、萧文玖、童小鹏、贾立夫、邓富连（邓飞）、张达志、刘鹏、林彪、黄永胜。还有朝鲜同志武亭、越南同志洪水。

而来，寻找光明，寻找一处四季花开、倾心酿蜜的好地方。[①]

有谁在信中说：感谢延河水，给了我革命的理想，给了我红色的爱情。

登上宝塔山，风依旧亲切地拍打轻抚，送来熟稔的芳醇和馨香。又见白羊肚手巾，又闻美美信天游。

千家万户把门开
快把咱亲人迎进来
热腾腾的油糕摆上桌
滚滚的米酒捧给亲人喝
……

红旗又在飘舞，旗帜下满是青春的脸庞，眼眸中漾荡幸福。

是啊，走进枣园故居，走进杨家岭窑洞、王家坪，与流金的岁月相遇。我看见，我们的领袖们是那么年轻，走过千山万水步履依然劲健，经历血雨腥风笑容依旧明灿，挺拔英俊，睿智幽默，雄心在握。延安有情，延水流韵，黄土塬上有了家。领袖们的家，战士们的家，抗大的家，鲁艺的家，红军的家，从四面八方飞来采蜜的蜂群们的家。

延安十数载，小小的山沟包容了天地，积聚了力量，孕育着明天。

请把脚步放缓，请将声音放轻。在一排排条凳上坐下，你挨着艾青，他对着何其芳，那边还有丁玲、萧军、周立波……我们倾心交谈，我们惊喜邂逅，你的笔，他的笔，我们的笔，仍然续写着人民，辉映着时代，律动着豪迈的情怀。

“为什么我的眼里常含泪水，因为我对这土地爱得深沉！”

一窗一牖一张床，一桌一椅一灯盏。延安窑洞的灯光不灭。

“初一到十五／十五的月亮高／那春风摆动／杨呀杨柳梢……”延安的爱情一辈子忘不了！

六盘山天高云淡

两万五千里的路啊，在此盘上了天际，两万五千行写在大地上的长诗，在此飘上了云端。

红色的飘带，蓝色的飘带，黄色的飘带，粉色的飘带[②]，从瑞金，从湘西，从罗家冲，从大巴山下嘉陵江……一路蜿蜒一路盘旋，一路翻山越岭、涉水渡江，终于交汇于西吉将台，化作六盘山巅壮丽的彩虹。

六盘山记得，六盘山下的葫芦河记得，兴隆古镇的清真寺记得：红军三驻单家集，纪律严明敬邻亲，领袖夜话穆斯林，盖碗茶香情谊长。

---

①中国作家重走长征路（红二十五军）主题采访团山哈诗作《细细的红线》。

②在红军长征路线图中，不同方面军的长征路线以不同的颜色标识。

六盘山记得，六盘山不远处的清水河记得，豫旺堡的同心清真大寺记得：这里有红二十五军的足迹，这里是红军西征的大本营，这里完成了三军会师，这里建立了中国共产党历史上第一个县级回族自治政权。从此，革命根据地，红色的史册上有了响亮的“陕甘宁”……

六盘山记得，六盘山麓的将台堡更记得：那是一个欢呼的日子，那是一个眼泪奔涌的日子，那是一个彪炳史册，定格于世界军事史的大写的日子。

1936年10月22日，中国工农红军第一、二、四方面军主力于六盘山附近今属宁夏的西吉县将台堡的最后会师，标志着震惊中外的二万五千里长征胜利结束。

六盘山也依然记得，那个外国人，那个在红军队伍中待了整整四个月，那个写出了《红星照耀中国》（又名《西行漫记》），被毛泽东誉为“中国人民很好的宣传家”的高鼻子斯诺，定格了豫旺堡城墙飘展的红旗下小号手的雄姿。

号声是令人震撼的。但更令人震撼的是红军刚刚结束的二万五千里长征。这个斯诺说：

冒险、探索、发现、勇气和胆怯、胜利和狂喜、艰难困苦、英勇牺牲、忠心耿耿，这些千千万万青年人的经久不衰的热情、始终如一的希望、令人惊诧的革命乐观情绪，像一把烈焰，贯穿着这一切，他们无论在人力面前，或者在大自然面前，上帝面前，死亡面前都绝不承认失败——所有这一切以及更多的东西，都体现在现代史上无与伦比的一次远征的历史中了。

这是一次丰富多彩、可歌可泣的远征。

“天高云淡，望断南飞雁，不到长城非好汉，屈指行程二万。六盘山上高峰，红旗漫卷西风，今日长缨在手，何时缚住苍龙？”毛泽东不朽的词章《清平乐·六盘山》又一次回荡在这片热土。将台堡瓦蓝蓝的天空下，艳阳高照。又是一次胜利的会师，又是一场盛大的联欢。①红军服红袖章映红了脸庞，红旗下队列中有你有我有他。乡亲们依旧热腾腾地相拥，乡音声声，孩子们依旧欢笑，舞动秋阳。

重走长征路，追寻红军长征的脚步。长征的记忆，灵魂的遗址，我们接过。开始吧，战友们，笔下的长征！

2016年9月22日

①2016年8月29日，中国作家重走长征路（红二十五军）采访团在河南、陕西、宁夏等地展开主题采访活动，并于2016年9月7日上午与红一、红二、红四方面军、红九军团代表在宁夏西吉将台堡举行会师大会和军民联欢。自此，历时十个月的中国作家重走长征路文学主题实践活动圆满结束。

挥手，就是永别

一次温馨的告别，看上去却也平常。

热热闹闹的春节过后，生活切换如常。北京儿子处保姆未归，我和先生则赶到北京帮忙带刚满五个月的孙儿。初十下午四时许，随着一声轻灵的微信提示音，看到了妹妹婴子发在朋友圈的消息：

> 记忆中的老爸，给我做饭，陪我吃喝。教我读诗，帮我改稿，说我下笔千言，离题万里（表情符号：龇牙）哈哈！再见！老爸老妈。等我再回来（表情符号：三个红嘴唇）

文字下配了两张照片。一张是妹妹与坐在卧室阳光转角沙发靠椅里看书的老爸头挨头相拥的画面，妹妹满面春风，老爸慈蔼微笑，两只手紧紧地拽着妹妹的胳膊；一张是坐着的老爸抬起左臂抿嘴微笑着向着门口挥手，那眼神分外得美，柔软得能走进我们的心。米色的窗帘，老爸素格的睡衣，妹妹红色的羊毛衫翻出嫩黄色真丝衫的领子……两张照片光线柔和，构图美观，抓拍得十分到位。一看就是上过几堂摄影课又颇具灵性的大姐的杰作。可不是，今天是妹妹启程回美国的日子，下午四点零五分的飞机，晚上会在北京住一夜，第二天一早飞华盛顿。说好了儿子可楠去机场接老姨老姨父，与侄子逸飞接风聚合。心里也正惦记着。可不知为什么，看着照片，品着妹妹在机场候机时随手写下的文字，心里却泛起了莫名的酸楚，说不出的一种感觉，不知该如何回应，只好简单点了一个“赞”。

妹妹在家排行老四，是老姑娘，自然也最得父母喜爱。上面两个姐姐一个哥哥，工作的工作，上大学的上大学，就妹妹时时守在父母身边。生性活泼好动的妹妹，有当子弟学校校长的妈妈守着复习读书，有做得一手好菜、读得不少诗书的老爸时不时地传授烹饪秘诀，顺带着吟诗读曲……每每听妹妹说起与父母亲昵互动的往事，真是只有“羡慕嫉妒恨”了。父母一天天老了，妹妹这两年都回来过春节，这也是老爸希望的。这次妹妹回来待了整整四十天，一门心思地照顾父母，打理家务，尤其是细心地呵护已经日渐衰弱的老父……与往年一样，她此刻与老爸告别，肯定是说“拜拜，明年回来……”可怎么就突然间忆起旧来了，又没七老八十的。真是的。

北京的夜幕仿佛降临得早些，晚七点刚过，天就暗了。手机突然就响了，是外甥女，声音略显急促：“二姨，姥爷情况可能有些不好，我妈妈已经往湖畔家赶了，老姨在哪里？要不要告诉她？”“什么意思？”我有些犯蒙，眼前还是妹妹刚发的那两张照片。少顷，有些醒过神来，“要告诉，马上。”电话再次响起时，是在二十分钟后，还是外甥女：“姥爷走了，刚刚。”

沉默。心开始疼了。却又有些涟漪带着暖意。

妹妹守了老爸整整四十天，春节前我历尽艰辛地托朋友的朋友买到了四张软卧，执意让儿子儿媳和我们一起带着五个月大的孙儿回银川过春节，就是想着要让老爸，当然还有孙儿一百零四岁的太祖母见见，感受四世同堂、五世同堂的天伦之乐！手机相册里，大年初二老爸抱着重外孙子与我们相聚的照片仍然温暖如初……

一夜，不，应该是半夜无眠。妹妹、妹夫改签了回美国的机票，我们一行六人，我和儿子，侄子侄媳，妹妹妹夫要搭乘第二天一早六点的航班返回银川，小儿子可聪也将同时从上海飞返银川。一个家族的人、至亲的人将含泪相聚。

凭借发达的通讯，老父身后之事的办理也已在前夜一一安排妥当。依老父遗嘱，丧事从简，以回族风俗入葬。没有惊动其他的人，包括父亲单位和亲朋。当天下午三时许，我们送父亲至贺兰山回民公墓入土为安。

春寒料峭，贺兰山青烟蒙蒙，阿訇们的诵经声回响在静谧的沐恩园，像是将父亲的一生轻轻串起……一袭白色的“克番”缠裹着的父亲，就这样洁净而尊贵地安息了。

父亲归真，应是无疾而终，安然辞世。老父名榕，1922年3月出生于江苏南京，享年94岁。父亲一生，勤谨努力，爱家敬业，养育了我们兄妹四人，照拂着自己的兄弟姐妹，无论是为人子，为人父，为人兄，都无怨无悔。我们手边存放着父亲写于1993年5月的几页手迹，这应该是他的一份完整的生平自述。文中述及，自己生长于一个小职员家庭，家境贫寒。父亲哈星南1900年出生于南京张府园，祖上无房无地，承租伯父哈保之房居住。中华人民共和国成立前漫长的岁月，我们的祖父均在机关或私立银行当普通的职员、会计和文书，先后在南京、武汉生活。1945年银行裁员，祖父失业，带全家回返南京，经朋友介绍在新民晚报当秘书，直到1950年再度失业在家。印象中曾见过祖父的照片，戴着一副黑边眼镜，清朗儒雅的样子。家中至今存有祖父留下的一套黑色布面装帧的民国商务印书馆《辞源》上下续三册，书脊上尚见影影绰绰的烫金字样。

我们这一辈的人啊，年轻时从没有留心过祖辈的故事，父亲也不是一个生性活泼、健谈的人，所以很长时间我们对南京祖籍的旧事一无所知。直到父亲离休后几次回宁（南京简称）省亲，特别是2003年左右，恰逢父亲侨居美国几十年的表兄回国探亲，他们这些年逾古稀的兄妹们得以在南京重聚。适时，是大姐陪同父母前往，听老人们叙旧，才知道了一些家族故事。

南京哈氏曾祖以上应是旺族大户，与伍、禹、石、达等回族氏族结姻。大多居住在南京夫子庙附近，如张府园、王府、夫子庙后街乌衣巷等地，多数经商做古董买卖，也有做官的。如奶奶伍家曾是南京最大且最有名气的古董商，伍家古董店名为“迪华斋”，祖居地即在夫子庙附近的益仁巷。伍氏家族还出过“伍探花”（中国清代穆斯林学者，以“回回探花”著称），再往上追溯还会发现有伍儒、伍遵契、伍仲文、伍贻业等明清、民国或当代颇有造诣的伊斯兰学者和文化名人。1937年日本人侵占南京，各家族四处躲避，店铺财物丧失殆尽，家道至此衰败。还听说，哈氏家号“谦忍堂”，家谱曾置于租住宅院南京张府园29号中堂条案上，后存放于武汉大陆银行，日机轰炸时遭焚毁。

可惜，更多的家族故事至今尘封，不知道该有何种机缘才能得见真容！

父亲其实是个勤于思、敏于行、纳于言的人。自幼因家境贫寒，生母早逝，备尝艰辛。他在“自述”中言：方求学时，因家中经济窘迫，每次交学费时，都不能一次交清，要分期交付，面临辍学威胁，只有靠着奖学金勉强维持，免于失学……父亲的小学学业在汉口读完，中学是在鄂西山区湖北联中完成。父亲详述了这段鄂西生活：

> 1938年日军逼近武汉，湖北省组建湖北联中，校址分设鄂西鄂北，我报名就读巴东分校（初中），只身离家。当时学校可以免费吃、住并供给四季穿衣。学校是在巴东县的山区和外界隔绝，生活有很大变化（尤其是对身为回族的父亲而言——作者注），对我来说是一个很大的锻炼。
>
> 1939年秋初中毕业，升学到湖北联中高商分校。这个学校开始仍在巴东县境内，峡江边的一个小镇——楠木园，后因日军逼近三斗坪，学校迁到利川县汪家营口镇，我充分利用三个假期，扎扎实实读了大量的古典书籍，例如：《古文观止》《论语》《孟子》等，大大提高了我的语文基础。

一直以专业为财经却有着颇为扎实的古典文学根底的父亲为骄傲，上大学时，每每写信汇报自己学习古代文学经典篇章的心得，父亲总是回应得十分欣喜，渊源竟是在此。

1942年7月，父亲高中毕业，迈入社会。先在恩施（当时的湖北省会）湖北省田赋粮食管理处实习，一年后到重庆投奔伯父，由伯父介绍到太平洋保险公司工作，当办事员，由于勤勉上进，从低级的办事员提升到课长，同时也在此时考入了立信会计专科学校（立信会计专科学校由被誉为“中国现代会计之父”的著名教育家潘序伦先生始创于1928年，即今上海立信会计学院的前身）开始了工读生活。无疑，这也是父亲后来能在财经理论与实践方面多有建树的奠基石。我也看到了父亲保留的1946年初立信会计专科学校毕业纪念册上的评介语：

> 哈君为一虔诚笃实之回教徒，性静厌浮，沉默寡言；重然诺；不尚虚文，一以至诚待人，可照肝胆，兴交游，绝不见怒愠；心气之平和，素为同侪所称道，盖亦良好思想熏陶有以致也。

君好学，深思敏求；除书籍外别无所嗜。处事忠勤，勇于负责；尝语友好曰："余家无半亩产业，更无权显戚族，今日服务社会所靠者，惟自己发奋努力，苦创前途，'勤谨'二字是我大本钱！"有此崇高志节，他日辉宏事业，可信望焉！

今日看来，这段七十年前的评介，亦是相当准确地描述并概括了父亲的性情品格，人生追求。父亲正是循着这一轨迹书写着自己实在而丰富的人生。

1945年冬，抗日战争胜利，太平洋保险公司迁回上海，父亲也于次年9月奉调上海工作，这应该是父亲人生与事业的开创阶段。父亲的勤谨亦使其很快从办事员、课长到代理襄理。随着薪水的提升，父亲的经济状况大有好转，他终于可以体面地支撑起南京家庭生活的担子，还将家中的两个弟弟先后接到上海工作和读书。后来，我的三叔在北京工作，任职于现今的现代国际关系研究所，是资深的苏联问题专家、研究员，二叔则在成都从事科技工作。他们都先于老父亲两年去世。

全国解放后，父亲积极要求进步，1949年7月应聘去沈阳参加东北人民保险公司工作，还是当时的带队，他决心到艰苦的环境中锻炼自己，为新中国的保险事业奋斗一番。也正是在这里，父亲与母亲相识。当时的母亲十七八岁，从哈尔滨到沈阳参加保险业务培训班，父亲恰好是这个培训班的兼职教师，教授运输保险课。妈妈前两年在我的催促下曾写过一篇回忆录，其中写有她与父亲相识的内容：

这个培训班主要学习保险业务。班里共有四十多人，同学的年龄都比我大。当时我已经十七八岁，到了谈婚论嫁的年龄了，心里也合计着找个合适的人。在学校里，我的相貌还不错，又有一定的工作能力，也积极参加培训活动，引起了不少男性的关注，也有想和我交朋友的。但我心里有数，我有自己的择偶标准，对方要有一定的文化，为人老实，工作要好，人也要长得顺眼才行。当时的沈阳政府公职人员，有很多曾经领兵作战的军人，他们中有些虽然文化不高，但也属于打过仗的国家功臣，都成了领导干部，有些人还是单身……帮助领导干部组建家庭在当时都顺理成章，领导出面，指定一门婚事，好像很合理，很自然。一个星期六，当时一位抗日战争时期参加革命的领导派一个吉普车来接我，说要一张照片，办理去东北高岗俱乐部的出入证，邀我去跳舞。我知道这里面的意思，拒绝了。

其实，也正是在这个时候，我的心中已经有了心仪的人选，他是我们培训班的兼职老师，教运输保险课，姓哈名榕。哈，是一个比较少见的姓，他是回族。在我眼里，哈教师长得比较帅气，像电影里看到的学者，上课时他总穿一件蓝色呢子长袍，围一条紫色的围脖，显得儒雅大气。他也对我表示出特别的关心与追求。但我心中又有顾虑：这位老师年龄接近30，怎么会没有对象？我担心会受骗。他了解到我的顾虑，便找机会让我了解他的情况。那时，恰巧他南京的大姐一家生活有困难，随即他将大姐一家接到了沈阳，并为姐姐、姐夫在沈阳银行找到了工作。不久，又把他父母、小妹妹接来一同住。点点滴滴、实实在在，我看到了他的真性情，重亲情、有孝心、人品好，我的一颗心终于踏实了，认定了他。可在当时的氛围里，大家推崇的是工农干部，我喜欢文化人，就成了小资产阶级意识，认为我虚荣。但我还是坚持着自己的选择。那一年春节，我回哈尔滨，把哈教师的情况告诉了父亲，父亲基本同意。说岁数大些没有什么，只要人好就可以，这样我的心就更安定了。

果然，母亲是有眼光的。父母一生恩爱，无论是从沈阳到北京（1953年开始调到北京中国人民保险总公司）再到宁夏（1958年宁夏回族自治区筹建，作为中组部选调的回族专业干部，举家迁居宁夏）。尤其是在宁夏的日子，父母先是在吴忠材料试验机厂参与了从草创到发展的整整21年，担任财务科长和副总会计师的父亲从基础着手摸索，为厂子建立起了一整套大型重工业企业管理制度并培养出一批人员到各厅局担任总会计师。“文化大革命”期间父亲遭到迫害，但是母亲始终坚信父亲的清白，让我们给父亲送吃送喝。父亲尽管被扭残了手臂，但精神没有倒。这要感谢母亲的坚强与坚守。

改革开放后，北京太平洋保险公司恢复，父母本是有机会回北京的，但是此时此刻宁夏已经是他们生命中的第二故乡，离不开了。1979年5月，父亲调宁夏财政厅工作，任财政科研所副所长，其后又奉命筹建宁夏会计师事务所，这期间创办了《宁夏财会》杂志，对财会理论和会计改革进行了大量研究，写出了一批具有一定理论深度的文章，分别发表在宁夏回族自治区内外财会刊物上，在全国会计界有一定的知名度，也先后受到有关部门表扬和奖励。1983年起担任宁夏回族自治区政协第四届委员后连任第五届委员、常委，并任经济科学委员会副主任，宁夏会计学会、宁夏注册会计师协会副会长兼秘书长，成为宁夏经济界的知名人士。在我们子女看来，这是父亲生命中的又一个华彩段落。只是时光匆匆，留给父亲继续服务社会的时间有限罢了。

2011年父母度过了钻石婚。六十年风雨相伴，不离不弃，这不仅仅是缘分，还有相濡以沫的深情。父母结婚六十年纪念日，是我和姐姐策划、陪同他们去拍了一组婚纱照。妈妈从来没有穿过婚纱，第一次穿上它时“芳龄”八十，九十岁的老父也重新穿上了打着领结的燕尾服，一对老夫妻，两个幸福人。我们在放大的照片上分别写着：风雨同舟六十载，自信人生九十年。

父亲真正享受离休生活应该是在七十岁了。回归家庭了，父亲重坐书斋。奇怪的是，晚年父亲最爱的文学作品竟然是我至今尚未通读过的武侠小说。父亲靠背皮坐椅旁的活动书架上，是一摞摞一排排齐整的金庸和古龙的小说，父亲一本一本地读，一遍一遍地读，直到最后……我想，一生严谨，不苟言笑的父亲，是在金庸古龙的文学世界里找到了豪放不羁，找到了潇洒江湖，那是一个多么自在自足、足以放飞灵魂的空间啊！

父亲老了，九十了，九十四了。他曾经笔直的腰板弯下来了，他曾经健朗的腿脚蹒跚了，他那么喜欢美食，却咀嚼不动了，他那么会照顾母亲却也离不开人照应了……

2016年2月17日，岁次丙申正月初十，那一天，父亲一日三餐吃得特别香。早餐的倒口酥，中午的饺子，晚餐的咸水鸭，南京的老味道……

晚餐后的老父依旧洗漱净身，床前的电视机已经按他的习惯打开，新闻联播即将开始，母亲在一侧床边为父亲更衣，少顷，发现老父已仙逝。

……

送归老父，焚香祈福。

朋友圈里，妹妹婴子再发一条微信：

> 最美的笑颜，慈父的拥抱，最后的挥手。“拜拜！等我再回来！”没想到，离开银川，飞抵北京，仅仅六小时，慈父仙逝。他等我再回来，我回来，他走了。母亲念叨一句：“你不走，他不走。”父亲留我，让我送他……

我发微信补充：

> ……幸亏妹妹妹夫还没登上飞往华盛顿的飞机，幸亏儿孙们大多在国内，他给我们预留了见他送他的时间……小妹说，爸说等我再回来，我回来，他走了。或许，九十四岁的老父想让幸福的团圆就在这日定格，他挥手说“再见”，却不愿再过三百六十天……

挥手，就是永别。

2016年3月20日于湖畔静云阁

姨①

谨以此篇献给姨——一位平凡而善良的保姆

——题记

姨离开我们三十年了，三十多年的日子里，姨总会在不知不觉中走入我的梦乡，跟我絮叨往事，跟我数落家常。有一回，甚至跟我说起要一块好看的花布……梦醒后的我，便总是呆怔怔地忆着，等着姨带着几十年前的样子缓缓向我走来。

往前推，那是二十世纪五六十年代，姨六十来岁，一头灰白的直发用黑发卡别在耳旁，夏天，常穿一件月白的大襟上衣，一条灰色的中式裤子，黑色圆口布鞋，一双大脚在她那个年纪的女人中挺显眼的。姨是地地道道的老北京，我的普通话说得好，应该说与姨有直接的关系。打从一出生起，我就在姨一口京腔的呼唤、哄劝、唠叨中耍赖、撒娇、逞强、长大……每天上学，我叫着“姨，我走了！”每天放学回来，我嚷着“姨，我饿了！”“姨”来“姨”去我叫得响亮，叫得自然，可瞅冷儿的会有小朋友问我：“你干嘛不叫她‘奶奶’叫‘姨’？”是啊，姨比妈妈大三十岁，老相得多。八九岁的小姑娘心眼还是有的，从没问过姨，却也懵懵懂懂知晓了一些。

姨与我们家没有血缘关系，准确地说她是保姆，是父母从北京带到宁夏的。1958年，宁夏回族自治区成立，需要少数民族干部，因父亲是回族，故从北京中国人民保险总公司抽调支宁。其时我三岁，姐姐五岁。姨是爸妈单位一位同事的姐姐，当时正在我们家帮佣，妈想请姨先一同到宁夏，待俩孩子大些再送她回北京，姨爽快地答应了。可不仅姨没想到，就是妈也没想到，这竟会是姨与老北京的告别。

想当年父辈们支宁的热情感天动地，不仅是二话不说打起背包就出发，到了宁夏，还情愿放弃留到首府银川的机会，一竿子插到底到吴忠创办三线大工厂（一机部吴忠材料试验机厂）。创业之初条件艰苦可想而知，没有北京的高楼大厦，只有建造在一片坟茔地上的几排土坯房，没有方便的自来水，要从远处打井水……从未离开过北京的姨一下过上了这般艰苦的日子，整天忙这忙那，操持着家务，却从没发过怨言。日子一天天、一月月地过着，不知姨动没动过回北京的念头，反正我又有了弟弟妹妹，反正姨又

①原发于《朔方》1998年第三期，修改稿收入《新时期中国少数民族文学作品选集》（回族卷下），中国作家协会编，作家出版社，2013年12月版。

继续帮妈带着弟、妹，帮妈管家理事……年复一年，送走长长的岁月。

姨在世时，我们都没正面询问过姨的身世，兄妹四人仿佛固守着共同的默契，生怕不小心触动了姨的心绪，触动了姨埋藏心底的喜喜悲悲。可姨远比我们超脱得多，没准什么时候，会听到她拖着京腔过瘾似的拉上几句陈年旧事，那会儿，我们也准保会定在一旁，瞪着俩眼听戏似的，听着听着，也就听出了这么一段故事。

姨是1901年生人，按她的话说属两个朝代的人，大清朝时还见过皇上出巡。姨的娘家似乎不穷，像是败落的八旗子弟人家。姨家就姨一个女儿，兄弟倒还有几个。姨打小儿没吃过什么苦，她可以穿戴齐整的衣裙，梳两把头（清朝时小女孩的头饰），可以抹气味芳香的桂花头油，可以拿着铜子儿到胡同口买又酸又甜的冰糖葫芦，尝又香又脆的油炸蹦豆，看吹糖人儿，吃烤白薯，还可以跟着哥哥弟弟赶庙会看戏，去茶馆听书……闲下来，也会与邻居家的女孩儿凑在一起学活儿（描花型，剪鞋样儿等）。姨同所有人家的独女一样也任性，我们曾指着姨的大脚发问："您怎么不裹脚？"姨说："老北京清朝不裹脚。"可天知道是她怕疼不愿意还是别的什么因由。姨不识字，但哥哥弟弟们识文断字，时不时的也常在灯下"之乎者也"地拽上几段。慢慢地，姨的肚子里就也有了些说古论今的典故、神鬼狐仙的传说，姨的性情里就也生出了几分崇尚文化、崇尚读书的雅致……多少年后，在我们的童年里，也才有了那么一串细水长流的听姨讲故事的光阴。

姨出嫁时年龄已不小，说不上什么缘由，许是娘家高不成低不就，要么就是姨一直没遇上一个可心的人。架不住日月如梭，青春易逝，姨在二十七八岁时还是被嫁了出去。夫家也是个大户人家，曹姓，丈夫是个书生，听说还是曾经的五四青年，但却是个因失恋自暴自弃抽大烟而病入膏肓的废人。可姨偏就认命，"嫁鸡随鸡，嫁狗随狗"，她这么说。服侍这冤家没两年姨就守了寡，无儿无女的，靠夫家给的几个可怜的生活费，靠给哥哥弟弟带孩子，姨在寂寞中打发着长长的日子……再后来，五十出头的姨就成了我们家的保姆。

姨的名字叫贺志华，一个很男性的名字，那是我在户口簿中看到的。姨说是登记户口时公家人给写的，我想姨应该是姓"赫"，满姓，或许该叫"芝华""枝画"什么的，叫"志华"那无非是姨不会写字，户籍员图省事想当然写上去的。我还看到户口簿中与户主关系一栏写着"母"。

在别人眼中，姨似乎有些乖僻，她很少主动去邻居家串门，也不好客。她只待见我们家的孩子，别人家的孩子来家里找我们玩，她不高兴不欢迎；弟弟跟别人打架受了委屈，她会怒气冲冲地去找人家"理论"。从北京时起，妈妈每月都付给姨十八元保姆费，这在当时是不少的钱呢。不少老人都羡慕姨，那时亲儿女每月能给老人五元的补贴都是很不错的。姨有吸烟、喝茶的嗜好，小时候我常被姨派去买烟、买茶。烟是那种两角左右一包的《绿叶》，茶则是五六角一两的花茶。除此之外，姨不存钱，常塞给我们一毛，两毛去买零食，或给我们更多的钱去干果店买我们都爱吃的柿饼……二十世纪六十年代自然灾害时期，姨一度买不到那种两毛一包的《绿叶》烟了，只好抽烤卷烟。我和姐姐没事就帮她搓烤烟叶，还将旧书本裁成三角形的小长条儿卷成纸卷儿，再把搓碎的细烟末儿塞进去裹住。当时，姨有一个专门盛烟卷的小笸箩，总是盛满我们姐妹帮她卷好的小烟卷儿。

那时候，没有电视机，孩子们除了疯玩外，就是缠着长辈讲故事。于是，姨的那肚子故事，大大地派上了用场。什么九头蟒的故事、七仙女的传说、七月初七夜，牛郎织女鹊桥相会，包括《聊斋》什么的，都是在这时候走进我们心灵的。姨的故事拉得很长很长，连同着她的爽朗、她的忙碌，连同着她的大嗓门的言笑在我们童年的岁月里细细地流淌，在父母忙于建设的年月里，姨成了我们兄妹四人最亲切而实在的依恋。姨最爱听广播，家里一台上海凯歌牌收音机就放在她的床头桌旁，伴着“小喇叭开始广播了”的清脆童声与悦耳的音乐，她与我们一起听孙进修爷爷讲故事。姨时不时还让我们给她念语文课本里的神话典故什么的，如《猎人海力布的故事》《西门豹治邺》《只许州官放火　不许百姓点灯》《文成公主进藏》等，朗读的任务好像往往是我吧。回想当时三四个娃娃围着脸上漾着笑纹的姨，捧着一本书读书听书的情形，还真是温馨动人。

在我们姐姐弟弟中，最让姨上心的莫过于弟弟，谁叫我们家就这么一个宝贝兄弟呢。姨偏袒弟弟，跟一般老人家重男轻女没两样。三年困难时期，一家人都吃菜粥，唯独弟弟吃白米粥，一家人都吃野菜花卷，唯独弟弟吃没卷上野菜的纯面花卷头。因为溺爱弟弟，姨甚至常与父母争执，更不允许别人欺负弟弟一个手指头。弟弟两岁了，妈妈送他上厂办托儿所，姨悄悄去探望，看到弟弟哭得鼻涕眼泪的，一把抱起来就回了家，自此弟弟再没有上过托儿所。弟弟上小学了，一写作文就犯难耍脾气，姨宠他，“逼”着我替他写，其实她也知道这样不对，但姨说大了自然就会写了（倒也是，弟弟后来文章写得不错，一度还尝试过写小说）。弟弟打小任性，常倚小卖小，时不时会惹姨生气。其实，弟弟那也就是嘴上调皮，心里却跟姐姐们一样，从没把姨当外人。1983年姨病重，读医学院正在实习的弟弟把姨背出背进的住院、治疗，比亲孙子更胜几分。

在我的印象中，姨除了吸烟、喝茶的习惯外，还有一些老讲究：抹脸必用老牌子的“百雀羚”，梳头必抹点有香味的头油（“文化大革命”中破“四旧”也没使姨改掉这习惯，姐去北京串连，还特意给姨买回瓶桂花头油），偶尔患病也只认中医。姨从不去澡堂，都是在家洗浴。穿衣裳更要讲究手工缝制、中式偏襟上衣缅档裤。姨的衣裳一般是她自己做，后来，姨眼睛不好使了就教姐帮她做，姐正是在这时跟姨学会的缲边、刹袘、盘钮扣等活计。至今一旦拿起，每每被人称叹，可见受益匪浅。

姨孑然一身随我们从北京来到宁夏，没见她有什么家当，只有一只旧式小皮箱，那是由北京来宁时父母给她装衣物的。姨有两个蓝布包袱总是塞在床头靠墙处轻易不让人动。逢她高兴，则会解开来，摸索出仅有的两封信（还有两张照片）让我们读给她听。信是她北京孀居的弟媳红岫和曾过继给她的侄女写来的，那是她与北京、与亲人的唯一念想。姨常跟我们念叨北京的白塔寺、什刹海、阜成门、鼓楼、地安门……那是她曾经生活过的北京。姨也常跟我们唠起小时候看庙会、听大戏、买糖人的往事，忆起老北京诱人的小吃、酸甜可口的冰糖葫芦……现在想来，那里面该藏着姨对北京的多少思念啊。

姨为我们家操劳了半辈子，妈说姨是功臣。妈一直管姨叫“大姐”。姨没能等到回北京的机会，却等来了“文化大革命”的风风雨雨。“文化大革命”的风暴袭来，学生时代曾加入过国民党，表兄又在美国的爸爸一夜之间成了“特务”，就连姨也受到了怀疑，成为造反派假想中的“老特务”（因为电影《羊城暗哨》中的女特务头子，就是装扮成保姆的）。家里被抄，尽管没有抄出造反派预想中的“电台”“美元”，却从爸爸珍藏多年的青年时代的日记本中翻看到一帧印有蒋介石画像的插页。“罪加一等”，爸的批斗会不断“升级”，会场就设在我们家前面一栋楼一楼办公室里，造反派的口号声、打骂声挡不住地往耳里灌。每当这时，姨总是紧紧拉着我们的手，恨恨地骂：“这些不讲理的，赶明儿不得好死！”烧饭时，姨总会更精心地煎两个荷包蛋埋在米饭底下，盛在饭盒里叫我们给关在“牛棚”（隔离禁闭室，就在我们住宅楼的前二排）里的爸爸送去。在那些不堪回首的日子里，姨和我们一起担惊受怕，常常低声叹息，愁眉不展。

这样的日子好长好长，直到一年后方有所松动，爸爸他们可以每天挂着牌子戴着白袖标（写有某某狗特务、走资派等）到郊区工厂去劳动了。每天傍晚，他们这五六个人，会准时踏着夕阳从田间小路归来，回他们的“牛棚”。我和弟妹也准会在此时趴在我家二楼的南窗上等爸爸，爸爸他们都会朝我们笑，朝我们招手。家眷不在此地的“叛徒”张叔叔，也会在此时嘱我代他买些他爱吃的熟肠送去……看到这情景，姨的脸色舒展多了。

让人揪心的日子终于慢慢缓解了。在妈妈的不断申诉下，爸爸终于可以回家了。我在学校里也碰上了好老师，选我去播音，挑我去演样板戏、跳芭蕾舞。我演的惠莲、我跳的《白毛女》姨都看过，姨看时眼里亮亮的。

在姐姐妹妹中，姨带我睡的日子最长，搬到楼房后，爸妈带小妹睡，姐和弟单人单床，我和姨就合睡一张大床。我冲里，姨冲外，因为姨好起夜。还记得，那一阵我高中毕业刚留校，正值豆蔻年华，心里不时会有些小秘密，我瞒父母却不瞒姨，我的心事姨全知道，而姨也会分析来分析去的给我不少安慰。

恢复高考后的1978年，我和弟弟双双考入了大学。我飞向了南国的校园，弟弟则进了宁夏医学院。而姨，却一天天地老了。

我大学三年级时，父母从吴忠调来银川。年近八十的姨在一次摔伤腿后，失去了行动能力，整天窝在床上。妈妈来信说，家里下决心要买一台十二英寸的黑白电视机，为了给姨解闷。是啊，那时我和弟弟都在上大学，家里经济上很紧，但为了姨，还是花了这笔钱。假期回家，电视机果然摆在姨的屋里。妈妈尽心服侍着不能下地的姨，也仍一如既往地每月给姨十八元钱。这时的姨烟已经不大抽了，买什么自然也用不着她花钱，姨总是把这钱掖在褥子垫下，等弟弟回来悄悄地塞给他……

1982年我大学毕业回来后，还是与姨同住一室，帮妈服侍姨。1983年，姨的病经过几次反复终究没什么好转的迹象，望着姨衰老的模样，心里酸酸的，仿佛有一支即将燃尽的蜡烛在眼前忽闪忽闪……6月初的一天，姨终于走了，走得十分安静。那个晚上，全家人围坐在姨的屋里，望着那一下空落落的木板床，念起姨在我们家近三十年的点点滴滴，唏嘘不已，直到深夜。我听到姐姐在嘀咕：姨怎么没熬过端午节呢?

姨原本是希望土葬的，妈曾许愿给她买口棺材。可眼瞅着辞世的国家领导人都一个接一个地火化了，姨也不得不默然首肯，说，“周总理都火化了，我也火化吧。”那天，我们全家臂戴黑纱来到殡仪馆，看着姨被平放在大厅中央，大厅空荡荡的，只有我们一家人。姨身着妈早些年就为她做好的那件古铜色丝绸棉袄，黑色丝绸棉裤，脚上是一双她最爱穿的老北京圆口黑平绒布鞋，那是姐姐出差去北京特意在地安门商场买的。姨两手静静地垂放于身侧，一头灰白的短发齐整地抿在脑后，姨略显瘦长的面容极平和地舒展着，神态安详。妈妈哭了，我和姐姐也哭了。由她最疼爱的弟弟抬起……在我们的注视下，姨倏忽间不见了。

从殡仪馆出来，高高的烟囱还散发着缕缕青烟，我们不断地回头仰望。觉得那是姨化作了一缕青云，在蔚蓝的天空飘摇，她舍不得我们，舍不得我们这些她亲手带大的孩子，舍不得这个相处了三十年的家庭，她是在追随我们归家、归家……

那之后十多年，每到清明节，我和姐姐都要去殡仪馆看望姨，姨的骨灰存放在那儿。每次，姐从管理人员处拿到钥匙，打开骨灰陈列室大门，我们轻轻走进去，里面阴森森的，仿佛有无数亡灵在我们身旁游荡。姐领我到姨灵位前，姨仍在照片里安静地笑着。姐捧出骨灰盒，我们出来到僻静处，把姨轻轻放下，拿出她爱吃的果食、爱抽的香烟……燃起一蓬暖暖的火，静静地陪姨呆上一会儿，每年，每年……

姨随我们一家来到宁夏，但生她养她的北京是她心底永远的牵挂。三十年间她不是没有动过回北京的念头，但一是家里离不开，二是她在北京的至亲们也渐次老病逝去，归无所居啊。姨生前没能再回北京，是姨的遗憾，也是我们姐妹兄弟心头的遗憾。姐姐与我商量，可不可以将姨的骨灰送回北京呢，我点点头应了。

1997年4月，一次出差北京的机会，遂使送姨归乡的夙愿得以实现。

在那个春日的傍晚，斜阳余辉洒落在银锭桥畔、什刹海水面。垂柳依依，水榭翼然，静静的假山旁，我焚烧了写给姨的这篇祭文。然后，轻轻打开装有姨骨灰的红色绸袋，一把、一把，将姨白色的骨灰慢慢地洒向波光粼粼的水面……忽地，一阵风起，手中的红绸袋竟从手心悄然滑落，很快便在湖水的涟漪中远逝……哦，姨，就这样充满欢欣地扑向了她魂牵梦绕的故园，她深爱的北京。

姨，您真的归家了，您一路珍重。

1996年9月27日初稿，2013年修改

载满童心的小船

已经不记得童年时做过的那些作文，已经不记得童年时写过的一页页日记。随着岁月的流逝，它们在完成了自己瞬间的“辉煌”后，早已悄无声息沉淀到主人朦胧而久远的记忆深处了。但是，与这种童年写作搅和在一起的那一份童年的心情、童年的梦仍依稀可寻，时不时在心头搅起一层层细碎的浪花……

那阵子，《雷锋日记》《王杰日记》是我们那一代孩子的必读书。每个孩子也都巴望着哪一天会有这样一本日记陪伴自己“英名永垂”。所以抓起同学们的日记，少不了都是一行行热得烫手，红得燎人的壮语豪言，弄不好，哪天心血来潮，刺破小手指，蘸着碎碎的血珠还来篇血书什么的，当然，这也无可非议，一个时代有一个时代的烙印……

时间过得真快，自己的孩子也到了为写作文、日记作难的年龄。不知从何时起，大儿子的语文作业开始逐日加码，如今四年级，老师要求一天一篇日记。儿子尚没见灵童开窍之迹象，离“文思泉涌”的写作佳境也还相差十万八千，但是，争强好胜之心与生俱来，尤舍不得那一个个红笔批就的“优”字（这倒让我想起自己童年时作文被老师评为范文时美滋滋的心情）。可是，“天天”，什么事架不住一个“天天”，几天的新鲜劲一过，往往是抓耳挠腮一个晚上也不见他写出几个字。于是，儿子的日记成了全家人的“心事”。坐在饭桌前，少不了有人“面授机宜”，然而定睛一望，儿子的一双大眼睛眨巴眨巴，眸子里写满的仍是懵懂与迷惑……不过，从那以后，时不时会觉出儿子的一些“反常”行动：星期日上午，不像往常闹着出去玩，而是挤在卫生间里，越帮越忙地和大人掺和着洗衣服；弟弟有病了，自告奋勇独自拉着弟弟去打针。起初，大人们往往莫名其妙，拗不过只好由他去，直到儿子“行动”完毕，听他兴奋地大叫，“我可以记日记了”，方呼出一口长气，一颗嘀嘀咕咕的心也才归了原样。

忽有一日，天色已晚，这小子捂着嘴连叫“牙疼！牙疼！疼死了！”大人急得浑身是汗，赶忙蹬车驮人上牙科急诊。守着儿子，看他龇牙裂嘴让医生动针动钳把活动的乳牙拔掉，忽瞥见这小子乐陶陶、一副洋洋自得样，恍然大悟，连呼“上当”。急煎煎、喘呼呼，到头来仍是帮儿子完成写日记的前奏。气得扭头冲儿子喊：“小子，你还有几颗牙可拔？”

然静而思之，像孩子这样能够为着一个目标的完成，实实在在地努力并付出，不也是一种可爱与可贵吗？脑海中滑过久已逝去了的童年日记，两相比照，倒也成为了一片独特的“风景”，连接我们两端的，该是时代的进步与人类情感趋向自然的流动……

日子一天天从指间滑过，一家子的“心事”尚在，但聊以自慰的是，儿子的笔底开始有了些滋润的气象：有了逢年过节的热闹，有了亲朋老幼的笑语音容，也有了冬去春来、风雨虹彩的缕缕踪迹……更可喜的是，儿子的笔底涌出了童真，涌出了温馨，涌出了丝丝缕缕透明的情愫。偶尔翻开儿子的日记，悄声揽读，常忍俊不禁。

我非常想当组长，可是大家从来不选我，我只好眼睁睁地望着别人挂上了一道杠、两道杠……有一次，我梦见我当上组长，给大家服务、发本子……

当值日生也不错（在大门口值勤），今天下午班长说：“李翔去成都看病，所以要重选一位值日生。”听到这儿，我非常激动，心里祈祷着，非常希望大家选我当值日生，可结果是我们组的肖亚楠当选了。当时，我的心都快跳出来了，真想大叫一声：“是我！”

“好惨！”读到这里，不禁心生同情，仿佛看到了儿子懊丧的样子，没想到这小子还是个“官迷”！

是啊，儿子的童心是无邪的。儿子的日记多像一只轻轻飘荡在金色长河中的小船，它载着五彩缤纷的霞光，载着飘飘扬扬的纯真思绪，飘荡在儿子童年的岁月中。我忽然觉得，印着儿子歪歪扭扭字迹的这一册册日记，竟也有了一些分量、一些韵味……

我想说，孩子，但愿在今后长长的日子里，你能永远保有这真、这执着，这点点滴滴沁人心脾的挚诚与爱心！

北戴河纪游

北戴河，是我心仪已久的地方，终于有机会去那儿，心中竟泛起一阵小小的激动。此次同行的还有梁忙海君，我们一道去参加中央电大在那儿举办的中国文学师资培训会。

正值六月，暑热尚未来得及铺天盖地袭来，素有“夏都”之称的北戴河更显得柔润宜人。一踏进北戴河，给人的感觉仿佛一下子掉进了绿的怀抱：公路旁、街道边绿树成荫，住所前后绿草茵茵，更不用说不远处的海滨水天相接、绿波粼粼……只觉得眼爽净极了，心情澄澈极了。说来也真是，虽长在北方，可偏好痴痴地恋一个“绿”字，从儿时的绿蝴蝶结、绿棉袄、绿裙子……到一切绿色的植物，总觉得，沾上一个“绿”字，就马上拥有了一份水灵灵的生命。大学四年，与绿色相伴，滋润了学业，更滋润了一个绿意葱茏的心情。毕业返乡，梦魂牵绕常在青山绿水间……所以，此番北戴河之行，可谓又圆了一回绿之梦。

也曾有人问我：“喜欢山还是喜欢水？”我说：“无山不险，无水不秀。”其实平心而论，还是爱水更甚。北戴河绵延百里的沙质海岸线，在我看来，那是蕴藏着无数梦幻、无数迷人的律动所在。短短三天会期，北戴河海滨留下了我们流连漫步的脚印与身影。

记得第一次到海滨是在会议头一天的午后。吃过午饭，就与李平君、建新君相约去了海滨。从我们的住所（国家民委招待所）走大约十几分钟，途经玫瑰园公园往左一拐就是海滨了。那一刻，只觉得眼前豁然一亮，仿佛洞开了一个蓝得透明的世界。这属于渤海湾水域的一片碧水，浩瀚无际，与长天一色。阳光下，宏阔的海面上涌动着是一层层粼粼的金波……我的眼、我的心瞬间急剧膨胀，但也无以容纳这海的浩瀚、海的辽阔，一种亲近大海，与大海融为一体的欲望油然而生。迫不及待套上一只红色的游泳圈，与伙伴们挽手相携跃入海面，随波逐流……我感到了大海温存的依托和海浪柔情的涌动与抚爱。

来北戴河走一遭，海上日出的胜景是不可不看的。那天凌晨三点半，我们相约的六人：李平（中央电大）、建新（浙江电大）、忙海（宁夏电大）、万仪（重庆电大）、晓勤（安徽电大）就悄然起身，趁着朦胧的天色径直向鸽子窝（观日出的最佳景点）奔去。赶到鸽子窝海滩，那里已是人声浮动。凌晨的海滨尚有几分凉意，但挡不住一群群的观海人的热情。凝望此时的海面，渺渺茫茫，如诗如梦。一层薄薄的轻烟般的纱雾悄无声息地萦绕弥漫……近海处，微明的水光天色中可见几只渔舟静静地停泊，几盏渔灯在海面一明一灭摇曳生姿，似乎絮说着一串古老而诱人的故事……默默伫立海滩，看那水天相接处，淡青色的云雾轻柔地翻卷浮动，不急不慢，好像在故意搅动观海人焦急的心情。我们翘首眺望，我们憧憬、祈盼……快四点半的时候，海滩人群中渐渐有了一种紧张的气息，只见在那天的尽头、海的尽头开始起了一种隐隐的骚动，先是透出一点点粉红，紧接着那已浸染上了一层粉色的薄云也开始不停地翻卷，变幻出多姿多彩的景观。然而，太阳仍然没有露脸，这倒勾起了我们的遐想：看这五彩斑斓的云霞多像是迎亲的队伍，在千呼万唤着新嫁娘的到来……天边的云彩终于红得非常热烈了，一轮仪态万方的红日终于踏着大海的和鸣缓缓跃出了海面……我们的眼前，顿时是一个金光灿灿的世界！一阵欣悦的欢呼声随之回荡在洒满晨曦的海滩……

即将离开北戴河了，那天晚上，又一次漫步海滨。没有月光，海面暗蓝、深幽，海浪哗哗冲打着沙滩，潮水浸湿了每个人的脚，没有人说话，只是静静地、静静地倾听着心灵与大海的交流……

携带着北戴河的和风绿意，满蕴着北戴河柔润的气息，我们踏上归程，隆隆车轮声中，又记起北戴河迷人的姿容。

草原上的招手

八月里有一串令人心怡的日子。暂离三尺讲台，跟随学校组织的暑期旅游团，沿着青海湖、塔尔寺、诺尔盖草原、黄龙、九寨沟……做了一次回归自然的旅行。

回来许久了，每当思绪的小船悄悄地驶向那与大自然同在的日子，记忆的底片上总会不自觉地闪现出旅行中最为动人的一幕。

一路上我们曾来回两次经过位于四川阿坝州的诺尔盖草原。大草原的广阔无垠、大草原的绚丽多姿给我们留下了极其难忘的印象。草原之大，那撒满山野的牛羊犹如镶嵌在绿宝石地毯上的点点珠贝；草原之辽阔，那时隐时现的帐篷像隐伏在绿野草甸中的一叶风帆。那么，草原上的人呢？是啊，在广阔无际的蓝天绿草中，草原上的人显得好稀少、好稀少，它使我们这些在人声喧嚣的城市住惯了的人们感到了一种与天地共存的宁馨与淡泊。仿佛有一缕情愫，正悄悄脱离心壳，飞向这绿色的草原……

忘不了，返回途中的诺尔盖草原。那天，正是清晨，诺尔盖草原像一位盛装的藏族少女向远方的客人舒展开她明媚的笑靥。草原的天空清澈如洗，绿色的原野辽阔无比；草地上的牧草滴着露珠，映着五彩；草地上的牧群嗅着清香、踩着花黄。远山如黛，白色的晨雾如纱如丝在青翠高峻的山间缭绕、飘浮。仿佛一叶轻舟，我们的旅游车正从这一片明丽中缓缓地滑过。忽然，大家的目光不约而同地集中到车厢右侧的窗前：啊，一个孩子，一个藏族小男孩正从远远的一顶帐篷中向我们飞快地奔来，他挥着双手连连欢呼致意，远处站立的藏族同胞也遥遥地向我们招手……我们看到，孩子的脸上绽放出灿烂的笑容。尽管这遥遥的招手一路上已见惯不怪，但不知为什么，这一刻我的心里却突然充满了感动，热泪溢满眼眶。面对这草原上的招手，面对这微笑，我同时挥起的手仿佛再也无法放下。贴着车窗，久久凝视着那逐渐远去的身影……我知道，我心海的底片上将永远难以抹去这草原上的一幕！

啊，草原上的孩子，草原上的藏族同胞，尽管，我不能深切地体察你们平实亦多彩的生活，剽悍抑或敦厚的性格，但是，这一刻，我却分明感受到，你们看似平静似水的心中激荡着对草原之外世界的向往，感受到一种共同的友爱在我们之间汩汩流动……山路蜿蜒，像蓝天抛下的一条白链。我想说，草原上的人们、草原上人们的心是否也随着这道路的盘旋，默默嗅着现代，悄悄奔向文明？而我们，又如何能够忘怀，在现代和文明的源头，遗落在华夏大地上的这一片古老和静穆……

怀着对大草原扯不断的情愫，我们扑向被繁花绿草簇拥着的草原的怀抱。多好啊，移动的牧群，还有骑马放牧的草原上的孩子……该做怎样的解释呢？仅一眨眼的工夫，原本在讲台上文质彬彬的书生，此刻竟成了驰骋草原的骑手。看他们手持缰绳，跃马草原的那一份豪迈、那一份潇洒、那一份自信和欢乐，我相信，这或许是他们有生以来难以寻觅到的最好感觉！草原上的孩子热情豪爽，憨厚的笑声中，传递出一片纯真和欢乐……无数快门，摄下了我们此时此刻的欢悦以及与草原上的孩子相拥而坐其乐融融的瞬间……

停在一旁的旅游车开始轻轻地摁动喇叭，草原上的欢乐只得恋恋不舍地移入车厢。可草原上的孩子却跃上枣红色的骏马，傍在旅游车旁久久不肯离去。继而，孩子仰起红润的脸庞唱起了草原上的民歌。歌声嘹亮、悠扬，又似夹有一丝微微的凄婉……孩子一边唱，一边用手做出弹奏马头琴的动作。虽然，我们并不知道歌词的含意，但是，那一刻全车人的静默，那一刻在歌声中飘浮、飞腾的灵魂却记录了我们永生难忘的感动和沉醉……

再见了，诺尔盖草原！再见了，草原上的孩子！

我们会永远记住，这草原上的欢乐、草原上的招手……

西行笔记（节选）①

这是二十世纪末的一个夏日，作为电视专题片《西夏故土行》摄制组成员之一的我，随宁夏人民出版社、宁夏社科院的专家考察队，沿丝路古道探访西夏故地。整整二十八天，我们由银川出发，一路经宁夏的海原、西吉、固原、中宁、中卫、青铜峡，然后由兰州进入河西走廊的武威、张掖、酒泉、安西的榆林窟、敦煌的莫高窟，以及内蒙古额济纳旗的黑水城……最后返回银川，总行程五千余里。时间已经过去了许久，但我的西行笔记中却长久地保留着那个夏天所特有的气息……

古之肃州今酒泉

（考察日记：1999年8月12日）

在西行的路上，酒泉是我们的一个中转站。我们曾经三次落脚酒泉。

从张掖往酒泉，一路上飘着细细的雨丝，不知为什么我们都觉出点儿“酒”味儿来。不知是谁在吟诵那首有名的《凉州词》：

葡萄美酒夜光杯，欲饮琵琶马上催。
醉卧沙场君莫笑，古来征战几人回？

在美丽的夜光杯的故乡，我们寻找着历史。

酒泉，古之肃州。今酒泉专区行署所在地，距张掖二百多公里。曾是西汉所置河西四郡之一，汉酒泉郡治禄福，即今之酒泉。据说酒泉之名是因霍去病将汉武帝所赐御酒倒入泉中与士兵共饮而得。北宋时，肃州与甘州等同时入于西夏，西夏于此设蕃和郡。

听说酒泉存有一块西夏碑，经多方联系，我们终于在酒泉新建博物馆的一间库房里见到了保存在那里的“大元肃州路也达鲁花赤世袭之碑”。

---

①1999年8月，随时任宁夏人民出版社社长的李树江先生一行沿河西走廊考察西夏文化，此行目的一是为《西夏大辞典》的编撰出版积累史料及影像资料，二是完成一部《西夏故土行》的电视片。一行人中有中国著名的西夏史专家、宁夏社科院历史研究所的李范文、罗矛昆、景永时，宁夏大学摄影师邬志斌，宁夏电视大学摄像师王冀川等。当年，我刚从宁夏电大调入宁夏人民出版社，被社长指定作为此行的电视片拍摄出镜记者，同时担任撰稿、场记等。考察完成后，剪辑制作了电视片《西夏故土行》（60’撰稿、解说：哈若蕙，宁夏卫视2003年播出，宁夏人民出版社2001年出版VCD），本文为此行的部分考察笔记，也是《西夏故土行》电视片脚本的雏形。

可惜，这块碑已被剖为两半，它曾被用于修建城门。碑身高2.36米，宽0.91米。碑的正面汉文二十四行，每行字数不等。碑的反面为回鹘文，共三十二行。据考，碑立于元顺帝至正二十一年（1361年），距元亡仅七年。碑文记载西夏至元末一百三十多年间，西夏遗民唐兀家族历经六世共十三人的世袭官职及其活动情况，因而对研究西夏遗民及元代党项人在河西的活动有重要价值。

出酒泉市区西行，不远即可到万里长城的西止点——嘉峪关。

登上这天下雄关，伫立远眺：祁连山连绵耸立，白雪如盖；长城逶迤天边，火车飞驰关外。

晚霞似锦，一片绚烂中，我们突然找到了西行之路的一种感觉，那就是壮美。

走进神秘的黑水城

（考察日记：1999年8月14日）

探访神秘的黑水古城，是所有西夏文化研究者的向往，自然也是我们此行的一个兴奋点。

从酒泉到额济纳旗要穿越巴丹吉林沙漠，走整整一天。

一望无际的戈壁，一望无际的大漠，在这茫茫的戈壁上飘浮，我们的丰田面包车就像是一只孤雁。但是，翻开历史，这里却是一条有名的古道。早在两千年前的汉代，居住在漠北的匈奴族几度从此南下攻占河西走廊，汉代卫青、霍去病等名将也曾率军在此击败匈奴。而西夏元昊却在这古道的尽头，筑就了一座让人说不尽、道不完的黑水城。

这天，我们是在晨光曦微时赶到黑水城的。

黑城西北角那座覆钵式白塔幽幽地伫立在深邃的天穹下，寂寂的旷野上笼罩着无限的神秘与幽怨。

当太阳由白变红，由冷漠变得火热之时，沉寂的戈壁醒了，千年的黑城醒了！

走上被朔风堆起的沙丘，走上被日月磨损的城垣，也就走进了黑城苍凉的历史。

一千多年前，这里曾是沙漠绿洲中一座生机勃勃的城池。

西夏元昊帝于公元1047年兴建此城。并在此设西夏黑山威福监军司。作为西夏西北边境的军事重镇、张掖通向漠北的必经之路，黑城的存在非同寻常。

当时的黑城，不仅有守城的将士，还居住着党项、汉、回鹘等多个民族的居民；当时的黑城亦农亦牧，自给自足。自南而北蜿蜒流经的弱水河滋养了黑城人引以为自豪的文明。

元末明初，这里依然繁荣。

直至明朝洪武初年，为了打击这里的残元势力，明军在上游筑坝断水，迫使弱水改道西行。于是，一座繁华的古堡在年年代代的干涸中化为废墟。

随行的西夏史学专家李范文教授站在黑城残败的城垣上向我讲述着那一页悲愤的历

史：公元1908年4月，科兹洛夫率领的俄国远征队在黑城遗址得到了意想不到的收获，1909年5月，他们第二次到这里掘盗，从一座宝塔中挖掘出近两千卷西夏文古书，三百余幅精美的佛画，一部《西夏文——汉文字典》，即《番汉合时掌中珠》。借助字典可以读懂全部西夏文古书。这些古书大多是佛教经文，也有一些儒家书籍，两部西夏文诗典及一些谚语集、颂诗、寓言、故事和我国周朝几位军事家兵法西夏文译本等，他们还挖走大量的残简。

除此之外，俄国人还盗走印书的工具，如印刷西夏文书籍和单本画册的木刻板，大量的佛像及日常生活用品——手工工具，丰富的陶器。这些极为珍贵的第一手资料全部被科兹洛夫等人盗走，至今还保存在俄罗斯圣彼得堡东方学研究所和艾尔米塔什博物馆里。

这一震动世界的发现之后，英国人奥莱罗·斯坦因，美国人兰登·华尔纳；瑞典人斯文·海定和贝格曼相继来到黑城进行盗掘。掠走了许多有价值的文物。此后科兹洛夫于1929年又第三次来到黑城，发掘、采宝，然而，这次黑城守住了自己。

中华人民共和国成立后，我国考古工作者对黑城进行了多次调查和发掘，获得了有价值的珍贵资料。据统计，迄今为止，存世的西夏文献，90%以上都是在这座城池里出土的。

黑城，一座名副其实的“西夏文库”；

黑城，一座苍凉、悲壮的历史古堡。

时过晌午，我们开始返回驻地，一路上在茫茫戈壁上的胡杨林、红柳丛中穿行。胡杨古木，苍凉奇美，它的每一道褶皱的树干与伸展的枝丫，都在向我们显示一种顽强与不屈的生命的抗争。而红柳丛，则是戈壁沙原上的一道秀色。她风姿动人、妩媚婀娜，绿裙染翠，红袖飘飞。她与胡杨古木，一刚一柔，写尽了大戈壁无限的诗情与画意。

再一次回望黑城，回望被历史长河湮没达五个世纪的“哈拉浩特”（黑城），留下深深的敬意，也留下深深的祈盼。

瀚海中的绿洲

（考察日记：1999年8月16日）

神秘的黑城遗址现属内蒙古额济纳旗所辖。我们即下榻额旗宾馆。

额济纳位于内蒙古的最西部，北与蒙古国接壤，西、南与甘肃省相邻，面积11.46平方公里，人口1.5万，有蒙古族、汉族等九个民族。额济纳旗地貌由戈壁、低山丘岭、沙漠湖沼的弱水绿洲所组成。发源于祁连山的额济纳河像一条银色的飘带，蜿蜒南北，孕育了居延绿洲和独特的自然风光——最使额济纳人感到自豪的是，闻名中外的酒泉卫星发射中心就坐落在境内。

离开额旗的头天半夜，老天竟挥挥洒洒地落起了雨，并且越下越大，清早起来，地上都汪起水来，这是额旗一年多来的头一场透雨。好珍贵的雨啊，好酣畅的雨！浓重的雨幕中，天地一片混沌。我们不由地想象，雨中的黑城是什么样呢？那戈壁中的红柳、胡杨又是怎样在雨中舞蹈？那漠漠的沙海，又是以怎样的身心迎接这雨神的抚慰与滋养？

也是我们好运。三天来，天公作美，该拍的景基本上都拍到了，临走又有好雨送行。空气中透着清新，心中也很爽净。几天来，额旗的朋友们热情豪爽地接待了我们（杨班长、包·巴特尔、兰经理），分别时，竟有些不舍。早晨九时，我们启程返回酒泉，这回没走原路。旗柴主任一路送我们，从酒泉卫星发射基地军用公路走。

进入基地公路前，要在戈壁上穿行一个小时，这时雨已经明显小了，天地间只有一层细细的雨雾。没有沙尘的戈壁显得如此清净。我们的丰田车在它的怀抱中奔驰，那么，它也就是公路了。只是这公路好宽好宽，我想这恐怕是天底下最宽的马路了！就连性格内向的段师傅此时此刻都有些稳不住了，把车开得像撒欢的野马，愿意怎么跑就怎么跑，反正也没交警管着。

进入基地就上了水泥公路，路状极好，车速也快。一会儿，就进入航天城了。真的不可思议，在这茫茫戈壁的腹地，竟然隐藏着这样一个神奇的处所。这里有绿荫环绕，高楼林立，营区内布局巧妙，设置很是现代。来来往往的人群中，有不少身着夏季军服的年轻儒雅的文职官员。这里俨然是个小社会。在基地又穿行了近一个小时，途中，我们可以遥遥观望卫星发射架，看到停机坪上停放着最现代化的军用飞机，也有火车专线隆隆驰过。这一切的景观，的确让人感到新奇、兴奋，我们毕竟这么近，这么近地领略了祖国现代化国防的风采。

其间，因安检停车五分钟。我们一窝蜂地下车来，我们要踩一踩这块令人骄傲的土地。公路旁的戈壁上，有许多小石子，我们开始了拣石头的游戏。宁夏社科院历史所的罗矛昆教授拣的石头很奇特，像白兔，像乌龟，又像……可小姚大夫偏说，这儿的石头恐怕有核辐射，吓得罗教授不敢留爱，顿时，一片笑声洒落在这大漠长天。

……

进入酒泉又已是落霞满天。远远望见嘉峪雄关挂着一身金辉，屹立在万里长城的尽头，一腔豪壮又热热地涌上心间……

走进敦煌

（考察日记：1999年8月17日—8月19日）

敦煌是我们此次西行的最后一站。一早我们就从酒泉出发。

途中天气很热，路很直，很长。透过车窗望出去，我们的车好像悬浮在一条没有尽头的白色飘带上。空气干燥，骄阳似火，我们真担心路面上会摩擦出火花来。怕开车的段师傅犯困，我们轮番地没话找话说。经过七个小时的跋涉，终于进入心仪已久的敦煌市区。

敦煌市容很漂亮，城门楼很有气派，市中心有飞天雕塑与喷泉。晚上的夜市更是熙熙攘攘，很有特色。当晚我们下榻灵岩宾馆。

敦煌，立在河西走廊的尽头，也是我们此次西行的终点。但在丝绸古道上，它却是一个中继站，又是南北丝路分道扬镳的起点。整个敦煌城几乎在塔克拉干沙漠和戈壁的包围之中。由于党水北流，横贯全城，给城垣染上一片秀丽的绿色，宛似硕大无朋的金盘中间托着一块小小的祖母绿宝石。

按照日程表，第二天一早，我们到敦煌莫高窟参观。

莫高窟（俗称千佛洞），位于敦煌县城东南二十五公里的三危山与鸣沙山之间的断崖上，创建于前秦建元二年（366年）。虽然经历了长期的自然和人为的破坏，至今仍然保留了十六国、北魏、西魏、北周、隋、唐、五代、宋、西夏、元各个朝代的洞窟四百九十二个，其中保存着壁画四万五千多平方米，彩塑两千四百余身，唐、宋木构建筑5座，是世界上现存规模最大、保存最完整的佛教艺术宝库。

凭借甘肃省党委宣传部的一纸介绍，凭借李范文教授的名望，我们的活动很顺利。敦煌考古所的刘所长为我们代办了免费参观手续，并派了厦门大学考古系毕业的高材生郭小姐为我们做讲解。参观的人很多，我们有郭小姐带路，哪个窟没人就先到哪儿，可算是特殊之极。

那天我们分别参观了017、61、96、324、323、325、336、337、328、329、419、427、428等著名的洞窟，还参观了敦煌石窟文物保护研究中心陈列室。

给我们留下深刻印象的是329窟。从洞中壁画中可见出“飞天”形象从天使到飞天的演变轨迹。“飞天”是佛教净土世界的“香音神”，在莫高窟壁画的许多画面都能找到她的倩影。“飞天”在凌空漫游，有的手持莲花，有的合抱琵琶丝带飘飞，仙姿翩翩。富于高度浪漫主义色彩的敦煌飞天形象，是多种文化的复合体，是中国艺术家最为天才的创作，也是世界美术史上的一个奇迹。而328窟（初唐618年至704年）的洞中塑像，则颇具大唐盛世气象。那一尊尊菩萨像，宛如袒胸露臂、美丽多姿的女性。塑像服饰如轻纱透体，丝一样的贴身，裙褶像波浪般细密，沉思的神态，微笑的面容，无不充满魅力，令人流连。

敦煌石窟文物保护研究中心陈列室的模型窟也别有洞天。窟内壁画由专业画师临摹而成，四周布有灯光，可灵活拆卸组合，这些模型窟曾出国展览，足以乱真。由于窟内有灯光辅照，加以细腻的讲解，更便于人们细细体会窟内壁画各个细部的构造。

第二天，我们还专程去以西夏石窟闻名于世的榆林窟参观考察。

榆林窟又名万佛峡，地处距安西县城南七十五公里的踏实河谷里。踏实山谷榆树成林，榆林窟因此得名。

这座始建于北魏的窟群建有西夏时期洞窟十一个。其中的第2、3、4、29窟又最具代表性和最有学术价值。

如第3窟东壁南侧的《五十一面千手观音变图》。其中绘出兵器、乐器以及犁锄、耙、镰、斧、斗、熨斗等生产生活用具共一百四十件，还有犁耕、锻铁、舂米、酿酒和杂耍等生产、生活场面，是研究西夏社会经济生活的珍贵资料；西壁南侧的《普贤变中图》中“唐僧取经”，早于明代吴承恩《西游记》小说三百年。

第29窟南壁东、西两侧绘有西夏男、女、童子供养人和国师、单仆等形象，并有西夏文题记，是研究西夏服饰文化的重要资料。

西夏晚期的敦煌石窟艺术，不仅已形成自己的民族风格，还在许多方面对以后元代的石窟艺术产生影响。

来敦煌一游，鸣沙山、月牙泉是不能不去的。根据宾馆服务小姐的建议，我们选择了傍晚时分出游。

鸣沙山比起中卫的沙坡头要气派得多，保护得也好。面积大，山体高。有些山坡禁止游人上去，为的是让它在风的自然作用下堆起得更壮观美丽。我们的摄像机摆在北面的山上，可以拍大漠沙山，也能收沙山南麓月牙泉的一泓清水于镜内。暮色中的鸣沙山，比白天热闹得多，因为夏日炎炎，白天高温炙热，而傍晚时分暑气渐消，游人们此时进山，既可以观赏到大漠落日，又可以尽览晚霞夜色中的月牙泉秀色。待月亮升起，你会悄悄地发现，有一种超逸高拔的诗意笼罩在这山，这月，这泉、这人之间……

我记起了诗人吴淮生的一首小诗：

一弯金月／一弯绿月／金月躺在绿月怀里／绿月浮在金色海上／我坐在金海的浪尖／我披着幽蓝的大氅／心儿在金月绿月间荡漾／遐思沿飞天的飘带远翔……

——《夜访敦煌月牙泉》

月牙泉真是很奇妙，那一弯绿水，被环于沙中，终年不涸，不被沙淹没，永远那样优雅地笑迎着四海宾客，莫非这正是千佛山下的一个美丽的禅语，把这悠悠灵韵充盈在这天地人心之中，年年月月，月月年年……

古人云：“敦，大也；煌，盛也。”我想，在敦煌文化的盛大辉煌中，闻名中外的石窟艺术恰如滴落在浩瀚沙海中的这一弯绿水，神奇隽永、生意盎然，它与婀娜的飞天、静美的佛雕以及绚丽的壁画一道，辉映出中华民族历史文化的璀璨斑斓。

终于要离开敦煌了。

结束了在敦煌的考察，也就结束了西行的旅程。

那天，当敦煌刚刚在曙色中醒来，我们一大一小两辆考察车就出发了。驶出敦煌市区，我们将一路向东、向东。不知为什么，那一刻，一车人突然缄默不语，不约而同再回首，只见一轮喷薄的红日，将绚丽的彩霞缀满飞天翔舞的牌楼。朗朗蓝天、悠悠远山、点点红云，构成了一幅气韵天成的巨画。

敦煌，在我们西行的记忆中，竟是这样一个盛大、辉煌、美轮美奂的定格！

本文部分章节原载《朔方》2002年第3期

断章随笔

白乐桥一号[1]

这一幢青瓦白墙的小楼，这一处深幽沁香的庭园，巴金说："这真是我的家。"轻触门环，"我来了"，踏进灵隐的秀色，揽一山青翠，采一径书香……

薄云柔风的清晨，北高峰下的百亩龙井茶园一片葱茏。秋叶铺满山径，长树洒落斑驳，鸟鸣虫吟，踏草闻香。山峦环抱中的孟庄（中国作协杭州创作之家的别称）小楼浮动在一片迷蒙中，宛若一枚白色的小船，漾动起层层绿漪。

采尽了自然灵秀、人文之美的创作之家温馨怡然。清雅前厅，转廊环池，湖石鱼游；茶厅古色古香，目之所及，一个个熟悉而亲切的名字[2]，一帧帧笔走龙蛇的感言，令人凝想。

别致院坪，数株香樟树，浓荫蔽日，两处石桌凳，静候书生。赭红的立石，镌刻着巴金的笔迹："这真是我的家，我忘不了在这里度过的两个星期。真的谢谢你们！"[3]更有落签大石壁，青苔绿藤中似见一个个生动的面庞。

林木葱葱，竹影疏离，桂花迟落，雨打芭蕉。沿青石小径，入书房寻墨，上千本藏书记载着来此一聚的各路家人。

808[4]临窗望北，西聆灵隐梵音，东闻田园蛙鸣。一方书桌，一册留言。

灵隐钟声近／白乐村桥边／种茶西棂下／悠然观北山；远客禅心静／庭中池鱼间／方方一亩地／俨然是家园。[5]

十日后，我欲何言？

---

①中国作家协会杭州创作之家位于杭州市西湖区灵隐路白乐桥一号，原来是杭州一孟姓商人的私人别墅，俗称"孟庄"。坐落在千年古刹灵隐寺东侧北高峰下的百亩龙井茶园内。1955年，中国作家协会将其买下，作为中国作家创作休假场所。1988年推倒重建，并冠名为"中国作家协会杭州创作之家"。自1988年以来，已接待了上千名作家。巴金、夏衍、铁凝、草明、冯牧、白桦、张贤亮、李准等作家也都曾在这里休假创作。

②两边墙壁上镶着全国各地作家们在创作之家的亲笔感言，虽然大都是三言两语，但却表达了他们真实的心声。张贤亮1991年9月题写的感言为：笔走龙蛇。

③这是1990年10月，巴金先生首次住在杭州创作之家时写下的感言，之后巴金先生八十岁高龄还曾四次来此小住。

④2014年9月8日—17日笔者携家人在此休假，入住二楼808室。

⑤江苏作协邓海南题于2013年10月29日。

烟雨绍兴

惠风和畅，一行人踏访绍兴，先赴兰渚瞻兰亭。

东晋永和九年（353年）三月初三，王羲之邀请四十二位好友兰亭雅聚，众人于蜿蜒曲折的溪水旁列坐其次，看书僮用捞兜将盛着绍兴温酒的羽觞放入溪中，顺流而下的酒杯在谁面前打转或停下来，谁就得赋诗助兴，若吟不出诗，则要罚酒三樽，曰“曲水流觞”。虽才俊咸集[①]，然受罚的人还是有的，终十一人各成诗两首，十五人各成诗一首，结为雅集。微醉的羲之更是在众人的簇拥下，执鼠须笔，于蚕纸上，即席挥洒，畅然为序，曰《兰亭集序》。1760年前的这场修禊之典，流觞之美，“韵胜金谷”、心手双畅、千古流芳的《兰亭集序》，令人慨叹。“夫人之相与，俯仰一世……情随事迁，感慨系之矣。向之所欣，俯仰之间，已为陈迹……况修短随化，终期于尽。”“虽世殊事异，所以兴怀，其致一也。”[②]

茂林修竹，清流潺潺。同行诸友，无论擅小说、熟诗文、习评论，均畅笑曲水，游目骋怀，临池列坐，仿佛与羲之之众风雅趣聚。

又访鲁迅故里。

宁静、淳朴、灵动。沿街水道，黛瓦粉墙，乌篷船随波逐流，诉说着历史。周家的台门前，有高悬的红灯笼，大块的青砖铺地，横匾醒目，瓷器素雅，雕花桌椅，镂空窗棂，然老宅子的阴暗潮湿恰如一个家族日渐没落的写照。但感谢这一没落吧，正因为没落，方有鲁迅的出走，方有一种精神打开了中国文学的一方新天地。

移步老宅，人流涌动。“不必说碧绿的菜畦，光滑的石井栏，高大的皂荚树，紫红的桑葚”“鸣蝉在树叶里长吟，肥胖的黄蜂伏在菜花上，轻捷的叫天子（云雀）忽然从草间直窜向云霄里去了。”[③]鲁迅笔下的百草园，是他的童年，亦是我们幼时读书的记忆。而迈入近旁的“三味书屋”，耳边响起的竟是老先生的那一声喊：“人都到哪里去了！”三味书屋之“三味”也：读经味如稻粱，读史味如肴馔，读诸子百家味如醯醢。将知识比作美味，倒是体现了寿家塾师的良苦用心。扪心自问：我辈读书又知书中几味?

漫步街面，寻咸亨酒店。孔乙己仍着长衫候在酒店门前[④]。遂近前招呼：喂，老兄，办个私塾吧，现正当时!

水道幽长，桨声哗哗。乌篷船载得南来北往客，《彷徨》啊《呐喊》，穿越笔底人生……

至绍兴也必到沈园。知道沈园，因为陆游，也因为唐琬。“伤心桥下春波绿，曾

---

①赴会之人都是名流高士，文坛高手，有司徒谢安、辞赋家孙绰、矜豪傲物的谢万、高僧支道林等，小的包括王羲之的几个儿子王献之等。

②王羲之：《兰亭集序》。

③鲁迅：《从百草园到三味书屋》

④今咸亨酒店门前的真人大小的孔乙己塑像。

是惊鸿照影来。”忆起老父闲坐吟哦叹沈园……每回访沈园，必伫立放翁唐琬题诗壁，再吟百转千迴《钗头凤》。听放翁说：“红酥手，黄縢酒，满城春色宫墙柳”；听唐琬应：“世情薄，人情恶，雨送黄昏花易落”。听放翁叹：“东风恶，欢情薄，一怀愁绪，几年离索”；听唐琬诉：“晓风干，泪痕残，欲笺心事，独语斜阑”。放翁惜：“桃花落，闲池阁，山盟虽在，锦书难托”；唐琬告：“角声寒，夜阑珊，怕人询问，咽泪妆欢”。放翁悔：“错，错，错。莫，莫，莫”；唐琬泣：“难，难，难。瞒，瞒，瞒”。多少无奈，多少感叹，此番情愫，不忍卒闻！一段未了情，一腔千古恨，一个凄美悲情的爱情故事成就了这千古名园。

桐乡乌镇

光影斑驳，似水流年。

这里是乌镇，是“中国最后的枕水人家”。古雅灵秀的水乡古镇，幽长的古巷，青青石板路，座座石拱桥，摇橹声声，船影憧憧，尤见那推窗见水、投石碎月的枕水人家。沿河而建的这些老屋大多伸向水中，用两根石柱支撑着一间房子，面河开窗，不过，窗户上没有玻璃，而是用一块木板代替，用棍子一撑便算开窗，棍子收下，窗板顺势而落，窗便关上。听说镇上的居民们把当日吃不完的活水产，用竹篓顺水放入水中，随用随取，真是别有意趣。想起茅盾先生曾在《大地山河》中如此描写故乡的水阁：“人家的后门外就是河，站在后门口（那就是水阁的门）可以用吊桶打水……”是啊，茅盾是桐乡之子，乌镇也是他的故乡。

水的韵致成就了乌镇的静美，走进乌镇的作坊古铺，真的是走进这了绵长的历史。去年年底，第二届世界互联网大会在乌镇开幕，引发全球关注，而于我，则是又勾起了一缕对乌镇的想念。突然就想读一篇关于乌镇的美文，于是有了“子夜书韵”[①]中的《乌镇：蓝印花布上的江南》的音频作品。文章出自苏州当代女作家燕华君之笔（原文标题为《江南，蓝印花布的女孩》），道出了我们心中的江南之美。当然，更是因为那天在西栅宏源泰染坊所看到的直挂云天的蓝印花布，着实令人震撼。蓝印花布啊，或许就是江南的乡愁。

烟柳画桥，水灵灵的乌镇。走在沿街的青石小路上，时光仿佛变缓，心随流水回转，千年的流光，流走的是岁月，以及岁月里的人与事，流不走的却是这水乡的情韵，一脉乡魂。

来到桐乡乌镇，当然要去瞻仰、敬拜中国文学巨匠茅盾先生的墓地。茅盾先生出生在东栅，但他和夫人的骨灰安葬在西栅。茅盾陵园坐落在乌镇西栅灵水居内，墓园临水依丘，被苍松翠柏所环抱。墓前静立着茅盾先生的半身铜像，铜像前是一座黑色花岗岩雕刻的墓碑，那是一册打开的大书，镌刻着《子夜》第一章《夕阳》的手稿。无疑，作

① “子夜书韵”是小儿子可聪为我开通的朗诵类个人微信公众平台。

为中国新文学运动的先驱，茅盾先生贡献了新文学史上第一部现代意义的长篇小说《子夜》，还发表了《林家铺子》《春蚕》等现实主义作品，展现了左翼文学的实绩。作为新中国的第一位文化部部长，他为建设新中国的文化事业做出了卓越的贡献。但最为我们铭记的还是他在发现、提携、鼓励文学新人上所倾注的热情与心血。

> 中华民族，不用自讳，当然是个老民族，衰老的现象实在也是事理之常……民族却可以从老根茁壮出新芽来的。这一代一代的青年就是一代一代的新芽，只欲这芽不早摧折，发展是有望的。[①]

中国长篇小说的最高奖项“茅盾文学奖”的设立就是先生昭昭心愿的最好体现吧[②]。

西溪览胜

这里别有洞天。

茅盾文学奖得主麦家有文——《最美是杭州》。这应该是定居杭州的文学家麦家对杭州城最好的宣传。当然，麦家笔下的杭州之美，不仅美在山水，也美在历史，美在人文，美在智慧，美在发展。

肯定不是第一次去杭州了。大学时第一次“五一”春假，就是随班级同学乘一夜火车去杭州[③]，然后几天里一个点不落，西湖、灵隐、九溪十八涧地走了个遍。以后，出差、开会时也不时邂逅杭城。但此次休假旅行，在满城迟桂花浓郁的馨香中安享杭州的宁馨却真的是第一次。而这第一次中的第一次，还有游览西溪国家湿地公园。

西溪国家湿地公园位于杭州市的西部，离杭州主城区武林门仅6公里，距西湖也只有5公里。西溪始于汉晋，发展于唐宋，兴盛于明清，衰落于民国，再兴于当代。西溪是国内唯一的集城市湿地、农耕湿地和文化湿地于一体的罕见湿地，也是全国首个国家湿地公园。杭州历史上曾有“三西”之说——西湖、西溪、西泠。历史上的西溪占地约60平方公里，现实施保护的西溪湿地总面积约为11.5平方公里，比西湖大多了。有“福堤、绿堤、寿堤”“秋芦飞雪、高庄宸迹、渔村烟雨、河渚听曲、深潭会舟、曲水寻梅、火柿映波、莲滩鹭影、洪园余韵、蒹葭泛月”等三堤十景。

“一曲溪流一曲烟。”水是西溪的灵魂，园区约70%的面积为河港、池塘、湖漾、沼泽等水域，整个园区六条河流纵横交汇，其间分布着众多的港汊和鱼鳞状鱼塘，形成了西溪独特的湿地景致。乘船在河道中穿行，伸手可触的芦苇，四处的鸟语虫鸣，迷蒙的水色天光，自是有别于典雅西湖的另一派自然之美，轻灵静谧、野趣闲适中亦不乏时

---

①茅盾全集第14卷《精神提不起了？》

②1981年，根据茅盾先生遗愿，将其二十五万元稿费捐献出来，设立了茅盾文学奖，“茅盾文学奖”是中国第一个以个人名字命名的文学奖，是中国长篇小说的最高奖项之一。

③1978年恢复高考后考入华东师范大学中文系。当时无高铁，从上海到杭州乘坐慢车的确是要一夜的。

尚之美。西溪之游也是此番杭州之行的最后一站，心神俱佳，坐婚床，学织锦，习耕作……不亦乐乎！

告别西溪，陪同的叶老师不经意间遥指一隅，“喏，得茅盾文学奖的麦家的工作室就在西溪创意产业园！”突然觉得，那儿该是西溪新添的一景吧。近日阅朋友圈微信一则：

> 他写出了最惊心动魄的谍战剧，如今在杭州开了家超暖小书店……曾有过数次旅舍写作经历的麦家，一直有个念头：开一家不一样的书店，除了看书，它更是一个文学爱好者的家……经过一年的筹备，盘桓心中许久的想法终于兑现：麦家理想谷在西溪创意产业园落成了。在外人看来，他是一名作家，一名编剧，但在理想谷，麦家只是谷主，在谷中等着读者来看书。“读书就是回家”这句话被麦家放在理想谷的门口，而回家的读者们还会发现，世界上美好的东西都是免费的……

麦家理想谷，这是西溪对我们的新的呼唤。

我们也想回家了！

2016年4月15日于湖畔静云阁，原载《朔方》2016年第6期

卷四

艺海拾音

七月，有一串日子①

——《温莎之恋》译制配音散记

羊年（1991年）七月，在宁夏电视台译制组的工作日志上是一段难忘的日子。为了如期完成宁夏电视台引进的英国七集电视连续剧《温莎之恋》的译制任务。顾不上连连告急的汛情，顾不上南方灼人的酷暑，宁夏电视台译制组及配音演员一行7人，日夜兼程赶赴上海，与上海电影译制厂著名导演及配音演员合作进行《温莎之恋》的译制配音。

初到上海电影译制厂

上海电影译制厂，坐落在上海徐汇区永嘉路这条幽静的马路上。从我们所住的肇家滨路轻工局招待所往西左拐沿襄阳路南行不远即到永嘉路，再东行两百余米就会看到“上海电影译制厂”这个令无数影迷钦羡迷恋的厂牌。

入得门内，不由神情为之一爽。只见不算很大的院内，有小巧的工作楼怡然耸立，十余棵浓荫如盖的广玉兰树沿院内建筑物围出了一个悠然而又娴静的空地。给人以清新雅丽之感。而院东侧附设的小型电影院，东南部花园庭阁式的饭厅，更是不露声色地暗示出这里独特的艺术氛围。将要在这里同译制配音界的前辈、老师共同工作一段时间，大家的心底都涌起一股默默的激动。

那几日的上海刚刚结束了二度梅雨天气，炙人的热浪即刻卷来，每天持续高温35℃以上。每每从住处赶到这里，早已是汗流浃背。但当一走进工作楼、工作间则即是另一番感受了。在二楼中部那间开着空调的“初对室”内，为这部片子担任导演的严崇德老师正和翁振新老师并排坐在工作台前埋头整理口型本。只见他们时而凝视荧屏，细校口型，时而蹙起眉头为一句台词、一个字眼而费心推敲……看他们全神贯注的样子，不由人也屏息静坐，生怕碰出什么声响，影响他们的工作。初对室内本来就充满冷气的空间愈加显得清朗、凝重，只是主人们手中一支连着一支的香烟，使这清凉的空气中又掺入了一缕呛人的烟味。趁人不注意，我悄悄地将身后朝北的钢窗推开了一条缝……

---

① 二十世纪八十年代末至九十年代，曾做宁夏电视台特邀配音演员，在苏联电视剧《命令》（1989年中央电视台播出）、英国六集系列电视剧《遗嘱风波》（1990年全国省台播出）、意大利十四集电视连续剧《飞行员与模特》（1995年全国省台播出）、加拿大十三集电视连续剧《黑色航班》等多部译制片中承担配音任务。

1991年7月，英国七集电视连续剧《温莎之恋》的译制工作在上海电影译制厂进行。笔者有幸作为宁夏电视台选派的配音演员之一赴上海电影译制厂参与译制。目睹上海电影译制厂从剧本翻译到现场配音的严谨的译制流程，亲身感受了苏秀、尚华、乔榛、丁建华、翁振新、程玉珠等优秀配音演员的艺术风采。

情系录音棚

经过充分的准备，7月19日《温》剧正式开机录戏。下午六时整，一楼演员候播室里配音演员均已准时聚齐。默默环顾四周，为这部片子配音的阵容不可谓不“强大”，这中间有很早就从事配音工作的著名配音演员苏秀、尚华，也有为今天的广大观众、影迷所热爱的上译厂优秀配音演员乔榛、丁建华、翁振新、程玉珠，同时，上海电视台译制部的金琳、倪康等也前来助阵……谁能说，这样的一次合作，不是一次千载难逢的学习机会呢!

与演员候播室紧挨着的一间大房子就是录音棚。在我们眼里，这儿无论如何都是一个异常神圣的地方。一部又一部脍炙人口、堪称经典的译制片，正是从这里开始走进了千家万户，走进了亿万观众的心房。

宽深、阔大的录音棚，目之所及，无论是可移动悬臂电容话筒，大屏幕荧屏，还是棚内装修考究的隔音墙壁，以及完全隔离却又声息相通的录音机房……一切都那样雍容大度地向我们显示出堪称一流的气度。除了令人赞叹的译制配音设备，给我们留下难忘印象的更有录音棚内演员们严谨认真、执着不懈的工作态度以及高超的艺术水准。工作棚内可感可触的是可以激发演员强烈创造欲的艺术氛围。我们看到，录戏开始，一切都显得默契而有序。录音师按照规定的分场次口型脚本，准确地放出图像；右前方棚壁上醒目的显示器，不时亮出“准备”“实录”的字幕；话筒员坐在高靠背的木椅上操纵着悬臂电容话筒，不时调整着话筒与配音演员的最佳距离，而立在话筒扶手栏前的配音演员则全神贯注地盯画面、对口型。当进入“无声”“实录”状态时，棚内异常得静寂，我们的耳膜仿佛感到了一种沉静的冲击，静得我们都怕听到自己的呼吸。

此刻，尚未上戏的我们，也手拿台词本，跟准一个人物，默默地抓口型、找感觉……我们惊异地发现，正在配音的上译厂老演员们，经过事先较为充分的台词准备，立在话筒前，显得那样从容、自如，画面一出，准确地捕捉人物感觉、自然地跟上人物的呼吸、语势、动态……那富有表现力、层次感极强的声音形象与画面、与人物口型，顷刻间艺术而有机地融为一体。再看搭戏演员之间的默契配合，宛若真的置身于戏的情景之中，许多场戏，就是这样令人叫绝地一录即成。

在沪数日，我们的确亲身感受到了上译厂译制演职员非同一般的艺术禀赋及过硬的基本功。体悟到他们的成功源于对艺术、事业执着不懈的追求。录音棚内，无论是著名的导演还是知名的演员，从每一场戏、每一句台词的准备，有声、无声的复对到实录，毫无例外都一丝不苟，哪怕是一个呼吸，半个口型也决不轻易放过。稍有不满意就一遍又一遍地反复录制。这是录音棚内常见的一幕：导演语气亲切、见解深刻地为演员分析人物、阐述情境，稳健敏锐地把握着整体的配音效果；富有功底的配音演员，既绝对服从着导演的指令、意图，又以一种积极参与的意识，自觉主动地配合导演完善着从台词到角色的塑造……像涓涓的细流，像无声的雨丝，此情此景中，我们怦然心动……

忘不了那一个晚上，候播室里清爽、安谧。碰巧，在这部影片配音中担任主角的乔榛、丁建华老师这一阵儿没戏，我们踌躇再三上前去，托出心中装了许久的话题。可不是，乔榛、丁建华精湛的配音艺术，令无数影迷迷恋、倾倒，他们用心血塑造的形神兼备的声音形象，使人们久难忘怀……那么，作为配音艺术的痴迷者，我们又该如何步入这座诱人的迷宫?

丁建华快人快语，略带弯曲、自然秀丽的齐耳短发随着身体的运动而微微波动，映衬出她青春依旧、充满活力的性格。

> 台词不要求死背，要紧的是先读懂了再配。所谓“懂”，不是一般意义上的词通意顺，而是要理解其丰富的内涵。它包括对人物心态的揣摩，特定情境的理解，人物关系的把握……即应将所配台词看作角色本身在特定情境下由其自身逻辑性格所决定的恰如其分的心理及生理的反应。

坐在一旁的乔榛老师接上来讲。

> 是啊，每个人物，每个角色都有自身所处的文化背景、性格、气质所规定的心理贯穿动作。在同一事件面前，不同人物的心理反应是不同的，人物的语势（语言节奏、感觉）也各异。

人们都说丁建华、乔榛是一对银幕情侣，生活中的他们也充满着温馨的友谊。听丁建华一口一个“乔大哥”的称呼，不难体察到他们之间亲密的情谊。与丁建华相比，五十岁左右的乔榛老师显得更加沉稳、温厚，跟我们谈得也更仔细些。

> 对一个贯穿人物应该去捕捉并保持准确的人物感觉，使戏及人物具有整体感。对某一场戏、某一些呼之即来、挥之即去的陪衬角色，也要去摸准人物心态，观察、体味与对应人物的交流、刺激，从而一张口即可跟上人物的呼吸、语势、心态，达到与角色的吻合，也使一场戏有一场戏的整体感、完整感。

谈到配音状态时他说：“配音状态要松弛，注意口语化。”在说话过程中，乔榛多次提到“配音过程是一个‘有机’的‘综合’的过程”。他认为，作为一名配音演员，不仅要有扎实的语言基本功（吐词清晰，轻能轻得下，松能松得恰当。配音演员要熟悉自己的声音，得心应手，灵活运用自己的声音），还要有敏锐的艺术感悟力，有机敏灵活的反应力，这样才有可能塑造出富有神采、性格饱满、内涵丰富的声音形象。听我们自说自话自己适宜为哪一类角色配音的议论，乔榛老师却发表了自己心有所得的“高见”。

配音演员要敢于为不同个性的角色配音。有时配一个与自己个性、气质不尽相同的角色后，再回到适应自己的路子上，往往还会有意想不到的突破！

我们默然了，思绪缓缓地沉入灵性的深处……

是啊，人人都羡慕配音演员高雅脱俗的艺术生涯，人人都迷恋话筒前飘逸悦耳的声音形象，然而又有谁知个中甘苦，它源于年复一年、日复一日的磨炼、实践，源于日积月累，对世事人情、不同人物的体察、揣摩。严格的自我要求，高层次的艺术追求，一步步铺就着通往成功的路途。

带着这一层感慨、这一层理解，在棚内聆听不同角色的配音，顷刻间又增添了许多丰富的感受。听苏秀老师配的英王室皇太后，那样高贵、庄重且不失威严；与之搭戏的尚华老师，同样把一个年迈、持重、尊贵、威严的英王乔治二世配得神情毕肖。乔榛所配的爱德华王子（温莎公爵），则真的是“王气”十足，潇洒帅气。恰到好处的呼吸、富有层次的语势，颇有神韵地传达出爱德华王子酷爱自由、潇洒风趣、忠于友谊、追求幸福、特立独行的个性风采；而剧中第一女主角辛普森夫人的形象，在丁建华舒展自如、跌宕多姿的配音中，充分展示了人物妩媚自信、胸有城府、高雅不凡的气质……默默地体察、默默地品评，伴着怦然的心动，伴着激情的浸润，我们走进了一个充满生机、充满魅力的艺术的天地……

当录音师揿停最后一句台词的录制键，当我们把双层隔音门关在身后，当我们终于告别上译厂，告别给予我们热情指教、诚挚友谊的老师、朋友，告别依然酷热难耐的上海……心中充满了依恋，充满了温馨灿然的友谊的感动……

七月的日子，七月的记忆，七月的友谊，将长久地珍藏在我们的心田。

原载《黄河文学》1995年第3期

走近艾米[①]

——美国故事片《谁的责任》译制配音手记

一个难得没排课的双休日。

一早起来稍事整理，就紧忙坐在电视机旁，收看中央电视台二套节目播出的“国际影院”，今天将播出一部美国故事片《谁的责任》。

片头音乐响起来了，片名推出来了，一切都是那么熟悉，那么难忘。我的耳旁又响起了录音棚内吴珊导演严厉的声音：

“艾米，艾米的声音不对了！为什么不抓人物，你在跟谁说话？……”

“不要找漂亮的声音，跟人物走，你是谁？是两个孩子的母亲，你被诊断为感染了艾滋病毒！”

“艾米，把声音沉下来，实在的声音才最有魅力。……对，就这样。”

啊，我不由得抹了一把汗。是啊，那确是我译制配音经历中最难忘的两天。

塞上金秋季节，中央电视台国际部著名导演吴珊首次来银川，顺便带来了一部美国故事片，要与宁夏电视台的同事们合作译制。吴导的到来，使我们这些久未谋面的配音伙伴们又一次欢乐地聚在了一起。兴奋之情，溢于言表。吴导热情亲切，谈锋敏健，向我们介绍北京译制工作的繁忙景观，同我们交谈配音艺术的苦乐酸甜。忽然，吴珊导演的脸绷起来了，“干起活来，我会很‘凶’的，大伙儿得有准备”。“不会的，您不会的。”我情不自禁地喊了出来。可不是吗，围坐在吴导的身边，感受着她的热情与睿智，我早已从心底喜欢上了这位女导演。“好了，大家准备去吧，到时别怪我这个老太婆。”什么，“老太婆？”吴导真会开玩笑。看眼前的吴导，适中的身量，一头俏丽的短发，白皙的皮肤，甜甜的笑脸，清脆圆润的京腔。充满了青春的活力，充满了东方女性雅隽、秀美和妩媚的风韵。“不，不会的！”我又一次摇了摇头，“吴导在吓唬我们”。

然而，我大意了。“开机！”随着吴导的一声令下，演员们马上钻进棚内各就各位。画面动起来了，《城市杂志》时装版主编艾米一家（丈夫卡尔、儿子布莱恩）其乐

---

①中央电视台国际部制作，宁夏电视台译制配音，中央电视台第二套节目“国际影院”1997年10月播出。哈若蕙为剧中女主角艾米配音。

融融。

“停，小布莱恩，声音往嘴皮儿上找一找，五岁的男孩，别太大了！”

“卡尔，口型找哪儿去了？”

“我得了，艾滋病？”

屏幕上的艾米睁大了痛苦的眼睛，话筒前的我用颤抖的声音说着艾米的台词。突如其来的灾难，如一场飓风暴雨，给亲情、爱情、友情带来了严峻的考验。

“结束，结束？可你是我丈夫，这病得了就好不了，我需要你，我会死的。……你说话，说话呀！”

屏幕上的卡尔冷漠、虚伪，我的心中装满了艾米的痛苦、失望与震惊。我的眼泪涌了上来……戏，在一场一场地进行着。

在好友苏珊的照顾、安慰下，在同是艾滋病感染者却以一腔挚诚给人以爱、以鼓舞的“艾滋病热线”志愿者赫瑟女士的指导下，艾米重新感受到了生的希望。果然，菲茨帕克医生的化验结果，使一场虚惊化为乌有，艾米“又重新回到了生的国度”，她要做的，只是怎样对付她的扁桃体！

欣喜若狂的艾米，迫不及待地冲向街头的电话亭，给儿子布莱恩打电话。

“布莱恩，妈妈病好了，妈妈好了，是的，我病好了，我现在就接你回来，好吗？……”

“艾米，口型不对，节奏不对，重来！”

“不行，还是不对！”

“几遍了，怎么回事？听我说，……这样，懂了吗？”

“固执，为什么不改？声音又不对了！”

“噢，天哪，导演，饶了我吧，话筒前的艾米实在是力不从心了。”我在心里悄悄说。是啊，整整两天，站在棚内，不住口地与这个、那个人物搭戏，来不及事先准备，神经紧张到了极点，能不犯错吗？但这绝不是理由，一个炉火纯青的配音演员应当在任何情况下都能准确无误地捕捉人物感觉，恰到好处地传达出人物在特定情境中的语感与心态，我只有再来。

噢，吴导的确是我们遇到的最“凶”的导演。两天下来，不光我这个艾米，挨足了“训”，就是我们那一帮哥们、姐们也无一幸免。可以说，我们都着实被吴珊导演严谨利落、准确到位、毫不留情的导演风格给镇住了。也是后来，我也才知晓，吴珊导演可真不是一般的导演，太大咖了！她是1987版《红楼梦》的配音导演，那之前她执导配音的还有美国故事片《加里森敢死队》、1980年代风靡中国的日本电视剧《阿信》。除此之外，还有《这里的黎明静悄悄》《办公室的故事》《两个人的车站》《卡斯特罗市长》等。吴珊导演在配音现场的铁面无私也是出了名的，她甚至不允许配音演员拿着台本配音，要求把台词背下来。她说："配音是用声音、语言在塑造角色，要还原角色，和角色的喜怒哀乐完全贴切。配音要嘴里念着、心里想着、耳朵听着，眼睛跟着屏幕走，你看着剧本配音还能做好这些吗？"

也的确是从吴珊导演这儿，我们真正体会到了"严师"的意义。短短两天的配音实践，着实有一种脱胎换骨的感觉。从来没有像今天这样意识到把握人物的重要性，从来没有像今天这样认识到"本色"的价值与魅力。"声音可以反映出一个人的灵魂。"（古希腊语）对一部影视剧来说，演为形，声立本。每一位配音演员，都要为他们的角色注入不一样的灵魂。

……

经历了悲哀与疑惧，痛苦与无望，振作与感奋，欢乐与欣悦，悲与喜交集，从脆弱走向坚强的情感历程，艾米获得了新生。她勇敢地向她仍然爱着的卡尔提出了离婚。她将把坚强的母爱留给腹中的孩子，留给亲爱的布莱恩，她还要与劳拉一道，创办一份新杂志，把更为广博的爱献给需要帮助的人们……在渐渐转强的片尾音乐中，我又一次看到了我的艾米坚定而粲然的笑。

是的，我们配音的片子与观众见面了，不知能否得到观众的认可？或许，会听到朋友热情的鼓励，会感到心头默默的欣慰，但是，我们会永远记得录音棚内的故事、我们的故事。记得那个美丽而严厉的"老太婆"——吴珊导演。

原载《银川晚报》1997年11月12日，2020年6月17日修改

八月的风

——《战火中的夜莺》音乐诗歌朗诵晚会札记

初秋的日子，天气晴好。

此时此刻，国庆节阅兵的北京也是蓝（格）盈盈的天。

七十响礼炮轰鸣，战鹰护卫着国旗、军旗，从碧空如洗的天安门广场上空掠过，二十架直升机呈“70”字样翱翔，七道彩烟将岁月的沧桑、历史的不朽大写在天空。战功赫赫的受阅部队，来自五大洲十七个国家的方队、代表队正步通过天安门广场，二十七个装备方队尽展强国强军的豪情，十个空中梯队抒写登高望远的大国雄心……当最后一个空中梯队飞过天安门广场，数万只和平鸽和气球飞向天空……盛大而隆重的纪念抗日战争暨世界反法西斯战争胜利七十周年的阅兵庆典、国家庆典就这样定格在眼前。

凝视着电视屏幕，没有起身，心头翻动着，感慨或是欣慰。

耳畔响起熟稔的词句。

> 七十年前的风透着烽火硝烟，七十年后奔涌的泪水将时针重新拨回胜利的时刻。从1945到2015，我们时时回首，因为时间的河流里沉淀着人类用鲜血和生命换来的真理；缅怀历史，为了悲剧永不重演，为了世界和平永续，为了正义永驻人间。
>
> ……
>
> 八月的风又一次吹过我们的心头，“橄榄枝下，天空与海洋一样湛蓝，鸽音娓娓抒情”，纯真地书写和平日绝世的美丽……2015年9月3日的中国人民抗战胜利日阅兵，将在世界的瞩目下展现辉煌。这一天，不仅有隆隆的战车礼炮，不仅有巍巍中华军威国威，也会有白色的鸽群飞过，和平的声音一定会化作人间最美的彩虹！

是啊，这是我担任总撰稿的纪念中国人民抗日战争暨世界反法西斯战争胜利七十周年朗诵晚会《战火中的夜莺》的片花词和尾声《放飞永远的和平之鸽》中的台词。

怎么也没有想到，四月份已正式办理退休的我，会以这种方式参与到这一重大主题文艺活动中。而且一忙就是两个月，忙得不亦乐乎，忙得孙子提前出生也顾不上去北京看望，但内心却是快乐而充实的。9月3日，看完胜利日阅兵直播我给朋友发了这样一条微信：

> 8月31日晚8点，VV视频社区网络文学经典房间举办盛大而华彩的纪念抗战暨世界反法西斯战争胜利七十周年主题朗诵晚会《战火中的夜莺》。9月2日晚8点，由宁夏自治区党委宣传部、宁夏日报报业集团主办，宁夏报业传媒集团、宁夏经济发展促进会、宁夏广播电视台承办，宁夏作家协会、宁夏交通广播、宁夏朗诵艺术学会、中国穆斯林商贸城协办的同名晚会在银川落地演出。同时宁夏经济广播（FM92.8），宁夏交通广播（FM98.4）展播、直播两场朗诵晚会。大家砥砺同心，两个月的心血没有白费。网络晚会房间人数1800人，落地演出盛装呈现，主题朗诵晚会圆满落幕……

然而，策划并担纲这一主题晚会的撰稿，纯属偶然。不是任务，没谁逼着。但冥冥中却似有一根线牵着，欲罢不能。

应该说，我是一个率性的人，喜欢顺势而为。许多事，大多不是事先设计的，灵感来了，想法有了，就乐乐呵呵地去做，去尝试，好在我的工作团队都不错，干得开心，结果也还不错。许多年的工作生涯，就这么忙碌着，快乐着过去了。为退休后的生活，倒是早早设计着，想学钢琴，想学画画，想……可又是一个没承想，一跟头栽进了朗诵活动。当然，这也是长在我生命中的所爱。去年银川电视台的阅海中秋诗会，做嘉宾演员，认识了宁夏朗诵群的朋友，促着筹建宁夏朗诵艺术学会，又诚邀我参加网络朗诵房间的活动。经不住他们左说右说，我还真的在退休前开始配置上网活动的一应设备。家里的小阁楼也开始有了些气象，起码是电脑桌上竖起了朗诵、录音的话筒支架，各种软件也在电脑上一字儿排开，够我学一阵儿的了。

朋友们带我进去的“房间”（这是网络51VV视频社区聊天室的专用术语。在这个平台上，有共同兴趣爱好的网友得以欢聚一堂，通过房间的3个音视频窗口或麦序，尽情展现交流自己的才艺）叫“网络文学经典”，这个房间人气很高，室主苦咖啡，是网络朗诵的奠基人之一，有很高的朗诵艺术造诣，得过夏青杯全国朗诵大赛网络赛区的冠军。他创办的“网络文学经典”为网络朗诵的普及提高，搭建了交流展示的平台，深得广大朗诵爱好者的赞誉。别说，初来乍到的我，还真吓了一跳，听着房间里一个个有着美丽网名的朋友们排着麦朗诵作品，人人“出声不凡”，不仅诵读作品选择得当，而且朗诵配乐也令人称奇，即时合成的朗诵作品，拥有相当的艺术水准与审美意境。真是应了那句话，所谓“高手在民间”。身不由己，很快沉浸其中，乐此不疲起来。

在VV视频社区，不同房间经常会举办各种主题晚会，如“网络文学经典”这么些年来，就举办过《永远的恩来——纪念周恩来诞辰113周年专题晚会》《当代著名爱国诗人——洛夫诗歌欣赏朗诵会》《那一片朦胧的星空——朦胧诗专场朗诵音乐会》《炽烈的诗魂——海子诗歌专场朗诵音乐会》等。天天晚上守在电脑前排麦朗读，熟悉了房间也熟悉了天南海北新的朋友。在上海工作的小儿子可聪还助力老妈开通了“子夜书韵”的微信朗诵平台。多年文学组织活动的细胞又在不经意间激发，那一日与室主聊天，脱口而出：“如果说今年房间要办晚会，最应该办的是纪念抗战暨世界反法西斯战争胜利七十周年的主题晚会。”“说得没错。但策划不易。舟子老师，可不可以由您来做这个策划？”是的，在网络房间，我不再是“主编”“主席”，摘去了所有的冠冕，我只是“舟子”。没想到，这个当年为策划出版《诗海扬帆——中外朗诵诗精选》（毛世桢主编，舟子副主编，宁夏人民出版社2001年版）一书所起的笔名，不但成了后来的QQ名，也成了今天我在网络文学经典房间的VV名。

活儿就这么“引火烧身”地顺到了手上。

可真要完成苦咖啡室主交付的这篇作业，真不是件易事。

开始关注有关资料，还向刚从华东师大母校毕业的文学博士杨克敏小妹（她的导师恰是我的大学同窗俄罗斯文学研究专家陈建华）求助，借来了《俄罗斯诗歌史》等，因为直觉告诉我，这里面没准会有这台晚会华彩的元素。好在我熟悉中国现当代文学，那是我在大学任教时的主业。

投入其中，沉浸其中。

正是炎热的夏季，二层阁楼上的书房也不宁静，身上心上都在流汗流泪。是啊，随着对相关资料的深入研读，随着对那场不能忘却的战争的痛切回顾，愈来愈感受到这个作业的沉重。以往的纪念抗战的主题晚会已有不少，但如何突破，如何用新的创意托起这台特殊节点上的网络晚会，需要沉下心来思量。

已在北方民族大学任教的杨克敏博士为我借来的《俄罗斯诗歌史》，将我带入“二战”血色而澎湃的时代。富有“歌诗”[①]传统的俄罗斯文学，在此时将战士的豪情与缪斯的深情熔炼出独特的诗情，在一首首“诗歌”中焕发出动人的光彩。无论是西蒙诺夫的《等着我吧》，还是那传遍世界的《喀秋莎》以及《夜莺》《海港之夜》《道路通向柏林》《神圣的战争》等，都将温暖、爱、正义、决胜的信念以及对和平的向往深深注入人们的心怀。这些作品感人至深，魅力长存，是因为这些俄罗斯的诗人、作家、音乐家、剧作家在1941年6月苏德战争爆发后多参加了反法西斯卫国战争，他们亲临前线，饱尝战争的残酷，亲历列宁格勒保卫战、莫斯科保卫战、斯大林格勒战役、柏林战役，他们的创作是与这场伟大的卫国战争同步的。这些或豪迈，或深情，充满爱国主义情操、乐观主义精神和英雄主义气概以及美好情感的诗歌，诞生在血与火之中，作为“武器”“战号”“竖琴”，成为前线战士的忠实朋友与伴侣，成为人类文化史上最值得被珍视的精神财富。“自由的威严力量／从痛苦中溅出诗句／……诗歌，你是血站／为了

①所谓“歌诗”，是指既能作为诗歌而独立存在，又能作为歌词被谱曲传唱的诗篇。这个传统，在苏联卫国战争时得到了充分的发扬。

生命和健康／你要把自己灌输到／亲爱的同胞身上。”（苏联诗人谢利文斯基语）这也是战时诗歌的力量！

不期然间，“夜莺”的意象闯入了脑海。不仅仅是那首米哈伊尔·亚历山德罗维奇·杜金（1916—1993）的长诗《夜莺》，更由此联想到在那场惨绝人寰的战争中世界反法西斯诗人、作家的群像。像一道亮光洞开，晚会的主题甚至名称就这样豁然陈列笔端。思路异常清晰，我想，在抗战胜利日“网络文学经典”所呈现的这台主题晚会，应该是对战时置身现场的中外反法西斯诗人作家们啼血般创作的再现，相信这样的诗文才是真正有骨血有生命的呐喊与呼唤！这样的诗文足以带我们走进七十年前的血雨腥风，走进那场感天动地的世界反法西斯战争，足以让我们致敬先烈，反思历史，祈愿和平！

所有之前所做的相关功课也在此时破茧成蝶，化作了晚会的不同板块，而“二战”时苏联反法西斯爱国“歌诗”，则直接以“战地夜莺”独立成篇，它将以独特的风格凸显这由“夜莺”触发出的文学脚本的韵致。策划方案中的晚会阐述也就随之陈列纸面。

> 今年是中国人民抗日战争暨世界反法西斯战争胜利七十周年，为铭记历史，祈愿和平，“网络文学经典”以《战火中的夜莺》为题举办诗歌朗诵晚会。
>
> 晚会共分“序幕”（致敬）“国之殇”“风在吼”“燃烧的泪水”“战地夜莺”“尾声”（和平永续）六个部分。
>
> “夜莺”本是一种鸟，喜欢在夜里唱歌，声音清脆而美好。“夜莺”也有许多象征的含义，它可以是诗人的化身，可以是哀婉、幽怨、欢快、美好……晚会以《战火中的夜莺》为题，其寓意是要呈现在七十年前烽火连天的岁月，在感天动地的世界反法西斯战争中，同仇敌忾、钟爱和平的诗人、作家们以笔为枪，所写下的血泪之诗、呐喊之歌，以及对和平、美好的呼唤与向往。
>
> 除“尾声”外，晚会主要版块的作品均是现代文学的经典，是置身现场的作家们对那段硝烟弥漫、烽火连天岁月的原汁原味的纪录与呈现。
>
> 晚会以肃穆庄重、深沉激越的风格，表达对七十年前在战火中献身的抗日志士、反法西斯志士的深情致敬；也在一首首战时诗歌的朗诵中，回首二战那一幅幅残酷而血腥、雄伟而悲壮的历史画面；缅怀历史，铭记昨天，为了悲剧永不重演，为了世界和平永续，为了正义永驻人间，愿人类永恒的和平之钟回荡寰宇！

在不断增删后定稿的演出节目单上，最终有17篇中国现代作家的诗文，包括“序篇·致敬”中的《奠歌》（徐讦）、《假如我战死了》（柳倩）；“国之殇”篇中的“东北作家群”的《别了，故乡》（舒群）、《流民三千万》（塞克）、《生死场》（萧红），郑振铎《我们的伤痕永不在背上》，“风在吼”中的《给战斗者》（田间）、《赞美》（穆旦）、《我用残损的手掌》（戴望舒）、《为祖国而歌》（胡风）、《我爱这土地》（艾青），《黄河之水天上来》（光未然）、“抗战家书一束”（张自忠将军绝笔、戴安澜家书）、《手与手》（金军）；“燃烧的泪水”篇中的《南京血祭》（阿垅）、《给死者》（巴金）。在这一串作品名录中，既有名不见经传的作者，也有著名的现代文学经典作家，他们在救亡图存的洪流中所写下的这些蘸着血泪的诗文，以浓缩的方式向我们呈现了一个时代中国抗战文学的不朽雕像！

而除了第四篇“战地夜莺”外，在第三篇章“燃烧的泪水”中嵌入的“世界反法西斯诗歌一束”和“奥斯维辛集中营遗存的儿童诗一组”也将晚会的视野扩展到同在一片战火下的四大洲。

> 你在这里做些什么，诗人，在这明朗的春日，在圣约翰大教堂的废墟上？／你在这里想些什么，在维斯图拉河吹来的风播散着瓦砾的红色灰尘的地方？／……我怎能生活在这个国家，在那里脚会踢到／亲人未曾掩埋的尸骨？／我听到声音。看到微笑。我什么也不能写；／五根手指抓住我的笔。命令我去写他们活着或死去的故事。／使我生来就成了一个例行的哀悼者？

这是波兰裔美籍诗人，1950年诺贝尔文学奖得主切·米沃什（Czcslaw Milosz，1911—2004）写于1945年的《在华沙》，字里行间弥漫着痛彻心扉的悲哀，而他的另一首诗《太阳》中的诗句“无论谁想去描画斑驳的世界，让他决不要直接望着太阳，否则他会忘掉见过的事物，只有燃烧的泪水留在眼中”，则直接催生了这个篇章命名的灵感。其他如《给明泽林斯克的女孩》（苏联，穆萨·嘉里尔）、《没有点着的烟卷》（土耳其，那瑞姆·希克梅特）笑对死亡的爽朗幽默，以及《和平》（佛得角群岛，阿尔纳多·法郎萨）之“光明已经无可战胜地君临”的坚定信念同样令人肃然起敬。期间，我曾特别关注了德语诗人保罗·策兰（1920—1970）的《死亡赋格》。保罗·策兰是二十世纪下半叶以来在世界产生广泛影响的德语犹太诗人。《死亡赋格》作为策兰的成名作，艺术地再现了纳粹集中营里犹太人的悲惨命运，展现出经历了至深苦难的人才有的在神面前的悲苦无依，被誉为是“二十世纪最不可磨灭的一首诗”，我找到了北岛的译本。但最终因文本意象的复杂和晚会时长的限制而放下。

“奥斯维辛集中营遗存的儿童诗一组”，是最让我感动的文本。“奥斯威辛之后，写诗是残酷的。”这句名言，反思人性之恶到了极致。人们面对二十世纪大屠杀的灾难，不忍地侧过脸，羞愧难当。可人们要花很长时间才相信，即使在集中营里，绘画依然美丽，诗歌依然承载着生命的快乐与哀愁、希望与绝望。这些小作者们，大多走进奥斯威辛的毒气室，在十二三岁的年纪就悲惨地死去，但是，他们侥幸留存下来的诗作、画作，甚至偷偷发行的报纸，让我们看到人类历史的珍贵一幕。这一幅幅美丽动人的画作、一首首明快有力的诗，让现在的人们明白，即使在集中营，也并非只有死亡的气味。面对绝望，人类依然可以保持尊严，而自由，从来都在人们心里，任何人强夺不走。在晚会上，由男孩、女声（落地晚会则完全是孩子们表演）及旁白呈现的朗诵，营造了十分凄楚美丽的氛围。

晚会文学脚本在一次次增删修改中终于定稿。这纸上的设想又将如何化作声音和视觉的灵动在网络房间盛装绽放?

或许，这台晚会注定要有更多一些的承受。首先，网络晚会不是官方所办，一切都是自发自为。没有一分钱的经费，但从海报设计，三连屏的视频片花，到整台晚会篇章、节目的连屏画面却一点儿都不能马虎，全是网络上朋友们相互帮忙，大家都是兼职客串，一个共同的特点就是“忙”，导演工作团队为此挖空心思游走人脉。为海报设计，我甚至请出了我的好朋友——图书封面设计的金牌设计师吴海燕女士帮忙。其次，原定导演苦咖啡，突然因所在单位有重要工作任务无法担纲晚会总导演，放弃还是继续？室主征询我的意见，我的选择是继续。对我而言，艺术固然需要完美，但向着既定目标的努力，尤其是为了这一特定节点而做的准备，实现它，应是义无反顾。于是，新的工作团队开始无缝衔接。距离晚会预定时间不到半个月，但一切都在有序进行。节目安排下去了，天南海北的朗诵朋友们开始各自研磨作品，准备音乐。我联系了宁夏广播电台，想同时落地展播，一项负载厚重、意蕴深广的活动理应有更为广泛的受众和传播。于是，参加晚会的朗诵者们又多了提前录制音频作品的任务，可人人欣然配合，作品如期发来。

接着，又有意外的惊喜和挑战降临。为了联系晚会音频的落地展播，我找到了好朋友卢佳。她是宁夏广播电视台原当家花旦，做过新闻主播，“卢佳相约”更曾是宁夏家喻户晓、人气很高的电视栏目，2008年，她在人们的惊诧中转身企业，五年打拼历练，如今又回归媒体，在宁夏报业集团任职。外表温婉优雅的卢佳，却总有“踏雪寻梅”（这是“卢佳相约”栏目最后一期的标题）的经霜本色。她总是会寻香而来，倾情襄助，这么些年来，她的善良、爱心与职业的敏感、知名度化合叠加，不知成全了多少美好的活动。同样，我的这番话题开始引起卢佳的关注。她说，“姐姐，晚会音频落地播出算什么，依我看落地演出才不枉你为纪念抗战暨世界反法西斯战争胜利七十周年所撰脚本付出的心力。”“谈何容易，这事我不敢想，环节太多，又没经费。”“给我两天时间，决定后告诉你。”真的没有想到，卢佳把我不敢想的变成了现实。因为落地演出，时间也必须在9月3日之前，满打满算也只有十天时间，卢佳把确定节目、落实演员的事托给了我，而她则四处奔波张罗落地晚会的诸多事宜。这可好，网络晚会正在紧锣密鼓，这又加上一台落地晚会，不敢声张的还有9月1号晚宁夏妇联马兰花艺术团的合唱、舞蹈演出，北京那边，小孙子随时可能提前出世，真是百般事宜都赶着一个节点来，我也只能身不由已往前走。

终于到了华彩的时刻。

8月31日晚8点，网络晚会拉开帷幕。精彩的开场片花，三连屏肃穆庄重、凸显历史风云的篇章图、节目背景图依次呈现，凤箫老师温厚磁性的旁白，一个个朗诵者盛装出镜，拿捏得当、声情并茂的配乐朗诵极富感染力。我们宁夏朗诵艺术学会的杨凤娥（音韵）是网络晚会的导演之一，刘畅、王琦和我搭档担任了开场片花的解说和萧红作品《生死场》的演出，参加演出的还有贾支红、曹亮、张亮、伍勋伊，网络朗诵空间宁夏团队的亮相着实令人欣慰！

9月2日晚，银川国际商贸城大厅装扮一新，炫目的舞台上，上中左右侧大小不一立体布设的数块LED电子屏视频画面震撼呈现，将“战火中的夜莺”主题晚会烘托得璀璨无比。宁夏交通广播电台直播晚会现场，各路媒体悉数到场，观众席上既有自治区级领导，宁夏报业的社长、总编、记者、职员，也有各行业嘉宾、部队官兵应邀出席。而撑起这台演出的没有演艺界大腕，仅卢佳临时请来了正在镇北堡西部影城拍摄《灵与肉》的演员逯长恩作嘉宾互动，其余为清一色的宁夏朗诵艺术学会会员暨朗诵爱好者。两个多小时的朗诵晚会，人们在一首首激越、悲怆、深情的诗篇中穿越时空，回望历史，体悟一个时代的大美诗情。

> 七十年前的风，翻动着岁月。岁月的光影里，不仅有漫天硝烟、战火连绵，也有夜莺的鸣唱，诗神与战神同享胜利的荣光。
>
> 无数诗人、作家、作曲家在战时的吟唱，是呐喊，也是战斗，也是清泉，也是眺望红霞满天的希望……他们用笔用诗记录了一个时代的不幸，也将他们充满大爱的情怀深深镌刻于史册。

所有的努力在这一刻化作了美好，提前出世的小孙子[①]也在睁眼看着这多彩的世界。

不眠之夜之后，则是9月3日玫瑰般的清晨，以及那映入眼帘，蓝莹莹的晴空下胜利日绝世的美丽与雄奇！

2015年9月18日于湖畔静云阁，原载《朔方》2015年第12期

①儿媳的预产期是2015年9月初，然迫不及待要睁眼看世界的小孙子于8月28日提前降生了。

拾起失落的笛音

——《失落的笛音——唐祈诗歌配乐朗诵》（CD）录制手记

我是一片风中的叶笛
将带走你给我的希望

——唐祈[1]《叶笛》

今年是“九叶诗人”唐祈先生诞辰九十五周年，去世二十五周年。由华东师范大学王圣思（九叶诗人王辛笛之女）教授主编，王芳[2]编选，舟子、凤箫[3]朗诵的“九叶诗韵”：《失落的笛音——唐祈诗歌配乐朗诵》（CD）诗碟即将由宁夏黄河音像出版公司出版。这也是继《再见，蓝马店——王辛笛诗歌配乐朗诵》（CD）之后的第二张“九叶诗派”诗人的朗诵诗碟。

12月7日，当我将《失落的笛音——唐祈诗歌配乐朗诵》的全部音频提交给出版社后，心里突然泛起一股难以言说的情绪。差不多半年的时间，从夏到冬，录制工作陪伴我走过了一段难忘的时光。第一次尝试自主录音，从软件的学习到应用；从文本的理解到表现……其间迈过了许多难关。但是，每当我坐在话筒前，对着电脑屏幕上唐祈先生折射着时代光影与高贵人格的一行行诗文，心绪总是庄重而清明。将反复遴选后的音乐插入Adobe Audition（录音软件）音轨，监听耳机中传出悠扬的音乐，然后录下一条条干声，一遍不行，再来一遍……说不上一首短短的小诗，会用半天还是一天时间才能录制完成。但是也只有在这种状态中才有可能认真研磨作品，用尽可能好的声音面貌去呈现。

在CD合成的最后阶段，是我和凤箫老师共同完成几首唐祈先生的代表作。其中《时间与旗》[4]，这首已经永久载入中国现代诗史册的现代主义长诗，其意象的深沉，感情的

---

①唐祈（1920—1990），原名唐克蕃，江苏苏州人，“九叶诗派”的重要诗人之一，1938年开始发表作品。1948年在上海任《中国新诗》编委，1949年以后，在中国作家协会工作，任《人民文学》小说散文组组长、《诗刊》编辑。后曾任赣南地区作家协会副主席，甘肃师范大学学报副主编。最后任西北民族学院汉语系代主任，教授和《诗探索》编委。著有诗集《诗第一册》（1948，上海森林出版社）和《唐祈诗选》（1990，人民文学出版社）。

②王芳（1969—　）女，江西九江人，毕业于浙江大学中文系，文学硕士。现为浙江工商大学国际教育学院副教授，主要从事中国现代文学史“九叶诗派”诗人诗歌和诗论的个案研究。

③舟子，原名，哈若蕙；凤箫，原名张建功，网络朗诵家，现居河南信阳。

④《时间与旗》创作于二十世纪四十年代。诗人郑敏称“这首长诗无论从艺术和思想深度、感性的丰富和情绪的激荡都远远的超出于四十年代的中国新诗的平均水平”。

丰富和情绪的激荡以及思想的深度，都对我们的朗诵提出了挑战。真的不知道录了多少遍，我听着凤箫老师发过来的音频，寻找情绪的契合点，凤箫老师听着我发去的音频，又传来他重新录制的声音……反反复复数十遍总是有的。但是当我们听到由凤箫老师最终合成的朗诵音频，听着雄浑的音乐在结尾处——“将在火似的朝霞中／迎着人民的旗帜灿烂绽开”激扬而起，泪水已经盈满眼眶。

记得完成两个重头戏后，我给策划王圣思大姐微信留言：

《时间与旗》作为压轴很合适。悲怆、悲壮、激昂，没想到唐祈先生能写出如此大气的诗。《永不消逝的歌》（写于北大荒），逆境中的不屈，永远向往着自由与阳光……一代人的精神与情怀，就这么深深地烙在了我们的心中。

是的。我们曾熟识艾青，熟识许多现当代诗人。但是像唐祈先生这样曾经用自己的青春和热烈的人生谱写了时代诗行的优秀前辈，却因众所周知的原因几被人遗忘，成了一缕“失落的笛音”，令人遗憾！

好在，唐祈诗歌，这串曾经失落的笛音，这“玉门关外的一支羌笛”（辛笛语）终于又回响在读者的耳畔。让我们聆听，走近唐祈令人感动、丰富多彩的诗歌世界！

2015年12月12日

遇见《小王子》①

每个人的心里，都住着一位小王子；每个大人，都值得拥有一份纯真。每个人都是自己的小宇宙，世界就是你，你就是世界。

——音乐人何真真

录制《小王子·等爱的狐狸》的朗诵音频，恰逢《小王子》影片在国内公映，是小儿子可聪建议我节选片断录制朗诵音频放在我的“子夜书韵”微信公众号推出。可在之前，我还真不知道《小王子》。自己纳闷，我的童年里怎么就没有《小王子》呢？直到电影《小王子》上演，直到观影前阅读了这个译成中文不过两万多字的故事。我才认识了这个有着金黄色头发，系着小丝巾，来自B-612星球的小王子。

是的，小王子是一个超凡脱俗的仙童，他住在一颗只比他大一丁点儿的小行星上。陪伴他的是一朵他非常喜爱的小玫瑰花。但玫瑰花的虚荣心伤害了小王子对她的感情。小王子告别小行星，开始了遨游太空的旅行。他先后访问了六个行星，各种见闻使他陷入忧伤，他感到大人们荒唐可笑、太不正常。只有在其中一个点灯人的星球上，小王子才找到一个可以作为朋友的人。但点灯人的天地又十分狭小，除了点灯人，不能容下第二个人。在地理学家的指点下，孤单的小王子来到人类居住的地球。

小王子发现人类缺乏想象力，只知像鹦鹉那样重复别人讲过的话。小王子这时越来越思念自己星球上的那枝小玫瑰。后来，小王子遇到一只小狐狸，小王子用耐心驯服了小狐狸，和它成了亲密的朋友。小狐狸把自己心中的“秘密”（生命顿悟）——“肉眼看不见事物的本质，只有用心灵才能洞察一切”作为礼物，送给小王子。用这个秘密，小王子在撒哈拉大沙漠与遇险的飞行员一起找到了生命的泉水。最后，小王子在蛇的帮助下离开地球，重新回到他的B-612号小行星上。

童话中的小王子没有被成人世界的刻板冷漠所降服，而最终找到了自己的理想。这理想就是连结宇宙万物的爱，而这种爱又是世间所缺少的。因此，小王子常常流露出一种伤感的情绪。作者圣埃克苏佩里在献辞中说：

---

①《小王子》是法国作家安东尼·德·圣-埃克苏佩里于1942年写成的著名儿童文学短篇小说，讲述了一个小女孩偶然与年老的飞行员相识，并根据他回忆的指引开启了探索小王子世界的旅程。同名电影是法国On Entertainment 2015年出品的奇幻动画电影，由马克·奥斯本执导，杰夫·布里吉斯、麦肯基·弗依等担任英文版主要配音，易烊千玺、黄渤、黄忆慈、周迅、马天宇等担任中文版主要配音。

这本书是献给长成了大人的从前那个孩子……

事实是，《小王子》不仅赢得了儿童读者的青睐，也为成年人所喜爱，作品凝练的语言渗透了作者对人类及人类文明深邃的思索。它所表现出的讽刺与幻想、真情与哲理，使之成为法国乃至世界上最为著名的一部童话小说。

《小王子》问世已经七十多年了，但小王子永远年轻。这真是不本不老的书。我们由衷地感谢法国作家安东尼·德·圣一埃克苏佩里为我们贡献了这一文学的瑰宝。1900年6月29日生于法国里昂市的他是同时兼有飞行员角色的作家。圣埃克苏佩里不是第一个描写航空题材的作家，却是第一个从航空探索人生与文明的作家。他的《夜航》（1931）、《人类的大地》（1939）初次出现时，书中的那些雄奇壮丽的情景，使读者感到耳目一新、惊心动魄。圣埃克苏佩里的作品可以说是他一生的思想写照与行动实录。他在黑夜中期待黎明，在满天乱云中向往中途站，在璀璨星空中寻找自己的星球——生的喜悦。

然而，圣埃克苏佩里不满足于只描写孤悬于满天乱云之中，与高山、海洋和风暴的生死角逐。他从高空中发现人类只是生存在一个大部分是山、沙、盐碱地和海洋组成的星球上，生命在上面只是像瓦砾堆上的青苔，稀稀落落地在夹缝中滋长。文明像夕阳余辉一般脆弱，火山爆发、海陆变迁、风沙都可以使它毁灭无疑。这些形成圣埃克苏佩里的看法：人生归根结底不是上帝赐予的一件礼物，而是人人要面临的一个问题。人的价值不是与生俱来的，而是后天获得的。“我的行动，从今以后，一个接一个，组成我的未来。”

第二次世界大战期间他重入法国空军，后辗转去纽约开始流亡生活。在这期间，写出《空军飞行员》《给一个人质的信》《小王子》（1943）等作品。1944年返回同盟国地中海空军部队。在当年7月31日的一次飞行任务中，他驾驶飞机飞上湛蓝的天空，就再也没有回来。

而《小王子》与中国的情缘，开始于1979年（噢，这也是我的童年没有《小王子》的原因喽，我已经是令人讨厌的大人了）。那一年，《世界文学》第3期杂志上，刊登了萧曼译的《小王子》，后来收入白嗣宏主编的外国抒情小说丛书《魔沼》一书，这是国内出现的最早译本。紧接着，当年10月，商务印书馆推出了程学鑫、连宇的法汉对照译本。从此，打开了《小王子》在中国的热销和热译之路。2000年是圣·埃克苏佩里一百周年诞辰，国内刮起了一股复译《小王子》的旋风，加上作者逝世超过五十年，已进入公版期，于是，仅2000年到2005年这五年内，市面上就出现了近二十个不同的译本。而《小王子》的译者阵容也是空前强大，囊括了国内法语界的众多重量级学者和翻译家，如马振骋、周克希、汪文漪、胡玉龙、吴岳添等。

进入中国后的三十六年里，《小王子》收获了无数忠实的华人粉丝。作家三毛曾指定要《小王子》陪葬；曾在法国授勋的国际影星张曼玉，提到自己是《小王子》的忠实拥护者，希望自己可以以“小王子”孩子式的眼光，透视出现实世界的空虚、盲目、愚妄和死板教条……

而我在《小王子》七十二岁的时候遇见了他。但愿小王子也能牵着我的手去看望他的玫瑰……

噢，我们都要对我们的玫瑰负责……

2015年10月22日

夜读徐志摩①

《夜读徐志摩》，是又一次应绍兴朗诵群之邀，在2018年4月16日早七点《何你有约》栏目与何琳尔②老师的合读。

这个四月芳菲的清晨，仿佛因为徐志摩而一下子洒满诗意的清芬。合读刚一结束，就被线上收听的北京诵友加上好友，听她迫不及待地发表了一个小时的感言。而当晚，我们的这篇合诵作品《夜读徐志摩》一经在“何你有约”（微信平台栏目）推出，即不断收到听众反馈。4月19日，作品又在沁园妹妹的“瑾音”微信平台转推，后台留言不少。朋友们喜欢这个合读作品，赞誉有加。这让我感到惶恐。其实，愈是在诸如“何你有约”（包括“舟子读诗”）这样有大量高水平听众的平台上朗读作品，愈是如履薄冰。慎重选择作品，反复熟悉作品，研读作品，然后备读，准备并制作背景音乐，一点儿也不敢马虎，唯恐有负作者，有负合读者琳尔老师，以及广大听众。如果说，我们的这篇作品真的打动了大家，我以为那是因为，徐志摩是我们深爱的诗人，他是亘古夜空中的一颗星，借着月的清晖寻找着我们，而我们则期待着“这交会时互放的光亮”……

当然，别忘记更要感谢《夜读徐志摩》一文的作者：西楼听雨。没有《夜读徐志摩》就没有这个四月的诗意清晨。我不认识这位叫作西楼听雨的作者，但我却直觉地感到，这是一位懂得徐志摩之人之诗的作者。他与徐志摩在历史时空中对视，一缕心香接通了彼此，他走进了徐志摩的世界，感受他的爱，他的痛，他的心殇……他读懂了徐志摩的每首诗，那诗里，正是志摩独特而鲜活的人生。我还觉得，这位作者一定是一位徐志摩的研究者，他在这篇《夜读徐志摩》中，用深情的却又简约凝练的笔触，不仅为我们勾勒出了徐志摩的真情真恋，还不露痕迹地介绍了徐志摩不同时期的代表作，让我们了解到，在徐志摩，诗与人是合一的。的确如此，只有体会了诗人的性情人生，才能读懂他的绝美的诗行，否则，徐诗之美，就会被轻易地消费了，这对热爱诗人诗作的我们又将是何等的不忍！因为此，我们也要向这位西楼听雨的写作者致敬。因为他使得我们有机会用声音触摸一颗美丽的诗魂！

还有，要感谢与我合读的何琳尔先生。难得这样一份契合，他的静水流深，他的温暖、沉静，深深感染着我，我们共同用真情，向经典致敬，向诗人致敬！

2018年4月21日

---

①《夜读徐志摩》朗诵音频为2018年4月16日早上7点51vv视频社区732390绍兴朗诵群房间《何你有约》栏目的现场录音。

②何琳尔，浙江绍兴广播电视总台记者、中国演讲口才协会联盟常务理事、绍兴市朗诵协会主席、绍兴图书馆朗诵艺术团总团长、绍兴朗诵群创始人。

西去列车的窗口

2018年是宁夏回族自治区成立六十周年。六十年，一个甲子的岁月，握不住的时光从贺兰山巅流过，从六盘峰顶流过，从塞上大地的高天厚土流过……1958—2018，一个甲子的宁夏，一个甲子的时代，一个甲子的变化，值得铭记！

这的确是一个特别的节点。这六十年，对父辈与我们，都是一段无法忘却的历史，岁月如风又如歌，无论如何，都应该为它做些什么。于是就有了《西去列车的窗口》这一台庆祝宁夏回族自治区成立六十周年（全民阅读）音乐诗剧朗诵晚会，有了演出前后沉浸其中、倾情编创、激情呈现的点点滴滴。尽管，退休后专注于朗诵艺术活动，经手策划撰稿的各类朗诵晚会已不少，且都有不错的口碑。但从感情上说，《西去列车的窗口》是不一样的。

父母是1958年8月宁夏回族自治区成立前从北京奉调支宁的干部，他们将最好的年华和全部的精力献给了宁夏这片热土。遗憾的是父母分别于2016年初春和2018年元旦先后辞世，他们没能与第二故乡宁夏一道共度自治区六十华诞，也没能看到由他们的女儿担任主创的这台深情无限的晚会，但是，我会将他们无悔的情怀和对深爱的宁夏的祝福写进去，以此表达对六十年来参与宁夏社会主义建设的全体人民的无上敬意！

在晚会的策划陈述中，我曾这样写道：六十年前，因着一声集结号，无数有志青年从祖国的天南海北落脚塞上，一腔热血写春秋，栉风沐雨抒华章。六十年无悔岁月，当年的姑娘小伙已入耄耋。亲吻着高天流云，长河清波，他们的身后已是绿荫成行……花开清明，子孙繁衍，塞上的山川大地写下的是一代又一代宁夏建设者的生命华章。六十年前，宁夏的交通版图边远偏僻，西去列车的窗口闪过的是荒漠风沙；六十年后的今天，西去高铁的窗口把塞上风光、神奇宁夏尽收眼底。

《西去列车的窗口》，是这台晚会的命名，取自中国当代诗人贺敬之的经典长诗《西去列车的窗口》①。似乎从一开始动念这台晚会，这一命名就像一束光，一团火点亮了我的创作。这首诗承载着一个火热时代的记忆，那些跳荡的诗行，就是一颗颗激情燃烧的心。经过几个月的创作打磨，诗会脚本在我的笔下逐渐成型。“西去列车的窗口”也成为了晚会的“序篇”。紧随其后的是第一篇章：岁月回声；第二篇章：砥砺华章；

①1963年春夏间，新疆生产建设兵团吸收了一大批上海青年入伍，贺敬之的《西去列车的窗口》（载1964年1月22日《人民日报》），就是以此为题材写成的一首抒情诗。

第三篇章：塞上之光；尾声：致敬，美丽新宁夏。整台晚会以宁夏六十年辉煌历程为时光轴，以“西去列车的窗口”为舞台意象，以一个个音诗剧为内容单元，立体呈现宁夏六十年不平凡的历程。2018年10月25日晚，宁夏回族自治区成立六十周年的正日子，朗诵晚会在宁夏大剧院拉开帷幕。

伴随着三声悠扬的钟声，红色的大幕徐徐拉开。舞台LED大屏推出了画面——西去列车的窗口。一节巨大的绿皮车厢，火车隆隆行进，汽笛长鸣。舞台上微微升起的辅台，三五成群芳华正茂的年青人，有的在画素写，有的在吹口琴，有的在写诗，有的在凝望……音乐起，人群动，朗诵渐进……

男：在九曲黄河的上游，/女：在西去列车的窗口……/男：大西北一个平静的夏夜，/女：是高原上月在中天的时候/男：一站站灯火扑来，像流萤飞走，/女：一重重山岭闪过，似浪涛奔流……/男：你可曾看见：那些年轻人闪亮的眼睛，遥望六盘山高耸的峰头？/女：你可曾想见：那些年青人火热的胸口/正渴念着人生路上第一次战斗？……/女合：大西北　这个平静的夏夜，/男合：西去列车　这不平静的窗口！……

我静静地坐在候场口，大脑仿佛瞬间抽空一般。这时，一位接下去第一篇章要上场的演员王强走过我的身旁，说：“老师，成了！太震撼了！真的，我在侧幕条听了，浑身起鸡皮疙瘩！”我一个激灵站起身来，快步走向台侧聆听、聆听……

九十分钟的朗诵晚会在富有才华的钱朝晖导演的指导下呈现出行云流水的节奏，我们不设主持人，而是以有角色感的讲述来做篇章之间的勾连。受人尊敬的老艺术家，宁夏话剧传奇的开拓者王志洪先生也为我们客串了其中一位讲述人。

整台晚会，除了“序篇”，基本都为原创，或根据原创的改编。如第一篇章的三个情景剧：《高高的白杨树》（葛华、哈若蕙）《岁月见证　青春无愧》（项宗西等）《爸爸的名字叫建宁》（哈若蕙）；第二篇章的组诗《敢叫大地换新颜》（钱守桐）《八闽六盘的交响》（永宁文联）；第三篇章的情景诗《幸福来敲门　祝福新宁夏》（哈若蕙），创意灵感来自于六十大庆前，全国百余家主流媒体聚焦宁夏，包括全国近三十家省级晚报（都市报）媒体大咖聚首银川。我们大胆设计了，由宁夏真正的媒体记者们走上舞台，拿着照相机、摄像机，说宁夏、赞宁夏的场景和台词。这个节目从创意到编排得到了宁夏媒体记者们的热情呼应，他们挤出时间参加排练，背诵台词，学习表演，最终他们成功地出演了自己，赢得满堂彩。

而我们充满深情与敬意创作的《大地不会忘记你》的情景诗，是向由自治区党委宣传部、文明办等十四个部门（单位）组成的评委会评选出的“自治区六十年感动宁夏人物”致敬的节目。这个节目由伴舞《洒下一片深情》加讲述人讲述为引子，以《星空中的眼睛》（感动宁夏人物中的已逝者）、《垦荒者的足迹》（感动宁夏人物中的年长者）、《在路上》（感动宁夏人物中的年轻者）三个段落，向代表着宁夏精神、宁夏人脊梁的模范人物致敬（实际演出中临时删了后两个段落）。尾声“致敬，美丽新宁夏”无缝接入，“新时代、新召唤，建设美丽新宁夏，共圆伟大中国梦！凝聚力量创未来，走在希望的新时代！”舞台上葵花绽放，合诵大气恢宏（《畅想美丽新宁夏》，蔡旭东、哈若蕙创作）。当《领航新时代》的歌声响起，在宁夏艺术职业学院的伴舞演员和儿童们的簇拥下，数位为宁夏发展做出贡献的老艺术家、模范人物走上舞台，在鲜花和掌声中接受祝福和致敬。晚会圆满落下帷幕。

这样一台朗诵晚会，是不能离开各方温暖的支持的。主办方宁夏回族自治区党委宣传部、自治区广播电视局、自治区文联，同时，有宁夏艺术职业学院等部门、单位的大力协助。而演员差不多清一色是宁夏朗诵艺术学会的朗诵爱好者。晚会现场，宁夏电视台做了录制，线上直播视频通道也实时接通，场内场外同步观看，传播广泛，在线观看人数上万，好评如潮。

对我，回过神已是晚会结束后的第二天。一遍遍看着头天晚上的演出视频，已是泪水涟涟，除了感动还是感动。演职员微信群中也是满屏欢乐与激动。而我，则忍不住地给大家讲起了《高高的白杨树》的幕后故事，那段温馨的往事[①]……

我想，为宁夏成立六十周年而做的《西去列车的窗口》这台特别的朗诵晚会将会珍藏在我的心底，永远，永远。

2020年6月18日

①二十年前的1998年左右，我还在宁夏电大任教，常去原型人物华方佐和葛秀英老师家，二位老师都是宁夏著名的舞蹈艺术家。其时，我正与华方佐老师共同主编中央广播电视大学教材《艺术鉴赏概论》，华老亲自撰写“舞蹈艺术鉴赏”一章。一次，华葛二位老师给我讲起他们当年的故事，讲他们乘汽车进银川，第一次见到白杨树时的震撼……讲他们后来在宁夏的岁月，他们几十年的舞蹈艺术生涯，我听得入迷而感动。那段时间，我也与宁夏电视台有些合作，听后当晚就写出了电视散文脚本《高高的白杨树》。第二天，我将这篇散文念给他们听，念着念着，泪水潸然，二位老师也泪水盈眶。遗憾的是拍摄电视散文的设想没能实现，我也就调到了宁夏人民出版社。这次创作《西去列车的窗口》晚会脚本，我首先想到了这篇文章，可电脑里却丢失了原文，于是我开始遍寻华方佐老师，因为他们已经离开银川。苍天不负有心人，一天，我在网上无意中输入华方佐老师的名字，竟然进入了他的博客，第一个页面上就赫然出现了《高高的白杨树》的文章。原来，当年我将原稿留给了华老，他们又充实了一些细节，并以此文参加过建党八十周年的征文。真是“踏破铁蹄无觅处，得来全不费功夫”！终于，与在广州定居的华老接上了关系，孩子们发来了二老年轻时的照片……于是《高高的白杨树》绽放舞台。

附：情景诗

高高的白杨树

原创：葛华　哈若蕙

朗诵表演：马乐群　王燕　李彦儒　纳婧

【内容提示：从空政歌舞团支宁的一对年轻演员。1958年，风华正茂的年轻文艺工作者，坐着解放牌卡车进入银川，第一眼见到的就是道路两旁高高的白杨。阳光下的白杨笔直，坚挺，叶片闪着银光……浪漫的理想，现实的磨练，白杨树的精神始终是他们坚持的动力……】

【场景：公园绿地，长排椅子上，一对耄耋老人】

男：老伴啊，时间过得真快啊，一眨眼咱们来宁夏已经60年了，那时啊，你还是一个扎着小辫儿的十七八岁的小姑娘！

女：是啊，老头子，你不也一样吗，是个帅小伙儿！

男：那一年，那一年，咱们坐着解放牌大卡车进入银川，第一眼见到的就是公路两旁参天的白杨树。

女：是的，是的，老头子，就在南门外……

男：真想，真想再去看看那些白杨树，真想回到那个青春如火的年代啊。

女：青春如火的年代，白杨树……

【一对风华正茂的年轻人上场】

女：这是1958年的初夏，塞上大地张开怀抱，向天南海北无数有为青年发出热情的呼唤。

男：我报名（女：我报名）

女：亲爱的爸爸妈妈，我们响应国家号召，去支援宁夏了。

男：爸爸问，宁夏在什么地方？很远吗？

女：在西北，挺远的。

女：妈妈说，你们年龄还小，能不能不去呀？

女：我说，那怎么行！祖国的需要就是我们的志愿。

男：是啊，祖国的需要就是我们的志愿。

女：亲爱的爸爸妈妈，放心吧。大西北天宽地阔，那儿的文艺工作需要我们去开展，塞上山川就是我们的大舞台！

男：爸爸妈妈，放心吧！我们会给你们写信！

女：那一天，锣鼓喧天，我们胸佩红花，告别了亲爱的空政首长、战友，与中央歌舞团、铁道兵文工团、全总文工团的支宁人员一起启程，奔赴银川。

男：火车一路向前，一天又一天（女：汽车一路向前，一天又一天）

女：歌声回荡车厢，一曲又一曲。

（黄河的涛声响起……）

男：看，这就是黄河，黄河！

女：第一眼看到黄河，宽展平缓的水面，阳光下如同闪亮的黄缎，古老的水车在岸边缓缓转动，载人的羊皮筏漂流而下……

男：我们年轻，我们向往火热的生活，我们就如同这奔流的黄河，向着建设大西北的目标勇往直前！

女：一路颠簸，一路向前。

男：一路颠簸，一路向前：中卫—中宁

女：黄黄的土，黄黄的水，黄黄的沙……还有，还有绿绿枝头上挂着的大红枣

男：看，快往前看，那是什么？

女：前方，公路开始平展，古城遥遥可见。

男：前方，高大挺拔的树群，耸立在公路两侧。它枝干笔直，仿佛要刺破蓝天

女：它树叶沙沙，阳光照在叶片上，闪烁着白色的银光。

（旁白：年轻人，别七嘴八舌瞎猜了，那叫白杨树，前面就是银川了！孩子们，都下车去看看吧……）

女：抚摸着白杨树挺拔的树干，穿行在枝叶婆娑的树丛中，银铃般的笑声在天际回荡……

男：我们新的人生，就从这高高的白杨树丛开始

女：我们旋转的红舞鞋，从此再没有离开这片黄土地

【老年舞蹈家和青年】

老年男+青年男：60年了，（老年女+青年女：60年了）青春已逝，似水流年。

老年女：岁月沧桑，鬓染白霜。回首往事，黄土地培育、历练和成就了我们的人生；而那高高的白杨树啊……

青年女：而那高高的白杨树啊，是我们精神的动力，生命的坐标。激励我们树立坚韧的意志和完成梦想的决心。

老年男：扎根西北，初心不改。一生奋斗，青春无悔！

青年男：扎根西北，初心不改。一生奋斗，青春无悔！

老年女+青年女：一生奋斗，青春无愧，扎根西北，初心不改。

老年男+老年女：高高的白杨树……

青年男+青年女：高高的白杨树，我们来了！

合：我们——来了！

《寻梦中华》创排手记

2019年岁末，《寻梦中华》“全民阅读”大型原创音乐诗史朗诵晚会在宁夏银川剧院上演。这是一台追溯中华五千年文明的华彩诗会，这是一场震撼心灵的文化盛宴。

九十分钟的晚会，一千多人的剧场座无虚席，观众席中不时响起阵阵掌声，许多人泪水盈眶，《天耀中华》的合唱响起，晚会落下帷幕，人群久久不愿散去。观众们不约而同地用了一个词来形容观看的感受：震撼。

这样的一台晚会，既没有眼花缭乱的综艺表演，也没有名角大咖，来自宁夏朗诵艺术学会的各行各业的朗诵者与宁夏演艺集团秦腔剧院的老师及当地院校的同学们一道完成了这台向中华文明致敬的朗诵晚会。晚会能够如此成功，像是一个传奇。然而当我们沉浸其中回溯来路，却觉得话题如此厚重，并且神圣，初心辉映。

诗颂中华，呈现“诗歌里的中国”

凡事因缘际会。2018年秋日的一天，翻阅《黄河文学》（2018年第6期），突然，一个熟悉的名字邱新荣和他的《诗歌中国》（组诗）跳入了眼帘，看着，看着，就读出声来，我感到了一种说不出的酣畅和感动。那古典的意蕴，那优美的音律，那沉淀着深厚中华优秀历史文化的诗歌内涵、取材角度，太特别也太有价值了。当然，这是我的第一感觉。应该说与新荣是老相识，1998年宁夏成立四十周年，新荣的一首电视诗歌《永远的山杏花》由我和秦刚朗诵配音并在电视台播出。后来，我们也会在不同场合相遇，2012年，我在文联任职，还主持过新荣的《史・诗》研讨会。可这些年他去哪里了？我马上搜索并寻到了他，电话那头，是新荣热情的回应。也由此，知道了他的历时三十年倾尽心血创作的史诗性诗歌长卷《诗歌中国》。

很快,《诗歌中国（精选本）》被列入宁夏人民出版社新中国成立七十周年献礼重点图书出版项目（宁夏人民出版社2019年10月出版），我也应新荣和出版单位之邀做这一项目的出版顾问。与《诗歌中国》的走近，使我愈加意识到这部诗歌长卷的价值。眼前的《诗歌中国》六大卷（五百万字），千首诗（五万多行），浩浩汤汤，堪称中华传统历史文化的诗意读本。作者从《开天辟地》写起，途经中华文明五千年的重要节点，一直写到二十世纪《〈小说月报〉的美丽》和《陶行知的背影》，它以诗歌的方式呈现了中华文明五千年灿烂历史中具有典型意义的传说、典故和史实，全方位展示了中华文明形象，是一曲荡气回肠的中华颂。及至目前，还有评论者评价《诗歌中国》是“一部有韵之二十四史、有韵之经史子集、有韵之《四库全书》、有韵之珍宝文物”。

《诗歌中国（精选本）》的图书出版在充满创意地开展和推进，与此同时，配套编创一台以传承中华五千年文明为主题的朗诵晚会的任务也同时落在了肩上。

其实，这个任务是我们策划和争取来的。因为，在我看来，时下流行的各类全民阅读朗诵诗会，太缺乏《诗歌中国》这样具有原创性、整体性、意蕴深刻、文化厚重、诗风清新的文本内容了。面对这样一部由宁夏本土诗人创作的颇具史诗气魄的诗歌长卷，如遇知音，如获至宝。《诗歌中国》丰富厚重的文化承载，清晰严整的文明脉络，绚丽多姿的诗歌集成以及意象生动，含蕴丰美、表达细腻、音律讲究、琅琅上口的诗歌形式，非常适合做朗诵晚会的选材！我的直觉告诉我，以《诗歌中国》为蓝本编创一台大型音乐诗史朗诵晚会，让书写在诗歌中的体现中国智慧、中华文明、中国精神的文字活起来、立起来，其意义怎么说都不为过。

晚会的编创过程是艰辛的。有新荣助力，有团队的智慧，迎难而上，创新图变，一切可期。最终，在给主办部门提交的晚会策划方案中，我们做了这样的陈述：诗颂中华，讲述中国故事，呈现“诗歌里的中国”，是本台朗诵晚会的鲜明主旨。中华文明上下五千年，向世界贡献了东方文明和东方智慧，一部中华文明的历史就是中华民族薪火相传心怀梦想、追寻梦想、实现梦想的历史，就是中华民族从历史的深处走来，自强不息、革故鼎新、融通万邦、奋起腾飞，努力实现中华民族伟大复兴的历程。而将此台晚会命名为《寻梦中华》，其寓意是：不忘初心，牢记使命，继往开来，弘扬中国精神和时代精神，为实现中华民族伟大复兴的中国梦，奋力拼搏，砥砺前行！

成型后的晚会脚本，共选用了《诗歌中国》中的23首诗作。以“永远的飞天”拉开序幕，以中国历史进程为脉络，逐一展现“原初流韵”“秦月汉关”“唐风宋雨”“铁马华章”“血荐轩辕”“祖国啊，我的祖国”几个篇章，诗歌朗诵编排则透着浓浓的中华传统文化气韵，舞美音效融入中国戏曲元素，让观众在声、光、电、音、舞的情境中，感受诗歌之美，感受中华文化的灿烂与辉煌。

创新舞台表现，绚烂中国梦想

朗诵晚会，是诗的艺术，也是舞台的艺术。

如前所述。《寻梦中华》以大型原创音乐诗史的格局和形式展开，在流动的气韵中彰显中华五千年文明，逻辑严密，内容厚重，这在全国朗诵诗会中实属少见；而晚会朗诵表演由宁夏朗诵艺术学会的朗诵爱好者完成，而非专业演员，更是难能可贵的。

然而，在策划阶段，主创团队曾十分担心晚会的文化定位、历史内涵以及诗歌文本的雅隽深沉会与受众心理有一定距离，直白地说，就是担心冷场。这样的担心也不是没有道理。通常意义上的朗诵诗会，除去在内容上多为不同作家的作品组合，在表现形式上也不外乎“音乐+视频+朗诵”的简单演出程式。且许多朗诵诗会存在有朗诵诗作的高度雷同化，加之朗诵水平的参差不齐，表现形式的相对单调，都在很大程度上影响诗会的传播效果。

鉴于此，宁夏朗诵艺术学会主创团队一直以来把注重原创，努力提升朗诵晚会思想艺术水准作为使命担当，《寻梦中华》也不例外。为了舞台的绽放，主创团队倾尽心力：脚本编创，数易其稿；朗诵阐发、排练打磨，环环相扣。但主创团队面临的最大挑战还是朗诵晚会舞台形式的创新。

2019年12月3日《寻梦中华》首演后，各家媒体纷纷报导，做出评价：

> 晚会以泱泱中华五千年灿烂文明为历史脉络，融诗歌朗诵、音乐、戏曲、舞蹈、杂技、合唱多种艺术形式为一体，凸显中国风，中华情，以气韵流转、充满意境美的舞台呈现深情回溯和咏叹中华文明、彰显民族精神。
>
> ……
>
> 朗诵编排以情景诗或音诗舞的形式加以调度，并适当融入中国戏曲元素，让观众耳目一新。①

的确，为了一份点亮中国梦想的初心，《寻梦中华》在舞台呈现上做了大胆创新。

杂技艺术的融入。《永远的飞天》是《诗歌中国》中咏叹敦煌壁画飞天形象的一首诗作，意境唯美而深邃。第一眼就为之迷醉震撼，也是在第一时间将这首诗确定为开场“序篇”，与此同时，眼前浮现的舞台画面就是杂技艺术与朗诵艺术的融合。令人欣慰的是，这个设想最终顺利实现了，舞台效果非常震撼。

开篇启幕。悠悠的音乐响起，背景画面徐徐打开，伴随着浑厚的男声旁白，24位飞天少女从前台乐池缓缓升起翩然起舞，继而，一条自天幕而垂的蓝色绸吊上腾起一对飞天使者，四位身着清丽纱裙的朗诵者适时融入。

> 这是真正的飞天/目光在飞/心灵在飞/飞到无障碍无挂牵时/我们飞出了自己的天/我们是美美的飞天/……/飞天是我们童稚的心/一直都很浪漫地/返回童年

巨大的敦煌壁画飞天与舞台上舞者（舞蹈、杂技）、诵者的飞天融为一体，也就把所有观众的心带入了中华民族自远古而始的飞天之梦。飘逸的飞天形象凝结着古代先人对自由、创造、和平、美好的热烈憧憬……屏幕上悄然转换的澄澈晶莹的蓝色星空，也足以引发人们无限的畅想，美仑美奂中将中华民族走向复兴的梦想与初心烘托彰显。

诗戏相融。如前所述，在《寻梦中华》的前期策划中，创作团队曾担心诗心纯粹却表现形式单一的朗诵会有审美疲劳。在思路的碰撞中，萌发了在整台晚会中适当融入中

---

①宁夏日报客户端，宁夏新闻网：《〈寻梦中华〉大型原创音乐诗史朗诵晚会举行》（宁夏日报记者　王刚　文/图/视频　2019.12.14）。

国戏曲元素的想法。由此竟引发了与宁夏秦腔剧院老师们的合作佳话。事实证明，专业戏曲演员的助演与情景营造，一招一式倍显功力，丰沛饱满的传统文化意韵与晚会意境十分吻合，也在某种程度上凸显了晚会诗史、诗剧的特点。在舞台上，无论是《〈击壤歌〉啊 祖先的铿锵》中原古先民“日出而做，日落而入”的恬淡自在，还是《扁鹊给我们看病》中医祖扁鹊的东方智慧，以及诗仙李白的飘逸、诗圣杜甫的沉郁，朗诵调动与戏曲表演水乳交融浑然一体，至《元代杂剧在舞台上唱》，盛妆的青衣旦角衣袂翩翩的转场，与两位身着旗袍的朗诵演员以及背景视频水袖翻飞的叠影流韵相映成趣，构成了一幅细腻唯美、赏心悦目的艺术画面，让人拍案叫绝。应该说诗戏相融思路的实施，为整台晚会增添了一抹亮色，也是朗诵诗会提升艺术审美意境的一次成功尝试。

舞台意境的精心营造。虽然，《寻梦中华》绝不是一台高成本的晚会，甚至可以说是甚为节俭的一台演出。没有足够的经费制作舞台装置与场景，但不能放弃通过其他途径营造舞美氛围。一是舞台两侧各增加三面LED侧屏，与主屏画面呼应，舞台由此更显亮丽。《虎门销烟》一节，释放干冰形成的缭绕烟雾，舞台主屏历史画面、侧屏熊熊燃烧火光冲天的画面，迅速提升了剧场内的视觉温度，林则徐的形象以及四位男生慷慨激昂的朗诵，引发了在场观众的强烈共鸣。

不同的作品，用不同的方式营造舞台氛围。《春江花月夜》是唐代诗人张若虚的经典名篇，晚会第三篇章“唐风宋雨”朗诵篇目《在〈春江花月夜〉中沉静》，通过淡雅朦胧的背景视频，呈现“春江花月夜”唯美意象，而古筝、琵琶的现场伴奏，与朗诵表演相契相合，赏心悦目。而《曲水流觞的那一天》，讲述书圣王羲之所代表的魏晋艺事，主屏、侧屏则是大幅的同题古画，舞台正中微微升起的圆形辅台上置一张古琴，抚琴人一袭素裳盘坐其上，画面简洁古意悠然，朗诵者在古琴的伴奏中演诵诗章，自有一种飘逸超拔的古风。

此外，在晚会的音乐编辑上，背景音乐的选择也力求做到与篇章内容、朗诵基调节奏的自然贴合，达到了烘托意境，突出主题的效果。观众在声、光、电、音、舞的情境中，感受诗歌之美，感受中华文化的灿烂与辉煌。

篇章之间的无缝衔接。区别于一般性的综艺晚会，《寻梦中华》不设主持人，七个篇章以音诗画旁白讲述加以贯穿，行云流水般渲染勾连华夏文明历史进程。

《寻梦中华》的演出已经过去大半年了，但一经想起，还是千般滋味，心绪难平的。无论是我们的主创团队还是演出团队，既非专业机构，也无大的投资，却能以全体参与者的赤诚之心和精进向上的艺术精神呈现了一台彰显文化自信、具有庄严而宏大的中国气度的晚会，无论如何都是令人感动更值得称誉的。

而在我，能够以一个文化人的自觉参与其中，自有一份快乐和满足。但愿，在以后的日子里，初心不变，彩云长在有新天。

2020年6月19日

悠悠千古情[①]

——《再别康桥》《春江花月夜》朗诵比较谈

《再别康桥》《春江花月夜》是为不少朗诵爱好者所深爱的作品。因为诗中所蕴含的悠悠深情，因为诗中所呈现的幽曲意兴，因为诗章复沓回转中的美的音韵，美的旋律。然两首绝美之诗作，毕竟相隔千年，诗境有别、况味不同，朗诵起来也一定是各有分别，各致风韵。好诗当珍重，好诵达心曲。故拟此题做两诗朗诵之比较谈，亦以此表达对中国经典诗作之无上敬意。

或有问：两首名作，各自诵去即可，何言“比较”？也是，设此议题，是有些为难自己，心力不逮，有妄言之嫌。但既来论坛，与各位方家交流，抛砖引玉，也就姑妄言之。

“比较”一词，与学术相关，有学科和方法之说。曾经在高校授过“比较文学”课程，其所涉及的范畴是跨文化（跨民族、跨语言）与跨学科的文学研究，包括“影响研究”与“平行研究”。具体案例如：西方现代派对戴望舒早期诗歌创作的影响（对戴望舒影响最大的是法国象征派诗人魏尔伦。象征主义采用暗示、启发、象征等手法暗示作品的主题和事物的发展，形象半明半暗，扑朔迷离，充满神秘主义色彩）；十九世纪末二十世纪初英美意象诗派与中国古典诗歌的渊源关系（其代表人物美国诗人庞德直言，其诗派深受中国古典诗歌传统精髓的影响。庞德诗《地铁站上》：“这些面孔从人群中涌现/湿漉漉的黑树干上花瓣朵朵”，用意象描写从阴暗潮湿的地铁站走出的美丽的女人的面庞）。又如笔者曾做过的“比较文学”论文：《田园交响曲——华兹华斯与陶渊明田园诗比较》，及《灵魂的告白——卢梭〈忏悔录〉与巴金〈随想录〉比较谈》，前者属比较文学中的平行研究，后者属影响研究范畴。这即是学科意义上的“比较文学”。但从文学研究方法论上，“比较”则是一种被广泛运用的研究方法，它不受跨文化跨语言的限制，可以是同一作家不同阶段创作的比较，可以是不同作家（不同地域作家）之间的比较，抑或是不同作家同一题材（体裁）作品的比较等，不一而足。

俄国教育家乌申斯基说过：“比较是一切理解和思维的基础，我们正是通过比较了解世界上的一切的。”确实如此。无论是浩如烟海的世界文学领域人们发现了“比较”

①此文为2019年7月25日-27日在山东曲阜举办的“第二届全国中华古典诗文朗诵艺术交流研讨会暨首届全国古典诗文朗诵交流展示大会”的参会（发言）论文。

这把金钥匙，形成了“比较文学”学科，大大拓展了文学研究的视野；还是在更宽泛的文学研究中通过“比较”的透视镜，洞幽烛微，彰显作家创作的独特品性，“比较”均是一个好的视角。文学研究如此，朗诵作为文学语言的有声化表现形式，也应该可以在“比较”的坐标系上，对位出各类作品（前提是有可比性），从而在比较中更深入地理解文本，体察创作，品鉴作品间的异中之同、同中之异，由此强化我们对所比较作品的审美认知，通过诵读基调、风格，行腔咬字，气息控制，情感表达上的区别，彰显不同作品中深婉丰沛的意蕴与韵致。或许，这也是让朗诵回归文化的一种途径吧。好，下面就以此入题，试言之。

凌空对望逾千年

将《再别康桥》《春江花月夜》放在一起品读，的确有一种穿越之感，因为两部作品相隔的岁月有些漫长。《再别康桥》是诗人徐志摩（1896—1931）写于二十世纪二十年代末（作者曾在法国剑桥留学，1928年故地重游。11月6日在归途的中国南海上吟成）的一首现代新诗，而《春江花月夜》却是初唐诗人张若虚（约公元660—约720年）写于唐开元年间（约公元713年）的一首七言体长篇歌行。各领风骚的两位诗人，一个生活在九十年前的民国，一个翩然于一千三百年前的初唐，他们以自己超拔的才情与诗作，惊艳诗坛，开启诗风，他们像漫漫诗河中两颗闪烁的银星凌空对望，向人间投下俊逸潇洒的一瞥。

作为今天的阅读者和朗读者，我们循诗踪沉潜其中，会重新发现斯人斯作的不同凡响。

一首《再别康桥》，是诗人徐志摩的遗世绝唱。那一声“轻轻的/我走了，正如我/轻轻的/来，我/轻轻的/招手，作别/西天的/云彩……”不知唱醉了人世间多少离人的心。的确，《再别康桥》是二十世纪中国最出色的一首别离诗，犹如一首轻柔优美的小夜曲，诗人的自由天性、潇洒飘逸的风格与康桥宁静优美的自然风景融会成别具一格的诗境美。《再别康桥》既是现代诗人徐志摩脍炙人口的诗篇，亦是中国现代新诗史上“新月派”诗歌（“新格律诗派”）的代表作品。全诗以离别康桥时感情起伏为线索，抒发了对康桥依依惜别的深情。语言轻盈柔和，形式精巧圆熟，诗人用虚实相间的手法，描绘了一幅幅流动的画面，构成了一处处美妙的意境，细致入微地将诗人对康桥的爱恋，对往昔生活的憧憬，对眼前的无可奈何的离愁，表现得真挚、浓郁、隽永，在诗歌形式上是“新月派”诗歌“三美”主张（绘画美、音乐美、建筑美）的集中体现。

《春江花月夜》呢？这由中国五个最美汉字组合而成的词组，如一缕沉香，深深浸染了中国人的审美心灵，化作一份文化基因，尽显东方文明的魅力与情韵。是的，世人皆知《春江花月夜》，知是诗，是乐，是舞……然其作者张若虚在璨若星河的唐宋诗人中又呈何等气象呢？张若虚不似诗仙李白，斗酒（诗）百篇豪放飘逸，“笔落惊风雨，诗成泣鬼神”，不似诗圣杜甫沉郁顿挫、忧国忧民，笔底波澜留诗史，甚至也不似其他

“网红”的初唐诗人，他虽与贺知章、张旭、包融并称为“吴中四士”（四人同为江浙一带人，彼处古代属吴郡也叫吴中），其诗却曾长期湮没无闻，诗作也大部散佚，仅存二首于《全唐诗》中，其一为《春江花月夜》（另一首诗是《代答闺梦还》）。等待了将近一千年，张若虚及其杰作的命运才开始扭转。明嘉靖之后，张诗声名渐起，《春江花月夜》一诗收获“以孤篇压倒全唐”之誉（清末学者王闿运云：“张若虚《春江花月夜》，用西洲格调，孤篇横绝，竟为大家。”——《湘绮楼说诗》），到闻一多先生时，更是将其称赞为“诗中的诗，顶峰上的顶峰”。的确，“春江潮水连海平，海上明月共潮生。/滟滟随波千万里，何处春江无月明！……/江天一色无纤尘，皎皎空中孤月轮。/江畔何人初见月？江月何年初照人？/人生代代无穷已，江月年年只相似。”今日之我们，每当击节唱吟《春江花月夜》一诗，眼中胸中皆澄澈空明，那一幅淡雅而空朦的春江月夜图，那婉转悠扬的美声美韵，那寄托着包括张若虚在内的中国文人的天问以及孤独与超越的生命情感意味，总让我们沉醉其中流连忘返情不自已。是啊，夜色春花，花下流水，水映月光，轻轻摇晃的小舟上，望月问天的张若虚，于今逾千年的张若虚，是怀着怎样的一种深思与遐想，吟出了这“孤篇横绝”的《春江花月夜》！

行文至此，《再别康桥》《春江花月夜》两诗的概况与格局已有分明。同为写景抒怀之作，一新一古，诗体有异；诗风均清丽雅隽，辞章精美，韵调婉转悠扬，然一境幽，一境阔，一如小夜曲柔润似水，一如交响诗，音诗如画；是诗家绝唱，各领风骚。而在文学创新方面，则可见二者之间遥遥相承，“草蛇灰线，伏脉千里”，《春江花月夜》一诗对以闻一多、徐志摩为代表的“新月派”“三美”有着直接而重要的影响。

如此，朗诵者端对二诗，竟当何为？

含英咀华咏佳篇

平心而论，《再别康桥》《春江花月夜》二诗，诵好其中之一亦属不易。今将二者并列而言之，是为了在区别中细揣文意，在品鉴中含英咀华，在字斟句酌中阅微探幽，在抑扬起伏中升腾奇美之诗境……

熟悉二诗者均知，《再别康桥》全诗计195字，分七节，每节四句，字数相近，错落排列，回环呼应。《春江花月夜》一诗252字，全诗九段，每段四句，计36句；四句一韵，犹九首七言绝句。凡朗诵者诵读之初，当对两诗概况有所了解，前文即是。其后，也需知人论世了解作者创作之心路；再其后，可有诵读基调的确立，以及朗诵中的行腔咬字，气息控制，情感呈现之把握。

《再别康桥》风格清新、意境深邃，诗歌基调惆怅、惜别，但又“哀而不伤”，宜用舒缓、平和的语速，轻柔的语调诵读。《再别康桥》取韵有开有合，有轻有重，回环往复，诵读者也要在了解作者“康桥情结”、情感经历的基础上理清诗人情绪发展脉络，读出起伏与变化。

《春江花月夜》为乐府体长篇歌行，融诗、理、情三者一体，时空意境如画、如乐，犹具语言音韵节奏美，最适于朗诵。诵读者同样需要在辞章品读中寻找作者的创作心路，体悟其才情绝世、立意谋篇之妙，气韵万千、意象铺排之美。

此诗由春江引出海，由海引出明月，又由江流明月引出花林，引出人物，一系列复杂的人类情感贯穿始终。无论是初月的明媚、高月的皎洁还是斜月与落月的迷离缠绵，抑或楼头月的徘徊、镜中月的清影、帘内月的倾注、砧上月的流照，无一不打上情感的烙印。全诗以写月升起、写月落结，其间意象连绵，气象万千。春江花月夜之外还有沙滩、原野、清枫、花林、飞霜、白云、扁舟、高楼、镜台、砧石、长飞的鸿雁、潜跃的鱼龙，水纹、落花、海雾等等众多的景物，以及漂泊的客子、不眠的思妇，感情细密、环环紧扣、连绵不断。

同时，《春江花月夜》的章法结构，以整齐为基调，以错杂显变化。三十六句诗，像九首绝句，韵脚在平仄中不断变化。开头一、三组用平韵，二、四组用仄韵，随后五六七八组皆用平韵，最后用仄韵结束，错落穿插，声调整齐而不呆板。在句式上，大量使用排比句、对偶句和流水对，起承转合、气韵无穷。诗中春、江、花、月、夜、人几个主题词错落重叠、伸缩变化，海潮声、江流声、捣衣声、凄凉的雁叫声与游子思妇的叹息声此起彼伏，营造出一个充满意境美、声律美的诗歌世界。

诵读《春江花月夜》，要实实在在体会古体诗含蓄隽永的特质，读出意蕴连绵，也读出古典诗人的情怀与风骨。朗诵者还应注意把握每句诗音结构的划分和变化，做到气息的深蓄贯通和沉稳，行腔咬字富有穿透力，明亮清澈，开阖有度。

淡妆浓抹总相宜

近代大学者王国维言：“凡一代有一代之文学。”（《宋元戏曲史序》）如其所述，不同时代的文学一定浸染着不同时代的人文气息。朗诵者不能不有所依归。

其实，对《再别康桥》《春江花月夜》二诗的朗诵比较谈，归根结底还是古今诗文朗诵之比较。现代诗文与经典古诗文在朗诵面貌上的不同已是不争的事实。但究竟是怎么样的不同，为什么不同，应该如何认知等，真还需要有学理、实践上的探究与总结。窃以为，如能将古今诗文朗诵贯通起来，从整体角度加以审视，寻求经典古诗文朗诵与现代诗文朗诵美美与共、各美其美的特点与方法，为当下的朗诵提供一份参照，一份帮助，亦不失为朗诵走向成熟付出的一份努力吧。

当然，本文所指的古今诗文，是一个宽泛的、动态的整体性概念。在文学发展的长河中，本来就是长江后浪推前浪，如王国维所细数的“楚之骚、汉之赋、六代之骈语、唐之诗、宋之词、元之曲”，每组相连的概念，前者与后者就是古与今的对比关系。“文变染乎世情，兴废系乎时序。”（刘勰《文心雕龙》）社会嬗变中，一代与一代之文学，均会有气质上或本质上的变化。在此，本文无力对中国古诗文演进做出具体详实的阐述，仅能用当代人的视角将始于1919年（或1917年）的中国新文学作为界线，笼统划分前后，之前为古诗文，之后为现代诗文。这是因为自新文化运动爆发以来，无论是作家的文学观念，还是文学作品的内容和形式，虽与以前仍存在着千丝万缕的联系，但已经发生了巨大的变化。其中最为显著的一个标志是从文言到白话的转变。白话文“我口说我心”的自然明畅，是日常口语与书面语言（文言）的一次亲密拥抱，由此带来的朗诵面貌的变化是一目了然的。

很难想像，用吟诵古诗文的方式去朗诵现代诗文会是什么感觉。反之，用口语化的方式去朗诵古诗文也一定会顿失古诗文，尤其是经典古诗文的风骨韵味！既然朗诵活动是为文学传播插上声音的翅膀，既然朗诵是搭起优秀作品与接受者之间心灵的桥梁，既然中国文学浩如烟海的宝库中已经陈列着琳琅满目的文学经典，那么朗诵者的文化使命也要求着我们用最大的努力和诚意去接近文学的真实，这也是我们对古今诗文朗诵做学理实践探究的目的所在。

赘言至此，又记起本文开篇时提到的比较文学。尽管本文花费了大量篇幅做的仅是文学比较中的朗诵比较。但在不远的将来，随着更多有识之士对朗诵理论与实践及其教学案例的关注，相信也会进一步提升视野，在比较文学的框架下，对中外经典作品的朗诵比较投下关注的一瞥。这是后话。

言归正传。

“悄悄的我走了，/正如我/悄悄的来，/我挥一挥衣袖，/不带走一片云彩。”——这是徐志摩的潇洒与飘逸，这是云的轻盈，梦的温暖，如柔波荡漾溪流潺湲……

“江天一色无纤尘，/皎皎空中孤月轮。/江畔何人初见月？/江月何年初照人？/人生代代无穷已，/江月年年望相似。/不知江月待何人，但见长江送流水。”——这是初唐诗人张若虚的“天问”，这是宇宙时空的大气象，这是历史长河的大境界，这是岁月人生的大诘问……浩然之气，凌空而至，大胆奇崛，回响千年……

苏轼有诗：“水光潋滟晴方好，山色空蒙雨亦奇。欲把西湖比西子，淡妆浓抹总相宜。”（《饮湖上初晴后雨二首·其二》）或许，这也是朗诵的最高境界。

声气通幽，心曲相拥，“淡妆浓抹总相宜”。无论诗之古今，无论诗之中外。

2019年6月29日于湖畔静云阁

后记

2014年始，宁夏文联启动了“塞上文艺名家书系”工程，于是我的手边也就陆续拥有了大约十部的这样的作品选集，如《肖川诗选》《冯剑华文选》《路展童话选》《吴淮生诗文选》《张贤亮诗词选》《曾杏绯国画选》《高嵩文艺评论选》《马知遥文画选》《荆竹文艺论评选》《朔方文札》等。其实，之前的2006年，宁夏文联编辑的类似书系还有“霜叶红丛书”，出版了前辈文艺家石天、李震杰的作品选。

翻阅着这些记录着作者艺术人生的《文选》，我们会情不自禁地产生心灵的共鸣。尽管“闻道有先后，术业有专攻”，尽管年有长幼，岁序有别，然而所有人怀抱的文艺初心都是那样的炽热真诚，文艺源于生活，高于生活，书写“真善美”、弘扬时代精神的理念永远长青。我对这些走在自己身前的先生们的背影充满敬佩。

2019年春夏时节，宁夏文学艺术院与我联系，说这一年的“书系”准备收入《哈若蕙作品选》，这让我在感动之余又有很多不安。我知道，自己无论在文学成绩和文学组织工作的贡献上都不能与上述的前辈文艺家相比，我只是有幸在他们的引领下融入了宁夏文艺这个温暖芬芳的百花园，以文艺的视角感知着一个风起云涌五彩斑斓的新时代新天地。特别是2009年秋履职文联，使我能有更多机会参与到宁夏的文学艺术活动中来，向作家们学习，为他们服务。因而，在文联工作的经历，也就成为我人生中的一段十分快乐和宝贵的时光。或许，也正是因为此，我才有机会跻身于这一书系，吾深以为幸，深为感恩！

遵嘱编选的这册《哈若蕙作品选》分为四个板块：卷一，文坛行步，收入十二篇文章，多是叙写自己参与重要文学活动的随笔手记或纪念文章；卷二，文论序跋，收入包括“文学管窥”“编辑足迹”在内的十四篇文章，也是自己从事文学评论和编辑出版工作的一个小结性辑要；卷三，随笔人生，收入十三篇写于不同时期的散文；卷四，艺海拾音，收入九篇文章，多为自己作为朗诵配音艺术爱好者和参与者写下的札记类文章和论文。总之，林林总总四十八篇文章，是生活中的浪花、文艺之旅的探索与跋涉，亦是一份职业生涯的深情回溯。感恩时代与生活的馈赠，感恩人生旅途上无数的相逢与情谊，感恩各级组织的培养和群众的信任，所有的一切都将是我生命中的不可承受之重，永生铭记。

在本书的编辑出版过程中，还要特别感谢老领导老朋友杨继国先生欣然提笔为我写序；感谢黄河出版传媒集团阳光出版社的申佳副编审、陈建琼编辑付出的心血；感谢参与本书装帧排版的高梅玲、冯彦青、吴海燕等朋友。一本书的问世，就这样装满了各方友人的心意绽放馨香。愿以此汇入宁夏的文艺百花园，愿以美好的祝愿祝福宁夏，祝福祖国，吉泰安康！

哈若蕙

2020年8月1日于银川